ⓒ주혜나

이희주

2016년 장편소설『환상통』으로 제5회
문학동네 대학소설상을 수상하며 작품 활동을 시작했다.
장편소설『성소년』, 연작소설『사랑의 세계』,
단편소설『마유미』등을 출간했다.

나의 천사

나의 천사

오늘의 젊은 작가 44

이희주
장편소설

민음사

차례

『나의 천사』가 쓰여진 시대와
독자들의 이해를 돕기 위한 짧은 글

—《앙쥬》 밀레니엄 특집호, 「천사가 있는 21세기」에서

생각해 보자. 궤도 계산에 실패한 외계인이 뉴욕이나 샌프란시스코, 파리나 도쿄가 아닌 서울에 착륙하는 모습을. 잠에서 덜 깬 어린아이 하나가 잠옷 차림으로 모포를 망토처럼 걸친 채 부모의 품에 안겨 시민 공원으로 향한다. 몰려든 사람들의 머리 사이로 최신 원형 우주선과 눈부신 방송국의 조명과 손가락이 긴 외계인이 보인다. 그들이 레드카펫 위에서 미국 대통령이 콩고드기를 타고 오길 기다리는 동안 앵커는 샤넬 트위드 자켓을 입고 지구에 대해 설명할 것이다.

1999년 11월 23일 현재 지구에 유행하는 것은 다음과 같습니다. 안락사와 아보카도, 영화관에서의 숙면 데이트, 「타이타닉」 게임북과 레오나르도 디카프리오, 금욕과 버추얼 수음

과 그것을 혐오하는 것, 배양육 가죽으로 만든 레몬라임색 버킨백, 그리고 천사의 두 다리 사이에서 알을 꺼내는 것입니다.

천사를 깨우는 일은 어린아이라도 할 수 있을 만큼 간단하다. 새 상품에 동봉된 설명서를 옮겨 적어 보자면 다음과 같다.

1. 작업 전 반드시 독립된 공간(개방된 공간이라면 평방 3미터 이내에 주인 외엔 아무도 없는 공간)을 확보한다.
2. 포장지를 벗긴 천사를 눕힌 다음 다리를 벌려 삼각형 모양으로 세운다.
3. 알코올 소독을 마치거나 비누를 이용해 30초 이상 흐르는 물에 깨끗이 씻은 손으로 구멍에 끼워져 있는 구슬을 뽑는다. 이때 뻥 소리가 들리는지, 천사가 뭍에 올라온 인어처럼 첫 숨을 틔어 내는지 확인한다. (아무 반응이 없거나 구슬이 건조하다면 불량 혹은 가품임이 의심되니 구입처 및 제조원에 연락해야 한다.)
4. 깨어난 천사와 눈을 맞춰 각인한다.
5. 각인이 끝나면 젖은 몸을 닦고 옷을 입혀 준다.

대부분 권장 사항이고 단순하게는 구슬을 뽑고 각인하는 것만으로 충분하지만 천사와 바람직한 유대를 갖고 싶다면 가능한 실행하는 편이 좋다. 개나 고양이를 아이라고 부름으로써 더욱더 아끼게 되는 사람들을 떠올려 보라. (물론 관용 코퍼레이션은 소비자의 자유로운 이용을 존중한다. 물도 없는 철제 이동장 안에 당신이 죽기 전까지 처박아 둬도 천사는 끄떡없다. 당신이 연약하게 커스텀하지 않는 한.)

관용 코퍼레이션은 난독증 및 문해력 저하로 고통받는 이나 핸디캡을 가진 이들을 위해 공식 홈페이지 및 동영상 사이트에서 천사를 깨우는 동영상을 무료 송신하고 있다. 맑고 깨끗할 거라는 세간의 편견을 배신하는 약간은 역겨운 풍경이지만 (변기를 뚫거나 부엌 배수구의 구불구불한 호스 안에서 끈적한 기름때를 긁어 게워 내게 하는 것과 비슷하다.) 늙은 개의 침 같은 액체로 손이 젖은 사람들이 하나같이 환한 얼굴로 정말 좋은 냄새가 나요! 외치는 걸 보면 설명할 수 없는 기분이 된다. 물론 그 좋은 냄새는 자신들이 원하는 향 — 일테면 젖은 바위에 낀 이끼와 화이트초콜릿 냄새, 자동차 오일 냄새, 생크림을 넣은 버터넛 스쿼시 스프 냄새, 밤의 아카시아 냄새, 목덜미와 겨드랑이가 누렇게 변한 옛 연인의 셔츠 냄새 등 — 을 커스텀 주문한 것으로, 예상된 결과에 지나치게 흥분하는 모습은 연극적인 한편 우습다. 그럼에도 산업 발달을 저해하고 주가 폭락을 불러왔던 일련의 사고 — 특히 1224 힐튼 호텔 참사 — 를 상기하면 원하는 상품을 원하는 대로 정확히 만들어 주는 '배신하지 않음'의 감각이, 200조 규모의 섹스봇 산업에서 관용 코퍼레이션이 단연 선두에 자리한 이유라는 것을 알 수 있다.

신뢰와 자비의 관용 코퍼레이션!

어떤 독자들은 환한 미소의 초기 모델 시요(프로토타입은 스페이스 G 상설관에서 확인할 수 있다.)가 안아 달라는 듯 두 팔을 벌리고 있는 모습을 기억할 것이다. 그의 모습은 한때 지하상가의 불법 인화물 판매처에, 지방 식당의 소주 광고 옆에 푸르게 빛이 바랠 때까지 붙어 있었지만, 고급화 전략 이후 천사의 이미지는 백화점 유리 안에 박제되었다. 계절이 바뀔 때면 백화점 앞은 사람들로 장사진을 이룬다. 특히 유일하게 두 버전의 모델이 출시되는 겨울, 국내 최고(最古) 백화점 본점을 장식하는 일루미네이션과 이웃한 특별관 외벽에서 송출되는 관용사의 광고를 동시에 보는 건 관광 코스로도 유명하다. 그 밖에 세계 17개 국 46곳의 랜드마크에서 관용사의 새 모델을 볼 수 있다. 관용사는 온라인 광고를 하지 않기에 신제품을 보고 싶다면 그곳을 찾아가는 수밖에 없다. 아름다움엔 품이 든다. 시간이든 돈이든 무언가를 지불해야 만날 수 있다. 그걸 알려 주는 것이 관용사의 자비이다.

그리고 어떤 독자들은 몇 년 전 한 부류의 게릴라들이 정보는 무료여야 한다며 그해 출범될 모델의 이미지를 유출한 사건도 기억할 것이다. 최고 단계의 제품이 아니었음에도 큰 반향이 일었다. 이미지는 한 번이라도 그들의 곁을 스치길 바라는 사람들과 저주하는 사람, 차라리 눈이 멀길 희망하며 밤새 흐느끼는 소녀들을 양성했다. 끊이지 않는 울음소리, 그리고 부모들의 한숨. 슬퍼도 아침은 오고…… 소녀들은 아름다움이 부모의 연 수입과 외제차 소유 유무, 저녁 식사에 곁들이는 와인의 질과 더 단순하게는 지리적 문제와 관련 있다는 사실을 받아들이게 된다. 뾰족한 사탕의 모서리가 닳아 목구멍으로 꿀꺽 넘어가듯이 그렇게 어른이 된다.

그리고 시간이 모든 일을 과거로 만들었다고 믿은 어느 주말, 지방 소도시에 거주하는 한 젊은이가 우연히 방문한 서울의 번화가에서 자비천사를 보고, 그 옆에 선 게 누구든 소와 돼지의 혼혈이 되길 꿈꾸는 게릴라 펑크족처럼 보이게 만드는 절대적인 아름다움에 일시적으로 활동 장애를 겪고 졸도하며 문제는 재점화됐다. 청년은 D사의 공장에서 근무하는 안면공이었다. 어릴 때부터 손재주가 좋았던 탓에 상업고등학교를 졸업하고 곧장 일자리를 얻을 수 있었다. 개발도상국에서 날아오는 몸통들에 머리통을 끼우며, 청년은 나름대로 아름다움에 익숙해졌음을 자부했다. 그러나 저급 모조품 수준의 D사 제품과 '자비천사'라는 호칭을 가질 수 있는 관용사의 프리미엄 모델 사이에는 하늘과 땅만큼의 차이가 있었다. 그날 청년은 눈으로 그 사실을 목도했다. 그가 만든 건 아름다운 갈

라테이아가 아니었다. 끈적한 고무의 얼굴, 텅 빈 눈과 역겨운 주둥이였다. 떠올리기만 해도 수음 뒤의 후회와 죄의식이 그의 내부에 일렁였다. 청년은 붕괴했다. 일을 그만두고 방구석에 틀어박혔다. 아마 그는 평생 연인을 갖지 못할 게 분명했다. 노동할 인간이 줄어드는 이 시대에 이는 큰 문제였다.

이와 유사한 상황이 몇 번 지속되자 사람들은 빈자와 부자를 완전히 분리해야 한다던 선조들의 지혜를 새삼 떠올렸다. 개인 통신의 발달로 실패하고 말았지만 (대부분의 학교 선생들이 설명하기 곤란해하는 지점이다. 과거의 빈자들은 월급의 반을 휴대전화에 쏟아붓는 바보 같은 짓을 했다는 말인가? 주식과 부동산 투자 등 어릴 때부터 현명한 자산 관리를 하는 지금의 10대들에겐 이해가 아닌 암기가 필요했다.) 그때 뿌려진 씨앗이 이제 싹을 틔울 때가 된 것 같았다. 하다못해 저소득층 청소년들만이라도 분리하자는 주장이 힘을 얻었다. 아직 어린 청년들을 아름다움으로부터 보호하자는 최소한의 윤리를 공유하는 사람들이 시민 단체를 조직해 법원 앞에 모였다. 플래카드에는 보호 미비로 사라지고 만 다양한 사례들이 등장했는데, 개중 자이언트 판다의 이미지가 대중적인 호응을 얻어 냈다. 그렇게 탄생한 일명 '판다회'가 방청하는 가운데 저소득층 청소년을 아름다움으로부터 보호하는 법률안이 국무회의를 통과한 순간, 광화문 광장에 모인 희고 검게 칠해진 얼굴의 시민들이 감격의 눈물을 흘리는 스냅사진은 진보된 현대사회의 단면을 보여 주는 소중한 사료로 남았다.

'판다회'의 성공을 시작으로 시민 단체는 전성기를 맞았다. 누구나 천사를 가질 수 있는 사회를 희망하는 '백곰회'와 인간에게 아름다움을 돌려주기 위해 국비 성형을 지원하자는 '불곰회', 동물원이 그랬던 것처럼, 저소득층의 보호와 번식을 위해 특별 구획을 지정해야 한다는 '곰돌이푸회'가 탄생했다. (보호 구역명은 당연하게도, 원 헌드레드 에이커 숲이었다.) 자유를 존중하는 우리 사회에서, 이들은 모두 나름의 목소리를 낼 수 있었다. 그러나 개중에도 자유와 방종의 경계가 어디까지인지 시험하게 하는 ─ 그것도 무뢰배가 아닌 시민 단체라고 불러도 된다면 ─ 단체가 있었다.

'흑곰회'는 반골 중 반골로, 섹스봇에 대한 러다이트 운동을 벌였다. 물론 '천사'를 구할 순 없었으므로 부서지는 건 하급품뿐이었다. 그럼에도 그것들이 조각난 스산한 풍경은 음식물 쓰레기를 집주인 앞에서 버리러 나가는 메이드를 보는 것 같은 충격을 안겨 주었다. 흑곰회의 리더는 거대한 모피를 뒤집어 쓴 모양새로 인터뷰에 응했다. 그는 인간이 자기 자신을 용서할 수 없게 한다는 점에서 천사는 존재해선 안 된다고 주장했다. 지난 세기 미디어의 악영향으로 몸을 망친 청소년들을 언급했다. 굶고, 자기 뱃살을 꼬집고, 허벅지를 커터

칼로 도려내고 싶어 하고, 코를 빨래집게로 집고, 샤프펜슬로 눈두덩이를 부을 때까지 긋고…… 그러나 그것은 20세기의 인간들이 지금보다 야만적이고, 서툴렀기에 벌어진 비극이다. 21세기의 사람들은 적당한 활동량과 고열량 음식을 피한 덕에 20대의 육체 그대로 80대까지 사는 것이 가능해졌다. 바야흐로 웰빙의 시대. 결과적으로 사람들은 게으름과 체력 저하와 설탕과 트랜스지방 범벅의 불량식품과 무엇보다 자기혐오로부터 자기 자신을 보호할 수 있게 되었다. 정신이상을 호소하는 이도 있지만 그건 달콤하게 졸인 돼지고기에 듬뿍 넣은 간마늘과 같다. 사람들을 기쁘게 하는, 톡 쏘는 스파이스.

무엇보다 흑곰회의 주장은 특유의 폭력성으로 인해 받아들여지지 않았다. 매일 아침 직원들이 출근하는 관용 코퍼레이션 본사 앞에서 시위를 벌이다니. 그걸 보면서 출근하는 직원들의 정신 건강을 고려하지 않은 이기적인 처사다. 게다가 플래카드에 CEO 유관용 씨의 이름을 있는 그대로 적은 것은? 수십 년은 더 오래 산 이를 존칭 없이 불러도 괜찮은 건지? 하여간 상상력 부족이 문제다. 유관용의 증조부이자 아이론 테크의 창업자인 계룡 유철균 선생, 다섯 살에 큰 형의 등에 업혀 남하한 그에게 누군가 당신의 증손주가 벌인 사업을 망치기 위해 매일 회사 앞에서 플래카드를 들고 선다고 한다면 일찍 부모를 잃고 고향도 여읜 피란민인 그가 얼마나 슬퍼하겠는가? 공감 능력을 상실한 이가 아니고서야 눈물 흘리지 않을 수 없다. 그러나 이 세계에는, 그런 사람이 너무 많다. 안타까운 일이다. 당신이 사는 세계가 어디든, 최소한의 예의가 있길 바란다. 사람이 사람에게 고통을 주지 않는 세계이길 바란다. (후략)

1부

1

"나, 천사를 봤어."

그런 말을 한 건 환희고 나는 그게 거짓말이라는 걸 알았다. 순순히 믿는 척을 한 것, 환희를 따라간 것은 누구나 거짓말을 하기 때문이다. 그 애를 따라가면 좋은 일이 일어나기도 하고.

환희에겐 우리가 원하는 걸 갖게 해 주는 능력이 있었다. 우리는 그걸 보물찾기라고 불렀는데 이는 매우 간단한 놀이다.

일단 새로 생긴 문구점에 간다. 비가 오면 시멘트 위로 물이 차는 학교 앞 문방구와는 달리 언제 가도 타일 바닥이 반들대는 곳으로, 정말이지 없는 게 없었다. 소다맛 아폴론이나 장우산 모양의 통에 든 별사탕, 딱딱하고 짭짤한 오징어 다리가 있었고 입구에는 알록달록한 구슬껌이 나오는 검볼머신이, 천장에는 불사조의 꼬리깃처럼 붉은 기가 번뜩이는 황금색 연이, 유리 진열장 안쪽에는 구불구불한 긴 머리가 파도처럼 일렁이는 여신이 그려진 타로카드나 4월의 다이아몬드, 7월의 붉은 루비와 인어의 비늘처럼 퍼뜩퍼뜩 빛나는 11월의 오팔이 담긴 열두 개의 탄생석을 담은 나무 상자도 있었다. 우리가 입을 벌리고 이것저것 만지작대는 사이 환희는 선반과 선반 사이를 뱀처럼 미끄러지며 돌아다녔다.

"흠, 됐어."

환희가 그렇게 말하면 다 같이 문구점 밖으로 나왔다. 그리고 운동장 구석이나 빌라 주차장에 서서 눈을 감고 빌었다. 제발 테디베어가 그려진 분홍색 샤프를 갖게 해 주세요. 폭신폭신한 딸기향 삼공 다이어리를 갖게 해 주세요. 환희가 이제 충분하다고 하면 눈을 떴다. 그다음 환희가 점지해 준 방향으로 ("넌 위쪽으로 가는 게 좋겠어." "넌 슈퍼 쪽으로.") 가면 검은 고무 화분 밑이나 빌라 구석의 먼지가 고인 차가운 바닥 돌 위에서 우리가 눈으로 매만지던 보물을 찾게 되었다. 정말 신기하지? 환희에겐 사람의 마음을 읽는 능력이 있다. 그 애는 우리 자신도 몰랐던 우리가 원하는 것을 준다.

교실에서 환희는 해인이네와 논다. 가끔은 내 이름을 까먹은 듯 저기야, 라고 부를 때도 있지만 환희가 보물찾기를 하는 건 나와 미리내와 있을 때뿐이다. 방과 후 자비천사를 보러 간 것도 우리 셋만 함께였다.

여느 때처럼 미리내와 후문에서 기다리자 환희가 나왔다. 환희는 앞장서서 내가 사는 주공아파트 방향으로 갔다. 우리 아파트는 언덕배기에 지어져, 101동의 6층은 102동의 1층과 같은 높이에 있고, 102동의 4층은 103동의 지하 1층과 같은 높이에 있어서 엘리베이터를 타고 106동까지 가면 이웃한 천상동까지 힘들이지 않고 갈 수 있었다. 천상동은 부자 동네니, 천사도 그곳에 있을 터였다. 하필 이런 날 교회에서 나눠 준 공짜 티셔츠를 입고 오다니. 천상동엔 천사 뺨치게 예쁜 사람들이 많고 개들도 세련돼서, 거리는 가까워도 가 본 적이 손에 꼽았다. 걱정이 되어 예수님이 어린 양들에게 두 팔을 벌리고 있는 프린팅을 쥐어짜듯 주먹에 쑤셔 넣었는데 환희가 101동과 103동 사이의 어린이 공원에서 발을 멈추고는 그네에 앉더니 내겐 익숙한, 외벽에 금이 가고 마른 페인트가 뜯겨 나가 얼룩진 주공아파트를 향해 눈짓했다. 여기 자비천사가 있단 말이야? 천상동이 아니라? 벌어진 입을 다물지 못하는데 미리내가 떨리는 목소리로 말했다.

"여기 맞아?"

미리내는 우리 셋 중에서, 아니, 반 애들 중에서 덩치가 제일 크면서 제일 소심했다. 그런 미리내가 감히 환희에게 질문을 던지는 건 드문 일이었다. 환희의 반응에 신경이 곤두섰다. 짜증을 내려나? 눈치 없다며 핀잔을 주려나? 어쩌면 항상 끈적대는 미리내의 손등을 찰싹 때릴 수도 있겠다 싶어 긴장했는데 환희는 대꾸를 하지 않았다. 그걸로 게임 끝.

미리내의 얼굴이 빨개졌다. 수치가 난로 위 젖은 양말에서 피어오르는 김처럼 밀려왔다. 나는 아무것도 못 들은 척 그네에 앉은 환희의 등을 살살 밀었다. 환희가 팔을 뻗어 101동을 가리켰다.

"저…… 저기 어디쯤이야."

"어디?"

"저기. 공사 중인 집 바로 아래층에. 아니, 그 옆인가? 그 옆 같애."

베란다 문이 열린 집이었는데 안쪽에서 미색 천이 사막의 모래처럼 일렁였다. 보일 듯 말 듯 차르르 움직이던 커튼이 바람이 세게 불자 돛처럼 부풀어 거실을 드러냈다. 다갈색 어둠 속에서 가구 모서리만 희끗희끗 빛날 뿐 인기척이 느껴지진 않았다. 집주인은 외출한 걸까?

"진짜 잘생겼어."

환희가 목이 메어 쉰 듯한 목소리로 말해 조금 놀랐다.

"남자야?"

"응."

"남자 천사도 있구나. 여자만 있는 줄 알았어."

"여자가 더 흔하긴 하지. 90퍼센트는 여자라고 했거든."

환희는 어떻게 모르는 게 없을까? 엄마는 언니 있는 애들이 원래 여우라고 떨떠름하게 봐도 나는 환희가 좋았다. 겉보기엔 깍쟁이 같아도 정이 많은 친구다. 지금도 조금 떨어져 있던 미리내를 부르더니 긴장이 되냐고, 손이 차다며 부드럽게 말했다. 나는 그제야 미리내가 떨고 있다는 걸 알아챘다.

"그게 아니라 대가가……."

"대가?"

"그냥 천사가 아니라 자비천사니까. 그것도 진짜 자비천사. 자비천사는 보는 사람이 가장 사랑하는 이의 목숨을 뺏어 간다잖아."

"에이, 애들 겁먹으라고 하는 소리지."

환희의 다정한 말에도 미리내의 굳은 표정은 풀리지 않았다. 이해가 안 되는 건 아니었다. 나도 아직 천사를 볼 때면 두려웠으니까. 물론 진짜 본 건 아니고, 모니터로 보는데도 그랬다.

뚱뚱한 모니터 안에서 움직이는 천사는 어항 속 물고기처럼 보는 사람의 넋을 빼앗아 갔다. 맨발로 해변을 걷는 천사…… 보다 보면 모래가 입안에서 거슬거렸고, 천사의 조그만 발에선 무슨 맛이 날까…… 짠맛이 날까, 조약돌처럼 둥근 맛이 날까, 생각에 잠겼다가 정신을 차리면 서너 시간이 지나 있었다. 화들짝 놀라 컴퓨터를 끄면 몸이 뜨거웠고, 기분이 울적했다. 자꾸 엄마 생각이 났다. 나를 세상에서 제일 예쁘다고 하는 엄마. 천사를 본다는 건 엄마를 향한 배신이었다. 그걸 알면서 혼자 있을 땐 습관적으로 천사 마니아 사이트를 들어가게 됐다. 저항하지 못했다. 동영상만 봐도 그런데 진짜 천사를 보면 어떻게 될까? 갑자기 속이 근지러워 허리를 뒤틀었다. 모래가 들어간 것처럼 꺼끌거리는 눈을 비볐다. 천사가 두려웠다. 두개골 안에서 방을 빼지 않는 천사, 뇌수에 발을 담가 물장구치는 천사가, 그 발에서 떨어지는 금빛 모래를 받아먹고 싶어 간절해지는 느낌이 두려웠다. 과연 살아 있는 천사를 보고도 잘 버틸 수 있을까…….

에취.

미리내의 재채기 소리가 나를 현실로 불렀다. 올 땐 더웠는데 앉아만 있으려니 춥긴 추웠다. 닭살이 돋은 팔을 슬슬 문지르며 작은 입을 쩍 벌리고 하품하는 환희를 곁눈질했다. 뺨에 흐른 눈물을 닦는 환희는 무척 피곤해 보여서 얼마 전에 사전에서 읽은 단어가 떠올랐다. 권태. 환희는 졸린 게 아니라 지루해하고 있었다. 이렇게까지 천사가 안 나오는 건 예상하지 못했을 거다.

해가 서서히 기울고 있었다. 우리에겐 내일도 있고, 또 모

레도 있으니 시간 날 때 오면 된다. 환희만 괜찮다면 난 언제
든 괜찮다. 그런 얘기를 꺼내려는데 환희가 선수를 쳤다.

"안 되겠어. 안에 들어가 보자."

환희가 벌떡 일어나 눈을 빛냈다. "생각해 보니까 오히려 지
금이 좋은 거 같아. 집주인 나간 거 맞지? 그럼 천사만 있다
는 뜻 아냐?"

환희의 입꼬리가 올라갔다. "너네 그거 알아? 천사는 시키
는 대로 뭐든지 한대. 죽으라는 말이랑 죽이라는 말만 빼면
다 할 수 있대."

환희는 뭐든지에 힘을 실어 강조했다. 도대체 뭘 시키려고
하는 걸까? 차마 묻지 못하고 101동에 따라 들어갔다. 엘리베
이터를 타고 10층에서 내리자 복도에 사람 그림자가 보였다.
누군지 알아챈 순간, 목덜미에 얼음이라도 들어간 것처럼 어
깨가 딱딱해졌다.

"어? 쟤 이오 아니야?"

환희가 성큼성큼 이오 앞으로 다가갔다. "너 여기 살아?"

이오는 올해 3월에 전학 왔는데, 어릴 때 크게 아팠댔나,
학교를 다니다가 말았다가 한 탓인지 사람 사귀는 일에 서툴
렀고 반에서 겉돌았다. 아픈 애를 따돌린 건 아니었고, 뭐랄
까, 눈에 보이지 않는 막이 한 겹 쳐져 있어서 그걸 걷는 건
무례한 일 같아 다들 조심스럽게 대한다는 편이 옳았다.

보통 전학생에 대한 평가는 문을 열고 들어서는 순간 판가름났다. '아름답다'와 '아니다'. 그걸로 단박에 계급이 나뉘었지만 이오는 어디에도 속하지 않았다. 이오를 볼 때면 외모가 어떻다가 아닌 '신기하다'는 감상이 떠올랐다. 벌써 새 학기가 시작됐음에도 이오는 여전히 전학생 같았다. 그가 교실 뒷문으로 들어설 때면 세계가 바깥으로 열리는 듯한 이상한 기분이 들었다.

　이오의 투명한 눈동자가 이쪽을 보았다. 차마 눈을 마주치지 못하고 주차장의 차들로 시선을 돌렸다. 머리 위로 이오의 목소리가 들렸다.

　"여긴 무슨 일로 왔니?"

　내가 환희를 존경하는 건 이런 점에서다. 아는 사람을 만날 걸 꿈에도 몰랐을 텐데도 환희는 배짱 좋게 웃으며 거짓말을 했다.

　"아, 우리 이모가 여기 사셔서 잠깐 심부름 온 거야."

　"이모?" 이오가 눈썹을 찡그렸다. "이모가 여기 사신다고?"

　"응."

　"잘못 찾아온 거 같구나. 이 층엔 우리 집만 있거든."

　"아, 한 층 아래인가? 잘못 올라온 거 같아."

　"그래?"

　잠시 입을 다물었던 이오가, 환희의 거짓말 따윈 상관없다는 듯한 말투로 덧붙였다. "원한다면 구경해도 되지만, 창고나 비상구 같은 덴 함부로 들어가지 않는 편이 좋아. 안에서 잠길 수도 있으니까."

그 말에 빈정이 상한 환희가 재수가 없다는 듯 팩 뒤를 돌았다.

"더 놀다 가도 되는데."

"됐어. 내가 너처럼 한가한 줄 아니?"

간다는 말도 없이 환희가 성큼성큼 발을 돌렸다. 미리내와 나는 허겁지겁 그 뒤를 쫓았다. 이오는 그 자리에 서서 우리를 지켜보고 있었다. 뭔가 말하려는 거 같다. 그렇게 생각한 순간 이오의 자작나무처럼 흰 손이 허리께에서 살짝 흔들렸다. 그 수신호가 인사를 뜻한다는 걸 깨달았을 땐 이미 1층까지 내려간 뒤였다.

"잘못 찾아온 것 같구나."

환희가 빈정대는 말투로 과장해서 이오를 흉내내고는 콧방귀를 뀌었다. "쟤, 좀 짜증나지 않니?"

"……."

"뭐야. 둘 다 내 말 들었어?"

"어, 응. 맞아. 쟤가 좀 그렇지."

미리내가 새된 소리로 동의했다. 나 역시 고개를 세차게 끄덕였지만, 머릿속으론 방금 전 이오가 살짝 들었던 손, 나비의 날갯짓 같은 손가락의 움직임만 떠올리고 있었다. 왜 그 순간 이 판박이 스티커를 문질러 붙인 듯 어른거리는 걸까? 환희가 터덜터덜 앞서 걷다가 발을 멈추고 소리를 질렀다.

"아! 거짓말했어!"

"……."

"이오 말야, 자기 집만 있다고 했잖아. 그 층엔 분명 천사가 산단 말이야!"

하지만 다시 돌아가지 못하고 그날은 헤어졌다. 투덜대는 환희를 집 앞까지 바래다 준 뒤 이번엔, 천사가 산다는 101동 이 아닌 103동의 우리 집으로 혼자 되돌아왔다.

현관문 앞에 서자 인기척이 느껴졌다. 소리가 나지 않게 천 천히 문고리를 돌리자 예상대로 안방에선 불빛이 새 나오고 있었고, 무언가 억누른 듯한 엄마의 목소리와 단답만 하는 아빠의 목소리가 들렸다. 웅얼웅얼 으깨지고 울리는 말다툼 소리에 뒤섞여 간간이 내 이름이 나왔다. 나는 귀를 틀어막고 까치발을 든 채 내 방 침대로 가서 엎드렸다.

두 사람은 이혼하는 걸까? 엄마는 할머니가 개처럼 맞으면 서도 할아버지 곁에 붙어 있었던 게, 엄마와 또 외삼촌을 위 해 참고 산다고 말하는 것을 듣는 게 싫었다고 했으니 참지 않을 거다. 아빠는 엄마가 하는 말은 대부분 따르니 오케이할 거고. 나는? 뭐가 되었든 상관없다. 안 그래도 별종인데, 부모까지 두 사람이라는 건 너무 한심해 보이지 않을까, 하는 염려가 솔직히 없잖아 있기도 하다. (그렇다고 두 분이 부끄럽다는 뜻은 아니다. 내 말은, 자연인인 데다 두 부모 가정이라는 건 좀 과하다 싶다는 거다.)

엄마는 마흔여섯에 나를 낳았다. 불가능할 것이라는 말을 수없이 듣고도 얻어 낸 귀한 자식이었음에도 내가 어릴 땐 너무 심하게 울어서 차에 태우고 가드레일을 들이받거나 발목을 잡고 베란다에서 떨어트리는 상상을 했다고 한다. 이렇게 세상을 알 만큼 안 다음에도 아이를 키우긴 쉽지 않은데 엄마의 엄마는 스물다섯에 엄마를 낳았고, 또 엄마의 엄마의 엄마는 열다섯 살에 엄마의 엄마를 낳았다고 하니 믿을 수 없게 야만적이다. 끔찍해도 영 말도 안 되는 소리는 아닌 게, 10년 전까지만 해도 열여덟에 의무적으로 출산하는 법안이 진지하게 고려되었다고 한다. 우리를 위로하고 사랑해 주는 천사가 없었다면 나 역시 학교에서 이상한 성교육을 받고 뭣 모르는 나이에 세뇌받고 착취당했을지 모르지만, 시대가 변했다. 불행한 사건이 일어나지 않는다면 내 또래는 서른이 될 때까지는 순결한 육체로 있을 테고 출산은 그다음의 문제다. 우리 엄마는 출산에 관해선 꽤 솔직하고 유연하게 대처하는 편이었다. 자주 날 끌어안고 너를 만난 것이 살면서 만난 최고의 행운이었다고, 너도 그 행운을 알게 되면 좋겠다고 했다.

나는 그런 말을 하는 엄마가 조금 창피하면서도 어떨 땐 그 말만 믿고 아이를 갖고 싶었다. 그런데 요즘엔 새로운 걱정이 생겼다.

그러니까, 나는 내 애를 사랑할 수 있을까? 아주 못생긴 아이를 낳아도 신으로 모실 수 있을까?

엄마가 어렸을 땐 인기 많은 연예인의 사진을 벽에 붙이고 닮은 아이가 태어나게 해 달라고 빌며 태교를 했다고 한다. 참 순진하기도 하지. 기도도 방법이라면 방법이겠지만 좀 더 정확히 아름다움의 확률을 높이기 위해서는 스위스 정자 은행에서 양질의 정자를 사는 게 빠르다. 개처럼 열 명쯤 낳으면 한둘쯤은 괜찮은 애들이 태어나는데 그러기엔 너무 시간이 오래 걸린다.

내가 이 사실을 알게 된 건 몇 년 전, 속옷 서랍 깊은 곳에서 엄마의 처녓적 브래지어 밑에 깔린 팸플릿을 읽고 나서다. 팸플릿에는 좀약 냄새와 달큰한 살냄새가 배어 있었고, 전체적으로 하늘색과 그보다 옅은 하늘색, 약간의 선홍색으로 바래 더 신비로워 보이는 여러 유명인 모델 중 하나의 이름 위에 볼펜으로 그린 하트가 오래된 피처럼 말라붙어 있었다.

데이빗 보위.

떠듬떠듬 이름을 읽은 다음부터 만약 2세를 낳는다면 그 남자를 선택하기로 했다. 환희는 내가 데이빗 보위가 좋다고 하자 의외로 취향이 있다고 했다. 뭐, 그 정도는 자연스레 알게 된 척하고, 엄마가 데이빗 보위를 나의 아버지 후보 중 한 사람으로 뽑았었다는 건 비밀로 했다. (환희는 가끔 못 참겠다는 듯 넌 마마걸이구나, 하는데 환희도 엄마가 있었다면 달랐을 거다.) 들키지 않을 자신은 있었다. 아빠랑 보위는 하나도 닮지 않았으니까. 30대까진 쌩쌩하게 살아 있던 엄마의 아름다움 감지 레이더가 아빠 앞에서 죽어 버린 건 유감이다. 만약 엄마가 보위의 유전자로 나를 낳았으면 어땠을까? 그럼 내 왼쪽 눈엔 젖은 숲을 닮은 우울한 몽상가의 갈색 눈동자가, 오른쪽 눈엔 화성에서 본 지구처럼 푸르른 하늘색 눈동자가 박혀 있었을 것이다. 그리고 나도 보위의 유전자로 아이를 낳고, 나의 자식도 보위의 유전자로 아이를 낳고, 점점 보위의 농도를 증가시키다 보면 나중에는 한없이 보위에 가까운 누군가가 태어날 테지. 그럼 저승에서도 자랑스레 어깨를 펼 수 있다. "저 애가 우리 데이빗이에요. 이건 제가 키운 백합이고요." "네, 그렇군요. 인류의 보물이에요! 아름다워요! 정말 아름답습니다!"

깜빡 잠에 들었다가 깨었을 때 사위는 어둑하고 소리 없이 고요했다. 요강에 앉아 꾸벅꾸벅 졸고 있는데 문이 발칵 열렸다. 찌르는 듯한 빛에 눈을 찡그린 채 노려보니 아빠가 서 있었다. 아이고 우리 애기. 잠깐만 있어 봐라. 아빠가 휴지를 가져와 내 오줌을 닦아 주었다. 그리고 이불에 눕힌 뒤 가슴팍을 두드렸다.

"자다가 깼니?"

"응."

"언제 왔어?"

"아까."

"왔으면 말을 하지."

한참 대꾸를 안 하다 토라진 티를 숨기지 못한 채 불퉁한 목소리로 내뱉었다. "바쁜 거 같아서."

거울을 보지 않아도 입이 비죽 튀어 나왔겠구나 하는 걸 알았다. 희미한 어둠 속에서도 아빠의 손등에 진 주름이 보였고 갑자기 무척 슬퍼졌다. 저급천사여도 좋으니 엄마가 정자를 받아 낳은 나와 천사로 된 가정을 꾸렸으면 훨씬 평화로웠을 거다. 천사는 나이 들지도 않고, 줄곧 아름다움을 유지한 채 엄마를 사랑해 줘서 엄마의 얼굴에 피가 돌게 했을 것이다. 아빠는 셋 중 어느 것도 해내지 못해 때때로 정말 밉다. 악을 쓰고 발을 쿵쿵 구르고 싶어진다. 그렇지만 가끔 아빠는 냉장고에 남은 반찬으로 비빔밥을 만들어 주는데 그건 내가 먹어 본 것 중에 최고의 맛이다. 또 아빠는 어느 눈이 많이 내린 새벽에 내가 미끄러져 넘어질까 봐 학교 가는 길목의 눈을 죄다 쓴 적이 있다. 그런 걸 생각하면 역시 아빠를 완전히 미워할 수 없다. 아빠가 엄마에게 조금만 더 잘했으면 좋앉을 텐데. 그럼 우리는 조금 더 행복했을 텐데.

"아빠."

"응?"

"엄마랑 아빠는 왜 이렇게 싸우지?"

아래로 쳐진 눈썹은 곤란하다는 뜻이다. 아빠가 입술을 떼었다가, 다물었다가, 작게 뱉었다. "미안하다." 그런 뻔한 소리를 듣고 싶은 게 아니라는 뜻을 담아 불독처럼 인상을 쓰자 아빠가 덧붙였다.

"그건 엄마와 아빠가 다른 사람이라서 그런 거야. 다른 두 사람이 함께 산다는 건 품이 들어가는 일이란다."

하지만 옆집은 조용한걸. 그렇게 생각하는 내 머릿속을 읽은 듯 아빠가 나지막이 말했다. "옆집은 인형과 함께 사니까."

"……."

"인형과 산다는 건 아무것도 양보하지 않아도 된다는 뜻이란다. 그리고 양보하는 방법을 잊게 되면 인간은 나약해져. 상처를 받지 않으면 점점 더 상처에 취약한 인간이 돼." 아빠가 내 머리에 손을 얹었다. "너는 건강하게 자랄 거야. 기대하지 못한 일을 겪을 거야. 부딪힐 때도 다칠 때도 있겠지. 지금은 먼 이야기일지 몰라도 언젠가는, 분명 그런 걸 감당해도 좋은 사람을 만나게 될 거야."

그 말을 듣는데 이오의 얼굴이 생각난 건 어째서일까? 알

왔다고 하자 아빠가 내 머리칼을 쓰다듬었다. 좋은 아이가 된 기분. 만족스럽게 눈을 감으려는데 아빠가 물었다.

"그런데 오늘 머리 묶고 갔니?"

"응. 너무 길어서. 좀 귀찮아서."

"귀찮아하면 아름다워지지 못하지. 내일부터는 잊지 말고 푸르고 가. 일찍 일어나서 좀 매만지면 훨씬 보기 좋잖아. 너도 그렇게 생각하지?"

"응."

"그래. 부지런해야지. 부지런해져야 아름다워지지. 너는 푸는 게 나아. 나를 닮아서. 턱을 가리는 편이 낫거든."

입술을 달싹이는 아빠의 얼굴엔 그림자가 드리워져 있었다. 표정을 읽을 수 없었다.

전화벨이 울렸다. 이 시간에 누구일까. 거실로 나간 아빠가 내 방으로 들어왔다.

"환희야."

나는 불이 붙은 것처럼 벌떡 일어나 수화기로 달려갔다.

쇠사슬을 잡은 손이 점점 차가워졌다. 두 다리 사이에 손을 모아 끼워 넣고 그네가 흔들리지 않게 발끝을 세워 지탱했다. 춥진 않았는데 따뜻한 곳이 없었다. 겨드랑이에 손을 끼워 넣어도 미적지근한 습기만 손가락을 감쌀 뿐 열이 느껴지지 않았다. 두 시간 전 환희와 통화한 내용을 곱씹었다.

— 불침번을 서자고.

— ……

— 생각해 보니까, 천사는 어둠 속에서 더 잘 보일 거 아냐.

— ……

— 그러니까 돌아가면서 기다리자. 내일은 미리내가 서기로 했거든? 모레는 내가 설 거고. 너는…… 지금 시간 돼?

아직 밤에는 춥다는 걸 알면서 외투를 걸치지 않고 나오다니 어리석다. 야광도료를 바른 어린이 공원의 시계는 11시를 5분 앞두고 있었다. 얼마나 기다리면 되냐는 물음에 환희는 그래도 자정까진 있는 게 좋지 않겠냐고 했다. 그때쯤엔 사람들이 잠들기 위해 불을 끌 테고 방해 없이 네모난 젖빛 유리창 안쪽에서 희미하게 발광하는 천사를 볼 수 있을 거라고. 어차피 너네 집 앞이니까 괜찮지? 그 말을 거역할 순 없었다. 앞으로 한 시간. 기다리자. 몸을 한껏 웅크렸다. 꽤 지난 것 같아 다시 시계를 봤을 땐 겨우 5분이 지난 뒤였다. 춥다. 턱이 덜덜 떨려서 알을 품은 씨암탉처럼 고개를 들 수가 없었다. 지금이라도 잠바 하나 가져올까? 그러다 천사가 나오면? 증거도 없고 고자질할 사람도 없지만 용기가 나지 않았다. 몸뿐 아니라 마음도 얼어붙은 것 같았다.

모래를 밟는 소리가 들렸다. 그것만으로 누구의 발소리인지 알 수 있던 건 어째서일까? 시야 안으로 들어온 그림자가 고개 숙인 내 머리 위로 천천히 드리웠다.

"안녕."

예상했던 목소리였음에도, 아니, 그렇기에 심장이 쾅쾅 뛰어 대꾸할 수 없었다. 머리 위로 뻗어 나온 손이 조금씩 흔들리던 그네를 잡았다. 숨이 멈췄다. 그네 대신 내 심장이 요동쳤다.

"조심해."

숨을 몰아쉬는 걸 들키지 않으려고 호흡에 신경 썼다.
"왜?"

대답 대신 가는 손가락이 내 팔을 톡톡 두드렸다. 이오가 가리키는 방향을 따라 천천히 고개를 들었다. 그네의 쇠사슬 위쪽에 슬어 있는 녹이 어둠 속에서도 선명했다.

"그, 그래도 이 자리가 좋은데."

왜냐고 이오의 눈이 물었다. 101동에 천사가 산다는 비밀을 함부로 말할 수도 없는 노릇이었다. 때마침 발밑에 꾸물대는 까만 개미들이 보여 거짓말을 했다.

"내 개미들이야."

쪼그려 앉은 이오가 신기하다는 듯 눈을 치켜떴다. "개미?"

"가끔 먹을 걸 챙겨 주거든."

"친구?"

"그건 아니야."

개미를 친구 삼는 애로 보이고 싶진 않아서 다급할 정도로 빠르게 부정했다. "우리 엄마가 그랬어. 무언가를 돌보면 마음이 기뻐진다고."

최고는 자식이고 그건 직접 낳아 길러 봐야 안다는 말은 생략했다. 우리 엄마지만 가끔 너무 괴짜 같다고 생각하는데 그냥 한 거짓말에 이오는 의외로 흥미를 보였다.

"나도 길러도 되니?"

"진심이야?"

"응, 그냥 한번 그래 보고 싶어. 어려울까?"

"어렵지 않은데…… 뭘 키우고 싶은 거면 다른 게 더 낫지 않을까? 화분이나 물고기…… 키워 본 적 없어?"

이오가 고개를 설레설레 저었다.

거짓말!이라고 외칠 뻔했다. 어떻게 그럴 수가 있지? 지난달부터 환희는 우미와 유리라는 이름의 두 마리 금붕어를 키우기 시작했다. (우미는 잉크처럼 검은색, 유리는 황처럼 노란색이다.) 미리내는 '쌩쌩'이라는 이름의 싱싱한 연둣빛 이구아나를 벌써 5년째 키우는 중이다. (미리내의 큰삼촌이 파충류 딜러인데, 한번 미리내를 따라갔다가 삼촌의 네 마리 뱀—레오나르도, 미켈란젤로, 라파엘로, 도나텔로—중 노랗고 흰 얼룩이 있는 레오나르도를 목에 감고 사진을 찍은 적도 있다. 겁을 먹은 내게 삼촌이 말했다. "걱정 마. 앤 꼬마 숙녀를 좋아하거든." 그 말대로 목을 힘껏 쥐었음에도 상냥한 신사인 레오나르도는 플래시가 터질 때까지 얌전히 있다가 스르르, 툭 바닥으로 떨어졌다.)

지난 해까지는 교실에서도 양파를 키우거나 (파처럼 뾰족한 푸른 줄기가 15센티미터 정도는 자랐다. 물을 가는 걸 깜빡해 밑둥이 짓물러서 땅에 묻었다. 한동안 사물함 근처에선 중국집 냄새가 났다.) 식목일엔 나무를 심었고 (매년 같은 곳에 심었는데 자란 것을 본 적은 없다.) 3학년 때에는 솜털이 보송보송한 병아리를 억센 장 닭이 될 때까지 기른 적도 있다. (방학이 끝나고 가 보니 닭장은 비어 있었다. 목덜미엔 목장갑 색의 두툼한 볏이 비곗살처럼 출렁대 고 틈만 나면 종아리를 쪼러 달려드는 공룡의 조상을 누가, 어떻게 데 려간 걸까?)

"전에 다니던 학교에서는 안 했니?"

조심스레 묻자 아차, 싶은 답이 돌아왔다.

"병원에 오래 있었으니까."

나보다 큰 이오가 품이 넉넉한 반팔 티 하나만 입고 있는 모양이 문득 어린아이처럼 보였다. 유백색 무릎이 밤바다에 뜬 빙하처럼 환했다. 그게 참을 수 없이 쓸쓸해 보여 충동적 으로 입을 열었다.

"실은 나도 내 걸 키운 적은 없어. 개미를 키운다는 것도 거 짓말이야. 천사를 보러 온 거야. 자비천사라고 알지? 관용사

에서 나온 비싼 천사를 말하는 게 아니라 진짜 '자비천사' 말
야. 사람들에게 그들이 생각하는 가장 아름다운 얼굴을 보여
준다는 궁극의 천사. 그 대가로 가장 사랑하는 존재의 생명
을 빼앗아 간다는 천사. 누군 그런 건 없다고 하고, 누군 파괴
되었다고 하고, 누군 관용사의 지하 감옥에만 있다고 하는 천
사 말야. 그게 이 단지에 있대."

머릿속에선 괜찮았는데 입 밖으로 뱉으니 우습게 들렸다.
머저리가 따로 없네. 그걸 믿냐? 그렇게 이오가 나를 비웃어
도 할 말이 없었다. 그런데 이오의 반응은 의외로 진지했다.

"그런 게 있구나."

나는 안도의 한숨을 삼키며 주머니에서 금이 간 거울을
꺼냈다.

"응. 혹시 기절할까 봐 챙겨 왔어. 이걸로 살짝 보려고."

이오의 손이 내 쪽으로 뻗었다. 손바닥 위에 동그란 손거울
을 얌전히 올려 두자 이오가 신기하다는 듯 거울을 돌려 보
았다.

"이런 것도 준비해 왔구나."

"당연하지."

뿌듯함에 목소리가 한층 높아졌다. 이오가 거울을 되돌려
주었다.

"누가 그런 소문을 말했어?"

"그건…… 환희가 말해 줬어."

이오의 얼굴에 무언가 눈치챘다는 빛이 떠올랐다.

"낮에도 자비천사를 찾아서 온 거구나."

"응. 그런데 네가 10층에는 너희 집밖에 없다고 했잖아. 그래서 환희가 좀," 말을 고르려다가 실패하고 그대로 전했다. "화가 났어. 아마 네가 거짓말을 한다고 생각하는 거 같아."

이오가 고개를 끄덕였다. 방금 거짓말쟁이라는 말을 들은 건 별 상관없다는 잠잠한 표정이었다. 이래서 환희가 이오를 싫어하는 거다. 이오는 환희의 말 따위엔 꿈쩍도 하지 않으니까. 그리고 나는 이오를 위해서라면 환희를 욕하는 것뿐만 아니라 뭐든 상관없었고 그런 나 스스로의 우정의 얄팍함에 당황했다. 미안해, 환희야. 하지만 이오는 다른 사람들이랑 다른걸. 심지어 너랑도…… 이오의 손가락이 시계탑을 가리켰다.

"여긴 집 없는 사람들도 꽤 드나들고, 이웃을 전부 아는 것도 아니니 환희의 말이 맞을지도 모르겠다. 그래도 지금은 가는 게 낫겠다. 너무 늦었어."

"그렇지만, 기다려야 하는데."

"누구를?"

"천사를."

"내가 보고 알려 주면 안 돼?"

"네가 보고 알려 준다고?"

이오의 얼굴에 처음 보는 짓궂은 미소가 떠올랐다. "환희한텐 비밀로. 우리 집은 바로 앞이니까 괜찮아. 자."

우리 집도 바로 앞인데…… 입속말을 하는데 이오가 내게 손을 내밀었다. 그걸 잡고 우물쭈물 몸을 일으키자 뻣뻣하게 굳어 있던 몸이 펴지면서 피가 돌았다. 갑자기 시작된 급류에 어지러이 현기증이 일었다. 이오는 내 손을 잡은 그대로 101동 안으로 들어갔다. 버튼을 누른 다음 엘리베이터 안쪽으로 내 등을 살짝 밀었다.

"잘 가."

이오의 웃는 얼굴을 바깥에 두고 문이 닫혔다. 얼결에 아파트 입구로 나간 나는 하늘을 올려다보았다. 반짝이는 별빛. 아주 멀지만 또 가까이 있었다. 손을 들어 냄새를 맡았다. 살짝 혀를 내밀어 핥자 이오의 땀 이오의 체온을 맛본 소금말 한 마리가 혈관 속에서 피거품으로 이루어진 갈기를 흩날리며 날뛰었다. 정신을 차렸을 땐 나 역시 숨이 차게 달려 학교 앞까지 도착한 뒤였다. 운동장 몇 바퀴 돈 다음, 엘리베이터까지 바래다 준 이오를 실망시키지 않기 위해 뒷길로 돌아 집에 갔다.

다음 날 학교에 가자마자 미리내가 내 팔을 붙잡았다.

"너 이오 얘기 들었어?"

어제 일이 들통난 걸까? 심장이 덜컹 떨어졌는데 미리내가 들려준 건 매우 뜻밖의 얘기였다. 새벽에 주공아파트에서 누군가 투신자살했는데, 근처에 있던 이오가 자살자와 눈이 마주치는 바람에 학교를 쉰다고 했다. 오늘 아침 아빠가 차로 데려다줬던 것이나 묘하게 어수선했던 분위기가 그제야 이해됐다.

"한동안 못 오겠지?"

미리내가 비어 있는 이오의 자리를 힐끔댔다. 지난밤 엘리베이터 문이 닫히기 전 내게 손을 흔들던 이오의 모습이 떠올랐다. 나 때문인 걸까? 나를 대신해 천사를 기다리던 중에 그런 걸 본 걸까? 목에 가시가 걸린 듯 답답했다. 최대한 태연한 척 물었다.

"몇 시쯤 그런 거래?"

"잘 모르겠는데."

때마침 창가에 있던 해인이 무리가 같은 이야기를 하고 있었다.

"몇 시에 그랬대?"

"거의 아침에. 옆집 아줌마가 새벽 수영 가는데 경찰이 와 있더래."

미리내가 해인의 말을 고스란히 전했다. "아침에 그랬대." 나도 들었지만 고맙다고 했다. 불행 중 다행이었다. 이오가 나 때문에 그런 일을 보았다면…… 상상도 하기 싫었다. 마른세수를 하는데 미리내가 내게만 들릴 정도로 나지막이 중얼거렸다. 학교 오는 길에 봤나 봐…… 아침부터 되게 놀랐겠다. 근데 그렇게 부지런한 애가 왜 수업시간엔 잠만 잔대?

애들 대부분 각자 주워 온 소문을 보따리장수처럼 풀어놓느라 바빴다. 열여덟 소년의 투신엔 전하는 사람마다 다른 이유가 있었다. 연인에게 못생겼다고 차여서 홧김에 뛰어내린 거다, 아버지가 성형을 반대했다, 말대꾸를 하는 자식은 혀를 자른다고 했다, 그게 아니라 혀를 예쁘게 만들기 위해 혀뿌리의 힘줄을 끊어 냈는데 그것 때문에 말을 더듬게 되었고 그게 원인이 되어 뛰어내린 거다 등등…… 디테일을 하나로 모으자 뭐가 됐든 외모를 비관한 자살이라는 결론이 나왔다.

"만약 우리 아빠가 자연인이면 나도 자살할 거 같애."

"우리 엄마는 내년 생일까지는 아무것도 하지 말라는데."

"어른들도 이해는 가. 옛날에는 성형하다가 죽기도 했다니까."

"자연인은 신념이래."

"자연인도 자연인 나름이지. 못생겼는데 아무것도 안 해 주면 그건 학대 아냐?"

뭉게구름처럼 피어난 말들에 숨겨진 뾰족한 진심들이 바늘처럼 나를 찌르고 갔다. 나는 피가 흐르는 손가락을 빨았다. 반 애들은 내가 자연인의 자식이라는 걸 모른다. 아니, 어쩌면 이미 들통났고 단지 대놓고 묻지 않는 건지 모른다. 다들 매너 있으니까. 만약 오늘 죽은 게 나라면 조용한 침묵이 교실을 맴돌았을 거다. 신나지 않아서가 아니라 그게 매너고, 매너는 곧 아름다움이니까 그랬을 거다.

1교시가 시작되고 판서를 받아 적는 동안에도 붕 뜬 마음이 가라앉질 않았다. 머릿속에 떨어진 시체가 그려졌다. 팔다리가 외톨이의 필통 속 노란 스테들러 연필처럼 뒤틀린 시체. 풀을 덕지덕지 바른 종이죽 인형을 물에 빠트린 것처럼 얼굴이 으깨진 시체가 눈앞에 있는 듯 선명하게 떠올랐다. 어느샌가 나는 주공아파트에 도착해 있었다. 반장님. 고개를 숙이는 부하들에게 한 손을 들어 가볍게 인사한 뒤 노란 줄을 걸어 들어간 현장에는 사람 크기의 둔덕이 보였다. 한쪽 무릎을 굽혀 그걸 덮고 있던 흰 천을 걷자 한때는 얼굴이었던 고기 반죽이 드러났다. 우욱. 신참 미리내가 미루나무 밑으로 뛰어가 먹은 걸 쏟아냈다. 나는 천을 원래대로 되돌리며 다른 세계로 간 망자를 위해 두 손을 모았다. 이젠 누구도 이 얼굴을 보곤 아름답다든지, 못났다든지 평가할 수 없을 거다. 이 사람은 얼굴을 버리고 자유를 얻은 거다.

등 뒤를 두드리는 손길에 놀라 꿈에서 깼다. 책상을 덜컹이는 소리에 분필을 잡은 선생님의 손이 잠시 멈칫했다가 움직

이기 시작했다. 묘한 안도의 공기가 흐르며 교실 구석구석 정
차했던 쪽지들이 다시 주인을 향해 나아갔다. 나는 등 뒤로
슬쩍 손을 뻗었다. 사방형으로 접힌 쪽지를 펼치자 환희의 둥
그런 글씨체가 보였다.

— 이따 자비천사 보러 가자.

그 뒤에 답을 적어 건넸다.

— 괜찮을까? 경찰이 내쫓으면 어떡해?

새로운 쪽지가 왔다.

— 네가 거기 사는데 뭘 걱정해.

뭐라고 답할지 망설이고 있는데 환희가 다시 등을 두드렸
다. 새로운 쪽지엔 이렇게 적혀 있었다.

— 아까 들었는데 6반 애들이 자살한 사람을 보러 간대.
다른 애들이 실수로라도 천사를 보기 전에 우리가 먼저 봐야
해. 끝나고 후문에서 기다려. 바로 갈게.

어린이 공원에서 이번엔 내가 환희의 옆 그네에 앉고 미리
내가 환희의 등 뒤에 섰다. 미리내는 초짜 하녀처럼 환희의
등을 밀다가 풀어 헤친 머리카락을 잡아당겨 환희의 신경을
긁었다. 제발 당기지 좀 말란 말에 풀이 죽은 미리내가 미끄
럼틀 끄트머리에 주저앉았다. 그 일만 빼곤 아주 평온한 오후
였다. 파란 하늘에는 뭉게구름이 떠 있었다. 멀리 있는 건물의

모서리 하나하나가 선명하게 보였다. 차갑지도, 뜨겁지도 않은, 맛도 냄새도 없고 단지 부드러울 뿐인 공기가 젖지 않는 물처럼 팔을 부드럽게 감쌌다가 놓았다. 경찰도 없었고, 바람이 불어도 피 냄새는 나지 않았다. 모든 건 평소와 같았다. 머릿속이 온통 이오 생각뿐인 것도 마찬가지였다. 심각한 일은 아니겠지? 그냥 눈만 좀 마주친 거겠지?

전에도 비슷한 사건이 있었다. 같은 반이었던 Y가 풀숲에서 있던 아는 아줌마에게 인사했는데 대꾸가 없어서 가까이 가 보니 목을 매고 죽어 있었다고 했다. Y가 수업 중간에 자리를 비우면 다들 말은 안 해도 그 애가 병원에 간 걸 알았다. 엄마는 Y의 이야기를 듣고 안됐다고 했지만, 실제로 Y는 건강하고 또 즐거워 보이기까지 했다. 이오도 그렇게 되려나. 의사가 이오의 뇌를 꺼내 깨끗한 물에 씻어 넣어 주고 멍든 심장에 싱싱한 새 피를 넣어 주려나. 활기찬 모습으로 돌아올 이오를 그려 보았다. 이오와 같이 그네를 타고, 쇠밧줄을 쥔 이오의 손을 보고, 그 애의 손에서 나는 신선한 쇠 냄새를, 바람이 손톱을 세워 머리카락을 긁어 줄 때 이오에게서 풍기는 냄새를 맡는 상상을 했다. 그때 우리는 밤을 새워 이야기를 나눌 것이다. 이 놀이터에서 해가 뜨는 걸 나란히 앉아 볼 것이다.

다시 그네 앞으로 다가온 미리내가 운동화 앞꿈치로 원을 그리고 있던 환희에게 물었다.

"어떻게 천사가 여기 있는지 알았어?"

딱 봐도 환희의 기운을 북돋게 하기 위한 질문이었다.

환희가 바닥에서 눈을 떼지 않고 말했다. "내가 말 안 했던
가?"

"응."

"봤어, 여기에서."

"진짜?"

"그럼 가짜겠니." 창피를 주려는 말투도 어쩐지 힘이 없었
다. "그냥…… 어쩌다가 봤어."

환희는 천사의 자료를 공유하는 사이트에서 '이런데 자비
천사가 있네요'라는 제목의 게시글을 발견했다. 호기심에 클
릭하니 서울 한 귀퉁이, 주민들의 평균 소득이나 집값도 낮은
동네의 주공아파트에서 천사를 보았다는 내용이 나왔다. 글
쓴이는 관용사의 추적을 피할 수 있는 정도로 뭉개진 저화질
의 사진을 증거라고 올렸다. 거짓말이라는 반응이 대다수였는
데 이럴 수가? 사진에 찍힌 배경이 묘하게 눈에 익다 했더니
환희도 익히 아는 주공아파트가 아니던가! 그래서 어느 날,
환희는 우리 둘과 헤어지고 난 뒤 놀이터에 왔고 사진과 같은
위치, 즉 그네에 앉았다가 창 안쪽에서 빛나는 별보다 환한
천사를 보았다고 했다.

곰곰이 생각하면 불가능한 일만은 아니었다. 역 1번 출구에서 비가 오나 눈이 오나 샌드위치 패널을 매고 서 있는 아저씨는 누가 봐도 구깃구깃한 신문지나 걸레 같은 인상이지만 한때 천사를 세 대나 갖고 있었다고 했다. 그 말인 즉, 이 동네에서도 마음만 먹으면 천사를 살 수 있다는 거다. 나는 그가 마이크에 대고 반복하던 말을 기억했다.

"한때는 나 역시 천사의 아름다움에 종처럼 끌려다녔지만 인간의 주인은 오로지 하나님이라는 것을 알고부터는 천사는 사탄이 보낸 유혹자요, 사막의 뱀이라는 것을 깨달았습니다. 그래서 천사의 아름다움에 미혹당하지 않기 위해 외쳤습니다. "예수 이름으로 명하노니 결박받고 떠나갈지어다." 그러자 천사는 기계인간의 슬픈 숙명을 인식했는지 말씀을 두려워하며 내 곁을 떠났습니다. 용광로 속으로 걸어 들어가 천천히 녹아내렸습니다. ("터미네이터 아냐?" 미리내가 속삭였다.) 그날의 계시를 받아 저는 모든 것에서부터 자유로운 인간이 되었습니다. 여러분 모두 신의 품 안에서 자유로워지십시오. 인간이 되십시오."

자신의 말에 감격한 아저씨가 눈물을 닦을 적에 손목에 걸고 있던 흰 지팡이가 덜렁거렸다.

그 외에도 어두운 밤에 빛나는 사람을 보았다든지, 뒷산이나 근린공원 구석에서 쓰러진 천사를 보았다든지 하는 말이 돌았다. 증거랍시고 올라온 사진들은 뷰 파인더를 보지 않고 마구잡이로 셔터를 누른 모양새로, 화면이 손가락으로 가려졌거나 초점이 맞지 않는 등 제대로 된 사진이 거의 없었다. 그마저도 8할 정도는 술이나 약에 취한 노숙자나 본드를 풍선처럼 부는 가출 청소년, 혹은 입을 다물지 못하는 싸구려 고무인간으로 밝혀졌지만 거꾸로 따지면 2할은 진짜라는 거다. 그리고 나는 환희를 의심하지 않는다. 그러기로 마음먹었기 때문이다.

"그때 이오만 안 만났어도 그냥 문이라도 두들겨 보는 건데. 저쪽에," 환희가 어느 베란다를 가리켰다. "저쪽에서 나왔어. 밤인데 진짜 빛이 났다니까?"

그리고 마술 같은 일이 일어났다. 유리문이 열리더니 낮의 그림자 속에서 빛나는 얼굴 하나가 둥실 떠올랐다. 드러난 목과 팔이 나무를 깎아 만든 퍼펫처럼 움직였고 검은 티셔츠 뒤에 가려진 몸통은 마술사만이 답을 아는 수수께끼로, 우리 관객으로서는 목 아래로 전류 같은 척추뼈가 흐르고 있다는 것 정도만 알 수 있었다. 남자가 빨래를 걷기 시작했다. 그가 손을 댈 때마다 마른 천이 패배한 적군의 목처럼 떨어졌다.

"얼른 세!"

환희가 외치는 소리에 그제야 퍼뜩 정신이 들었다. 차근차근 숫자를 세는데 손가락이 작게 떨렸다. 하나, 둘, 셋, 넷……

동시에 입이 열렸다.

"다섯 번째……."

"여섯 번째 집이야."

환희가 고개를 돌렸다. "미리내, 셌어?" 미리내는 열이 오른 표정으로 웅얼댈 뿐 말도 못했다. 빨고 있던 사탕이 목구멍으로 넘어간 듯 가슴을 퍽퍽 두드렸다. 환희가 한심하다는 듯 쯧 혀를 차고 벌떡 일어섰다.

"아, 됐어. 어차피 둘 중 하나니 두드려 보면 돼."

"괜찮을까?" 미리내가 이를 딱딱 부딪혔다. "왜, 여기 왔냐고 물으면 어떡해?"

환희가 무얼 걱정하냐는 듯 한쪽 입꼬리를 올렸다. "잊었어? 우린 친구 만나러 온 거잖아. 이오 말이야."

먼저 1005호의 벨을 눌렀다. 짜르르, 하고 초인종이 울렸다. 잠시 기다려도 별다른 반응이 없었다. 환희가 몇 번 빠르게 벨을 난타하고는 주먹으로 문을 쾅쾅 두드렸다. 계세요. 그래도 대꾸는 없었다. 복도로 난 창문은 헐거운 쇠기둥이 가로막고 있었다. 어린애의 힘으로 뽑아내긴 역부족이었고 터키옥색의 현관문 역시 마찬가지였다. 힘을 주어도 영구치처럼 단단히 박혀 있었다.

"비켜 봐."

환희가 갈색 종아리에 힘을 주었다. 쾅! 하고 작은 폭탄이 터지기 직전, 예고도 없이 문이 열렸다. 젊은 남자가 고개를 내밀었다. 미남이긴 했지만 놀라울 정도는 아니었고, 무엇보다 천사라고 하기엔 뭐랄까, 너무 인간스러웠다. 얼굴에서 빛이 나지도 않았다. 방금 베란다에 나타났던 게 이 남자가 맞나? 당혹스러움, 부끄러움, 실망과 미련, 희미한 기대, 약간의 혼란이 우리 세 사람 사이를 맴돌았다. 환희는 일단 잠입을 택하기로 결심한 듯했다. 누구보다 먼저 침착함을 되찾아 뻔뻔하게 선수를 쳤다.

"안녕하세요. 이오 형이세요? 저흰 같은 반 친구인데요, 이오한테 전달해 줄 게 있어서요." 환희가 슬쩍 가방을 열어 낮에 쪽지 시험을 친 갱지를 보였다. "학교 프린트인데요."

남자는 그저 약간 피로가 남은 얼굴로 우리를 볼 뿐이었다. 환희는 기가 죽지 않고 되물었다.

"여기 이오네 아니에요?"

"아닌데." 갈라진 목소리가 나왔다. 목을 가다듬고 난 다음의 말투는 한결 상냥했다. "옆집인데 잘못 알았나 보다. 우유 주머니나 신문 구멍에 넣고 가렴."

환희가 눈살을 찌푸렸다. "직접 전해야 하는데. 중요한 거거든요. 언제쯤 돌아올지 아세요?"

"글쎄다. 그런 것까진."

"그래요? 아, 오늘 안으로 꼭 전해야 하는데. 밖에서 기다려야 하나."

머뭇거리는 투로 말하는 환희의 왼발은 이미 반쯤 현관으로 들어가 있었다. 못 이긴 남자가 잠시 들어와 있겠냐고 묻자 환희가 기다렸다는 듯 보조개가 움푹 패이는 미소를 짓고 남자의 팔 아래로 쑥 들어갔다.

"그럼 실례하겠습니다."

귀염받는 어린 짐승처럼 스스럼없이 굴 수 없는 나와 미리내는 남자가 너희도 들어가렴, 하며 문을 활짝 열길 기다렸다가 단정하게 스니커즈를 벗었다.

남자는 발에 깁스를 하고 있었다. 그게 그가 대낮부터 집에 있는 이유일까? 엄마는 낮에 노는 남자는 쓰레기라고 했는데 테가 얇은 안경 뒤로 보이는 남자의 눈가가 상냥해서, 분명 무슨 사정이 있겠지 생각하며 남자의 안내대로 커스터드크림색의 소파에 앉았다. 환희는 허리를 굽혀 냉장고 안을 보는 그를 향해 구경해도 되죠?라고 묻더니 짐짓 진지한 표정으로 소파 맞은편 장식장 유리문 안쪽에 일렬종대로 선 자기 천사들을 향해 얼굴을 들이댔다. 손대지 말라고 버럭 소리를 지르는 건 아닐까 했지만 남자는 별다른 말은 하지 않았다. 대신 무게중심이 한쪽으로 기운, 실컷 헤엄치고 나와 귀에 물을 빼려는 모양새로 부엌을 가로지르더니 1리터짜리 우유팩 하나를 뜯어 냄비에 붓고는 가스불을 켰다. 환희가 재빨리 부엌으로 달려가서 살갑게 권했다.

"도와드릴게요."

"그럼 넘치지 않게 봐 줄래?"

남자가 나무 주걱을 건네고는 찬장 높은 곳에서 노란 통에
든 코코아파우더를 꺼냈다. 그가 조그만 유리병에 든 계피의
향을 맡고 건조대에서 크기가 제각각인 컵 세 개를 늘어놓는
동안 환희는 쉬지 않고 종알댔다.

"어쩌다 다쳤어요? (남자는 대꾸 없이 웃기만 했다.) 나도 팔
부러진 적 있는데. 근데 부러졌다 붙으면 더 튼튼해진대요."

"음, 맞아."

"많이 아파요?"

"지금은 별로."

마치 이 방에 있는 다른 사람의 존재는 잊은 듯 둘만의 다
정한 대화가 이어졌다. 나는 슬쩍 일어나 장식장 앞에 섰다.
종교를 믿는 걸까? 취미용 수집일까? 자기 천사들은 하나같
이 새하얀 옷을 입은 어린 소년으로 대량생산한 듯 똑같은
얼굴이었다. 이런 복제품을 공들여 보관하다니 우습다는 생
각이 들었다. 단 하나만 있는 것이 특별하지, 이건 있어도 그
만 없어도 그만인 데다 괜히 자리만 차지하지 않나?

한동안 이곳저곳을 뒤적이던 남자가 냉장고에서 연유를 꺼
내 달라고 부탁했다. 환희는 연유를 건네고는 잠시 기다리라

는 남자의 말에 식탁에 앉았다. 곧 이어 엉덩이에 불이 붙은 듯 비명소리가 들렸다.

"우와! 나 이거 알아! 루카 맞죠? 어떻게 구했어요?"

그 말에 미리내도 나도 벌떡 일어나 식탁으로 갔다. 한쪽에 놓인 액자에 오래된 광고지가 들어 있었다.

"아." 남자가 뒤통수를 설설 긁으며 눈을 깜빡였다. "너희들 가져도 돼."

"정말요? 비싸지 않아요?"

"모조품이거든."

"그래도 비쌀 텐데."

"괜찮아. 거기 있는 것도 까먹고 있었어. 이젠 천사에 관심 없거든."

"그런 말하는 사람일수록 천사를 좋아한대요."

"누가 그래?"

"우리 언니가요."

"어쨌든 지금은 필요 없으니까 가져가고 싶으면 가져가."

"그렇게까지 말씀하시니 받아 갈게요."

환희가 냉큼 액자를 집었다. 환희가 가진다고 생각하는 편이 좋겠지만 운이 좋으면 셋이 나누자고 할 수도 있다. 기대를 숨기지 못하고 환희가 관용을 베풀길 희망하는데 미리내가 옆구리를 쿡 찔렀다.

"진짜 천사를 사서 질린 걸 수 있어."

망했다. 나는 눈을 질끈 감았다.

"천사를 사다니, 그게 무슨 말이니?"

환희가 미리내를 구박하는 덴 이유가 있다. 미리내는 눈치가 없고 목소리가 커서 같이 있는 사람을 창피하게 했다. 방금 전에도 미리내 자신은 속삭인다고 생각했겠지만, 미리내의 목소리는 집 안 가득 쩌렁쩌렁 울렸다.

미리내가 얼굴이 새파래진 채 환희를 돌아봤다. 모두의 시선이 자연스럽게 환희에게로 향했다. 어떻게 할 것인가? 스포트라이트가 쏟아졌다. 여배우는 새끼 손가락을 쿠션처럼 받쳐 액자를 내려놓고 작게 한숨을 뒤섞어 이오는 비밀로 하랬는데, 라는 단서를 덧붙이며 독백을 시작했다. 내용인 즉슨 실은 이오의 집에 천사가 있고, 이오가 그걸 보여 주기로 했다는 것이었다. 우리가 지금보다 서너 살은 더 어리던 때, 궁궐 같은 집에 살며 아름다운 엄마와 일찍 죽은 오빠가 있다고 떠들고 다니던 시절의 허풍처럼 들리는 얘기였다. 그리고 자칫 민망할 수 있는 이런 종류의 연극은 어른들 앞에서 순진하게 구는 환희만의 재능으로 인해 완성됐다. 흐린 날, 미동 없는 강물 위에 동그랗게 뜬 해처럼 어딘지 뿌연 환희의 눈동자를 보면서 굳이 사건의 진위를 파헤쳐 공격하려는 사람은 적어도 지금까지 내가 본 바로는 없었다.

남자가 코코아파우더를 뜨던 손을 잠시 멈췄다. 손목을 신중하게 움직여 우묵한 수영장 모양의 스푼 위로 산처럼 쌓였던 갈색 가루를 수평으로 깎아 냄비에 부은 그가 골똘한 표정으로 연유를 주욱 짜 넣더니 나무 주걱으로 휘저었다. 그리고 손등에 몇 방울을 떨어트려 코코아를 맛본 다음 연유를 약간 더하며 느리게 입을 뗐다.

"있지, 사람은 말야, 가끔 없는 말을 할 때도 있거든. 겁이 나서 그럴 때도 있고, 다른 사람에게 잘 보이고 싶은 마음에 그럴 때도 있고 또⋯⋯"

눈을 크게 뜬 환희가 어딘지 즐거워 보이는 표정으로 되물었다.

"이오가 거짓말을 했다고요?"

"음, 그렇다기보단 가끔 과장해서 말할 때가 있다는 거지."

환희가 확신에 찬 투로 말했다. "아녜요. 진짜예요. 실은 이오가 말하기 전에 우리가 먼저 발견한 거거든요. 걔네 집 창문에서 빛이 새어 나왔어요."

"그래서 너희들이 어린이 공원에서 얼쩡대는 거니?"

"어떻게 아세요?"

나도 모르게 큰 목소리가 튀어나왔고, 그때 처음으로 남자와 눈이 마주쳤다. 안경 뒤에 가려진 맑은 눈동자가 유리 의안처럼 반짝여서 순간 간담이 서늘했다.

"오해하진 마. 여기선 바로 보이거든."

가스 불을 끈 남자가 절뚝대며 우리를 베란다로 데려갔다. 우리가 매번 앉는 그네, 공원 한가운데의 높은 시계탑, 바닥에 깔린 모래가 지는 해의 은근한 주홍빛에 물들어 가고 있었다. 식수대는 반들거리는 사철나무 울타리에 반쯤 가려져 깎은 땡중의 머리처럼 푸르스름한 물받이만 보였고 그 아래 축축히 젖어 매끈한 검은 자갈은 보이지 않았다. 바로 정면에 보이는 미끄럼틀이 오랜 마찰로 닳아 은처럼 반들거렸다. 때마침 구름이 걷혔다. 기운 해가 번쩍하고 날카로운 빛의 칼날을 던졌다. 반사적으로 눈을 찡그리며, 그네에 앉아서 본다면 여기 서 있는 누구의 얼굴에서라도 빛이 나는 것처럼 보일 거라는 사실을 깨달았다. 다들 말은 안 해도 천사의 비밀을 깨달은 눈치였다.

미리내의 어깨가 축 처졌다. 환희도 말을 잃었다. 남자가 블라인드를 걷어 올렸다. 그래도 몇 번이고 붓을 빤 물통처럼 고여 있던 어둠은 남자가 켠 형광등 불빛에 사라졌다. 마법의 시간은 끝났다. 남자가 적당히 식어 따뜻한 코코아를 머그잔에 나눠 담았다.

"그런데 그 이오라는 애는 왜 학교에 안 온 거니? 어디 아프기라도 하대?"

"아아. 그거요." 노골적으로 관심이 떨어졌다는 투로 환희가 말했다. "그런 건 아니고, 죽은 사람을 봐서요. 아마 경찰 조사에 간 거 아닐까요?"

"죽은 사람을 보았다고? 어디서?"

"저기서요. 102동에서."

"몰랐어."

"아, 모르셨어요?"

"그런 일이 있었으면 금방 오진 않을 거야. 충격을 많이 받았을 거야."

"뭐, 그렇겠죠." 환희가 한숨을 쉬었다. 자리에서 일어나 말없이 가방을 챙기는 모습을 우리도 따라했다.

"가려고? 프린트는?"

"아, 괜찮아요. 생각해 보니까 나중에 줘도 될 거 같아요."

"그래? 이거라도 마시고 가."

남자가 머그잔이 든 쟁반을 내밀었다. 눈치 없는 미리내가 손을 뻗기 전 환희가 활짝 웃으며 말했다.

"감사합니다. 그런데 낯선 분한테 먹을 걸 받아먹는 건 좀 그래서요. 무슨 말인지 아시죠?"

그 뒤로 환희는 천사를 찾는 일에 시들해졌다. 환희가 좋아하는 걸 빼고는 좋아하는 것이 없는 미리내도 천사에 시들해졌다. 환희는 관심사가 성형으로 돌아섰는지 해인이네 그

룹을 떠나 나나네 그룹 애들과 친하게 지내기 시작했다. 환희는 나나처럼 살짝 처진 눈꼬리를 갖고 싶은 건지, 그 애의 팔랑대는 눈꺼풀을 몇 번 매만졌다. 토템처럼 가만히 앉아 있는 나나. 동경하듯 바라보는 환희의 얼굴. 예전 같았으면 서운해했을 텐데 아무렇지 않았다. 미리내와 후문에서 얼쩡대던 시절도 미리내가 종합 입시 학원에 다니게 되며 끝이 났다. 세 친구의 시대는 막을 내렸다. 친구 사이에도 이별이 있을 수 있다는 건 처음 알았고, 그게 생각보다 씁쓸하지 않아서 놀랐다.

남는 시간에 나는 혼자 어린이 공원에 갔다. 멍하니 닫힌 창을 보다 지겨워질 때쯤이면 발밑의 개미들에게 비스킷을 부숴 주었다. 네 주인은 어디 갔니? 물어도 개미들은 부지런히 먹이를 옮길 뿐 아무 대답이 없었다. 그러다가 어느 날부터인가는 완전히, 한 마리도 남기지 않고 사라졌다. 개미굴도 이사를 갈 수 있나? 몇 번 근처의 땅을 조심스럽게 헤쳤지만 바닥은 겉만 모래로 발라져 있어 손가락 깊이 이상 파헤칠 수는 없었다. 그래도 나는 계속해서 어린이 공원에 갔다. 나는 앉아 있었나? 앉아 있었고, 무언가를 기다렸나? 그랬던 것도 같다. 기다렸는데 그게 무언진 알 수 없었다. 어쨌든 기다리는 건 혼자서 할 수 있는 일이라 했다.

겨울방학이 시작될 때까지 이오는 돌아오지 않았다. 구석으로 밀려간 텅 빈 책상을 보며 마지막으로 선생님께 경례를 하고 나왔다. 돌아가는 복도에서 미리내가 말을 걸었다. 명문 중학교를 가기 위해 이사가 결정되었다고 했다. 짐을 빼는 건 두 달 뒤지만, 내일부터 방학 특강 기숙 학원에 들어가기 때문에 시간이 된다면 저녁에 보자고 했다.

불빛이 번쩍이는 번화가에서 만난 미리내는 피곤해 보이는 한편 들떠 보이기도 했다. 그 애와 뿌연 김이 솟구치는 분식집에 앉아 떡볶이와 만두를 시켰다. 최근 얼마간 묘하게 성숙해졌다 싶은 건 착각이었는지 맨손으로 만두를 집는 모습이 내가 아는 미리내 그대로였다.

"이 시간에 우리 둘이 있는 건 처음이다, 그치?" 미리내가 쑥스러운 미소를 지었다. "여기 떡볶이 소스에 만두 찍어 먹으면 되게 맛있는데. 너 해 봤어?"

나는 말없이 물잔에 물을 따라 건넸다. 힘들지 않냐는 물음에 미리내는 견딜 만하다고 했다. 매일 12시에 끝나는 스케줄을 이곳의 고기만두 덕분에 버텨 내는 듯했다. 기숙 학원은 다를 텐데, 괜찮겠냐고 물으니 미리내가 단무지를 집어 우적우적 씹으며 웃었다.

"거기 음식이 뷔페식이더라고. 제육볶음이랑 닭도리탕도 자주 나오고, 과일도 끼니마다 나오고. 그리고 또 좋은 게 뭔

줄 알아?"

"뭔데?"

"셀프 코너에 달걀 프라이가 있는 거 있지? 원하는 만큼 내가 해 먹는 거야. 시리얼도 콘플레이크랑 코코볼이랑 두 종류나 주고……."

도대체 먹으러 간다는 건지 공부를 하러 간다는 건지. 바보 같다는 생각을 하다 그런 미리내이기에 좋아했다는 걸 깨달았다. 조금 더 일찍 알았더라면 환희의 부하 따위가 아니라 친구로서 미리내를 대할 수도 있었을 텐데.

"어, 너 울어?"

"아니. 살짝 졸려서."

"응. 그치. 이 시간에 밖에 있는 건 좀 피곤하긴 하지." 미리내가 접시를 내 앞으로 밀어 주었다. "많이 먹어. 나는 맨날 먹어서 괜찮아. 여기 맛있지?"

"응."

"멀리 온 보람이 있지?"

"응."

"그래. 얼른 먹고 가자. 저녁 시간 20분까지거든. 여긴 늦으면 때린다니까? 애들 맞는 거 보면 진짜 조마조마해……."

한사코 거절하는 미리내에게 결국 떡볶이 값을 주지 못했다. 헤어지기 전 미리내는 내 손을 슬쩍 잡았다.

"있지, 우리는 가장 친한 친구지?"

고개를 끄덕이자 미리내가 환하게 웃었다.

"다행이야."

"뭐가?"

"천사를 못 봐서. 진짜로 봤으면 무서웠을 거야. 좋아하는 사람이 죽는다니. 진짜 무서운 말이야."

몸을 부르르 떨면서도 미리내는 약간의 허세를 부렸다.

"그래도 궁금하긴 해. 만약 자비천사를 만났으면 누구의 얼굴로 보였을까? 넌 어때? 역시 데이빗 보위일 것 같아?"

순간 이오의 얼굴이 떠올랐지만 지웠다. "응, 그렇겠지. 아마도."

"나는 아직은 잘 모르겠는데."

"어른이 되면 알지 않을까?"

"기대된다. 빨리 어른이 되고 싶어. 변하고 싶어."

마지막 말이 쓸쓸하게 느껴져서 나는 울컥 치밀어 오르는 걸 삼켰다. 어쩐지 다 알 것 같은 마음으로 몇 번씩 뒤돌아보며 손을 흔들었다. 만약 내게 친구가 누구냐고 묻는다면 가장 먼저 떠오르는 게 너일 거야. 변함없는 미리내. 고마워. 고마워.

번화가의 화려한 불빛을 등지고 들어온 골목은 새벽처럼 적막했다. 쓰라릴 정도로 쓸쓸한 공기. 가로등 밑을 벗어나고 싶었지만 발걸음이 떨어지지 않았다. 언제부터 이렇게 된 걸까. 아주 어릴 땐 친구네 자러 갔다가 집에 돌아가고 싶다고 울어 엄마 아빠가 데리러 오기도 했는데 지금은 그 반대다. 가고 싶지 않아. 그 이유를 알고 있지만 갈 수밖에 없다. 집이 아니면 갈 곳이 없다. 바깥은 무섭고 함부로 돌아다니다 보면 어떤 일이 일어날지 모른다는 걸 잘 알고 있었다.

계단의 불이 하나씩 켜졌다. 눈이 부셨다. 집에 가까워질수록 점점 커지는 목소리는 누군가 들을까 겁이 나 낮출 생각도 없는 듯했다. 한마디 한마디가 또렷하게 바깥으로 새어 나왔다.

"애도 더 늦기 전에 시켜야 한다고. 이미 늦었다고."

"어떻게 그런 말을 할 수가 있어?" 엄마가 비명에 가깝게 울부짖었다. "당신 자식인데. 당신이랑 똑같이 생겼는데. 그게 그렇게 꼴보기 싫어?"

"그래!" 낯설고 갈라진 목소리로 아빠가 내질렀다. "보기 싫어! 죽을 만큼 보기 싫어! 저렇게 못생긴 애가 내 딸이라는 게 믿기지가 않아! 쪽팔린다고, 남들 보기 창피하다고!"

거기서 돌아서야 했는데. 오랜 습관 때문에 현관문을 열었다. 밝고 창백한 거실에 엄마와 아빠가 서 있었다. 앉지도 않고, 싸웠다는 사실을 숨길 생각도 없이 숨을 쌕쌕 몰아쉬는 옆을 모른 척 지났다. 저녁이 되어 다 불어 터진 떡볶이가 너무 쨌던 거 같다. 갈증이 나 물 한 잔을 따라 마신 뒤 방으로 향했다. 갈퀴 같은 손이 내 팔을 붙잡았다.

"들어갈래요."

"임유미, 잠깐 이리 와."

"……."

"이리 와 봐! 진짜! 한 번 말하면 좀 들어!"

그제야 엄마를 제대로 마주하고 깜짝 놀랐다. 엄마의 얼굴이 금방이라도 터질 듯 검붉어져 있었다. 핏발이 곤두선 눈을 부라리며 엄마가 내 가슴팍으로 에이포 용지 뭉치를 던졌다. 허리를 굽혀 천천히 주웠다. 출력물은 인터넷 검색 기록으로, 거기엔 언젠가 내 손으로 쳤던 단어들이 줄줄이 늘어져 있었다.

자비천사 천사 자비천사실물 천사노모 천사노모자이크 남자자
비천사 남자천사 자비천사실사 진짜천사……

엄마가 그중 하나를 집어들어 내 앞에 들이밀었다. 눈을 질끈 감아도 몇 번씩 고쳐 쓴 문장은 사라지지 않았다.

제목: 천사발견.

내용: 대박이네요방금동네주공아파트에서천사를봤습니다열시쯤경에지나가고있는데어느창에선가불빛이환하게비추어서참눈부시다이러고가만히봤는데전구가아니라사람에게서빛이나는거아니겠습니까…… 댓글: 아오 ㄴ×발 이런 병.신.같은 글 좀 안보이게 해라(클린봇이작동했습니다) 천사한테빛이난다는건비유적인표현이지정말로그런제품은없습니다니천사가싸구려고무라그런거겠지상위제품중엔발광기능탑재된것도나옴(클린봇이작동했습니다) (클린봇이작동했습니다) (클린봇이작동했습니다)

눈썹이 치켜 올라간 엄마의 두 뺨이 파들파들 떨렸다.

"너."

"……."

"이런 건 어디서 알았어?"

"……."

"혼내려는 거 아니니까 얼른 말해."

"……."

"너 혼내려는 거 아니라고. 이 세상이, 세상이 잘못된 거라고."

일그러진 엄마의 얼굴이 콩깍지가 벌어지듯 탁 터졌다. 엄마의 눈물과 함께 내 속에 든 무언가가 찢겼다. 속이 울렁거렸다. 벌벌 떨렸다. 엄마 잘못했어요 엄마 죄송해요 이렇게 되어 버려서 죄송해요. 엄마는 나를 사랑으로 낳았는데 엄마는 내가 이런 자식이 되는 걸 원치 않았을 텐데 그렇죠? 나는 엄마의 희망이고 빛이고 기쁨인데 미안합니다. 미안합니다. 그런 말은 전하지 못하고 그냥 무릎만 꿇었다. 눈물과 콧물과 침이 바닥으로 뚝뚝 떨어졌다. 바닥에 이마를 댔다. "잘못했어요. 다시는 천사에 대해 궁금해하지 않을게요. 다시는 안 그럴게요." 그러나 엄마는 엎드린 나를 비켜 가더니 아빠 앞으로 갔다.

"이게 다 너 때문인 거 알지?"

이제껏 한 번도 나와 눈을 마주치지 않은 아빠가 중얼거렸다. "나는 그냥 평범하게 키우고 싶은 거야. 남들처럼. 남들 보기에 창피하지 않게."

"언제부터 그랬어? 어? 니가 언제부터 남들 신경을 그렇게 썼다고. 너 너무 남 같아, 지금. 내가 알던 사람 안 같아. 나는 네가 괴물 같다고. 낯선 남자랑 사는 거 같다고……"

뒷걸음질 쳐 집을 나오는 동안 아무도 나를 보지 않았다. 붙잡길 바란 건 아닌데 계속 뒤를 보게 되었다. 어린이 공원 그네에 앉자 눈물이 쏟아졌다. 이렇게 퉁퉁 붇게 쥐어짰는데 또 나오는 게 있구나. 코끝이 찡하다가 다시 웃음이 났다. 애초에…… 내가 잘못 태어난 거야. 내가 천사처럼 아름다웠으면 이런 일이 없었을 거야. 그럼 모두가 행복했겠지. 나는 엄마 아빠에게 자랑스러운 존재였을 테고, 천사가 좋다고 해도 약점처럼 보이지 않았을 테고, 집 밖에 있는 거울에게도 자랑스러운 존재였을 테고 그러면 엄마도 아빠도 아프지 않았을 거다.

이오에게 좋아한다고 말을 해도,

우스꽝스럽지 않았을 거다. 이오에게도…… 이렇게 이오가 오길 기다리지 않고 말할 수 있었을 거다. 처음 너를 봤을 때부터 줄곧 그랬다고. 네가 내 옆자리에 앉을 때 네가 운동장을 가로지를 때 일어나서 열린 창으로 펄럭이는 커튼을 걷을 때 너의 팔꿈치를 볼 때 종아리를 볼 때 귀를 볼 때 네 안에서 움직이는 것들을 생각할 때마다 내 배 속이 오그라들었다고. 조그만 불씨를 심은 것처럼 살과 살이 엉겨 붙었다고.

머리 위로 그림자가 드리웠다. 움직임 없이 내가 자기를 봐주길 기다리는 듯 그 자리에 있었다. 내장이 둥둥 울렸다. 그러나 살짝 올려다본 시야에 들어온 건 실망스럽게도 이오가 아닌 지난번의 남자였다. 뼈가 붙었는지 깁스를 풀고 있었다.

"또 왔구나."

"……"

"다른 애들은 이제 오지 않아. 그런데 너만 매일 여기 있더라."

"……"

"네 친구를 기다리니?"

"……"

"혹시 그 애를 좋아하니?"

"……."

"그렇구나. 그 애를 보러 온 거였어." 남자가 어딘지 으스스한 목소리로 덧붙였다. "이미 알고 있지 않니? 시간이 더 걸릴 거야."

"이오 보러 온 거 아니에요." 나는 거짓말을 했다. 콧물이 떨어지지 않게 입으로만 웅얼댔다. "천사 보러 온 거예요."

"천사? 그런 건 없다고 했잖니."

남자가 귀찮았다. 얼른 갔으면 좋겠어서 대꾸하지 않았다. 한편으론 이 사람이 나를 알아채 줬으면 좋겠다고, 내가 얼마나 큰 아픔을 겪고 있는지 알고 나를 불쌍하다고 여겨 주면 좋겠다고 바라는 나 자신을 발견하고 부끄러워졌다. 갑자기 어린 양을 떨고 싶은 거야? 낯선 사람한테? 헛웃음이 났고, 코에서 콧물 방울이 터졌다. 아 더럽다. 티 나지 않게 소매를 끌어당겨 코를 닦는데 찰칵 하는 소리가 들리더니 담배 냄새가 났다. 깜짝 놀랐다. 애들 앞에서 피우면 안 되는 건데. 잘못하다간 아기가 태어나지 않는다고 그랬는데.

"너한테는 못 숨기겠구나." 남자가 중얼거리더니 잇새로 내뱉었다. "실은 너희들 말이 맞아. 천사는 이 아파트에 살고 있어."

번쩍 고개를 들었다.

"정말……요?"

가로등 불빛 너머까지 푸른 연기가 길게 뻗어 갔다.

"응." 남자의 방긋 웃는 얼굴이 상냥했다. "보러 갈래?"

무얼 쏟은 것처럼 바닥이 끈적했다. 남자가 움직일 때마다 발바닥이 들러붙었다 짝 하고 떨어지는 소리가 들렸다. 늦은 저녁에 들어온 거실은 지난번과 사뭇 분위기가 달랐다. 소파에 앉자 특특하게 짜인 캔버스 재질이 맨다리에 닿으며 허벅지 뒤쪽이 간지러웠다. 원래도 그랬던가? 손톱으로 긁느라고 엉덩이를 들썩였다. 뜨겁기만 할 뿐 미묘한 간지러움은 해소되지 않아 우물쭈물 대는데 남자가 말했다.

"됐어."

벽인 줄 알았던 맞은편의 미닫이문을 열고 남자가 그 안에서 커다란 검은 상자를 거실로 끄집어 냈다. 바다 거북이의 등을 사포질하고 몇 번의 칠을 반복하고 또 반복한 것처럼 단단한 검은 상자. 금색 머리카락으로 수놓은 듯 가늘고 우아한 글자로 관용사라고 쓰여 있는 박스는 진짜 관용사의 박스였다. 옥션에서 몇백만 원에 팔리는 상자. 그마저도 매물이 잘 올라오지 않는 귀중품을 보자 다리에 힘이 풀렸다. 100년 전 죽은 미남의 비석에 비둘기똥 같은 키스를 퍼부으러 가는 사람처럼, 빈 상자를 닫아 둔 채 그 안에 있었던 천사를 상상하면서 엎드려 훌쩍훌쩍 울음을 터트리는 이들에겐 더할 나위 없이 귀중한 관용사의 박스가 정말 눈앞에 있었다.

"진짜예요?"

"응."

"여기 천사가 있던 거예요?"

"예전엔 그랬을 거야. 내가 산 건 상자뿐이거든."

"왜요? 천사가 중요한 게 아녜요?"

"천사는 네 눈앞에 있잖아."

"그렇지만…… 오빠는 인간이잖아요."

남자는 답을 하지 않고 미소만 띄운 채 내게 질문을 돌렸다. "상자가 마음에 드니?"

나는 골똘하게 생각하곤 말했다. "김 같아요."

남자가 푸학 웃음을 터트렸다. 기름을 먹인 것처럼 반들반들하고 비늘 같은 표면이 파란색으로, 보라색으로 또 녹색으로도 빛나는 것이 영락없이 잘 구운 김이었는데 남자가 넌 참 창의력이 좋다며 비행기를 태웠다. 그가 어딘지 만족스러운 표정을 지었다.

"만져 봐도 돼."

"그래도 돼요?"

"응. 열어 볼 수도 있어. 거기 손잡이가 있지? 그걸 누르면서 위로 들면 돼."

크게 힘을 주지 않았는데 달칵 소리가 들리며 뚜껑이 움직였다. 안은 솜으로 채우고 겉은 분홍색 실크 천으로 덧대어서 눈으로만 보아도 부드럽고 푹신했다. 주르륵 미끄러지는 감촉이 매끈했다. 손을 떼지 못하고 계속 쓰다듬자 남자가 물었다.

"들어가 볼래?"

남자가 등 뒤에 살짝 손을 얹었다. "사양하지 않아도 돼. 이 상자 안에 들어가서 눈을 감아 봐. 그러면 되게 좋아. 정말로 천사가 된 거 같거든."

그 말에 홀린 듯 일어나 발 한쪽을 넣었다. 목욕탕도 아닌데, 뜨거운 물에 발을 담그는 것처럼 천천히 들어갔다. 남자는 내가 무릎을 굽힐 적에 단 한 번 손을 잡아 줬을 뿐 나를 재촉하지 않았다. 마침내 등을 대고 눕자 천장이 아주 높게 보였다. 형광등 불빛은 따갑고 남자의 시선은 어딘가 먼 곳에서 나를 내려다보는 것 같았다.

"어때? 천사가 된 거 같아?"

"잘 모르겠어요."

"진심으로 생각해야 해. 나는 천사다. 세상에 하나뿐인 천사라고. 그러면 여기," 남자가 조심스레 내 배에 손을 얹었다. "이 안에서 네가 느끼는 건 전부 녹아서 사라질 거야. 천사에겐 감정이 없거든. 천사는 아픔 따위 몰라." 남자의 손이 배 위에서 떨어지자 배가 통째로 사라진 것처럼 허전했다. 다시 눈물에 젖은 얼굴이 따끔거렸고 허벅지 뒤쪽이 간지러웠다. 열이 나고 땀이 찬 목덜미에 머리카락이 감겼다.

"잘 안 되는데요."

"조금만 더. 눈을 감고 상상해 봐."

뺨에, 허벅지에 송충이가 기어가는 듯했다. 긁고 싶었지만 움직일 수 없었다. 머리 꼭대기까지 차오른 간지러움을 참을 수 없어서 열병에 빠진 사람처럼 눈을 꼭 감고 외쳤다. "오빠도 그랬어요?"

"응?"

"오빠도 여기 누워서 괜찮아졌어요?"

나는 팔을 뻗어 남자의 티셔츠를 끌어 올렸다. 그날, 코코아 파우더를 꺼낼 때 들린 옷자락 아래로 보이던 멍은 사라지고 없었지만 남자는 내가 무얼 말하는지 금방 알아채고 웃었다.

"당연하지. 천사에게 그런 건 아무것도 아니야. 한번 시험해 볼래?"

"어떻게요?"

"날 때려 봐."

"예?"

나는 남자의 얼굴을 보았다. 농담인 줄 알았는데 남자는 내 상체를 일으켜 세우더니 늘어진 나의 팔을 붙잡아 자기 팔을 때렸다. 찰싹 하고 맥 빠진 소리가 났다. 도무지 힘이 들어가지 않았다. 덜덜 턱이 떨려 간신히 말했다.

"싫어요. 사람을 괴롭히면 안 된다고 했어요."

"널 괴롭게 한 건 사람이 아니고?" 여전히 웃음기를 머금은 얼굴로 남자가 물었다. "화가 나지 않니? 배 속에서 뭐가 부글부글 끓는 기분이 들고, 너무 밉고 다 죽이고 싶지 않아? 그런 걸 여기 버리고 가는 거야. 나쁜 감정은 쌓이면 독이 된단다. 천사는 그런 걸 받아 주는 존재야. 그러니까…… 내게 맘껏 해도 괜찮아. 자."

남자가 나를 재촉했다.

"사람이 아니라 천사라니까? 자 어서. 어서."

남자가 내 손을 가져가더니 자기 팔에 댔다. 갑자기 이유를 알 수 없게 화가 치솟아서 손톱을 세웠지만, 역시 사람의 피부라는 생각에 금방 기운이 빠졌다. 내 손톱은 남자의 겉가죽만 짧게 스치고 말았다.

"이래서야 아무것도 안 느껴지지. 자 다시 한번 해 봐."

남자의 말에 손끝에 살짝 힘을 주자 그가 나를 칭찬했다. 좋아, 나아지고 있어. 더. 더. 점점 힘을 세게 주었고 그럴수록 꼬집히는 게 나인 것처럼 두렵고 아팠다. 그만하고 싶다. 그만하고 싶어.

"됐어요?"

남자의 팔이 벌게졌을 무렵 묻자 그가 만족스럽다는 듯

고개를 끄덕였다.

"응응. 좋았어. 점점 나아지고 있어. 자, 이다음엔 침을 뱉어 봐."

어디에? 의문에 대한 답은 눈을 감고 나를 향해 얼굴을 내미는 남자를 보고 알았다. 그가 조그맣게 입술을 달싹였다.

"훈련이야, 훈련. 반복하다 보면 아무렇지도 않아지는 훈련이야. 너는 천사를 좋아하잖니? 이걸 해야 천사에 가까워질 수 있는 거야."

내가 아무런 반응을 보이지 않자 남자가 한숨을 내쉬었다.

"이런 것도 못하면 천사가 되긴 어려운데. 너는 천사가 되긴 싫구나."

기분과 마음이 몹시 상한 표정이었다. 나는 몸을 일으키려는 남자의 옷자락을 붙잡았다.

"잠깐만요."

"할 수 있겠니?"

고개를 끄덕이자 눈과 코 끝으로 뜨거운 것이 몰렸다. 그래도 다른 사람이 저런 표정을 하는 거, 나에게 실망하는 건 더는 보고 싶지 않았다. 나는 속에서 차오르는 것을 삼켰다. 입안을 움직여 침을 모으는데 남자가 갑자기 눈을 떴다. 엘리베이터 문이 열리는 소리가 들렸다. 누군가 이 층에서 내린 듯했다. 복도를 울리는 발소리가 점점 커지고 가까워지다가 문

앞에서 멈추었다. 묘한 긴장 때문에 털이 곤두섰다. 문밖에서 노크 소리가 났다. 우리 둘은 숨을 죽이고 현관만 바라보았다. 한 번, 그리고 다시 한 번. 마침내 세 번째 소리가 들리자 남자가 중얼거리며 뭐에 홀린 듯이 현관으로 나갔다.

"아니야. 벌써 올 리가 없어. 시간이 좀 더 필요하다고 했는데."

나는 반사적으로 상자 뚜껑을 닫고 숨었다. 놋쇠 장신구가 세워져 약간 벌어진 틈으로 남자가 문을 여는 게 보였다. 그리고…….

현관 안으로 들어온 건 놀랍게도 이오였다. 이오! 심장이 터질 거 같았다. 못 본 새에 조금 더 키가 자란 거 같은 이오. 이오가 왜 여기에? 이오는 옆집에 산다고 하지 않았나? 그때 번뜩 처음 만난 날 이오가 한 말이 생각났다. 이 층엔 우리 집만 있다고 했지. 환희는 이오가 거짓말을 한다고 했지만 진실을 말한 건 이오뿐인지 모른다. 그렇다면 저 남자는 누구지? 이오의 뭐지?

남자가 이오를 거실의 불빛 아래로 데려왔다. 붉은 뺨에 혈색이 도는 이오는 건강해 보였다. 여전히 심장이 빠르게 뛰는 한편 안심이 되었다. 이오. 다행이다. 무사했구나. 남자가 믿기지 않는다는 듯 나지막히 속삭였다.

"이오……."

"……"

"이오 정말 너야? 퇴원한다고 말을 하지. 데리러 갔을 텐데……."

보이는 것만으론 안심할 수 없다는 듯 남자가 이오의 얼굴을 공처럼 잡고는 목을 좌우로 돌렸다. 수의사가 개의 척추뼈에서 진드기를 잡아내듯 머리카락을 헤집고, 모래 알갱이를 빼 주려는 듯 눈꺼풀을 뒤집고, 돼지코를 만들고, 당나귀 귀를 만들고, 윗입술과 아랫입술을 벌려 치아 개수와 잇몸이 충분히 선홍빛을 띠는지 확인하고, 엄지손가락과 검지손가락을 쇠집게처럼 들어 혀를 잡아당겼다. 그러는 내내 이오는 얌전한 래브라도처럼 작은 미동도 없이 있었다.

"아, 더 오래 걸릴 줄 알았는데."

중얼거리는 남자의 손이 이오의 목으로 흘러 내려갔다. 어깨에서 팔로, 팔에서 허리로 무언가 찾으려는 듯한 몸짓은 어느새 절박함으로 바뀌었다. 온몸에 지문을 찍기라도 하려는 듯 남자가 이오를 더듬거렸다. 그러다 한순간에 껍질만 남은 바나나처럼 주저앉았다. 남자의 입술이 얌전히 모아진 이오의 두 손에 스쳤다. 그게 무슨 허락이라도 되는 듯 남자는 그대로 입을 손가락 하나하나에, 손톱 하나하나에 맞추고, 두 무릎에 얼굴을 파묻고, 어린 짐승처럼 비비고, 이오의 종아리를 신전의 기둥처럼 타고 내려가더니 끝내는 납죽 엎드려 발등에, 발뒤꿈치에, 발가락 하나하나에 입을 맞추었다. "아, 제발. 제발……." 그걸 가만히 내려다보고 있던 이오가 입을 열었다.

"또 말했네."

"……."

"내가 말하지 말라고 했잖아. 바늘로 입을 꿰매야 말을 들을까?"

그 말을 듣는 순간 나도 모르게 눈물이 주르륵 흘렀다. 저건 내가 아는 이오가 아니다. 망가졌구나. 이오는, 사람이 죽는 걸 보고 망가진 거야. 남자의 굳은 등도 엎드린 채 그대로였다. 놀랐겠지. 이오가 말을, 그것도 저런 말을 해서. 얼른 일어나 병원에 데려다줘. 이오는 낫지 않았다고, 아직 치료가 필요하다고 말해. 그러나 고개를 든 남자의 표정은 기이하게 번들거렸다. 상기된 얼굴에 기름처럼 녹아내리는 눈물이 환희의 표식이라는 건 찍어 먹지 않아도 알 수 있었다. 이오가 다시 다그쳤다.

"천사는 내가 말을 시키기 전까지는 절대 말하지 않는다고. 너는 가짜 천사야?"

남자의 고개가 좌우로 빠르게 돌아갔다. "아니야."

"그렇지? 진짜지? 그럼 내가 하는 말을 잘 들어야지. 내가 방금 그랬잖아. 천사는 내가 말을 시키기 전까진 절대 말하지 않는다고."

"……"

"그래. 그렇게."

"……"

"응. 착하다. 고개 들어."

이오가 한쪽 무릎을 꿇었다. 남자가 손을 뻗어 이오의 손을 자신의 목에 갖다 댔다. 부드럽게 쓰다듬던 이오의 손끝에 어느 순간 힘이 들어갔다. 놀라 숨 쉬지 못한 건 남자가 아니라 나였다. 남자는 태연했다. 점점 얼굴이 희게 질리는데 신음 소리 하나 흘리지 않았다. 오줌을 쌌는지 앞섶이 젖는데도 가만히 있었다. 이오가 손을 풀자 남자가 바닥에 엎드렸다. 한동안 숨을 고르다가 다시 일어난 남자의 얼굴은 정말로 천사처럼 부드럽고 온화한 빛으로 충만했다. 이번엔 남자가 짐승이고 이오가 의사였다. 그가 이오에게 자신을 맡겼다.

"그래, 착하지."

"……"

"착하게 있어."

"……"

"착하게."

나는 식물처럼 그 자리에 붙박여 눈을 떼지 못했다.

무언가 시작되었고, 무언가 끝났다는 건 알았다.

이오가 욕실로 들어갔다. 샤워기에서 물이 쏟아지는 소리가 들렸다가 멈추고, 다시 들렸다가 멈췄다. 저벅저벅. 남자가 내 쪽으로 걸어오다가 문득 깨달았다는 듯 상자를 열었다. 빛의 실금이 벌어지며 납작하고 긴 세상이 벌어졌다. 세상은 차갑고 세상에선 퀘퀘한 비린내가 났다. 남자가 내 손을 잡아 일으켰다. 상자 밖으로 내디딘 발바닥이 미끄러웠다. 내려다보니 리놀륨 바닥에 오줌이 고여 있었다. 그 위로 피 한 방울이 떨어졌다. 눈을 마주치자 남자가 웃었다. 진주 같은 이 사이가 피로 물들어 있었다.

"봐, 하나도 아프지 않아."

왜냐고 묻지 않아도 답을 알고 있었다.

"나는 천사니까. 우리는 서로의 천사란다."

밖으로 나와 저녁에 먹은 걸 모조리 토했다. 완만한 언덕길에서 씹다 만 떡이 주루룩 미끄러졌다. 끈적한, 점액질의 무언가가 내 땀구멍에서, 관자놀이에서, 코와 눈에서, 온몸에서 모조리 쏟아져 나왔다.

나는 열네 살을 앞두고 있었다.

그해 처음으로 천사를 보았다.

2

신라역은 꿈에서 보는 풍경처럼 흐렸다. 피로로 뻑뻑한 눈을 비비고 봐도 그대로였다. 산 중턱에 있어 그런 건지, 날씨와 기온 때문인지, 서쪽에서 온 미세먼지가 태백산맥을 넘어 이 먼 응랑까지 온 건지는 몰랐다. 단순히 명물도 뭣도 되지 못하는 새벽안개 때문인지도 모르고.

조그만 올챙이 모양의 광장을 둘러싼 몇 개의 상점은 굳게 닫혀 있었다. 오래 머물렀다간 스산함이라는 단어만으론 표현하기 어려운 냉기가 뼛속 깊이 파고들 것만 같아 민성기는 잰걸음으로 가파른 언덕길로 향했다. 몇 걸음 떼지도 않았는데 금방 호흡이 거칠어졌다. 예전 같으면 노래도 불렀을 텐데 교통사고로 무릎뼈가 부러지고 난 뒤론 확실히 체력이 떨어졌

다. 그땐 10킬로미터를 37분 만에도 뛰었는데. 쓸쓸해하면서
도 그 예전이 20대의 절정기였다는 걸 민성기는 애써 무시했
다. 노화라는 완만한 이별 대신 사고라는 짜릿한 추락이 자신
이 더 받아들이기 쉬운 형태의 비극이라는 것도 스스로의 마
음속에만 묻어 두었다. ·

사방을 휩싼 안개를 뚫고 저택 앞에 다다르자 대문을 지키
고 선 그림자가 보였다. 그림자는 눈이 마주치고도 한참 지나
서야 담벼락에서 몸을 떼며 손을 들었다.

"부처. 오랜만이다."

이정환이었다. 그가 빙긋 웃으며 말했다. "오늘은 탐정 노릇
이 아니라며? 고생 좀 하겠구나."

민성기는 고개 숙여 인사했다. "우성이는요?"

"안에. 네가 온다는 얘길 듣고 나온 거야. 혼자서는 길 찾
기가 쉽지 않거든."

무슨 일로 자원까지 해서 마중을 나온 걸까 싶어 빤히 보
니 이정환이 주머니에서 빈 담배곽을 꺼내 흔들었다. 넉넉잡
아 네 대를 건네자 옛 상사가 한 대를 도로 물려 쥐여 주었다.

"안엔 금연이거든."

민성기는 이정환을 따라 불을 붙였다. 저택을 등지고 서자
이걸 위해 사는 것도, 죽는 것도 가능할 것 같은 광경이 눈앞
에 펼쳐졌다. 전나무와 바위 위로 흰 눈이 잎맥처럼 덮인 푸

른 겨울산 위론 막 해가 뜨기 시작한 분홍색 하늘이 보였고, 뾰족한 산맥 사이로 얼굴을 내민 바다엔 부지런한 오징어잡이 배들이 트리의 작은 전구처럼 점점이 빛나고 있었다. 민성기는 반사적으로 가슴을 부풀렸다. 차가운 공기가 머리 꼭대기까지 채워지며 두 눈이 맑아졌다. 간밤의 피로를 씻는데 맵싸한 담배 연기는 외려 방해만 됐다. 이정환도 마찬가지였는지 안주머니에서 조그만 수통 모양의 재떨이를 꺼내 장초를 끄고 민성기에게 손을 건넸다. 구멍에 담배를 던져 넣는데 이정환이 혼잣말을 했다.

"이런 데 사는 영감님도 그런 죽음을 맞다니."

"……."

"운명은 얄궂은 거야. 안 그래?"

대꾸할 새도 없이 이정환이 등을 돌렸다. 그 뒤를 따라 부드러운 암질의 돌계단을 밟아 오르니 평평하게 땅을 깎아 만든 작은 정원이 나타났다. 가운데엔 메마른 석조 분수가 있었고 그걸 둘러싸고 허리 높이로 자란 울타리에는 11월임에도 아직 장미가 피어 있었다. 품종이 다른 걸까? 아니면 토양 때문일까? 아침의 서늘한 추위에 창백하게 질린 얼굴을 들고 있는 연약한 꽃잎들 사이로 고원의 날씨를 이겨 내는 꼿꼿함이 전염병처럼 퍼져 있었다. 붉은 줄기, 그리고 녹색 잎사귀를 따라 흰 봉우리가 터져 아가리들을 벌리고 있는 울타리를 끼고

걷자 적어도 이 정원의 주인을 배반한 것이 자연은 아니라는
건 알 수 있었다.

민성기는 유혹당한 사람이 그렇듯 정신없이 걸었다. 울타
리의 흰 장미가 붉은 장미로 뒤바뀌었다는 걸 깨달은 것과
동시에 철제 골조와 유리로 된 아뜰리에가 보였다. 겨울엔 춥
고, 여름에 뜨거운 공간. 이런 모양을 갖춘 건 실용이 아닌 순
전히 '아름다움' 때문일 거라는 생각이 들었고 그러자 가볍게
신경이 곤두섰다.

얼른 끝내고 돌아가자. 민성기는 기합을 넣었다. 오늘은 한
나가 고등어 무 조림을 해 준다고 했다. 냄비 바닥에 무를 깔
고 생선을 얹은 뒤 간장 양념을 얹어 푹 쪄 낸 조림. 무 대신
토란이나 감자를 넣어도 좋고, 깨끗이 씻은 굵은 파를 생선이
익기 10분 전쯤에 통째로 얹어 숙회처럼 쪄 먹어도 좋다. 지
방이 빠져나와 국물에 녹아드는 탓에 다들 생선보다 뿌리채
소를 먹기 바빠도 민성기는 한결같이 살이 좋았다. 원체 비린
것을 좋아할 뿐더러 그 뽀얀 속살의 기름기 빠진 심심한 감칠
맛이 나이가 들수록 당겼다. 그런 저녁을 위해선 뭐든 할 수
있다고 마음을 가다듬으며 민성기는 이정환의 뒤를 따라 아
뜰리에로 들어섰다.

훈훈한 공기가 몸을 감쌌다. 온실을 겸하는 곳이었는지 이
름을 알 수 없는 식물이 많았고 태반이 민성기를 훨씬 웃도

는 커다란 것들이었다. 둘은 어디선가 불어오는 찬 공기를 길잡이 삼아 따라갔다. 금빛 잉어 몇이 헤엄치는 연못을 끼고 돌자 푸른 바나나 나무 아래 쪼그려 앉아 있던 감식반이 주춤주춤 길을 터 줬다. 밖에서 거대한 채찍이 휘몰아치는 소리가 들렸다. 좁은 틈을 통과한 바람이 화분 몇 개를 쓰러트리자 감식반 중 하나가 달려와 검은 흙을 쏟아 낸 화분을 조심스레 세웠다. 그 옆에서 민성기는 고개를 들어 천장에서 바닥까지를 한눈에 담았다. 거대한 새장 모양 유리 식물원의 돔형 천장은 하나의 점으로 수렴하고 있었고, 그 아래에는 뒤통수가 함몰된 시체가 별자리처럼 사지를 뻗고 누워 있었다. 문득 현장에 처음 나간 날, 초짜 티를 내지 않겠다고 결심한 지 5분도 안 되어 속을 비웠던 게 떠올랐다. 말없이 손수건을 건넬 뿐, 아무 일도 없다는 듯 대하는 이정환의 태도에 더 자존심이 상해서 이를 악물고 버텼었는데, 오랜만이라 그런지 그때처럼 턱 뒤가 저리듯 아팠다. 민성기는 피로 탓으로 보이길 바라며 아무렇지 않은 듯 하품했다. 고개 숙여 눈물을 닦아 내는데 익숙한 목소리가 들렸다.

"괜찮으세요?"

버석버석 유리를 밟으며 다가온 건 강우성이었다.

"선배. 오랜만에 뵙네요."

"무서운 경찰 아저씨가 선량한 시민한테 선배가 뭐냐."

강우성이 씩 웃었다. 이제 꽤 나이를 먹었는데도 덧니가 있는 얼굴엔 귀염성이 여전했다.

"고향엘 내려오더니 얼굴이 폈구나."

"서울은 변함없지요? 언제 한 번 올라가 봐야 하는데⋯⋯"

"피해자는?" 이정환이 거두절미하고 묻자 강우성의 얼굴에 가벼운 그림자가 드리웠다. 민성기는 강우성에게 손인사를 하고 조금 떨어진 곳에서 귀동냥을 했다.

피해자는 국가무형문화재 기능보유자 인면장(人面匠) 선우판석으로 본명보다 이명인 선우로 잘 알려진 인물이었다. 1941년 생으로 향년 80세. 본래 건축기사로 근무하다가 86년 처음 관용사에 입사한 뒤, 93년 블라인드 테스트를 통해 뽑힌 시요가 대대적인 히트를 기록하며 평사원 출신 디자이너로는 이례적으로 초고속 승진, 현재는 선우사무소의 대표 겸 관용사의 이사로 재임 중이었다. 95년 여름 모델 아키, 97년 가을 모델 다니엘, 2002년 여름 모델 스텔라, 2008년과 2009년의 루카와 유카 쌍둥이를 포함해 다수의 히트작을 낸 미다스의 손으로, 관용사의 히트작 8할 이상이 그에게서 탄생한 덕에 마니아들 사이에서는 아버지라고 불렸다. 거주지는 종로구 삼청동으로 되어 있지만 이는 명목상의 주소지로, 일흔이 넘은 지금도 한 달에 한두 번 정도를 제외하곤 신라에 머물며 정력적으로 창작 활동을 지속했다.

"추정 사망 시간은 오전 1시 반에서 4시 반 사이. 사인은, 정확히 해부를 해 봐야 알겠지만 현재로서는 보시는 바와 같이 후두부 함몰로 추측됩니다. 뒤에서 끝이 뭉특한 둔기로 강하게 얻어맞은 흔적이 남아 있습니다."

신고자는 피해자의 제자로 이름은 전선웅. 나이는 스물둘이었다. 제자로 들어온 지 올해로 3년째라고 했다. 그와 함께 있던 제1 목격자가 안재희. 올해 마흔이었고, 열두 살 때부터 아뜰리에서 훈련을 한 피해자의 첫 제자이자 제1 어시스턴트였다. 3년 전 독립해서 자기 사무실을 차렸지만 선우사무소의 분점으로 이름만 내걸었을 뿐 지금도 일주일에 나흘은 이곳 아뜰리에서 피해자의 작업을 도왔다. 현재 두 사람 다 저택에서 생활하고 있었다. 전선웅의 방은 1층의 남쪽 방, 안재희의 방은 3층 북쪽 탑으로, 평소엔 둘이 정문에서 만나 함께 작업실로 향하는데 오늘은 전선웅이 늦잠을 자서 안재희가 먼저 아뜰리에로 갔다. 그리고 피해자를 발견한 안재희가 전선웅이 오기까지 기다렸고, 전선웅이 다시 저택으로 되돌아와 신고하는 데 15분 정도 걸렸다. 전선웅은 5시 반, 안재희는 5시 40분쯤으로 기억했지만 기록에 따르면 그때가 5시 18분이었다.

"왜 바로 신고를 안 했지?"

"그게, 아시다시피 저택에선 기본적으로 휴대전화 사용은 금지라고 합니다. 천사, 아니, 로봇이……"

"루미놀 반응은?"

"둘 다 없는 걸로 나왔습니다."

"흠."

"둘을 포함해 저택에서 근무하는 인원 전부를 대기시켜 뒀습니다. 필요하다면 빈방 하나를 써도 괜찮다고 하십니다. 지금 준비해 두라고 할까요?"

"잠시만 더 둘러보고."

"예."

강우성이 물러나고 이정환이 낮은 목소리로 속삭였다.

"로봇이 범인이면 재밌을 거 같은데 그렇진 않겠네. 걔들은 이런 방식을 쓰지 않거든. 원한을 가진 존재만 이런 식으로 사람을 죽이지. 내 말은," 이정환이 조그만 돌풍에 넘어질 뻔한 화분을 구둣발로 세웠다. "인간이 말이야." 민성기는 답을 하지 않았다. 이정환도 기대하지 않았다는 듯 감식반 쪽으로 걸어가 대화를 나누기 시작했다.

"선생님!"

여기서 자신을 그렇게 부르는 사람은 많지 않다. 예상대로 관절 부분이 주름진 쥐색 정장을 입은 목정수와 눈이 마주쳤다. 그가 양팔을 옆구리에 딱 붙인 채 정중하게 고개를 숙였다.

"먼 길 오시느라 수고 많으셨습니다. 될 수 있으면 저희 선에서 해결하려고 했는데 지난번에 쓰러진 직원이 아직 회복하지 못하는 바람에……."

"아닙니다. 그분은 좀 괜찮아지셨나요?"

"예. 걱정해 주신 덕분에……. 물론 약간의 환각은 남았지만 생명에 지장은 없을 거라고 합니다. 처녀가 아니라서 안심하고 있었는데, 역시 끝까지 긴장을 놓아서는 안 되는 거 같습니다. 여러모로 추태를 보였습니다."

경솔한 젊은 직원을 대신한다는 듯 목정수가 반복해서 고개를 숙였다. 금세 상기된 얼굴을 보며 민성기는 추태를 보였다는 말을 곱씹었다. 목정수는 결코 직접적으로 사과하지 않았다. 유감이다, 안타깝다, 심려를 끼쳤다, 추태를 보였다……. 뭣 모르는 사람들은 일명 '문제해결반'이라고 불리는 관용사 사후관리팀 팀장이 이런 별 볼 일 없어 뵈는 사내라는 것에 놀라지만, 그는 결코 만만찮은 상대가 아니었다. 젊은 직원은 어딘지 우스워 보이는 목정수의 충고를 무시했다가 화를 입은 게 분명했다. 어쩌면 목정수가 그렇게 유도했거나 최소한 방치했을 수는 있다고 생각하니, '약간의 환각'이 남았다는 젊은 남자에 대한 동정심도 생겼다.

"가시죠. 제품들은 전부 지하에 보관되어 있습니다."

두 사람은 쓰러진 시체의 옆을 지나 들어온 쪽과 반대쪽 문으로 나갔다. 가볍게 앞섶을 잡아당기자 젖은지도 몰랐던 와이셔츠 사이로 시원한 공기가 들어왔다. 청명하게 밝아진 하늘 위로 뭉게구름이 보였다.

"이런 날에 소풍 온 거였으면 좋았을 텐데 말입니다." 목정수가 웃음기가 어린 말투로 운을 뗐다. "제가 딱 열 살 때 동물원으로 체험학습을 간 적이 있습니다. 그때까지만 해도 동물원엔 진짜 동물들이 있지 않았습니까? 목이 긴 기린이라든지, 바닥 깊은 모래밭엔 코끼리도 있고, 사자도 있고. 서커스 천막 모양을 본떠서 지붕을 올린 원통형 건물에서는 시간에 맞춰 하루 두 번 돌고래 쇼를 하기도 했지요. 조련사의 호루라기 소리에 맞춰 그 매끈한 몸통들이 빨강, 노랑, 하양의 삼색 공을 통통 튀기며 꼬리 힘으로 물을 거슬러 헤엄치는 희한한 묘기를 뽐냈습니다. 평소 같았으면 열광의 박수 소리가 울려 퍼졌겠지만 그날은 영 반응이 시원찮았습니다. 시요가 발매된 날이었거든요. 기억나시죠? 얼마나 소란스러웠는지…….

앞에서 돌고래가 컹컹 뛰며 물방울을 튀겨도 모두 종이 쪼가리 하나만 붙들고 놓지 않았습니다. 평소라면 울타리를 붙잡고 악악 애를 쓰거나 돌멩이를 집어던질 장난꾸러기들도 시멘트로 만든 가짜 바위 위의 곰만큼 기운을 내지 못하고 이상한 나른함에 팔다리를 늘어트린 채 잔디밭에서 일어나질 못했습니다. 점심시간에도 마찬가지였는데, 갑자기 공중에서 시끄럽게 사이렌이 울려 퍼지더니 다급한 목소리가 경고했습니다. 노화한 시설을 뚫고 말레이 곰 한 마리가 탈출했다고요. 놀라 우왕좌왕하면서도 어쩐지 이쪽으론 오지 않을 거 같은, 와도 상관없을 거 같은 기묘한 낙관에 젖어 어느 정도 소란을 즐기고 있었는데, 곰이, 산이 아니라 사람들이 있는 쪽으로 내려온 겁니다.

보통 곰을 미련하다고 하잖아요? 그건 걔들이 얼마나 빠른지 몰라서 하는 소리입니다. 순식간에 점만 하던 것이 코앞으로 다가왔습니다. 우리 안에 있을 땐 조그맣다고 생각했는데 가까이에서 보니 박력이 대단했습니다. 놀라 뒤로 넘어지면서 그 짐승과 눈이 마주쳤습니다. 죽을 수도 있겠구나, 난생처음 그런 생각을 했는데…… 때마침 동물원 직원들이 달려와 곰은 마취 총에 맞고 쓰러졌습니다."

목정수의 입가에 희미한 미소가 번졌다.

"지금 생각하면 그 곰이 선물을 준 거 같습니다. 진짜라는 건 이런 거라고, 그런 압도적인 순간을 어린 애들에게 보여 주기 위해 자진하여 순교한 거죠. 이쯤……. 아, 이쪽입니다."

그가 손잡이가 달린 맨홀 뚜껑을 잡아당기자 지하로 향하는 나선계단이 보였다. 목정수의 다리가, 상반신이, 머리 꼭대기가 늪에 빠지듯 천천히 지하로 사라졌다. 민성기는 그 뒤를 따랐다. 오래된 철제 계단이 탕탕 울리는 소리를 들으며 두 사람의 첫 만남을 떠올렸다.

지금이야 탐정 일만으로는 먹고 살기 버거워 간간이 관용사의 외주를 받아 목정수와 만나지만, 두 사람의 인연은 경찰 시절부터였다. 인공지능 및 기계인간 관련 교육에 참여하기 위해 도시 외곽의 수련원에 2주 정도 묵었을 당시 외부 강사인 목정수의 옆방을 썼다. 첫날, 긴장도 풀 겸 한잔하자며 자신을 부른 목정수가 처음 물은 질문이 '형사님은 천사에 대해 좀 아십니까?'였다. 그는 그러곤 곧장 너털웃음을 터트렸다. 제가 바보 같은 질문을 했군요. 이런 델 오셨다면 당연히 프로시겠지요. 민성기는 고개를 저었다. 알긴 알지만 어디까지나 천사의 종류나, 다루는 법 같은 상식선 안의 이야기라며, 그 밖의 지식은 마니아에 비하면 훨씬 못 미친다고 했다. 그 말에 목정수는 그분들은 우리 직원들도 이길 수 없다고 했다. 직원이 곧 마니아가 아니냐고들 하지만 실은 정반대라고, 물론 일에 보람을 느끼고, 기계장치로서의 매력도 느끼지만 '천사'로서 받아들이는 편은 아니라고 했다. 산부인과 의사가 애가 하나 태어날 때마다 생명의 신비를 느낀다면 병원이 어떻게 되겠습니까? 그렇게 말하며 목정수는 마니아들은 뭐랄까, 고집이 지나치게 세고 협조적인 편은 아니라서 선호하는 인재상은 아니라고도 했다. 그가 취해 벌게진 눈으로 민성기를 바라보았다.

"오히려 선생님 같은 분이 잘 어울린다고 할까요……. 예감이 듭니다."

"무슨 예감요?"

"글쎄요. 입으로 뱉은 말은 밖으로 빠져나가게 되니까요."

그때의 취한 목정수가 말하려던 것이 어쩌면 오늘 같은 일 아니었을까? 면접실 맞은 편에 앉아 씨익 웃는 목정수를 보며 그런 생각을 했었다. 민성기는 쓴 웃음을 지었다. 목정수의 예감은 적중했지만 그가 장담한 것과 달리 이 일은 자신에게도 맞는 일은 아니었다. 아니, 애초에 이런 일이 어울리는 사람은 없다…….

지하 복도는 구렁이 배 속처럼 길었다. 어디가 끝일까? 조그만 불빛에 의존하며 걷다 보니 시간과 거리에 대한 감각이 사라졌다. 목정수가 걸음을 멈추곤 주머니를 뒤져 쪽지를 펼친 뒤 미간을 잔뜩 찌푸렸다.

"저희 제품-천사들은 이 정도 어둠이면 단번에 읽을 텐데 말이죠. 내가 각막을 깎아 준 환자들은 다 별처럼 눈을 반짝이며 돌아가는데 혼자 남아 지문이 덕지덕지 남은 안경을 가운에 문지르는 바보 의사가 된 기분입니다."

목정수는 열네 자리가 넘는 숫자 버튼을 누른 다음 라이터를 꺼내 종이에 불을 붙였다. 불씨가 마술사 손의 흰 비둘기처럼 순식간에 날아가고 육중한 문이 열렸다. 대기실처럼 보이는 조그만 방 안으로 목정수가 한 걸음 내딛자 사방에서 보이지 않는 팬이 돌아가며 피부의 습기를 모조리 빨아 들이는 듯한 미세한 바람이 몸을 감쌌다. 목정수가 벽에 걸린 보호복을 내리더니 다리를 꿰었다.

"참, 휴대전화는 두고 오셨죠?"

민성기가 양복 주머니에서 휴대전화를 꺼내 건넸다. "깜빡했습니다."

목정수가 손톱을 세워 전원 버튼을 껐다. 그가 지퍼를 쓱 올리고 보안경을 선글라스처럼 이마에 걸쳤다.

"어떻게, 오시기 전에 준비는 좀 하셨지요? 선생님의 실력을 의심하는 건 아닙니다만, 지난번 사고도 있었던지라 이런 말씀을 드리는 걸 너무 불쾌하게 여기지 않으셨으면 합니다."

"괜찮습니다. 일은 확실하게 하겠습니다. 휴대전화는 잊은 것뿐입니다."

"요즘엔 제2의 뇌라고도 하니까요. 별일 없어도 손에서 떼기 힘들죠. 다 입으셨나요?"

"예."

목정수가 몇 걸음 앞, 있는지도 몰랐던 문을 하나 더 열었다. 등 뒤의 문이 자동으로 닫혔다.

"천사는 저 안쪽에 있습니다." 기분 탓인지 낮게 속삭이는 목소리가 약간은 음산하게 들렸다. "왼쪽은 장인의 명상실이고, 우리는 오른쪽으로 들어가면 됩니다. 그러니까, 이쪽으로……" 목정수는 친절하게도 몸통을 잡고 방향까지 틀어 주었다. "들어가시면 됩니다."

지난번 사고는 극도의 긴장으로 판단력이 흐려진 직원이 왼쪽과 오른쪽을 구분하지 못해 전원 버튼을 켜 버림으로써 생겨난 일이라고 했다. 겨드랑이가 기분 나쁘게 축축했다. 거칠어지려는 호흡을 조심스레 가다듬고 힘차게 문을 열었다.

짧게 머뭇거린 건 눈이 부셔서였다. 천장과 바닥, 벽면에서 흰빛이 뿜어져 나오는 거대한 화이트 큐브는 에스에프 영화에서 단골로 등장하는 이미지였지만 실제로 들어와 보니 생경하다 싶게 낯설었다. 벽면의 넓이, 바닥부터 천장까지의 높이가 가늠이 안 되어 이 공간의 크기가 어느 정도인지조차도 알 수 없었다. 다만 기준점이 되는 것이 있다면 양옆에 열두 개씩, 검은 천에 감싸인 채 단 위에 줄 지어 서 있는 인형의 두상이었다. 모두 정면에 놓인 속이 텅 빈 유리상자를 향해 놓여 있는 것이 희한해서 슬쩍 운을 뗐다.

"저건……"

"원래 비어 있습니다. 선생님은 진정한 아름다움은 눈에 보이지 않는 거라고 종종 말씀하셨습니다. 그것에 최대한 가까워지려고 노력할 뿐이라고요."

상당히 진중한 말투였다. 참담함까지 연기하는 듯 느껴진 건 순전히 신경이 곤두선 탓이리라. 민성기는 가볍게 손목을 돌리며 오른쪽 제일 뒤에 있는 검은 천 앞에 섰다. 반시계 방향으로 하는 게 나을 것 같았다. 목정수가 어딘지 유혹하는 듯 느물느물하게 물었다.

"한번 움직여 보지 않으시겠습니까? 살로메의 기분을 느낄 수 있을지 모릅니다."

"괜찮습니다."

"선생님은 늘 그렇게 말씀하시더군요. 면역이 없으신 분도 아니면서요."

"저는 개수와 기종만 확인하면 되니까요."

"맞는 말씀이십니다만, 그래도 서운할 때가 있습니다. 저희로서는 자부심을 갖고 만든 제품이니만큼 선생님 같은 분의 평가를 받을 수 있다면 더할 나위 없을 영광인데요."

말만 그럴 뿐 하나도 서운하지 않은 얼굴로 목정수가 보안경을 내려쓰며 벽에 붙었다. 인형을 만들다 보면 인형이 된다. 전부 겉치레뿐인 인간이 된다고 생각하며 민성기는 수경 모양의 보안경을 눈가와 밀착시켜 눌러쓴 뒤 오른쪽 무릎을 꿇었다. 시야가 극도로 좁아지면서 지하로 들어올 때도 느껴지지 않던 가벼운 폐소공포가 일었다. 동시에 관중이 꽉 들어찬 무대 위에 선 것 같은 긴장과 떨림, 그리고 흥분으로 심장이 빠르게 뛰기 시작했다. 나를 조이는 투명한 벽도, 관중도 없다. 있는 거라곤 떨어져 선 관찰자와 스물네 개의 머리통이 전부다. 눈앞이 거대한 빛으로 가득 차는 건 짜릿함 때문일까, 두려움 때문일까? 제 목소리 같지 않은 목소리가 나왔다.

"시작합니다."

"예."

민성기는 검은 천의 끈을 풀어 인형의 머리카락에 손을 집어넣어 두피를 매만졌다. 닿는 순간 처음인 듯 소름이 오싹 끼쳤다. 익숙해지지 않는 촉감. 달라. 확실히 다르다. 아무리 인간과 비슷하다고 해도 결코 따라갈 수 없다. 민성기는 애써 불편함을 삼키며 몇 개의 점들로 이뤄진 제품번호를 확인했다.

"돌로레스."

그리고 검은 천을 걷었다. 거기 있는 것은 **분명** 돌로레스였다. 목정수의 두 뺨이 푸들푸들 떨렸다.

"맞습니다."

민성기는 다시 인형의 머리에 검은 천을 씌웠다. 그리고 전원 버튼을 누름과 동시에 목을 비틀어 꺾었다. 단 위에는 빈은 접시만 남았다. 검은 천에 싸인 머리통이 참수된 것처럼 바닥에 나뒹굴었다.

"미르이."

"맞습니다."

"메리-빌."

"맞습니다."

"다니엘."

"맞습니다."

"켐벨."

"맞습니다."

"스텔라."

"맞습니다."

"메이블."

"맞습니다."

"메리-로즈."

"맞습니다."

"유키."

"맞습니다."

"니케."

"맞습니다."

"미란다."

"맞습니다."

"헤이즐."

"맞습니다."

"쓰바사."

"맞습니다."

"비올라."

"맞습니다."

"루카."

"맞습니다."

"유카."

"맞습니다."

"에인절."

"맞습니다."

"발레리아."

"맞습니다."

"이브."

"맞습니다."

"페디."

"맞습니다."

"에오스."

"맞습니다."

"난나."

"맞습니다."

"이시스."

"맞습니다."

"칼리."

"맞습니다."

"총 24종."

"예. 총 24종. 맞습니다. 기동이 가능한 것 중 사라진 기종은 없는 걸로 확인되었습니다."

검은 주머니가 바닥에 뒹굴었다. 민성기는 꿇었던 한쪽 무릎을 펴고 일어섰다. 목정수가 연필을 주머니에 집어넣었다. 어느새 경련은 멎고 태연한 얼굴로 돌아가 있었다.

"이것 참 놀랍습니다. 1년 간 쉬신 거 맞습니까? 괜히 부처님이 아니십니다."

민성기는 대꾸 없이 눈만 꼭 감았다 떴다. 부처라니 말도 안 되지. 쇠고리를 두른 원숭이면 몰라도. 가벼운 어지럼증과 두통, 위장에선 한여름 아이들이 노는 해변의 얕은 바다처럼 오줌 섞인 뜨듯한 물결이 잔잔히 출렁거렸고, 그 위에 어제 먹은 페퍼로니 피자 한 조각이 소화되지 않은 채 둥둥 떠다녔다. 거대한 부처가 기계팔 쇠손가락으로 지긋이 조이는 것 같은 관자놀이를 매만지며 민성기는 입으로만 깊게 숨을 쉬었다.

"사후관리반은 언제 옵니까?"

"위에 있습니다. 경찰 조사가 끝나면 바로 회수할 수 있도록 준비해 두었습니다."

"그렇군요." 가볍게 신 트림이 나왔다. 머리 위를 뱅뱅 돌던

갈매기들이 물러났다. "괜찮으시다면 바람 좀 쐬고 싶은데요."

"아, 예예. 가시죠. 더 있을 필요도 없고요."

두 사람은 다시 달팽이 껍질처럼 빙글빙글 돌아가는 계단을 올랐다. 민성기는 최대한 헐떡이지 않으려 애쓰며 두 팔로 손잡이를 꼭 쥐고 발을 옮겼다. 앞서가는 목정수의 발뒤꿈치에서 총탄 같은 소음이 들렸다. 그는 박차를 가한 말처럼 달뜬 숨을 내뱉으며 오래된 3원칙에 대해 떠들었다. 어디까지나 확인 차원으로 한 일일 뿐, 천사가 사람을 죽이는 일은 결코 일어나지 않는다는 얘기였다.

"인간이 십계명을 어길 순 있어도 천사는 그럴 수 없습니다. 천사에게는 3원칙은 믿음이나 의지 같은 애매한 안전선이 아닌 작동 원리 그 자체니까요. 신을 믿지 않는 인간도 살 수는 있지만, 심장이나 콩팥이 없는 인간은 없지 않습니까?"

일전에도 들은 이야기였고 그때도 돼지 심장이나 인조 내장을 달고 사는 이들을 생각했었다. 민성기의 속마음을 읽은 듯 목정수가 물론, 제작 초기 공정에서 일어난 누구도 예상하지 못한, 매우 비극적인, 절대 일어나선 안 됐고, 일어날 수도 없었으나 일어나 버리고 만 유감스러운 일에 대해 넌지시 언급했다.

그러나 전부 야만적인 과거의 이야기였다. 만약 현시대의 천사가 주인을 해하려는 의도 없이, 혹은 자각없이 불미스러운 일에 연루되고, 거기서부터 도출된 불행한 결과에 자신이 개입되어 있다는 것을 깨닫게 되면 그 순간 자동적으로 모든 기능은 정지됐다. (돌려 말했지만 인간을 해치면 자동 파괴된다는 소리다.) 천사는 어디까지나 주인을 위해 존재하고, 그 반대는 불가능했다.

20여 년 전에 한 독특한 성벽을 가진 부호가 자신이 소유한 카리브해의 해변 별장에서 입 밖에 내뱉는 것만으로 요정이 죽고, 어린아이의 사랑스러운 베갯머리 친구가 마른침이 엉겨 붙은 세균 덩어리의 누더기 천으로 전락하는 일을 천사에게 시도하다가 목숨을 잃은 일이 있었다. 기나긴 소송은 아직까지 진행 중이었다. 민성기는 몇 번 그 재판에 방청을 간 일을 떠올렸다. 산전수전 다 겪은 고목 같은 대법관이 감정을 숨기지 못하고 한숨을 내뱉었고, 잦은 구토로 기록이 중지되는 바람에 반드시 두 명 이상의 서기관이 동석해야 했다. 유족이 재판을 포기하거나 (그런 치부를 사방에 퍼트리면서까지 전면전을 진행한 사람들인데 가능하겠는가?) 관용사가 결함을 인정하지 않는 이상 (목정수는 부호가 정식 루트가 아닌 방법으로 천사의 뇌관을 건드렸을 가능성을 미묘하게 암시했다.) 재판은 앞으로 몇십 년은 더, 어쩌면 100년은 더 이어질지 몰랐다. 100년이라. 생각보다 짧겠지. 처음 카리브해 사건을 접했을 때 민성기는 젊었고, 한나도 젊었고, 아무튼…… 그 모든 일로부터 너무 멀리 왔다.

여전히, 되돌아가는 길의 끝은 요원했다. 달을 우물 구멍이라고 믿은 어리석은 개구리처럼 닿지도 못할 곳을 향해 헛된 뜀박질만 하는 기분이었다.

"이제 24구는……" 목정수가 쐐기를 박았다. "주인의 사망으로 전원 장치를 제거했으니 더 이상은 천사로 존재할 수 없을 겁니다. 억지로 몸통과 연결하려 들면 싱크가 무너져서 얼굴이…… 녹아내리겠지요. 그래도 선우 선생님의 소장품이었던 만큼 폐기 처분은 않고 스페이스 G 소장관에 보관되지 않을까 싶습니다. 자세한 일은 윗선에서 결정할 거 같습니다만…… 대중 상대로 전시는 무리더라도…… 주주총회라든지…… 이벤트가 있을 때 한두 구 정도는 보여 주기 식으로…… 공개되지 않을까 싶네요. 유언장에 따라서는…… 이 저택을 박물관 대용으로 쓸 수도 있겠고요."

"저택에…… 살던 사람들은…… 어떻게 됩니까?"

"글쎄요. 거기까진 저희 관할이 아니라……."

목정수는 한 번도 뒤돌아보지 않다가 지상에 발을 디딘 다음에야 놀란 얼굴로 물었다.

"괜찮으십니까?"

거울이 없어도 식은땀으로 범벅이 된 것쯤은 알 수 있었다. 민성기는 마지막 자존심으로 땅을 손으로 짚지 않고 구멍을 빠져나왔다. "별일 아닙니다. 괜찮으면 잠시…… 앉아도 되겠습니까?"

"예. 저쪽에 벤치가 있습니다. 죄송합니다. 하는 분한테는 엄청난 일이라는 걸 알면서도 잊습니다. 얼른 마실 거 가져오겠습니다."

"아뇨. 필요 없습니다. 오랜만에 운동을 해서, 숨이 차서 그럽니다."

민성기가 소매를 잡아당겨 이마를 문질러 닦았다. "이걸로 관용사의 일은 끝났다고 봐도 되죠?"

"그렇습니다. 오늘 분은 2주 이내로 계좌로 송금될 예정입니다. 계약서에 서명 마무리만 부탁드리겠습니다."

"아뜰리에로 돌아가십니까?"

"예."

"한 가지 부탁드릴 게 있습니다." 민성기가 숨을 고르며 말했다. "이정환 반장이 계시면 먼저 가겠다고 전해 주시겠습니까?"

"알겠습니다. 마실 건 정말 괜찮으십니까?"

민성기는 손을 휘젓는 걸로 답을 대신했다. 목정수가 다시 처음 만났을 때처럼 깍듯하게 고개를 숙이고는 바닥의 노란 벽돌길을 따라 정원의 안쪽으로 들어갔다. 그 등이 보이지 않을 때까지 기다렸다가 민성기는 재빨리 정원 구석으로 갔다. 봉분처럼 볼록 솟은 곳에 티 테이블과 의자 몇 개를 두고 그

주위를 장미 울타리로 두른 안락한 비밀 정원이 있었다. 의자에 앉자 눈높이에 맞는 곳에 일부러 가지치기를 하여 핍홀처럼 뚫어 둔 구멍 사이로 웅장한 산맥이 보였다. 가장 아름다워 보이는 각도에서 눈이 쌓인 흰 머리 꼭대기가 하늘 높이 뻗은 꼴을 보니 기분이 오히려 울적해졌다. 민성기는 의자를 돌려 정원 쪽을 마주 보고 앉았다. 자연스러운 척, 모든 것이 통제된 이곳에서 숨을 쉴 방법은 이것뿐이다. 주머니를 더듬어 담배를 찾아 물고 떨리는 손으로 불을 붙이자 기분 좋은 현기증이 일었다. 등을 기대고 연기를 마시고 삼키기를 반복하자 실실 웃음이 났다. 아주 편안했다. 지끈지끈한 두통이 좀 가라앉고 눈앞이 선명하게 보였다. 그리고⋯⋯

울타리 뒤로 목신의 환영이 나타났다. 매끈한 머리카락 위로 천사의 링처럼 둥그렇게 반짝이는 태양빛과 그보다 반짝이는 검은 눈동자가 보였다. 몸을 웅크렸지만 어린 짐승이 그렇듯 서툴렀다. 설킨 가지 옆으로 드러난 부드러운 뺨과 굵은 가지 사이로 흙을 밟고 그대로 선 맨발이 수줍어 보였다. 때가 낀 조그만 발과 분홍빛 손톱. 그제야 민성기는 정신을 차리고 담배를 껐다. 연기는 사라져도 목신은 사라지지 않고 그 자리에 있었다.

"안녕."

"⋯⋯."

"원래 네 자리로구나. 미안하다. 금방 갈 거야. 아저씨는 이 상한 사람이 아니야."

그러나 가지 너머 보이는 종아리는 슬금슬금 옆으로 움직 이더니 날쌔게 달려 언덕 위쪽으로 멀어졌다. 희게 날리는 옷자락에서 눈을 떼지 못한 채 넋을 놓고 있는데 목소리가 들렸다.

"쟨 원래 저래요. 겁쟁이라서요."

놀라서 돌아보자 어린 소년이 있었다. 쌍둥이? 손윗형제? 방금 전 소년과 같은 옷을 입고 있었지만 표정이 전연 딴판 이었다. 민성기는 작게 충격받았다. 애가 저런 표정을 지을 수 있나? 저런 악마 같은 표정을? 그는 아파트 복도에서 스치는 아이들을, 흙투성이가 된 동네 꼬마들을 기억하려 애썼다. 그 러나 떠오른 건 어린 시절 그를 모랫바닥에 무릎 꿇린 한두 살 차이의 독재자들이었다. 민성기는 마흔넷의 탐정이 아닌 형들에 재촉에 울며 개구리의 머리에 벽돌을 내리치던 무력 한 여덟 살로 돌아갔다. 소년의 눈빛이 그를 과거로 이끌었다. 어이없게도 그는 자기 몸의 반 토막도 안 되는 그에게 순종할 준비를 마친 상태였다. 소년이 입을 연다면, 무언가 명령한다 면, 민성기는 따를 수밖에 없었다.

"아저씨도 경찰이에요?"

민성기는 고개를 저었다. "아니다. 나는……."

"그런데 왜 여기 왔어요?"

"일이……."

"선생님 정말로 죽었어요? 누가 죽인 거예요? 사람들이 그러던데."

"여기서 뭐 하는 거지?"

낯선 목소리에 민성기는 마법에서 풀려났다.

"이건……."

두 볼이 화끈거렸다. 담배꽁초를 주머니에 쑤셔 넣고는 일단 변명을 하려 했지만 손에 유리잔 하나를 든 남자의 시선은 민성기가 아닌 소년을 향하고 있었다. 소년은 대꾸하지 않았다. 무구한, 그러나 누가 보아도 흉내를 낸다 싶은 미소를 지으며 남자와 민성기를 번갈아 보았을 뿐이다. 흉내인 걸 알아도 속을 수밖에 없는 미소. 그러나 남자는 소년의 앞으로 다가가더니 한 치의 망설임도 없이 뺨을 내리쳤다.

"건방 떨지 마."

소년은 눈썹 하나 찡그리지 않았다. 분한 표정을 짓지도, 그렇다고 고분고분하지도 않게 단지 어깨를 으쓱하더니 바람이 등을 떠밀었다는 듯 사뿐히 장미 울타리 너머로 사라졌다. 남자가 아무 일 없었다는 듯 테이블 위에 유리잔을 내려두었다.

"선생님께 마실 게 한 잔 필요하다는 얘길 들었습니다."

민성기는 가볍게 감사를 표했다. 물 흐르듯 일어난 폭력에 떨리는 마음을 진정시키고 눈앞의 남자가 누군지 확인했다. 오똑한 코에 가로가 긴 형태의 눈매. 매끄러운 턱. 이름을 말하지 않아도 그가 안재희라는 걸 알 수 있었다. 사진과 흡사했지만 실제로 보니 억지로 만든 알리바이처럼 부자연스러워서, 민성기는 일전에 아는 수집가에게 받은 의뢰를 떠올렸다. 손주가 고가의 도자기를 깨트렸는데, 아무래도 수상쩍다는 말에 조사해 보았더니 가품이었다. 장물아비에게 넘어가려던 진품을 되찾아 돌려주며 의뢰인에게 물었다. 어떻게 아셨습니까? 그러자 수집가가 답했다. 아름답지 않았어. 그 정도 되는 녀석이면 깨진 조각도 아름답거든. 문득 그때의 가짜 조각을 이어 붙인 도자기가 저 사람의 얼굴을 닮았다는 생각이 들며 다시 속이 울렁거렸다. 고지대의 산소가 희박한 공기가 그의 폐를 억죄었다. 민성기가 말없이 잔만 보고 있자 안재희가 물었다.

"설탕이 필요하신가요?"

고개를 젓고 그대로 한 모금 마시자 눈이 번쩍 뜨였다. 헛기침을 내뱉자 안재희가 손수건을 건넨다. "좀 강하지만 속이 울렁거릴 땐 바로 듣습니다. 저택의 비법 음료랄까요. 여긴 오는 길이 구불구불해서요."

민성기가 입가로 줄줄 새어 나온 침을 닦으며 목을 가다듬었다. "올 때도 괜히 고개 령 글자가 붙은 게 아니구나 했습니다."

남자에게 손수건을 돌려주자 그가 방금 전의 무례에 대해 사죄의 뜻을 건넸다. 요즘 애들은 로봇을 흔히 봐서 자신들이 죽을 것도, 다른 사람의 죽음도 잘 이해하지 못한다며 민성기에게 사과한다는 핑계로 이 자리에 없는 어린아이에게 화를 냈다. 민성기는 이 어디로 튈지 모르는 남자의 신경을 건드리지 않게 조심하며 저 애들은 천사가 아니냐고 물었다. 안재희는 그렇지 않다고, 이 저택에 묵고 있는 후원자 열두 명 중 하나라고 했다.

"곧 알려질 테지만 선생님은 젊은 시절부터 꾸준히 자선사업을 하셨습니다. 현재까지 여든일곱 명의 고아들과 스물세 명의 소외 계층 아동들이 선생님의 후원을 받았습니다. 선생님은 매년 크리스마스나 생일마다 그들을 장미 저택에 초대해 하루를 보내게 했습니다. 그리고 개중에 장래가 촉망되는 아이들을 선별해 여름에서 겨울까지 반년 정도 저택에 머물며 기본 매너를 익히게 했습니다. 넥타이를 매는 법이나 나이프와 포크를 쥐는 법 같은…… 저도 그중 하나였고요."

민성기는 방금 자신이 본 것이 기숙사의 까마득히 높은 선배가 신입생의 뺨을 내리치는 풍경이라는 걸 알았다. 혹은 캠프의 말썽꾸러기가 반바지를 벗어 던지고 목에 호루라기를 찬 위협적인 감독관이 된 모습이라든지. 한때는 앞니가 빠진 구멍으로 휘파람을 흥얼댔을 외로운 소년이 자기 자신이기도 했을 또 다른 소년을 구박하는 모습엔 폭력의 불쾌감을 초월한 서글픈 지점이 있었다. 소년들은 이제 저택에서 쫓겨나 어디로 갈 것인가? 깊게 생각하면 우울해질 것 같아 민성기는 말을 돌렸다.

"이 댁에 있으니 당연히 천사겠구나 했습니다. 그런 얘길 듣기도 했고요."

"오해하실 만도 합니다. 선생님은 아이들을 천사라고 부르셨거든요. 이름엔 선택의 여지가 없지 않습니까. 대부분 부모가 붙여 준 걸 따를 뿐…… 그런 과거를 남김없이 버리고 저택에서 새로 태어나라는 의미에서 고른 호칭입니다. 물론 저택 지하엔 진짜 천사도 있습니다. 미완성 작품이나 부품까지 포함하면 몇십 대 분은 있지요. 하지만 실제로 구동하는 건 없습니다. 움직이는 건 말단 하녀를 포함해서 전부 인간뿐입니다." 안재희가 조심스러운 태도로 물었다. "컬렉션의 전원을 끄셨다고 들었는데요."

"예." 민성기는 뭐라 할까 고민하다가 참 대단하더라고 첨언했다. "그렇게 많은 전원을 한 번에 끈 건 오랜만입니다."

"거기 있는 건 작업물의 극히 일부입니다."

안재희의 등허리가 꼿꼿하게 펴졌다. "최근 몇 년을 빼고는

86년 데뷔 때부터 지금까지 매년 세네 구의 신작을 발표하셨으니까요. 상용화가 되지 않은 것이나 시간이 필요해 묵혀 둔 것까지 포함하면 저택을 통째로 보관소로 써도 모자랄 겁니다. 전체는 본사와 자료원 두 군데에서 분할 관리 중이고 여기에선 선생님에게 특별히 의미가 큰 모델만 소장 중입니다. 자기가 만든 모델을 트로피처럼 늘어 놓는 장인들도 있습니다만, 선생님은 어떤 영광스러운 과거라도 뒤로 하지 않으면 앞으로 나아갈 수 없다는 걸 아는 분이셨습니다. 과거는 과거. 새로 태어날 천사는 결코 과거의 천사와 같을 수도, 그래서도 안 된다고 하셨습니다. 매번 새로운 방식으로 미의 금자탑에 도전하시고자 하셨지요. 봉우리는 결코 쉽게 모습을 보이지 않기에 도전할 가치가 있다는 게 선생님의 입버릇이셨습니다."

2인자로서의 위엄이 서린, 진정으로 선우 작품에 대한 자부심에 찬 말투였다. 동시에 소년보다 더 장인의 죽음을 믿지 않는 말투이기도 하여 민성기는 다시 치솟는 구토감에 미간을 찌푸렸다. 몸을 앞으로 숙이자 안재희가 좀 걷는 편이 낫지 않겠냐고 제안했다. 민성기는 그의 손을 뿌리치는 대신 앉은 자리에서 몸을 일으켰다.

걷는 동안 안재희는 정원의 조경학적 가치에 대한 간략한 브리핑을 했다. 그는 화훼 용어나 재배 방법을 늘어놓는 대신

고원의 기후를 살려 정원 미학을 구축한 방법론을 전했다. 장식적으로 배배 꼰 가이드는 대부분 사족처럼 느껴졌는데, 그건 이곳이 어린애도 한눈에 알 수 있게 디즈니 동화식으로 꾸며져 있었기 때문이었다. 오래된 동화와 그 속에 숨겨진 집단 무의식이라든지, 인간의 생명 뿌리에 깊이 박힌 아름다움에 접근하기 위한 비밀스러운 탐방은 여섯 살 소녀가 망상 속에서 거주하는 성에 입장한 것과 다를 바 없었다. 모퉁이를 돌면 흐리멍텅한 갈색 눈의 폴리포켓 왕자님과 부딪히는 사건이 일어날지도 모른다고 생각하니 입이 썼다.

노란 벽돌 길엔 이런 계절임에도 낙엽 하나 떨어져 있지 않았다. 여행객이라면 얼굴에 미소가 떠나지 않았을 테지만 안재희는 맑고 청명한 11월 고원의 날씨를 아쉽게 여겼다. 안개의 마법이 사라졌다는 게 이유였다.

"사계절 내내 아름답지만 역시 누가 뭐래도 봄이 제일이지요." 반쯤은 환상에 잠겨 미약한 한숨을 내뱉으며 안재희가 말했다. "몽롱한 베일에 뒤덮인 과수원을 거닐 때면 사과나무 주변엔 꽃향기가 감돌고, 눈에 보이지 않는 날벌레들이 윙윙대며 금방이라도 목신이 다가올 거 같습니다. (목신은 방금 뺨을 맞고 내쫓기지 않았던가?) 그 분위기를 말로 설명하긴 어렵지요. 일전에 영화 촬영을 한 적도 있지만, 이곳의 공기를 잡아내기엔 현재의 기술은 턱없이 부족하더군요."

"「개인간」을 말씀하시는 거군요."

"아십니까?"

"보진 않았습니다만."

안재희가 납득이 간다는 듯한 표정을 지었다. "봤다고 하셨다면 거꾸로 놀랐을 겁니다. 관객이 많이 든 영화는 아니니까요."

그보다는 흥행에 철저하게 실패했다는 쪽이 더 옳았다. 국가기관의 지원금을 받아 해외 수출용으로 제작된 대작이었다. 고립된 설산의 저택에서 일어난 밀실 살인에 대해 다룬 실내극은, 디즈니나 디씨의 블록버스터만큼 자금을 동원할 수 없는 한국의 실정에서 서구의 기나긴 추리 애호의 역사를 노린 현명한 돌파구로 여겨졌다. 대중적인 플롯에 독립영화계에서 이름 높은 젊은 감독이 메가폰을 잡아 예술성을 가미할 예정이었고 관객들의 열광을 부를 일만 남은 상황이었다.

그러나 영화는 기대와 정반대로 흘러갔다. 젊은 감독은 기대감에 짓눌려 자기 확신을 잃었다. 예술성과 대중성 사이에 갈팡질팡하다가 대담하게 질러야 하는 지점에서 망설였고, 환상적이어야 할 부분은 물기 없이 논리적으로, 현실적이야 하는 부분은 허섭스러울 정도로 터무니 없게 만들었다. 촬영 내내 헤매던 감독은 결국 미로에 갇힌 채 그대로 커리어를 마감했다. 주연배우의 망언으로 화제에 올라 간간이 망한 영화

의 대명사로 소환되었지만, 컬트적 고전으로는 자리 잡지 못
한 서글픈 영화가 「개인간」이었다.

"그랬기에 선생님은 이곳이 「개인간」의 저택으로 불리는
걸 달가워하지 않으셨습니다. 누군가는 이 저택에 사는 모두
가 선생님에게 개처럼 충성해야 한다는 의미에서 그렇게 부
르기도 하지만요. 말이 좀 거칠지만 나쁜 뜻은 아닙니다. 충
성만 한다면 원하는 건 뭐든 얻을 수 있다는 뜻도 되니까요.
오래된 직원들의 자부심은 대단합니다. 선생님을 편하게 모시
고, 그분이 영감을 떠올릴 수 있게 최상의 접대를 하는 것이
아름다움에 일조하는 길이라고 생각합니다."

자연스레 옛날 아버지들처럼 상을 뒤엎는 장인의 모습이
떠올랐다. 얼마나 까탈스럽게 굴었을까?

"물론 선생님께는 — 모든 예술가들이 그렇듯이 — 기인이
라면 기인이라고 할 수 있는 면모가 있었지요. 하지만 직원들
에게 폭력을 행사한다거나, 먼지 한 톨로 트집 잡는 일은 없
었습니다. 매일 저녁 피가 뚝뚝 떨어지는 스테이크를 먹거나
술과 여자를 즐기면서 자기가 건재하다는 걸 과시하는 부류
와는 반대셨죠."

의외였다. 선우의 작풍은 폭력적이라고 느껴질 정도로 화
려하고 과잉되었다. 그 스타일이 미니멀함을 강조하는 최근의
흐름과는 맞지 않았음에도 장인은 자기 스타일을 고집했다.

오히려 지금이 훨씬 편하다고, 애초에 자신이 만들고 싶은 건 모두가 주무를 수 있는 싸구려 바비 따위가 아니었다고 했다. (장인이 젊고 경력이 없던 시절에 만든 저가 라인 모델을 자식 취급 하지 않는다는 건 익히 알려진 얘기였다.)

"이미지와는 반대입니다."

무례할 수도 있는 발언이었음에도 안재희는 별다른 반발 을 하지 않는 걸로 동의를 표했다.

"아무래도……. 그러나 코미디언 중에 우울증 환자가 많다 는 것도 익히 알려진 사실 아닙니까? 선생님의 경우도 마찬가 지라고 봅니다. 작품에 모든 걸 쏟아붓기 위해 생활을 단순화 하신 거죠. 특히 요 몇 년 동안은 수도승 수준으로 자기 절제 를 하셨습니다. 뜨겁거나 찬 음식, 맵거나, 간이 세거나, 향신 료가 들어간 음식은 드시지 않으셨습니다. 아침엔 미지근한 물 한 잔을 마시고, 해가 지기 전엔 작업하는 틈틈이 볶은 콩 이나 현미 반 줌 정도를, 저녁은 잡곡밥에 데친 야채를 세 종 류 정도, 그것도 거의 회복식 환자 수준으로 소량 드셨습니 다. 일주일에 한 번 단백질 보충을 위해 흰 살 생선을 회나 찜 으로 드셨지만 붉은 고기라든지, 우유나 치즈는 결코 입에 대 지 않으셨습니다. 함부로 남의 피를 먹는 건 저희에게도 금지 시키셨습니다."

"상당히 체력이 필요한 일처럼 보이는데요."

"쉽지 않으셨겠죠. 삶을 무분별한 생활의 연속이 아닌, 절대적 아름다움과 가까워지기 위해 인내하고 감내하는 시간이라고 보셨기에 가능했던 일 같습니다."

그렇게 해서 만든 작업물이 끝내 미완성으로 남은 것엔 누구보다 죽은 장인이 안타까워할 게 분명했다. 특히 현재 작업 중이었던 작품에는 이 한 구를 만들 수 있다면 죽어도 좋다고 말했을 정도로 심혈을 기울이고 있었다.

"마지막만큼은 정말 관용의 이름에 걸맞는 진짜 자비천사를 제작하시겠다고 하셨는데……"

"'그' 자비천사를 말입니까? 사람들이 각자 생각하는 가장 아름다운 얼굴을 보여 준다는……"

하하. 말을 끝맺기도 전 안재희가 웃으며 손을 내저었다. "저잣거리에 그런 소문이 떠돌지만 사실이 아닙니다. 범부들의 기준이란 건 시대에 따라 달라지죠. 선생님이 말씀하시는 '자비천사'란 모두를 설득 이전에 무릎 꿇게 할, 시대를 초월한 아름다움이었습니다. 모두를 잠에서 깨울 모범적인 천사. 하나의 규범. 약간의 오류마저도 의도적으로 개입된, 인생을 바쳐도 좋을 만한 아름다움을 뜻하는 거였죠. 더 깊이 말씀드릴 건 없고……"

선우가 토크쇼나 인터뷰에서 말한, 본인 사후에 미완성 작품은 반드시 파괴하라는 유언은 어떻게 되는 걸까?

"부수진 않을 겁니다. 예술가의 변덕에 귀를 기울인다면 카프카의 소설이나 헨리 다거의 그림이 남았겠습니까? 관용사 측에서도 그렇게 놔둘 리 없고요. 우리는 미를 수호합니다. 그것이 어떤 것보다 우위에 있는 가치라는 건 돌아가신 선생님도 알고 계시니, 분명 양해해 주시리라고 믿습니다."

자기 자신이 아닌 아름다움에 충실하는 게 더 옳은 길이라는 걸 죽은 장인이 받아들이리라고 믿는 꼿꼿한 태도였다.

"정말 안타까운 일입니다. 최근 한동안은 아뜰리에서 돌아오시고 난 뒤로도 형형한 에너지 같은 게 느껴졌습니다. 식지 않은 열기를 주체하지 못하는 듯한, 본 적도 없는 선생님의 청년 시절을 마주하는 기분…… 정말 그랬습니다. 마지막 시간 동안 선생님은 완숙한 장인이 아닌, 처음 마주친 열정에 자신을 내던지기로 결심한 청년이셨습니다. 잉걸불이 아닌, 하늘 높은 줄 모르고 타 들어가는 무시무시한 불길이었습니다……."

안재희의 눈에 눈물이 차올랐다. 민성기는 우는 남자를 너무 오랜만에 본 탓에 당황하여 손을 멈췄다. 그러나 안재희는 재빨리 손수건을 꺼내 코를 풀고는 뒤를 돌았다. 그의 시선을 따라가니 언제 왔는지 젊은 남자 하나가 서 있었다.

"전선웅."

"선배님."

젊은 남자가 깍듯이 예의를 갖춰 인사했다. 그걸 바라보는 안재희의 얼굴이 차갑게 식는 걸 민성기는 놓치지 않았다.

"어떤 형사분이 민성기 씨에게 마실 걸 가져다 달라고 하시던데요. 이분이세요?"

"늦었다. 이미 한 잔 드셨어."

"괜찮습니다. 잘 받겠습니다."

민성기는 이젠 보기만 해도 혀뿌리가 저릿저릿한 반투명한 유리잔을 받았다. 어색한 침묵 속에서 안재희가 먼저 자리를 벗어났다.

"저는 이만."

남은 두 사람은 자연스레 안재희가 돌아간 반대 방향으로 걷기 시작했다. 민성기는 어깨에 한결 힘을 뺀 전선웅의 얼굴을 힐끔댔다. 전체적으로 날카로운 인상. 눈썹은 진한 편. 반항적인 눈매에 기다란 속눈썹이 한 올 한 올이 중력을 거스르는 것처럼 위로 바싹 올라가 있었다. 작업용으로 보이는 군청색 후드의 닳은 소맷부리엔 조그만 구멍이 여러 개 뚫려 있었는데 버릇처럼 그 안쪽에 손가락을 넣었다 뺐다 하는 모습에서 아직 어린 티가 났다. 그 역시 장미처럼 저택의 아름다움을 더하는 데 일조하는 미청년이었지만 매끈한 안재희나 기이한 마동들과 달리 진짜 사람 같았다. 뭐랄까, 갑작스러운 장인의 죽음으로 얼굴이 굳어 있음에도 보는 사람 입장에선 숨통이 트이는 생기 가득한 얼굴이었다.

두 사람 사이에 흐르던 침묵을 깬 건 민성기였다. 음료를 홀짝이며 젊은 분이 휴대전화도 없이 지내는 게 힘들지 않냐고 운을 떼자 전선웅이 손사래를 쳤다.

"갇혀 사는 것도 아닌데요. 시내는 주말에 가면 되구 작업하기엔 이보다 좋은 환경은 없지요. 삼시세끼 밥 잘 나오고, 재료도 잘 구비되어 있구……."

예상대로 말투 자체가 순진했다. 손톱을 바싹 세울 필요도 없이 축축한 코를 들어 쿵쿵대는 것만으로 알아서 껍질을 벗을 것 같았다. 시험 삼아 어린 나이에 장인의 제자가 되다니 대단하다는 별것 아닌 칭찬을 던지자 전선웅은 금방 터질 듯 새빨갛게 달아오른 얼굴로 몸 둘 바를 몰라했다.

"아이고, 아닙니다. 저는 정말 아무것도 모릅니다. 정식 교육을 받은 적도 없고 아직 배우는 처지라 부족하기만 합니다."

"그 편이 재능이 있다는 거 아닙니까? 선우 선생의 제자가 되려는 사람들은 줄을 서 있잖습니까."

"아닙니다. 정말로 운이 좋았을 뿐입니다. 몇 년 전까지만 해도 인형을 만든다느니, 제자가 된다는 생각은 꿈도 꾸지 못했는걸요."

"인형에 관심이 없진 않았을 거 아닙니까."

"아니요, 그게."

"관심이 없으셨나요?"

"예. 솔직히 말하면."

전선웅이 붉어진 눈가를 손톱으로 긁었다.

"그래요? 의외입니다. 어쩌다 시작하게 되셨습니까?"

"음, 시작은 부모님의 가게를 도우면서였습니다." 예상외의 말에 민성기는 귀를 기울였다.

"제가 극진공수도를 하다가 열일곱에 부상으로 그만뒀거든요. 곧장 부모님 가게에서 일을 돕게 됐는데, 아, 가게는 맹인 마사지숍을 말합니다. 저의 부모님은 두 분 다 앞이 보이지 않으시거든. 저는 보이지만." 전선웅이 제 눈앞에 손가락을 흔들어 보이고는 말을 이었다. "고객 중에, 고산의 커다란 저택에 사는 분이 계셨습니다. 따님이 식물인간이 되신 걸 계기로 민간 요양소를 만드셨다나, 거동이 불편한 희귀병 환자들이 모여 사는 곳이었는데 보호사의 손길로는 한계가 있으니 저희 직원들을 불러서 일주일에 두 번 환자분들의 몸을 풀게 하셨습니다.

첫날, 험한 고갯길을 넘어 저택에 도착하니, 안 그래도 서툰 운전에 진이 다 빠지더군요. 오는 길은 저택에서 데려다주시니 안심하고 돌아가려는데 누나, 아니, 저희 직원 중 한 분이 도구를 두고 간 걸 알았습니다. 안에선 휴대폰을 못 쓰니 연락할 방도도 없지, 마음이 다급해서 무작정 들어간 곳이

하필이면 미로였던 겁니다.

차분하게 왔던 길로 갔으면 됐을걸. 이상하게 아무것도 뵈지 않고 심장이 무섭게 뛰더군요. 안 되겠다, 나중에 물어 줄 각오를 하고 한 군데에 구멍을 뚫고 고개를 쑥 내밀었는데 거기 초로의 노인 한 분이 계셨습니다. 들켰다는 생각에 겁을 먹었는데, 절 일으키곤 사정을 듣더니, 자기가 알아서 하겠다며 친절하게도 제게 음료 한 잔을 가져다주며 묻더군요. 혹시 폐소공포증이 있는 건 아니냐고요. 처음 알았습니다. 그냥 좁은 곳에 있으면 좀 두근거릴 뿐이라고 생각했는데 말이죠."

전선웅이 자연스레 길을 꺾었다. 두 사람은 시야가 탁 트인 모퉁이에 서서 눈앞에 펼쳐진 산을 내려다보았다.

"친절한 분이셨어요."

전선웅이 다시 운을 뗐다. "덕분에 그날 안전하게 귀가하고 난 뒤, 일주일쯤인가 지났을 무렵 가게에 관용사 직원이라는 사람이 찾아왔습니다. 인형 제작에 있어 가장 위화감을 느끼기 쉬운 부분이 촉감인데, 그걸 테스트하고 또 조언할 만한 사람으로 맹인 마사지사만 한 존재가 어딨겠냐며 꽤 큰 액수를 불렀습니다.

이런 장사를 하다 보면 사람에 대한 신뢰가 턱없이 낮아집니다. 당황한 기색을 숨기지 못한 아버지가 어머니와 대화해야겠다며 자리를 비운 사이 직원이 정적을 깨고 제게 물었습니다. 혹시 미술을 좋아하냐고요. 사무실 벽에 붙은 변변찮은 그림을 보시고 하시는 말 같아 그냥 취미로 그린다고 하니 직원분께서 부탁해도 되냐며 종이 한 장을 내밀었습니다. 갑작스럽긴 했지만 크게 무리하거나 무례한 일도 아닌 데다가, 그걸로 호감을 사서 사업에 선정되면 가게로써는 좋은 일이니 그러겠다고 했습니다."

"뭘 그려 달라고 했나요? 소년 소녀의 얼굴?"

"아뇨. 사슴이요. 5분 동안 암사슴 한 마리를 그려 달라고 하셨습니다."

전선웅이 담담하게 말을 이었다. "얼마 뒤에 관용사에서 연락이 왔습니다. 사업에 선정되었는데, 계약서를 검토할 겸 저녁식사를 함께하는 게 어떻냐고 하더군요. 생전 처음 보는 외제차를 타고 도착한 곳이 이 저택이었습니다. 식당에서 저를 기다리고 있던 건 그때의 정원사 노인이었고요. 그제야 누나들이 이 저택에서 누구를 돌보고 있는지 알았습니다. 무슨 병인지는 몰라도 피가 안 도는 거 같다는 그 환자들의 정체도요. 그 다음 주에 바로 짐을 싸서 들어오게 되었습니다."

"안 하던 일을 하니 힘드시겠습니다."

"아뇨, 극진공수도엔 승패가 있지만, 예술엔 승패가 없어 편합니다. 최선을 다하면 누구나 이길 수 있는 게임이니까요."

"나은 것과 더 나은 것이 있지 않습니까?"

"글쎄요. 개인적으론 다른 종목 선수들을 볼 때와 비슷한 느낌을 받습니다. 육상선수와 수영선수를 같은 선상에 두고 비교할 순 없죠."

"조금 곤란한 애기일 수도 있는데요." 민성기가 운을 뗐다. "이런 거장 밑에서 일하다 보면 아무래도 좀 부담될 때도 있지 않습니까?"

"예를 들면요?"

"지나치게 영향을 받을까 봐 걱정된다든지……."

"오히려 영광입니다. 선생님의 기술을 습득하는 덴 오랜 시간이 걸리니까요."

"아이디어를 도둑맞는다든지……."

"전혀, 전혀요." 전선웅이 호탕하게 웃었다. 파안대소하는 두 뺨 위로 고양이 수염 같은 얇은 주름이 졌다. "저 같은 풋내기의 낙서를 뭐에 쓰겠습니까? 그분이 얼마나 깐깐하신지 알면 그런 소리 못합니다. 사방에서 공격을 받고 계시는 만큼 여러 소문이 있는 건 알고 있습니다만, 헛소리에 일일이 대응해 봤자 시간낭비죠."

민성기는 그 정반대의 주장을 했던 선우의 제자들을 떠올렸다. 모두 하나같이 선우가 젊고, 영감이 넘치던 자기 자신을 착취하고 더 나이 들기 전에 내팽개쳤다고 고발했다. 말년에 그의 곁에 남은 두 사람도 언젠가는 그들처럼 후회할 날이 올까? 하지만 버림받기 전 주인이 먼저 죽은 개는 죽은 주인에게 충성할 수밖에 없다.

"마지막 작품은 보셨나요?"

"아니요. 선생님은 완벽주의자셔서 프로토타입이라고 해도 완성 전에는 보여 주시는 일은 없습니다."

"안재희 씨는 보셨다는데요. 어떻게 만들지 얘기도 들으셨다고."

혹시 몰라 던진 미끼에도 전선웅은 걸리지 않았다. 반대로 얼굴이 환해졌다.

"그런가요? 선배가 들었다면 완성은 할 수 있겠군요. 선생님이 정확히 바라시던 대로는 아니더라도 말이에요. 다행입니다. 다른 것보다 그게 마음에 걸렸었는데."

"아, 아닙니다. 죄송합니다. 다시 생각하니 안재희 씨가 보셨다는 건 이전 작품들이군요."

"지하에 있는 거 말인가요?"

"예."

"아아." 전선웅이 아쉬움이 감도는 미소를 지었다. "그렇군요. 그것도 선배에게 도움이 되었겠네요. 선생님은 저희에게 옛날 작품을 잘 보여 주지 않으셨으니까요. 완성되는 순간이 선생님에겐 이별의 순간이나 마찬가지인 데다, 선생님은 지나간 사랑 같은 건 돌아보지 않으시는 분이었으니 말입니다."

어느새 다시 아뜰리에 앞으로 돌아와 있었다. 종일 뱅글뱅글 돈 게 믿기지 않을 정도로 짧은 길이었다.

"이 길이 여기로 연결되는 줄 몰랐습니다."

"선생님이 만들어 주신 길입니다. 제가 또 길을 잃고 헤맬까 봐." 멋쩍은 듯 웃는 그의 두 눈에 눈물이 차올랐다.

"전선웅 씨!"

누군가 외치는 소리에 전선웅이 뒤를 돌아 외쳤다. "갈게요!"

민성기는 태연히 유리잔을 내밀었다. "잘 마셨습니다. 덕분에 한결 속이 편해졌습니다."

"뭘요." 전선웅이 주먹으로 코끝을 문질렀다. 잔을 받아 가다가 멈칫하고 습관인 듯 눈가를 손톱으로 긁으며 덧붙였다. "아무튼 오늘 와 주셔서 감사합니다. 뵙게 되어 영광입니다."

예상외의 말에 민성기는 바보처럼 되물었다. "저를 아십니까?"

"왜 모릅니까? 부처 민성기. 은퇴하신 줄 알았는데 역시 소문이란 건 믿을 게 못 되는군요."

민성기는 쓴웃음을 지었다. 부처. 성인이 아닌 도살업자라는 뜻의 부처라는 걸 알게 되면 전선웅은 어떤 반응을 보일까? 떠나기 전 전선웅은 민성기의 손을 덥석 잡았다. 곱상한 생김새와 달리 거칠고 단단한, 진짜 장인의 손이었다.

아뜰리에 쪽은 어느 정도 정리를 마친 듯했다. 감시반보다 관용사의 유니폼을 입은 사람들이 눈에 띄었다. 움직이는 젊은이들에겐 모두 각자의 목적이 있어 그 흐름에 포섭되지 않은 민성기는 자유로웠다. 그는 쓰러진 화분의 각도를, 깨진 유리를, 방금 만난 두 제자의 버릇과 그들이 드러낸 행동을 조심스레 되짚었다. 둘은 거짓말을 하지 않았다. 그렇지만 전부를 말한 것도 아니다. 입은 침묵하고, 태도는 진실을 말했다고 나 할까?

하여간 기묘하다. 민성기는 신문에서 읽었던 「개인간」의 시놉시스를 떠올렸다. 독재자의 일흔 번째 생일을 앞둔 주말, 고원에 있는 그의 별장에 다섯 사람이 모인다. 독재자의 고등학교 동창이자 오른팔인 벗과 그의 아내, 큰 아들 부부, 그리고 직접 짠 라탄 바구니를 푸른 비단 리본으로 장식한 뒤 백합 꽃을 가득 담아 온 어린 질녀와 함께 독재자는 즐거운 오후를 보낸다. 평온한 한순간은 고원의 날씨가 변덕을 부리며 끝이 난다. 갑작스런 폭우 속, 미로를 뚫고 도착한 초대받지 않은 여섯 번째 손님은 한때 개인간이라고 불리던 독재자의 충신이었다.

신문에 적힌 건 여기까지였고, 이 평범한 플롯이 걸작이 되느냐, 범작이 되느냐는 이어지는 이야기를 쓰는 민성기의 손에 달려 있었다. 민성기는 눈을 뜬 채로 백일몽에 빠졌다.

선우가 끊임없이 살해 협박을 받았음에도 이토록 느슨하게 자택 경비를 한 이유, 「개인간」 촬영팀에게 장미저택을 빌려준 이유는 아마도 신경쇠약에 시달리는 영화 속 독재자에게 자신을 겹쳐 보았기 때문일 것이다. 애초부터 선우는 독재자라는 개념에 끌린다는 걸 숨긴 적이 없었다. 장미저택 역시 독재 정권 치하의 대통령의 비밀 별장이었던 곳으로, 시로 소유권을 넘겨 관광지로 활용될 예정이었던 물건을 선우가 큰 돈을 주고 매수했다는 건 공공연한 사실이었다. 새 주인은 전 주인의 전철을 밟고 싶어 했다. 전 주인의 최후를 고려하면 좋은 선택은 아니었지만 (별장은 일종의 사고 물건이었다.), 한때나마 아름다움의 절대권력자가 될 수 있다면 상관없다는 것이 선우의 태도였다.

예상된 몰락을 외려 기다리던 그도 말년에 들어서곤 마음이 물러진 건지 운명을 시험하는 듯한 몇가지 실험을 했다. 방공호를 지하실로 바꾸고, 열대식물관을 아뜰리에로 바꿨다. 그것만으론 부족해서 고민 끝에 저택에 한 번은 피를 뿌리기로 했다. 영화는 그 수단이었다. 머리 대신 만두를 빚어 강의 신에게 제물로 바친 사람들처럼 선우는 운명을 속이려 들었다. 그러나 운명은, 선우가 고무인간과 천사를 구분하듯 손끝이 닿기도 전에 진짜와 가짜를 구분했다…….

"조심해!"

누군가 큰소리로 외쳤다. 관용사 직원들이 검은 천으로 덮은 상자를 옮기고 있었고, 조금 떨어진 곳에서 안재희와 전선웅이 그 장면을 지켜보고 있었다. 아마 선우의 손이 닿은 마지막 천사인 듯했다. 저것에 관용사의 운명이 달려 있다. 흥분과 피로가 뒤섞인 공기 속에서 주먹을 꽉 쥐고 있는 전선웅의 표정에는 순진한 절박함이 감돌았지만, 마지막 천사의 질과는 상관없이 제국이 몰락일로를 걷고 있다는 건 자명했다.

"민성기 선생님이시죠?"

누군가 등 뒤에서 민성기를 불렀다. 돌아보니 고풍스러운 빅토리아풍 메이드복을 입은 중년 여자가 이정환에게서 연락이 왔다고 전언했다. 헉헉대며 저택까지 올라갈 생각에 막막해 머뭇대자 여자가 덧붙였다. "휴대전화를 쓰셔도 됩니다. 더는 천사가 없으니까요." "아, 괜찮습니까?" "그럼요. 편하신 대로." 그의 말대로 전원을 켜자마자 신호가 왔다.

"아직 안 갔지?"

"예."

"기차표는? 예약했나?"

"가서 사려고 했습니다."

"그럴 줄 알고 제일 빠른 걸로 두 자리 잡아 뒀다. 신라역으로 내려와. 지금 가면 아슬아슬하게 저녁때는 맞출 거다."

"……"

"무슨 미련이 남은 거냐? 볼 거 없어."

"예?"

"범인 잡혔다고. 나와."

범인은 근처에 사는 열아홉 살 청년이었다. 열세 살부터 문 밖을 나가지 않던 청년에게 그의 부모는 천사를 한 대 장만 해 주었다. 그러나 사랑하기 쉬운, 불평불만하지 않는 인간(을 닮은 무언가)를 시작으로 아들이 사람들과 교류하기를 원한 부 모의 바람은 어긋났다. 인간과는 거리를 두고 오로지 천사에 만 집착하는 최악의 결과가 나온 것이다.

인간에 대한 청년의 혐오는 점점 심해졌다. 더욱 안타까운 건 청년 그 자신 역시 '인간'에서 벗어날 수 없다는 사실이었 다. 자기 방이 세상의 전부인 사람에겐 거울이 필요 없다. 그 러나 전까진 아무 상관없던 스스로의 미추는 천사라는 비 교 대상이 생기자 삶을 좌지우지할 매우 중대한 문제가 되었 다. 청년은 천사라는 연못의 물을 받아마시며 수면을 증오했 다. 천사처럼 될 수 없는 자신을 혐오했고 이렇게 낳은 부모를 원망했다. 깊은 진흙 구덩이 속에서 발버둥 치던 그는 괴로움 의 끝에서 모든 것이 생물학적인 영역에서 결정된다는 레드 필 이론의 신봉자가 되었다. 모든 건 어쩔 수 없는 일이다. 그 렇게 자위하며 지내던 어느 날, 청년은 우연히 토크쇼에 나온 선우를 보았다. 그는 그렇게 추한 늙은이가 천사를 만들었다는 사실에 분노해 범죄를 계획했다. 장미저택은 규모에 비해 경비가 허술했다. 현대적 기술이 아닌, 울타리로 만든 미로라는 낭만적 도구에 의지했다. 청년은 거기에 구멍을 내고 기어 들어갔다. 그가 이른 새벽, 작업을 준비하러 온 선우의 머리를 박살 내고 저택을 빠져나가기까진 채 15분도 걸리지 않았다.

민성기가 이정환을 만나러 내려갔을 때 마침 역 앞 파출소에서는 두 팔을 재킷으로 감싼 청년이 검게 선팅한 밴에 올라타고 있었다. 가까운 곳에서는 도무지 열아홉의 자식을 두었다고는 믿기지 않는 나이 든 여자가 왼손으로 끊임없이 눈물을 씻었다. 이따금 깁스를 한 오른팔이 주춤주춤 허공을 휘젓는 모습을 마을 사람들이 지근거리에서 지켜보았다. 차가 출발하자 나이 든 여자만이 뒤에 남겨졌다. 수수깡 같은 정강이가 바닥에 닿을 때는 주저앉는 소리도 들리지 않았다.

"가지."

언제 나온 건지 이정환이 민성기의 등을 쳤다. 두 사람은 말없이 신라역으로 들어갔다. 트램을 타고 응랑역에 도착한 것이 3시 반으로 뜀박질을 한 게 무색하게 전광판에서는 서울행 GRX의 20분 연착 소식이 흘러나오고 있었다. 허기도 지고, 시간도 죽일 겸 뭐라도 먹자는 이정환의 말에 두 사람은 구내 입식 식당에서 늦은 점심 겸 우동을 시켰다. 후후 불며 기계면을 삼키는데 엠바고가 풀린 건지, 소리를 죽인 티브이에서 속보 자막으로 선우의 사망 소식이 보도되었다. 화면이 캄캄해지더니 실시간 영상으로 전환됐다. 응랑경찰서 입구에 차가 멈추는 모습, 머리에 재킷을 뒤집어쓰고 얼굴을 가린 청년이 경찰서 안으로 들어가는 모습에 이정환이 채널을 돌렸다. 다른 채널에는 주식시장이 마감된 후에도 관용사의 주식이 20퍼센트 이상 급락했다는 소식이, 또 다른 채널에는 '장인의 죽음이 모델의 값어치를 올릴까?'라는 글자를 배경으로 벌써 일부 마니아 사이트에선 선우의 명작이라고 불리는 구형 모델의 헤드가 원가의 열 배 이상을 상회한다는 소식이 흘러나왔다. 이정환이 한 번 더 채널을 돌렸다. 선우의 인형들이 검은 그림자 형태로 등장하는 자료화면을 배경으로 두 사람이 열띤 토론을 벌이고 있었다. 그가 혀를 차며 리모컨을 내려놓자 가게 주인이 냉큼 주워 소리를 키웠다. 숱이 적은 머리를 포마드로 넘긴 남자가 높낮이가 또렷한 어조로 말을 이었다.

"……정리하자면 내년 상반기에 출시를 목표로 하고 있던 모델에 따라서, 일종의 그, 관용사의 미래라고 하는 것이 달려 있다고 보아도 과언은 아니었는데 사태가 이렇게 됨에 따라서 앞으로의 미래는 그, 상당히 불투명하지 않나 싶습니다."

가운데 앉은 유명 아나운서가 짧게 정리했다. "예, 안은수 교수께서는 이번 일로 관용사가 요동칠 거라는 전망을 해 주셨습니다. 신영 연구원께서는 이번 사건에 대해 어떻게 생각하십니까?"

"객관적으로 선우 씨의 작품이 전성기에 비해 많이 떨어진 것은 사실이거든요. 아직 공개되지 않은 마지막 모델이 어느 정도 퀄리티인지는 모르겠지만, 통계만 두고 보자면 근 10년 간 선우 씨가 관여한 모델은 세 구에 불과하고 그마저도 선우라는 이름값을 떼고 보면 사실 천사의 명성에 걸맞지 않은 수준이었습니다. 대중적으로 인지도는 얻었지만 마니아들의 반응은 평범한 수작, 그 이상도 이하도 아니라는 거였고요. 위기가 있다고 하면 그건 중국의 저가 모델, 그러니까 샤오미사의 렌렌이라든지, 이런 모델들의 약진 때문이었지, 그 전부터 디자이너 선우에 대한 기대치는 상당히 낮아져 있었고……."

"내부적으로 선우 씨의 역할이 축소되고 있었다는 말씀이신가요?"

"예. 관용사는 이런 때를 대비하여 꽤 오래 전부터 젊은 디자이너들의 양성에 상당히 공을 들이고 있었습니다. 가장 최근에 히트한 미로의 경우도 일본 출신의 디자이너 사카이 미유 씨의 모델이었고요. 이 사카이 씨가 상당히 어립니다. 01년생으로 올해 서른셋이 되는데……."

"다 먹었나?"

이정환의 물음에 민성기는 얼른 남은 면발을 긁어모아 삼켰다. "잘 먹었습니다." 나이 든 여주인은 여전히 티브이에 눈을 둔 채 대꾸도 없이 카드를 긁었다. 주방 한쪽에는 투자 관련 책이 두어 권이 놓여 있었고 방금 전 마감된 주식창이 휴대전화 화면을 밝혔다. 수첩을 열어 무어라 메모하는 그를 등지고 두 사람은 응량이 시발점인 텅 빈 열차에 올라탔다.

"큰일 났네."

강 건너 불구경하듯 이정환이 내뱉었다. 민성기가 물었다.

"파셨죠?"

"아침에."

이정환이 입을 쩍 벌려 크게 하품을 했다. "뭐, 오늘 일이 아니더라도 빼려고 했어. 미래가 없거든. 작년 모델은 거의 최악이었고. 애들은 좋아할지 몰라도 너무 가볍지. 돈 쓰는 사람 취향은 아니야."

"레이나요?"

"모를 줄 알았는데."

"유치원생도 그 정도는 안다."

"부처는 죽은 인형에만 관심 있다고 하는 사람들이 놀라겠군." 이정환이 빙긋 웃었다. "오해하진 마. 우스워서 하는 말이니까. 너는 신도, 살인마도 아니야. 인형은 인형이고."

이정환이 다시 한 번 길게 하품을 하고 지나가는 말인 듯 던졌다.

"아직 혼자인가?"

가벼운 말투였음에도 민성기는 이정환이 그걸 줄곧 묻고 싶어 했다는 걸 알았다. 침묵으로 긍정의 뜻을 전하자 다시 질문이 돌아왔다.

"재혼 생각은. 아직 없나?"

"예. 아직."

"한 10년 된 걸로 아는데."

"올해가 딱 10년째입니다."

"그렇군. 벌써 그렇게 됐어." 이정환이 습관적으로 담배곽을 꺼내다가 다시 주머니에 넣었다. "10년 전이라. 사건이 많은 해였지. 개중에 열일곱 살짜리가 자기 집 아파트 복도에서 추락사한 게 자살로 마무리된 시점에서 동급생이 내가 범인이라고 나타나서 난리가 났던 적이 있어. 기억하나?"

민성기는 고개를 끄덕였다. 미필적 고의…… 실패한 동반자살의 경우였다.

"얼마 전에 길에서 죽은 애 엄마를 봤어. 처음엔 못 알아봤는데 그쪽에서 내게 먼저 말을 걸더군. 인사만 하고 피하려고 했는데 붙잡고 안 놓아서 커피 한 잔을 했지. 인간의 뇌가 참 대단한 게, 말을 하다 보니 취조실에서 본 10년 전 그 얼굴이 떠오르는 거야. 그 사람이 계속 손톱의 거스러미를 잡아 뜯던 거, 믹스커피를 한 잔 타 주니 그 뜨거운 걸 단숨에 마시고 종이컵을 이로 잘근잘근 씹던 것까지 기억나더군. 여전히 그런 버릇을 갖고 있어서 생각난 건지 모르지만, 그보다는 그 사람이 범인이 아닐까 싶어 유심히 보았기 때문일 거야. 그해 전국적으로 친족 살해가 유행했었으니까."

"그랬지요."

"헤어지기 전 그 사람이 이런 말을 하더군. 그 애를 용서했다고. 그뿐만 아니라 지금 같이 살고 있다고 하더군. 아들의 죽음을 기억하는 건 세상에 두 사람뿐이라서 둘이 기대고 살 수밖에 없다는 거야. 물론 그 사람이 내게 거짓말을 한 걸 수도 있어. 굳이 나를 붙잡아 그 얘기를 한 것도 실은 아무것도 용서하지 못해서, 그런 식으로라도 자기를 속이지 않으면 미칠 거 같아서인지도 몰라. 그래도 그 사람은 말했어. 거짓이라도 그 일을 용서했다고 말한 거야. 그게 인간의 대단한 점이지."

"……"

"거기도 10년이야."

민성기는 침을 삼켰다. "아직은 때가 아닌 거 같습니다."

"뭐, 내가 민성기 형사, 이젠 형사가 아니지, 민성기 탐정님의 사생활에 간섭할 마음은 없어. 그래도 기분 나쁜 충고 한 마디 하지. 괜찮아지는 때라는 건 없어. 때가 온 다음에 괜찮아지는 거야."

"고맙습니다."

"웬일로 순순히 받아들이는군."

"낮에 두 사람을 보내 주신 일 말입니다."

"난 심부름을 부탁했을 뿐이야." 말은 그렇게 해 놓고 이정환이 덧붙였다. "네가 탐정놀이 하는 건 너의 자유고."

창밖으로 시선을 돌리는 이정환에게 민성기는 진심을 담아 전했다.

"감사합니다."

"인사는 한 번이면 됐다."

"조언 주신 거요."

"……."

"지금이 때라고 생각할 날이 오겠지요. 빚을 갚을 날도요."

"빚은 무슨."

열차가 문을 닫고 출발했다. 신라의 붉게 물든 자연을 뒤로 하고 속도를 높였다. 이정환이 팔짱을 낀 채 유리창에 머리를 기댔다. "도착하면 깨워 줘. 그걸로 충분해."

터미널에 도착했을 때는 오후 6시가 조금 안 되는 시간이었다. 이정환은 곧장 서로 돌아가는지 인사도 없이 지상철 방면으로 떠났다. 민성기는 버스로 갈아타기 위해 광장 방면의 출구로 향했다. 하루에도 수만 명의 사람들이 오가는 구내 전광판 뉴스에선 인면장의 죽음과 범인의 체포 소식이 어미만 다른 문장으로 반복되며 흐르고 있었다. 그 앞에 발을 멈추는 사람도, 휴대폰에 고개를 박고 있는 사람도 모두 같은 소식을 읽고 있다는 점에선 마찬가지였다. 방송국에서 나온 거대한 카메라가 구내 티브이 앞에 서 있는 사람들을 찍었다. 무심히 시선을 돌리다 민성기는 치마정장을 입고 마이크를 든 여자와 눈이 마주쳤다. 그가 종종걸음으로, 지나치게 밝은 미소를 지으며 다가왔다.

"안녕하세요? 바쁘지 않으시면 말씀 좀 여쭈려고 하는데 시간 괜찮으실까요?"

"퇴근길입니다."

"저는 YTN 뉴스 팀의 이호정 리포터라고 합니다. 이번에 인면장 선우 씨의 별세 관련하여 시민들의 의견을 들어 보고자 하는데 잠시 인터뷰 괜찮으실까요? 5분 정도면 충분한데요."

"예. 물으십시오."

"선우 씨의 별세 소식에 대해 들으셨나요."

"방금 전에요."

"선우 씨는 관용사에서 시요를 발표한 이후 줄곧 아름다움의 첨단에서 한국의 미를 세계에 전파하는 데 큰 공을 세우신 분입니다. 그의 등장으로 아름다움의 개념이 뒤바뀌었다는 평가도 받죠. 처음 선우 씨의 별세 소식을 들었을 때 어떤 기분이 드셨나요?"

마른 입술을 적시고 민성기는 말했다.

"웃음이 났습니다."

"……"

"인형 따위를 만든 아주 역겨운 인간인데 잘 됐다고 생각했습니다."

순간 리포터의 얼굴에 숨기지 못한 짜증이 확 올라왔다. 침묵으로 일관하는 스태프들 역시 인상을 구겼다. 다행인 건 이 모든 게 리허설이라는 거였다. 민성기는 그걸 알고 있었다. 이런 방송은 처음부터 카메라를 돌리진 않는다. 자연스러워 보이는 것일수록 통제가 개입되는 법이다. 그러시군요…… 바쁘신 와중에…… 리포터는 민성기에게 인사를 하는 둥 마는 둥 개찰구에서 쏟아져 나오는 다른 시민을 향해 달려갔다.

"별말씀을요."

민성기는 누구에게랄 것 없이 꾸벅 허리를 숙이고 버스 정류장으로 향했다.

달콤하게 졸아든 간장 냄새와 매콤한 고춧가루 냄새, 마늘 냄새가 현관에서부터 풍겼다. 끓고 익고 쪄지는 미약한 소음이 훈훈하게 몸을 감쌌다. 인기척을 느꼈는지 부엌에서 외

치는 소리가 들렸다. "얼른 손 씻어!" 민성기는 알았다고 하고
곧장 소파에 엎드렸다. 싸구려 레자의 감촉이 얼굴에 닿았다.
익숙한 냄새를 맡자 긴장이 풀렸고, 깜빡 잠이 들었다가 다시
눈을 떴을 땐 이미 한밤중이었다. 불을 끈 채 소리 죽인 티브
이를 보던 한나가 물었다.

"깼어?"

"응."

"많이 피곤했나 보네. 방에 들어가서 자."

"아냐. 뭣 좀 먹고 잘래. 얼마나 잤지?"

한나가 티브이를 끄며 식탁 의자에서 일어나 불을 켰다.
"좀 잤어. 네 시간 정도?"

거의 자정에 가까운 시간이었다. 그는 공복으로 위장이 꿈
틀대는 것을 느끼며 비척비척 걸어 식탁에 앉았다. 한나가 가
스레인지의 불을 켰다. 파란 불꽃이 붙는 소리, 가스가 굵은
호스를 따라 뜨거운 입김을 내뱉는 소리를 듣는 것만으로 배
속이 따뜻해졌다. 우리가 인기척이라고 부르는 것, 생활의 소
음 대부분은 기계에서 비롯한다는 사실을 민성기는 새삼 깨
달았다. 그것에 둘러싸여 사는 삶엔 아쉬울 것도, 서운할 것
도, 외로울 것도 없다고 생각하며 민성기는 한나의 손에서 데
운 생선을 받고는 밥솥 뚜껑을 여는 한나를 말렸다. "몸이 좀
무거워진 거 같아서."

"그럼 술을 줄이는 편이 나을 텐데." 한나의 톡 쏘는 듯한 말투에 힘이 빠졌다. "다리도 안 좋으면서 범인 쫓는다고 뛰고 그러는 건 아니지? 그런 건 후배들한테 맡겨."

"걱정 마. 그럴 일 없어." 민성기가 굵은 등뼈를 따라 생선을 반으로 가르며 입속말했다. "우성이 같은 애들이 다 알아서 해."

"언제 한 번 데려와. 맛있는 거라도 해 주게. 정환 선배도."

"알았어."

"말로만 알았다고 하지 말고."

하지만 결국엔 공수표로 그칠 이야기라는 걸 둘 다 알았다. 민성기는 대답 대신 의자를 빼 앞에 앉은 한나에게 오늘은 무슨 일이 있었냐며 말을 돌렸다. 한나는 옆집에 개를 보러 간 이야기를 들려 주었다. 배를 질질 끌며 걷던 닥스훈트가 조막만 한 걸 네 마리 낳았는데, 둘은 죽고, 둘만 살았다고 했다. 눈도 뜨지 못한 채 남은 둘은 아직은 쥐새끼처럼 조그만 게 코는 분홍빛이고 털은 윤기가 흘러 몇 시간을 봐도 질리지 않았다.

옆집 여자는 다산의 여왕으로, 자신이 키우는 세 마리의 암캐를 번갈아 가며 배를 불린 뒤 그 새끼를 파는 것으로 살림에 보탬을 했다. 민성기는 야간 근무를 마치고 귀가하던 오전에 반쯤 열린 현관문 안쪽으로 옆집 여자와 펫숍에서 온 젊은 남자가 개를 붙들고 씨름하는 모습을 본 걸 떠올렸다. 개들은 앙앙대고, 열린 문 안쪽에선 피와 젖비린내가 뒤섞인 후텁지근한 공기가 풍겼었다.

"아이를 가졌더라고."

"매번 그러잖아."

"아니. 새댁이."

누군가 코끝에 뜨뜻한 입김이 분 것 같은 기분이 들었다. 입을 다문 민성기에게 한나는 옆집 여자가 앉은 자리에서 껍질이 단단한 귤을 손끝이 노래지게 먹어 치우면서 과시하듯 충고한 말을 전했다. 언니도 생각 있으면 얼른 가져요. 개나 천 사랑은 달라요. 내 새끼는 내 살덩어리, 내 분신 같아요……

"잘된 일이지, 뭐."

한나는 그렇게 요약했지만 정말 그런 뜻일까? 의심이 들었다. 한나는 열 살 아이처럼 순진하다. 그러나 45년 묵은 민성기는 이면을 읽을 줄 안다. 언니도 얼른 아이 낳아요……. 겉으론 아무것도 아닌 듯한 그 말을 주물러 파헤치자 오지랖 넓은 참견이 정체를 밝히려는 풋내 나는 추리로 변했다. 이런 건 무르익기 전에 땅에 던져 짓밟아야 한다. 민성기는 셈을 했다. 여기 산 지도 벌써 2년인가. 그래. 있을 만큼 있었다. 머릿속 지도 위에 가위표를 치며 갈 만한 장소를 물색하자 가볍게 두통이 일었다. 가라앉히기 위해 쏟아붓듯 술을 따르자 한나가 놀라며 말렸다.

"조금만 마셔."

민성기는 신 트림을 삼키며 고개를 끄덕였다. 젊어서 아내에게 같은 얘길 들으면 짜증을 많이 냈는데 지금은 이것이 사랑이라는 걸, 아내는 내가 건강히, 오래 살길 바란 거라는 걸 알았다.

그런데 내가 이해가 되지 않는 건, 민성기는 익은 흰 살을 가르며 생각에 잠겼다. 사는 일에 별다른 집착도 없는 사람이 그런 말을 했다는 거다. 자기는 죽고 싶어 하면서 내겐 오래 살라고 하다니. 그럴 수 있는 걸까? 민성기는 칼로 허벅지를 긋고, 얼굴을 쥐어뜯고, 스스로를 역겨운 돼지라고 부르며 토하는 아내는 진짜 아내가 아니라고 믿었다. 진짜는 몸이 괜찮은 날이면 아침밥을 차려 주던 아내, 꼬리를 훔쳐 먹은 척하면 제자리에서 뱅글뱅글 도는 옆집 개를 보고 하하하하, 하고 스타카토로 웃는 아내라고 믿었지만, 요즘 들어 점점 더 알 수 없게 되었다. 아내는 애초에 삶과 안 맞는 사람이었던 게 아닐까? 죽음의 장막 뒤엔 종일 누워 있어도 머리가 아프지 않은 마법의 침대가 있어서 아내는 그곳으로 갈 수밖에 없었던 거다. 전에는 곧잘 들던 이런 위안도 더는 민성기를 달래진 못했다. 오히려 더 괴롭게 할 뿐이었다.

눈앞의 생선살이 온통 파헤쳐져 있었다. 민성기는 젓가락을 내려 두고 술잔으로 손을 뻗었다. 빠르게 한 잔을 비우고 숨을 내뱉는데 문득 무가 눈에 들어왔다. 내가 너무 이기적이었다. 아내는 무를 좋아하는데. 정말 좋아하는데.

"자기 이거 좋아하잖아."

젓가락으로 잘라 건네자 한나가 새처럼 입을 벌렸다. 분홍색 입안으로 들어가는 검붉은 무. 우물우물 움직이던 입술이 닫히고, 목이 움직였다. 민성기는 다시 무를 잘라 군말없이 받아먹는 한나의 입에 넣어 줬다.

"좋아하지."

"응."

"자기는 이걸 좋아해."

"맞아. 나는 이걸 좋아해. 당신도 먹어. 그러다 속 버려."

민성기는 파를 먹었다. 생선이 졸아들 때쯤 위에 얹어 통으로 찐 파의 파란 부분은 간이 배어 짭짤했고 백합 구근을 닮은 흰 속에선 순수한 단맛이 났다. 아주 순수한 맛이었고…… 문득 섬광처럼 낮에 본 천사의 얼굴들이 스쳐 갔다. 민성기는 눈을 비볐다. 눈 앞에 있는 어디에나 있을 법한 평범한 얼굴에 집중하며 악취처럼 코를 찌르는 아름다움을 내쫓기 위해 주문처럼 외웠다.

"당신은 달라."

"……."

"당신은 정말로, 정말로 아름다워."

"뜬금없기는."

"아니야, 진심이야. 그냥 이렇게 보고 있는 것만으로 충분하다고 느낄 정도로 아름다워, 당신은."

민성기는 손을 뻗어 한나를 만졌다. 변하지 않는 눈동자가 민성기의 눈동자와 마주쳤다. 손이 한나의 목을 타고 내려갔다. 부드러운 흰 목. 느리게 손에 힘이 들어갔다. 옅은 신음이 배어 나왔다. 민성기는 눈앞에 한나를 보았다. 똑바로 보았다.

당신이 믿지 않아도 상관없어. 내겐 당신이 가장 아름다우니까. 나는 잊지 않아. 당신이 마흔이 되고, 쉰이 되어도 아름다운 여자라는 사실을 나만은 잊지 않아. 당신이 설령 자기의 추함을 견디지 못해 죽고 싶다고 생각해도 내겐 당신만이 아름다운 여자야. 세상 사람들이 틀리고 내가 옳은 거야. 사랑하는 나만이 똑바로 볼 수 있는 거야. 당신의 아름다움을. 당신이 죽어도 난 당신을 생각하며 살 거야. 어느 날 괴로움에 못 이겨 당신과 똑같이 생긴 로봇을 주문하고 그걸 사랑하고 또 증오할 거야. 한나……

눈부신 햇빛이 커튼 사이로 비쳤다. 민성기는 몸을 일으켰다. 뜨거운 물로 짧게 샤워를 마치자 그제야 한나가 기지개를 켜고 부엌으로 나왔다.

"일찍 일어났네. 아침은? 빵이 낫나?"

"아니, 밥 먹을래. 어제 먹은 무 있지?"

"응."

한나가 배 속을 열어 어제 삼킨 무를 긁어냈다. 잘게 으깨졌다는 걸 제외하면 아주 멀쩡한 무. 민성기는 그것을 따끈한 쌀밥에 얹어 먹었다.

3

유리로 된 바닥은 높이를 가늠하기 어렵다. 조심스레 디뎌도 화난 사람처럼 쿵, 하고 큰 소리를 낼 때가 있다. 민망함에 다리를 오므렸지만 1층의 누구도 2층을 올려다보지는 않았다. 아니, 이 개미굴 같은 레스토랑에 있는 사람들은 모두 각자의 일로 바빴다. 먹거나, 마시거나, 접시를 나르거나……. 희고 높은 모자를 쓴 주방장들은 연못의 물고기 같다. 멈춘 듯 보이지만 자세히 보면 부지런한 손이 아가미처럼 뻐끔댔다. 단순한 동작에 초밥 하나가 완성되었다. 지방이 낀 옅은 핑크색 네타 위에 솔로 간장을 발라 접시 위에 올려 두자, 바 테이블에 앉아 있던 남자가 맨손으로 집어먹고는 요란스럽게 감탄했다.

환희는 보폭을 줄이고 2층 코너의 유리방으로 향했다. 걸어 오는 모습이 다 보일 텐데도 미리내는 고개를 들지 않았다. 정확히 문이 열리는 순간, 미리내는 기다렸다는 듯 환희와 눈을 맞추며 싱긋 웃었고, 그러자 방 안의 조도가 조금 높아졌다.

"방금 김태오 봤어."

"그래?"

"응. 바에 김기영 감독이랑 있었어. 초밥을 먹더라."

"아. 이번에 새로 시작하는 영화에 캐스팅하려나 보다. 오디션 중이라는 얘기가 돌더라고."

태연한 반응에 오히려 소문을 물어다 준 쪽이 호들갑을 떤 꼴이 되어 버렸다. 그런 걸 이런 데서 해도 되냐고 묻자 미리내가 안 될 건 뭐냐고 했다.

"숨어서 만날 이유가 있겠어? 죄짓는 것도 아닌데, 뭐."

그 말을 듣자 미술실의 잠긴 문 안쪽에서 풍기던 퀴퀴한 냄새가 코를 스쳤다. 그 일이랑은 달라. 이건 어디까지나 평범한 식사 자리니까. 미리내의 말에 틀린 부분 하나 없는데 순간 서운하다는 단어가 머릿속을 스쳤다. 서운? 서운? 생각에 잠겨 젖은 손을 옷에 문질러 닦는데 미리내가 손을 들었다. 그와 동시에 전통 복장 차림의 서버가 뜨거울 정도로 뽀송한 새 수건을 갖다주었다.

"여기 닦아."

"아, 응."

환희는 얼굴을 붉히며 수건을 받았다. 놀라운 속도와 정확성이었다. 기계만큼 정확한데 전부 사람의 손길로 이루어진 서비스라는 게 무섭고도 신기했다. 오래된 농담 하나. 빼어난 기계는 사람을, 빼어난 사람은 기계를 닮는다. 그렇다면 둘 중 아름다운 건 무엇일까? 종아리를 동여맨 긴 치마를 입고 미끄러지듯 물러서는 서버를 보며 환희는 답을 떠올렸다. '보면 안다.'

"이런 덴 처음 와 봐."

저도 모르게 그런 촌스러운 감탄사를 뱉자 미리내가 다 안다는 듯 애 키우고 뭐 하다 보면 바빠서 올 시간이 없지, 라고 덧붙였다. 어떤 사람은 나이가 들어도 쪼들린다는 걸 이해하지 못하는 옛 친구 앞에서 돈 때문이라고는 할 수 없는 노릇이라 환희는 웃음으로 얼버무리며 말을 돌렸다. "너는 자주와?"

"자주는 아니고 가끔. 날생선은 비려서."

"어머, 그런 줄 몰랐어. 다른 데로 가도 괜찮았는데."

"네가 회를 좋아하잖아."

"기억하니?" 반갑고 놀라워 입을 가리는 환희에게 미리내가 당연하다는 듯 말했다.

"그럼. 그렇게 옛날 일도 아닌데. 게다가 여기 오도로는 꽤 괜찮거든."

환희는 뭐라 해야 할지 몰라 우물쭈물대다가 내뱉었다. "너 정말, 어른 됐구나."

그 말에 미리내가 목을 울리며 낮게 웃더니 밖으로 날렵하게 솟은 잔입술을 검지손가락으로 어루만졌다. 이미 이곳의 소란스러운 침묵과 은근한 어둠, 어디서 오는지 알 수 없는 빛의 부드러움에 압도된 환희의 눈엔 그런 별것 아닌 동작 하나하나가 특별해 보였다. 저런 건 어디서 배웠을까? 환희는 정장한 누군가가 길고 가느다란 막대기로 미리내의 하얀 손등을 내려치는 모습을 상상했다. 그 위로 몇 개의 붉은 금이 가고, 상처가 진줏빛으로 아물기를 반복하며 미리내는 이런 매너를 몸에 익혔는지 모른다.

3학년 때인가. 겨울방학 동안 피아노를 두 달 배웠던 때가 생각났다. 미리내는 '날달걀을 쥐듯'이라는 말을 끝까지 이해하지 못했다. 통통한 손가락은 암탉의 발톱처럼 자꾸 안으로 곱았고, 탐욕스럽게 공기를 잡고 놓을 줄 몰랐다. 환희는 방문이 열리던 순간 훅 풍기던 열기를, 기가 죽은 표정의 미리내와 이마 한가운데가 녹색 핏줄로 쩍 갈라진 채 무표정한 얼굴로 뚜벅뚜벅 걸어 나가던 선생님을 기억했다. 충동적으로 이젠 피아노를 칠 줄 아냐고 묻고 싶은 걸 참았다. 뭐, 손 모양 따윈 아무래도 상관없지. 미리내는 이미 알고 있었다. 아무것도 깨트리지 않으면서 힘 있게 사람의 마음을 두드리는 방법을.

웨이트리스가 새로 내온 큰 접시 위에는 한입 크기의 음식이 조화롭게 배치되어 있었다. 국물이 있는 요리는 모양과 색이 다른 세 개의 접시에 담겨 있었는데, 같은 접시를 늘어놓은 것보다 훨씬 아름다웠다. 음식을 눈으로 먹는다는 게 뭔지 감각적으로 이해되었다.

환희는 가운데에 있는 구운 치즈를 집으려다 왠지 순서가 있을 거 같아 가장 왼쪽에 있는 갈색 조림부터 입에 넣었다. 꿀을 바른 듯 반짝여서 무얼까, 했는데 한입 깨물자마자 버섯이라는 걸 깨달았다. 힘없이 물컹거리는 식감에 티슈를 찾아 더듬거리던 손을 무릎 위로 얹었다. 그대로 주먹을 꼭 쥐고 기분 나쁜 즙과 침을 간신히 삼켰다. 균 따위를 먹다니 제정신인가? 역시 음식은 눈이 아닌 입으로 먹어야 한다. 갈색 전분을 끼었고 금가루까지 뿌린 흰 블록이나 투명한 젤리, 조그만 케이크 같은 음식 모두 수상쩍었다. 그렇지만 아무것도 손대지 않는 건 예의가 아닌 것 같고…… 고민하던 환희의 눈에 검붉은 도쿠리가 띄었다. 무슨 소스인진 몰라도 안 뿌리는 것보단 낫겠지 싶어 병을 쥐니 미리내가 몸을 일으켰다.

"미안. 먼저 줬어야 하는데."

그가 환희의 술잔을 향해 손을 뻗었다.

술! 뒷목에 털이 솟구치며 짜르르 전율이 흘렀다. 저도 모르게 말을 더듬었다.

"수, 술 시킨 줄은 몰랐는데."

"아, 코스에 포함되어 있어. 혹시 못하니?"

"아니. 그건 아닌데."

"그럼 한 잔 받아 줘. 괜찮지? 오랜만에 만났으니까."

분명 20년 만에 만난 것은 맞다. 그렇지만…… 환희는 무의식중에 손을 입으로 가져갔다. 있지도 않은 손톱을 물어뜯는데 등 근육이 결린 것처럼 뻐근했다.

"차 가지고 온 거야? 그런 거면 여기서 대리 불러 주는데."

"아니, 그건 아니고."

"내키지 않으면 괜찮아. 억지로 강요하는 거 아니니까." 환희는 술잔을 거두려는 미리내의 손을 반사적으로 쳐냈다.

"아니야. 마실래."

말이 생각을 따라잡지 못하는 속도로 나왔다. 그래. 내가 환자도 아니고. 술 마시고 사람을 죽였어, 뭐를 했어? 딱 한 잔만 하는 거야. 입술만 좀 축이는 거지. 맛만 보는 거야. 그렇게 마음을 먹었는데도 속이 울렁거렸다. 눈물이 날 거 같았다. 제발. 지금이라도 늦지 않았으니까 취소해. 모른 척해. 그냥 술잔을 엎어 버려! 그러나 생각과 몸은 반대로 움직였다.

환희는 손이, 뭐라도 바르고 올 걸 후회를 했던 맨손이, 작게 떨리는 걸 느꼈다. 그걸 미리내에게 들키지 않기 위해 빠르게 잔을 꺾었다. 입술에 닿는 것도 아깝다는 듯 목으로 미지근한 술이 훅 넘어가는 순간 산뜻한 향이 퍼졌다. 눈이 번쩍 뜨였다. 이거지. 무언가 짓누르는 듯한 우울한 기분에, 부족함에, 갈증에, 초조함에 한 줄기 바람 구멍이 났다. 이 즐거움을 누구도 환희에게서 뺏어갈 수 없었다.

"괜찮아?"

"응?"

"입에 좀 맞냐고."

"응. 괜찮아."

"다행이네. 방금 전엔 표정이 안 좋더니." 미리내가 두 번째 잔을 채워 주었다. "버섯을 껌처럼 씹어 먹는 사람은 처음 봤어."

"내가 그랬나?"

"응. 옛날이랑 표정이 똑같아. 그때도 버섯 싫어했지."

"아, 남기면 안 되니까 진짜 죽지 못해 먹었지."

애처럼 혀를 내두르는 환희를 보고 미리내가 미소 지었다. 후후후. 그걸 보고 환희도 웃었다. 목소리가 약간 커진 걸 스스로도 느꼈고, 미리내와 이 감정을 나누고 싶었다. 일어서며 조금 휘청대자 미리내가 앉은 자세로 손을 내밀었다. "괜찮아?" 살짝 겁먹은 미리내를 보자 어쩐지 더 신이 났다! 환희는 대답 대신 미리내의 잔을 찾았다. 이번엔 내가 한 잔 줘야지. 그러나 점잖은 어른의 얼굴로 돌아간 미리내가 잔을 손으로 막으며 고개를 저었다.

"이제부터 관리 들어가야 해서."

"아. 그래, 그치. 배우는 몸이 생명이니까. 그러면 별수 없지."

말은 그렇게 했어도 순식간에 김이 빠졌다. 취기는 불쾌한 두근거림을 남겼다. 아이씨, 술맛 떨어져. 마음속으로 혀를 차며, 홀짝대며, 환희는 열이 남은 눈으로 미리내를 보았다. 살짝 달라붙는 스웨터 아래로 드러난 윤곽은 '이제부터' 관리를 한다는 말이 무색하게 평소에도 공들이는 티가 났다. 튀김, 아이스크림, 탄산음료 같은 건 입에 대지도 않을 테지. 어릴 때 혼자 피자 한 판을 먹었는데 말야. 언제나 설탕 단내를 풍기던 미리내. 슬플 때면 눈물이 어룽어룽한 얼굴로 크림빵을 욱여 넣던 미리내는 이제 어떤 방식으로 스트레스를 풀지 궁금해졌다. 관리라는 명목으로 자기 학대에 가까운 운동을 할까? 길고양이를 잡아 죽이려나? 오늘은 오지 않은 매니저의 바지를 걷으면 시퍼렇게 멍든 정강이가 나올지도 모른다고 생각하며 환희는 술을 음미했다.

유리벽 너머로 내다보이는 도시는 어린 신이 실수로 별들을 엎은 듯 눈부셨다. 줄지어 선 자동차의 전조등과 크리스마스 장식 같은 녹색과 적색의 정지 신호, 오피스가의 네모낳게 창백한 빛과 그 위로 낮게 저공비행하는 여객기의 충돌방지등이 어우러져 메트로폴리스 특유의 화려한 아름다움을 뽐냈다. 그중에서도 제일 눈에 띄는 건 사거리 한가운데 결혼반지의 보석처럼 박힌 커다란 옥외 스크린이었다. 드물게도 광고가 아닌, 인기 예능 프로그램 「우형규 쇼」가 생방송으로 송출되고 있었다. 방청객을 초대해서 질의응답을 하는 고전적인 형식의 스튜디오 토크쇼는 매회 다양한 포맷으로 진행되었는데, 그중 출연자가 천사인지 사람인지 즉석에서 추측해 맞추는 코너가 인기였다. 몇 번 방송사고에 가까운 해프닝이 있었고, 그때마다 진행자 우형규가 아슬아슬하게 사건을 수습하여 조작이다, 아니다 논란이 많았다. 덕분에 우형규의 주가는 미친 듯이 상승하고 있었다. 근 20년 간 남자 엠씨 트로이카가 헤게모니를 꽉 잡고 군림하고 있던 방송계에 건방지고, 욕먹는 걸 두려워 않고, 한마디로 능글맞은 섹시함을 겸비한 추남 진행자는 아름다움이 팽창하는 지금, 저 깊은 어디선가 들끓는 이상성욕을 자극했다. 주변에 아무도 본다는 사람이 없는데 시청률이 높았다.

환희의 시선을 눈치챈 미리내가 룸에 설치된 티브이를 틀었다.

오늘의 게스트는 송미희였다. 과거를 알기 어렵다는 점 때문에 텐프로였다느니, 교토 고급 요정의 후계자였다느니, 북한 공산당 고위 간부의 숨은 애인이었는데 베트남을 거쳐 탈북했고 숨어 사는 것보다 사람들의 주목을 받는 편이 목숨을 부지할 확률이 높기에 데뷔했다느니 소문이 무성한 배우였다. 그중 가장 합리적인 설명은 그가 대중 방송용으로 제작된 천사라는 것으로, 지금도 화면 속 우형규는 무릎을 꿇고 송미희에게 매달려 그가 인간인 걸 확인할 수 있게 칼로 살짝 그어 보면 안 되냐는 요구를 하고 있었다.

"이봐요. 살짝, 아주 살짝만. 확인할 정도로만 내 봅시다."

우형규의 억지에 여배우가 곤란하다는 듯 미소지었다. 그걸 본 우형규가 아, 역시 흠집을 내고 싶지 않아~라며 머리를 감싸자 방청객들이 와르르 웃었다. 환희는 절대 안 할 거라고, 이런 식으로 연기만 피우다가 우아하게 물러날 거라고 예상했다. 그러나 배우는 의외로 시간을 끌지 않고 좋아요, 라는 답을 했다.

검은 옷을 입고 헤드셋을 쓴 스태프가 허리를 숙이고 들어와 칼을 건넸다. 예상에 없던 상황인지 스튜디오엔 긴장이 흘렀다. 여자의 손등에 카메라가 다가갔다. 투명하게 내비치는 핏줄은 파란색으로도, 보라색으로도, 초록색으로 보였다. 보드랍고 따뜻해 보이기도, 대리석처럼 차갑게 보이기도 하는 피부 위로 용의 발톱처럼 날카롭고 조그만 스위스칼이 움직였다. 조금 뒤, 한 박자 느리게 붉은 실금이 갔다. 숨을 죽였던 방청객들이 우와, 하고 일시에 숨을 뱉었다. 그림자 같은 스태프 너댓 명이 우르르 스튜디오 위로 올라와 배우를 둘러쌌다.

능숙한 진행자는 마이크를 들고 객석으로 다가갔다.

"어떠세요. 이제 좀 믿겠습니까?"

흥분한 표정의 남자 방청객이 안경을 끌어올리며 말했다.

"그럼요, 그럼요."

정교한 천사는 피부와 몸체 사이에 젤리 같은 얇은 막을 한 겹 두르고 있었다. 딱히 천사 애호가만의 지식은 아니므로 분명 누군가는 알고 있었을 테지만 현장의 분위기랄지, 쉴 새 없이 방언이 터지는 소란스러운 열광 속에서 의심이 싹트기란 어려웠다. 어쩌면 8할 정도는 바람막이로 섭외된 가짜들이고 2할 정도만 진짜 방청객일 수 있다. 그 진짜들이 만들어진 흥분에 전염된 채 집으로 돌아가서 내가 오늘 그 자리에 있었는데 정말 피가 흘렀다며 간증글을 남기면 그것이 사실로 자리 잡는 거다.

우형규가 두 번째 관객에게 같은 질문을 던졌다.

"어떠세요. 좀 믿겠습니까?"

얼굴이 파랗게 질린 관객이 고개를 끄덕이다가 헛구역질을 했다. 앗! 방청객들의 시선이 쏠렸다. 반쯤 소화된 주홍색 토

사물이 손가락 사이로 배어 나왔다. 분명 의도적으로 그 장면을 클로즈업했던 카메라가 재빨리 우형규에게로 초점을 맞췄다. 그가 날카로운 뻐드렁니를 드러내며 시원하게 웃었다.

"잠시 뒤에 돌아오겠습니다!"

화면이 안약 광고로 바뀌었다. 미리내가 티브이를 껐다.

"크랭크업하면 나가기로 했어."

미리내가 말하는 게 「우형규 쇼」라는 걸 깨닫는 데는 약간의 시간이 걸렸다.

"진짜?"

"응. 좀 있으면 촬영 시작하거든."

"뭘?"

"「천사와 황새」."

"내가 아는 그거?"

"응. 아마 맞겠지."

"무슨 역으로?"

"천사."

두 가지 충격적인 대답에 환희는 입을 다물었다. 이 말이 하고 싶어 만나자고 한 걸까. 그냥 연예인과 「우형규 쇼」에 나온 연예인은 다르다. 그냥 배우와 「천사와 황새」에 나온 배우는 다르다. 하물며 천사 역할이라니.

미리내는 피디한테 전해 들었을 법한 천사의 비화를 줄줄 늘어놓았다. 42년도에 나온 오리지널 영화와 73년, 05년의 리메이크, 93년 드라마 버전까지 단 한 번도 인간이 천사를 연기한 적은 없다. 최초에 원작자가 R.O.K.와 영화화 계약을 맺을 때 극본의 수정은 자유로워도 좋으나 천사는 반드시 인간이 아닌 존재가 맡아야 한다는 조건 하에 1달러짜리 매절 계약을 맺은 이후 이어지던 관례였고, 93년 저작권 보호 기간이 끝난 뒤에도 예외는 등장하지 않았다. 그레이스 켈리나 마릴린 먼로에게 천사역이 제안 갔다는 소문이 있었지만, 아름다움을 찬사하기 위한 도구로 쓰였을 뿐, 술자리의 망령 든 농담조가 아니고는 누구도 인간 배우가 천사 역할을 할 수 있다고 믿지 않았다. 그걸 미리내가 맡은 것이다.

격세지감. 한국 문화가 유행이라고 해도 이런 게 가능한 줄은 몰랐다. 그래도…… 말이 아예 안 되는 소리는 아니었다.

환희는 몇 년 만에 간 극장에서 만난 사춘기 소년을 떠올렸다. 30대 여자가 달리고, 도망치고, 부활하는 로드무비에서 해치백 조수석에 앉아 시종일관 눈길을 창밖으로만 두고 있던 벙어리 소년은 여자의 양심이 되고, 약점이 되고, 구원자가 되었다. 극장에 불이 켜진 뒤에도 환희는 한동안 그 자리에 있었다. 돌아오는 길에 찾아본 엔딩 롤의 '아름다운 소년' 옆에 적힌 '유시온'이라는 낯선 이름은, 정신없이 세 아이를 키우던 환희는 몰랐지만 눈 밝은 사람들 사이에선 이미 나름대로 알려져 있었다. 그러나 환희를 빼곤 그 누구도 열일곱 살 짜리 배역을 맡은 배우가 실은 스물여덟이고, 이름은 백미리내라는 건 알지 못했다. 대중은 그에 대해 아무것도 몰랐다. 오로지 얼굴. 얼굴 하나만으로 그는 천천히 사람들을 물들였다. 더 빨리 스타가 될 수 있었을 텐데 일부러 시간을 들이듯 작은 극단의 조연에서 주연으로, 티브이 단막극의 신 스틸러에서 라이징 스타가 되었다. 그렇게 드디어 환희가 그를 만난 지금은 천사가 되어 날아가려고 했다. 새처럼 멀어지려 하고 있었다.

환희는 느리게 잔을 핥으며 눈앞에 있는 얼굴을 맛봤다. 술이 조금씩 줄어듦에 따라 사탕이 녹듯 열세 살의, 여덟 살의, 다섯 살의 꼬마가 드러났다. 그 꼬마는 모든 단체 사진에서 입을 벌리고 먼 곳을 보고 있었다. 소매는 말라붙은 콧물로 반들거리고, 종이접기를 할 때 모서리를 맞추지 못했고, 운동화 끈을 묶지 못했고, 달리기? 당연히 꼴찌였고, 철봉에선 미끄러졌고, 급식에 나온 미역무침을 먹다가 그대로 토한 뒤론 다음 해, 그다음 해에도 미역괴물이라고 불렸다. 친구라기보다 부하 같은, 집에 기어들어온 짐승 같은, 모자란, 곤란한. 그런 미리내와 함께 있을 땐 짜증이 났고, 환희는 그걸 숨기지 않았다. 그래도 미리내에겐 환희뿐이었다. 환희와 함께 집에 가기 위해서, 환희의 신발주머니를 들어 주기 위해서 미리내는 과자나 초콜릿, 하다 못해 껌 하나라도 사 줘야 했다. 동네 아줌마들은 여우 같다고 욕했고 둘째 언니는 쟤는 네 노예냐고 빈정댔다. 그런 말 따위 아무래도 좋았다. 다만 의문이 들었다. 동네 어느 집엘 가도 환희를 여시라고 부르던 아줌마가 판 정수기가 있었다. 둘이 있을 땐 꼬집고, 때리고, 머리채를 잡아끌던 언니는 동생 좀 보라는 말에 내가 언제까지 쟤랑 놀아줘야 하냐며 발을 쾅쾅 굴렀다. 그런데 왜 나는 안돼? 환희는 순수하게 답을 알고 싶었다. 당신들은 그러는데 나는 왜 미리내랑 그렇게 놀면 안 되는 거야?

서버가 들어와 조그만 접시를 내려놓았다. 이번 순서는 회. 호접란 한 송이를 둘러싸고 흰 살 생선이 빛이 바랜 듯 은근한 옥색의 도자에 올려져 있었다. 어찌나 얇게 떴는지 접시가 비쳐 보였다. 한 점 집어 입에 넣었지만 잘 손질된 생선의 산뜻하며 은근한 감칠맛을 느낄 수는 없었다. 눈앞에 있는 사람의 얼굴을 음미하는 일에 비하면 모든 것이 심심했다. 죽어 있어 밋밋했다. 미리내의 입술이 열렸다. 뭍에서도 살아 펄떡댔다.

"너랑 있으니까 옛날 생각이 나. 기억나? 우리가 어릴 땐 인간이 귀했잖아."

"응."

"너무 귀해서 천사의 아이들이라고 불렸지. 수가 적었으니

까. 우리만큼 행복한 세대가 없다고 했는데 나는 그랬던 적이
없어."

그 말을 하는 미리내의 얼굴이 덤덤해서 슬펐다. 그가 '축
복받은'이라는 수식과도 거리가 먼 어린 시절을 보냈다는 데
에는 환희가 증인이었다. 그도 그럴 게 미리내는 전교에서 유
일한 뚱보였다. 몸도 마음도 마시멜로처럼 물렁했던 미리내.
그는 일주일에 한 번, 근처 수영장에 체육 실습을 나가는 내
내 품이 커다란 티셔츠를 입고 구석에 앉아 있었다.

한 번은 선생님이 눈을 돌린 사이 짖궂은 남자애들이 미리
내의 티셔츠를 벗겼다. 하지 말라는 말도 못 하고 웅크린 미
리내가 두 팔에 끌어안은 건 상아색 팔다리도 그을린 것처럼
보이게 만드는, 빛을 한 번도 보지 못한 흰 가슴이었다. 오우,
씨발! 남자애들은 낄낄대며 도망갔고 여자애들은 조금 떨어
진 곳에서 뭉쳐 속닥댔다. 하지만 환희는 달랐다. 남자애들이
환희와 같았다면 그날, 혹은 그날로부터 며칠 지난 어느 밤
허리를 들썩이며 속옷을 더럽히고 사방에 눈을 홉뜨며 괜히
책상을 발로 걷어 찼을 거다. 여자애들이 환희와 같았다면 그
간 자랑스럽게 여겼던 가느다란 팔다리가 뻣뻣한 마른 가지
같다고 느끼고, 곱슬거리며 올라오는 음모가 철사 같다고 느
끼고, 입에서 후끈한 악취가, 겨드랑이에서는 문방구에서 파
는 핑크색 플라스틱 향수병에 담긴 과일향 풋내가 아니라 시

큼한 암내가 풍긴다고 느꼈을 것이다. 그러나 아무도 몰랐다. 환희를 빼곤 그 누구도 재투성이 하녀가 실은 공주라는 걸 알아채지 못했다.

초등학생이 교실에서 배우는 건 사회적인 인간이 되는 방법이다. 그러므로 교실에서 아름답다는 말이 나올 때 그 말은 절대적 진실이 될 수 없었다. 아이들은 그저 어른들의 말을 따라 했다. 큰 눈이 아름답다. 긴 다리가 아름답다…… 무엇보다 뚱뚱한 건 아름답지 않았기에 미리내에게 아름답다는 수식을 붙일 수는 없었지만, 이제는 말할 수 있었다. 미리내는 아름답다. 처음 본 순간부터 놀라 흥분했을 정도로 아름답다. 두고두고 생각나 행성처럼 그의 곁을 맴돌기를 희망했을 정도로 아름답다. 침대에 누우면 천장에 어른거릴 만큼 아름답다. 그러므로, 하늘에 떠 있는 얼굴을 인간이 맡아야 한다면 거기 미리내만큼 어울리는 사람은 없었다. 어느새 빈 술잔을 채워 주며 미리내가 덧붙였다.

"지금 와서 하는 얘기지만 그때는 네가 천사인 줄 알았어."

'내'가 아닌 '네'를 뜻하는 것이라고 이해하는 데 시간이 걸렸다. 한참 뒤에야 발작처럼 웃음이 터져 나왔다. "내가?" 장난스레 되묻는 환희와 달리 미리내의 반응은 진지했다.

"너는 예뻐. 외모는 어디까지나 주문자 취향이기도 하고. 우리 학교에도 천사가 몇 명 있다는 소문이 돌았잖아. 말은 안 해도 난 그중 하나가 네가 아닌가 생각했어. 어디에나 그런 괴담이 있다는 건 조금 크고 알았지."

학기 말에 슬그머니 사라진 아이가 봄이 되면 다시 학교를 다닌다는 괴담이었다. 교사가 되어 모교에 갔다가 여전히 초등학생인 첫사랑을 만난 버전, 어느 날 아이가 같은 반 친구라며 자신의 옛 친구를 데려왔다는 버전도 있었다. 매년 아이들은 졸업하고 찾아와서 진짜인지 확인하자고 약속했지만, 지켜진 적은 없었다. 나이테가 바깥으로 몸을 넓히듯 쑥쑥 자라나는 사춘기 소년 소녀들에겐 초등학생이었던 때가 전생보다 멀었다. 그랬는데, 갑자기 지금 그 순간이 되돌아간 듯 생생하게 떠올랐다.

"천사 구분법이 유행했잖아. 이사를 간다든지, 병원에 입원했다든지, 친척 집에 간다며 중간에 사라지면 의심하라고 했지."

그 말을 듣자마자 환희의 머리속에 하나의 이름이 스쳤다. 환희는 미리내의 얼굴이 어두워진 걸 놓치지 않았고, 그 역시 같은 사람을 떠올리고 있다는 걸 알았다. 이제 그만 됐다. 중요한 건 지금이지 과거가 아니다. 대화 주제를 바꾸려고 했지만 미리내는 손가락을 꼽으며 말을 이었다.

"천사라고 소문났던 애들 기억나? 난 다 기억하는데. 하나는 1반 반장. 안경 쓰고 머리는 양갈래로 땋은 좀 어른스럽고

침울하던 애. 선생님이 걔를 아꼈잖아. 자기가 맡은 비싼 기계를 고장낼까 봐 안절부절 못한다고 그랬지. 하나는 3반의·유상인. 걔가 전교생 중에 키가 제일 컸을걸? 근데 조숙해 보이는 건 겉모습뿐이고 알맹이는 오렌지 주스와 초코 우유를 뒤섞어 마시길 좋아하는 멍청이었어. 김민희도 마찬가지였고. 다른 하나는 우리 반 전학생. 앞머리를 핀으로 고정시키고, 연녹색 가방을 매고 다니던 애. 걔가 수업 중에 한 번 발작을 일으켰잖아. 눈은 똥그랗게 뜨고 응, 응 소리를 내는데 선생님은 아무 말도 안 하고, 본인도 또 태연하게 뺨에 붙은 침을 스윽 닦고 다시 수업을 들어서 다들 오류가 난 거라고 했지. 못된 애들은 기름이 나오는지 확인하자며 걔 팔뚝을 찌르려고 했어. 지금 생각하면 뇌전증인데."

"걔는 기억나. 조회 때도 쓰러져서 난리가 났으니까. 다른 애들은 모르겠다."

"환희는 쿨하니까 일일이 기억할 리 없지. 걔네 말고도 몇 명 더 있었어. 나 혼자 몰래 의심한 애들도 많았고."

별 뜻 없이 덧붙였을 테지만 쿨하다는 말에 어깨가 으쓱했다. 기분이 좋아진 환희는 선심을 써서 맞장구를 쳤다.

"대단해. 난 반 애들 이름도 다 까먹었는데."

"내겐 그 애가 천사처럼 보였으니까."

"누가?"

"내가 좋아하던 애가."

환희는 덤덤한 척 뱉은 말의 끝음이 살짝 떨리는 걸 놓치지 않았다. 다 큰 남자가 갑자기 드러낸 진심이라는 것에, 그 연약함에 환희는 충격을 받았다. 그는 차마 미리내를 똑바로 쳐다보지 못한 채 고개를 외로 꼬았다. 그게 설마……. 심장의 빈 캔 하나가 우그러들었다. 묘한 갈증에 집어든 술병은 텅 비어 있었다. 미리내가 검지 손가락을 들었다. 점원이 새 술병과 튀김을 두고 물러섰다. 미리내가 환희의 빈 잔을 채워 주었다.

"뭐, 풋사랑이었지. 호기심이라고 할까, 소문 같은 거에 목말라 있기도 했고. 왜, 우리 셋이 항상 그런 걸 찾아다녔잖아. 기억나? 네가 자비천사를 보여 주겠다며 주공아파트에 유미랑 나를 데려간 거. 거긴 아직 남아 있니?"

"아마 올해 안엔 재개발 들어갈 거야."

"그렇구나. 그때도 말로는 한다 어쩐다 하는 유령아파트였는데." 미리내가 쿡쿡댔다. "어릴 땐 정말 순수했어. 천사가 우리 가까이 있을 수도 있다는 상상만으로도 좋았지. 잠들기 전에 한참을 창가에 서서 주공아파트의 불빛 중 하나가 천사의 빛이려니 생각하면 마음이 따뜻해졌어. 그 애를 볼 때도…… 줄곧 그런 기분이었어."

미리내가 가슴에 손을 얹었다. 용기 내어 마주친 서글서글

한 눈가에는 따스한 빛이 감돌고 있었다. 벌써 취한 걸까? 그걸 보는데 괜히 눈물이 고였다. 환희는 술을 목구멍으로 털어 넘기며 차오르는 감정을 삼켰다. 태연한 척 덧붙였다. "말이라도 하지 그랬어."

"어떻게 그래. 걔는 천사고 난 그냥 뚱뚱한 남자앤데."

"그랬다면 넌 내심 걔가 천사라고 믿지 않았던 거야. 천사는 인간을 판단하지 않는걸."

지극히 상식적인 말이었는데 미리내가 웃었다. 고개를 숙인 채 배에 손을 얹고, 엄숙하게 보일 정도로 절제된 어른 남자의 몸짓으로, 한 번도 여자애 같은 남자애였던 적이 없는 인간인 것처럼 점잖게 웃음을 삼켰다. 그리고 어딘지 기가 죽은 환희의 앞에서 살짝 달아오른 얼굴을 들고 말했다.

"환희 너는 진짜 사랑을 해 본 적이 없구나. 상대가 나를 어떻게 보든 그건 중요한 게 아니야. 내 마음이 중요한 거지. 사랑하는 존재 앞에서는 언제나 최선의 나이고 싶은 거야. 그게 모든 걸 받아들여 주는 천사이기에, 그래서 더욱더 겁 많은 뚱보 소년의 얼굴로는 사랑한다고 말을 하기가 어려운 거야……."

묘하게 배알이 뒤틀려 한 소리 하려는데 미리내의 다음 말이 막았다. "초등학교 졸업 전해 가을에 열흘짜리 캠핑 갔던 일 생각나?"

"응."

"섬에 갔던 것도?"

"그랬나."

"응. 캠핑장에 조그만 호수가 있었어."

미리내가 어린 자신에게 들려주듯 다정하며 조금은 쓸쓸한 말투로 이야기를 시작했다.

"거기엔 애들 스무 명은 족히 탈 수 있게 커다란 뗏목이 '사용 금지' 팻말이 걸린 채 정박해 있었어. 아마 사고가 난 적이 있거나 그걸 탈 만큼 돈을 지불하지 않았던 거겠지. 대부분은 금방 포기하고 다른 놀이에 빠졌는데, 어떤 호기심 많은 애들은 거기에 집착했고 그중 하나가 너였어. 젊은 교관 하나가 지키고 서 있는데도 너는 포기하지 않고 유미와 나를 불러냈어. 밥을 따로 먹고, 방을 따로 써도 너의 모험에 함께 하는 건 언제나 나와 유미였으니까.

그렇게 매번 얼굴을 들이밀고, 또 거절당하기를 반복하다가 떠나기 전날이 되었어. 아침 운동을 마치고 여느 때처럼 호숫가로 내려갔는데 평소엔 오솔길에서 발소리만 들려도 안 된다고 하던 교관이 못 이기겠다는 투로 물었어. 그렇게 타고 싶니? 고개를 끄덕이니까, 소문내지 않겠다고 약속하면 이따 오후 자유시간에 자기가 건너편으로 데려다준다는 거야. 입을 꾹 다물고 있다가 점심도 건너뛰고 곧장 호숫가로 갔어.

약속을 한 건 우리뿐이 아니었는지 덤불 뒤에서 애들이 하나 둘씩 나타나기 시작했어. 잠시 있으니 또 오고, 다시 또 나오고…… 옆에 있던 교관이 처음으로 내게 물었어. 긴장되니? 괜찮아. 하나도 안 위험해. 나는 애써 웃으며 고개를 끄덕였어. 긴장되긴 했지. 왜냐면 나는 그날 저녁 내가 천사라고 생각한 애한테 고백할 생각이었거든. 그런데 그 애와 같은 배를 타야 한다니. 허접한 뗏목이 멜로 드라마 속의 프로포즈 유람선처럼 운명적으로 느껴지더라고."

장식용 꽃들이 모조리 미리내 앞에 가 있었다. 전부 꽃받침에서 떨어져 나온 꽃잎이 수북이 쌓여 있었다. 저 겹겹이 쌓인 걸 언제 다 뜯어낸 걸까. 미리내가 가볍게 목을 축이고 말을 이었다.

"애들이 열댓 명 쯤 도착한 다음 우리는 배에 탔어. 교관이 여자애들은 앉히고 남자애들에겐 자기를 도와 달라며 내게도 말했어. 얼른 일어나. 남자가 힘을 써야지. 그 말이 얼마나 기뻤는지 몰라. 보통 그런 일에 내가 끼는 일은 드물었으니까. 그 애에게 멋진 모습을 보일 수도 있었고…….

물살을 가르며 도착한 섬은 꽤 이국적인 분위기였어. 기슭의 커다란 고목엔 그네가 매달려 있고, 나무 위엔 통나무집도 있고. 우리는 원숭이처럼 흩어져 놀았어. 한참을 놀다 지칠 무렵에 교관이 조그만 불을 피웠지. 아직 쌀쌀하기도 했고,

묵은 낙엽 타는 냄새에 이끌려 애들이 모여들었어. 함께 모험을 했기 때문일까? 평소엔 본척만척하던 애들과도 자연스레 이야기를 할 수 있었어. 놀랐어. 다들 무척 친절해서. 애들이랑 있으면서 마음이 편했던 것도 처음이었고, 더구나 캠핑 같은 델 와서 그런 기분이 될 거라곤 생각도 못해서 좀 들떴는지 몰라. 그렇게 불을 쬐는데……"

미리내가 목이 메인 듯 얼굴을 찡그리며 침을 삼켰다. "갑자기 교관이 게임을 하자고 했어."

"……"

"아, 이상한 건 아냐. 어디까지나 평범한…… 여기서 제일 가는 사람이 누구인지 겨뤄 보자, 그런 거였으니까. 왜, 서바이벌 방송이 유행했잖아. 그거의 미니 버전이라고 생각하면 돼. 일테면 가장 닭싸움을 잘하는 애를 뽑으면 힘 좀 쓰는 애들이 나와서 대결을 하고 이긴 사람이 배지를 받는 거지. 어쩌면 즉흥적인 게임이 아니라 교과과정에 있는지도 몰라. 아이가 남들보다 잘하는 걸 찾게 해 주세요, 자존감을 길러 주세요, 뭐 그런 거 있잖아.

그렇게 노래도 부르고 춤도 추고, 동물 울음 소리도 내고…… 정말 재미있었어. 가장 성대모사를 잘하는 사람을 뽑을 땐 모두 개그맨이나 가수를 어설프게 따라 하는 와중에 누가 눈앞의 교관 흉내를 내서 눈물을 흘렸지. 남의 눈치를 보지 않고 배꼽이 빠져라 실컷 웃었어. 옆자리의 그 애가 내 팔을 내리치며 몸을 기울일 적엔 이대로 세상이 멈춰도 좋겠다고 생각했지.

그랬던 순간이 그럼, 여기서 가장 아름다운 애가 나오라는 말에 끝이 났어. 물론 누가 아름다운지 정도는 다들 암암리에 알고 있었어. 그래도 그걸 다른 사람들 앞에서 공식적으로 인정받는 건 다르잖아. 아, 이제 끝이구나. 더 이상 나만의 그 애가 아니게 되는 거구나. 아쉬워하는 동시에 담담하게 받아들이는 나 자신이 있었는데, 6반에, 시쳇말로 하면 좀 노는 애였던 여자애가 뽑히고 그때부터 뭔가 기분이 나빠졌어. 호수 건너편의 조그만 천국이 다시 가짜가 된 게 느껴졌지. 서로 재고 따지는 공기, 숨이 막힐 듯 갑갑한 공기가 맴돌아서 거기에 신경 쓰느라 교관이 그 다음에 뱉은 말을 듣지 못했어. 아니, 들었대도 이해하지 못했을 거야. 가장 아름다운 애 다음에 가장 못생긴 애를 뽑자는 말은, 어른이 된 지금 들어도 너무 잔인한 소리니까.

나는 몸을 잔뜩 웅크렸어. 기가 죽은 건 나뿐이 아니라 실은 모두였다는 걸, 지금은 알지만 그땐 몰랐거든. 그래서 최대한 웅크리고 숨을 죽이고 있었는데……."

문득 얘기를 하는 내내 미리내의 입가에서 웃음이 떠나지 않고 있다는 걸 깨닫고 환희는 소름이 끼쳤다.

"그때 네가 내 등을 밀었어. 그리고 내가 돌아보자 빤한 눈으로 말했지. *왜 안 나가?* 그리고 나는, 아름다움에 대한 기준은 조금 다를지라도 한 가지만은 확실하다는 걸 깨달았어. 그중에서 내가 제일 뚱뚱하다는 거. 그 부정할 수 없는 사실이…… 나를 잡아 이끌었어. 비척비척 일어나는 내게 시선이 쏟아졌어. 묘한 긴장감을 깬 건 교관의 한 마디였지. 압도적이네. 그 말에 모두 쓰러져서 새 떼처럼 깔깔대며 웃었어. 내 심장을 칼날로 도려내고도 한동안 게임은 이어졌지. 단지 그것뿐이라면 견딜 수 있었겠는데 분위기가 평온하게 돌아간 뒤로도 그 애는 웃지 않더라. 다른 애들과 다르게 부끄러워하고, 슬퍼하고 있었어. 그게…… 더 괴롭더라고.

차라리 그 애가 웃었으면 상처는 받았어도 금방 잊었을 거야. 나는 우스운 뚱보니까 어쩔 수 없다고 생각했을 거야. 근데 그 애가 날 불쌍하게 여기고 있다는 건 너무 수치스러웠어. 돌아오는 내내 뗏목이 뒤집히길 바랐지. 아니면 내 손가락을 잡아 뽑아서 피와 지방이 사방으로 터져 나가게 하거나, 나보다 머리 하나는 더 큰 그 교관을 끌어안고 호수 밑바닥으로 가라앉고 싶었어.

그런데 그럴 수 없었어. 내 피는 휘발유가 아니고, 손가락은 안전핀이, 심장은 수류탄이 아니고, 현실의 나는 닌자도, 뚱보 소년의 거죽을 뒤집어쓰고 있는 비밀병기도 아닌 보이는 그대로의 소심하고 겁 많은 어린애였으니까."

테이블 위를 헤매던 미리내의 손이 물잔으로 향했다. 그는 물을 마시지 않았다. 축복을 내리듯 입술만 대었다가 다시 잔을 내려놓았다.

"지금 생각하면 교관도 어렸지. 아마 휴학을 하고 아르바이트를 온 대학생…… 우리보다 열 살 쯤 위일까. 가장 착취받은 세대 다음이 '천사의 아이들'이라니, 우리가 얼마나 미웠겠어. 그런데 그땐 어른이 우릴 미워한다는 건 상상도 못해서 전부 내 탓이라고 생각했어. 애초에 내가 뚱뚱한 게 잘못이라고. 그래서 집으로 돌아가는 버스에서, 길가에 서서 손을 흔드는 그 사람과 눈이 마주쳤을 때 있는 힘을 다해 웃었어. 그 사람을 미워한다는 게 들키지 않게."

"나는……"

"그 뒤로도 계속 나를 동정하는 그 애의 눈이 생각났어."

미리내가 단호하게 말을 이었다.

"갈 곳 잃은 분노는 우리 부모에게로 향했지. 자연인이어서 날 있는 그대로 기른 순진한 여자와 남자. 두 사람은 너무 아름다웠어. 그리고 그들의 눈에 비친 나는 둘도 없는 천사였지.

우리 엄마는 몸이 약했거든. 네 번을 유산했고 내 바로 손윗형제는 예정일을 사흘 앞두고 심장이 멎은 채로 태어났어. 그런 상황에서 내가 4킬로그램짜리 우량아로 태어났을 때 엄마는 신이 그간의 아픔을 보상해 준다고 생각했어. 그리고 부모의 바람대로 난 다른 건 둘째 치고 아주 건강하게는 자랐지. 그들은 몰라. 뚱뚱한 애가 병균 취급받는 걸 몰라. 내가 점점 불어나 아동복에선 맞는 사이즈를 찾지 못하게 되었어도 엄마는 밥상 앞에 마주 앉을 때면 숟가락을 든 채 내 얼굴을 빤히 들여다보면서 자식 입에 먹을 거 들어가는 건 논에 물 들어가는 걸 보는 일보다 뿌듯하다고 했어. 그 논이 썩어 가는 줄도 모르고……

어쨌든 그해 캠핑이 목적을 달성한 건 확실해. 변화와 성장……. 오두막 입구마다 그렇게 써 있었지? 그 말대로 부모의 사랑만으로 충분하던 어린아이는 죽고, 사람들의 사랑을 갈구하는 내가 태어났어. 그 애는 또 다시 무대에 끌려 올라갔을 때 벌거벗은 몸을 가릴, 아니, 오히려 빛나게 해 줄 철갑의 갑옷을 원했지. 그래서 살을 뺀 거야. 아름다움만큼 쉽게 사람들의 호감을 얻는 게 없으니까.

물론 처음엔 쉽지 않았어. 먹는 건 단순히 허기가 아니라 외로움을 채우는 일이었거든. 먹고 싶지 않은데 계속 먹어 본 적 있어? 원하지 않는데도 그렇게 할 수밖에 없던 때……. 피자 한두 조각은 맛있게 먹을 수 있지. 하지만 두 번째 판은 뚜껑을 여는 순간 토 냄새가 나. 그걸 참고 기름을 뚝뚝 흘리며 씹지도 않고 목구멍 뒤로 넘기는 거야. 빗물 위에 고인 휘발유를 핥은 듯 속이 니글거려도 텅 비기 전까진 아이스크림 통을 놓을 수 없어. 그보다 가만히 앉아 있는 편이 훨씬 견디기 어려우니까.

다이어트를 한다는 건 그런 익숙한 지옥에서 낯선 지옥으로 걸어가는 거야. 새롭게 끔찍하고 괴로웠지. 공복에 손이 떨리면 이것도 못 견딘다며 내 배를 내리쳤어. 뽀얀 쌀밥 한 숟갈이 구더기처럼 보여 먹질 못하다가 새벽에 일어나 뭐에 씌인 사람처럼 밥솥 한 통을 다 비우고 변기에 엎드리길 반복했지. 초등학생이 머리에 땜통이 생기고, 다음 날 얼굴이 부을까 봐 침도 못 삼켰다면 믿겠니?"

"하지만 넌 하, 항상 그대로였어." 갑작스러운 고백은 당황스러운 내용뿐이라 환희는 마구잡이로 혀가 꼬였다.

"내 말은, 그대로였다고. 그렇게까지 했으면 분명 티가 났을 텐데."

"너희 앞이었으니까. 뚱보가 다이어트를 한다고 우습게 보일까 봐 먹고 집에 가서 토했지. 너희가 조금 더 있다가 가자느니, 미적미적대면 미칠 것처럼 불안했어. 방금 쑤셔 넣은 게 몸속에 녹아들까 봐. 그래서 내가 될까 봐 두려웠어."

물잔을 매만지는 미리내의 손가락은 거미 다리를 닮았다. 무덤가의 발광하는 손처럼 파리했다.

"전혀 몰랐지? 그런 일이 있었어."

미리내의 말에 환희는 아무 대꾸도 할 수 없었다. 자란 것은 껍질뿐, 알맹이는 여전히 상처 입은 어린애인 그에게 뭐라고 할 수 있을까? 미리내가 이온음료 광고에서 보여 준 산뜻한 미소를 지었다.

"뭐, 다 옛날 일이야. 지금은 행복해. 먹을 것도 잘 먹고 운동에도 취미가 붙었어. 이젠 매일 땀을 흘리지 않으면 개운하지 않을 정도지.

아무튼 내가 너도 천사가 아닐까 의심했던 건 너희 집에 자매가 많기 때문이야. 너희 언니들과 동생들…… 전부 딸이었고, 전부 한 사람의 생애를 쪼개 둔 것처럼 닮았었지. 물론 성격도 취향도 달랐지만 일부러 커스텀했다 싶은 정도의 차이였어. 마치 하나의 얼굴과 사랑에 빠진 사람이, 존재하는 모든 시공간에서의 그 얼굴을 갖고 싶어서 전부 이 세계에 불러 모은 것처럼. 그래서 너도 천사일지도 모른다고, 그렇다면 비밀을 지켜 주어야겠다고 생각한 거야."

미리내가 웃음을 터트렸다. "시시하지? 그렇지만 이해해 줘. 가슴 큰 남자아이였잖아. 외톨이의 친구가 상상 말고 뭐가 있겠어."

환희의 심장 한구석에 약한 통증이 일었다. "미안해."

"뭐가?"

"어릴 때. 내가 너를 너무 함부로 대한 거 같아."

미리내가 술잔을 다시 채워 주며 고개를 저었다. "아니야. 어릴 때의 일로 너를 미워하진 않아, 정말로. 지금은 우리 둘 다 잘 살고 있잖아? 그러니까 이런 얘기를 할 수 있는 거야. 다 지난 얘기니까."

그렇지 않아. 환희는 두 손으로 얼굴을 감쌌다. 코에서 뜨거운 김이 뿜어져 나왔다. 전혀 잘 살고 있지 않아. 이런 게 잘 사는 삶이라면 선택하지 않았을 거야. 미련했지. 그 개자식의 말에 멍청하게 속아 넘어간 거야.

어째서 아이를 일찍 낳은 걸까? 환희는 그것만이 방법인 줄 알았다고 답할 것이다. 어릴 땐 예쁘장한 편이었다. 눈에 띄진 않아도 사람을 봐 가며 밉보일 정도의 나르시시즘을 뿜낼 정도는 되었다. 그러나 언제부턴가 진화하는 또래 사이에서 환희만 뒤처지기 시작했다. 모두 하루가 다르게 피어나는데 터지기 직전의 팽팽함도 없이 그저 몽우리인 채로 시들어 버릴 것 같은 두려움이 엄습했다.

미리내는 믿지 않겠지만 환희 역시 한 번도 천사의 아이인 적이 없다. 딸만 다섯인 집에서 태어났으니 귀한 자식이었던 적도 없다. 밥투정을 하면 숟가락을 뺏어 가는 집. 울면 뺨을 맞는 집. 정말 사람 살라고 지은 건지 알 수 없는, 부엌은 현관에서 세 칸 아래, 화장실은 부엌에서 두 칸 아래, 화장실 입구에서 변기까지는 일곱 칸 올라가야 하고 안방까지는 스물세 칸 내려가야 하는 계단투성이의 집. 전등을 켜지 않으면 결코 낮이 오지 않는 지하 방에서 환희(奐熙)는 발광하지 않는 자기 이름을 쥐고 이를 갈았다. 여기서 벗어날 수 있으면 뭐든 할 것이다. 얼굴을 파는 것쯤은 일도 아니라며 각오를 다졌는데 애초에 팔 기회가 주어지지 않을 줄은 몰랐다.

그렇게 자존심이 바닥으로 떨어진 환희를 유혹한 게 고등학교 미술 선생이었다. 그는 환희에게 예쁘다는 말을 해 줬다. 생일엔 게 다리와 연어가 쌓여 있는 뷔페에 데려가서 홀베인 물감을 선물했다. 그런 델 간 것도, 선물을 받은 것도 처음이라 환희도 처음으로 갚았다. 비린내 나는 혀가 입술을 파고들 적에 환희는 항상 천장에서 자신을 내려다보고 있는 거대한 눈이 빙긋 웃고 있다는 걸 깨달았다. 넌 현명한 선택을 한 거야. 눈은 그렇게 말하고 있었다. 그랬기에 환희는 흥분했고, 절정에 도달했고, 몸을 떨었다.

쫓기듯이 자퇴하고 결혼했다. 남자가 별 볼 일 없는 개털이라는 걸 깨닫는 덴 오랜 시간이 걸리지 않았지만 괜찮았다. 기대는 미래로 전이됐다.

열아홉에 아이를 가지면 지하철만 타도 스타가 됐다. 애티를 벗지 못한 임산부의 앞으로 할머니들이 모였다. 토템처럼 배를 만지고 기도를 하다가 울음을 터뜨렸다. 그 꼴이 우습기도, 뿌듯하기도 했다. 자부심으로 부푼 배를 열어 첫째를 낳은 날, 구청에서 꽃다발이 왔다, 품에 안자 눈에게 자랑스러웠다. 둘째를 낳았을 땐 이전의 꽃다발과 함께 립스틱과 초콜릿 한 박스가 같이 왔다, 셋째를 낳자 동장이 찾아왔다. 그는 손녀뻘인 환희에게 깍듯이 고개를 숙이며 벗겨진 머리에 맺히는 구슬땀을 연신 닦아 냈다. 앞으로 아이들이 투표권을 갖는 나이가 되기 전까지 환희는 네 사람분의 인간으로 살 예정이었다. 마음만 같아서는 저도 이렇게 낳고 싶습니다. 동장은 농담조로 말했는데 웃기지 않았고 그래서 더 진짜 같았다. 하늘의 눈은 아주 만족스럽다는 듯 반달형으로 접혔다. 그렇게 이야기는 끝. '오래오래 행복하게 살았습니다'로 끝나면 좋았겠지만…… 동장이 가고 난 뒤, 누워 있던 환희는 천장이 무척 희고 아무 무늬도 없다는 사실에 경악했다. 이제 그의 앞에 남은 건 놀랄 정도로 지루한 삶이었다. 생활, 그리고 또 생활……

남자가 부성애가 없는 이유는 스스로 낳지 않기 때문이다. 여자는 자기 배가 아파서 낳기 때문에 진심으로 사랑할 수 있다. 그 말이 진실이 아니란 걸 깨닫는 덴 오랜 시간이 걸리지 않았다. 갈수록 아이들에게 정이 들지 않았다. 아주 어렸을 땐 조금만 눈을 돌려도 죽을 수 있는 이 아이들을 쥐락펴락할 수 있음에, 그 작은 생명이 내 손에 달렸음에 감동과 두려움과 권능을 동시에 느끼며 기운을 냈다. 하지만 크면 나아지겠지 싶던 이목구비가 첫 번째 배치를 완성했을 때 그의 미지근한 애정은 완전히 식었다. 아들들은 시어머니와 똑같았다. 얼굴뿐만 아니라 끔찍한 떼쟁이인 점도 그랬다. 딸부잣집에서 자란 환희는 딸의 징그러움을 알았다. 그가 원한 건 책임감 강한 아들. 삼종지도라는 말에 맞는 아들. 아버지와 남편의 역할을 하는, 따를 수 있는 아들이었다. 그러나 태어난건 아들 이전에 최악의 남자였다. 이걸 낳기 위해 온몸의 뼈가 벌어졌다는 게 거짓말 같았다. 생각 같아선 다시 배에 넣고 녹여 버리고 싶었다. 없었던 일처럼, 처녀로 돌아가 구둣발을 또각이고 싶었다. 아들 바보라느니, 못된 시어머니 예약이라느니 얘기하는 여자들이 부럽고 역겨웠고, 욕을 실컷 하고난 다음 멍한 얼굴의 제 자식을 볼 때면 이 애들이 내게 못된 시어머니 짓을 할 기회나 줄 것인가 두려웠다.

같은 아파트 1층에 사는 여든 노인은 쉰 먹은 아들을 뒷바라지하다가 죽은 지 3년이 지난 뒤에야 백골이 되어 집을 떠났다. 매달 나오는 연금이 끊길까 두려웠다는 진술에 사람들은 경악했다. 단지 그뿐. 자연사였음이 거의 확실했음에도 노인이 살아 있을 적 무언가 깨지거나, 부서지거나, 악을 쓰는소리가 들렸다는 증언이 ─ 분명한 의도를 가지고 ─ 옆집과윗집에서 나왔다. 환희는 딱히 분노도 끔찍함도 느끼지 않았다. 어쩌면 자신의 미래일 수 있다. 두들겨 패면 사랑은 몰라도 돈은 뱉는 저금통 취급을 당할 수는 있다고, 이 지긋지긋한 생의 끈을 탯줄처럼 자르지 않는 이상 전부 가능한 미래라고 남의 일처럼 생각하긴 했다.

반면 미리내, 아, 미리내에게도 미래가 있나? 미리내에겐 지금, 오로지 영광의 지금뿐인 것처럼 보였다. 시간에서 자유로워 보였다. 미리내. 네게도 고통이라는 게 있니? 핏속에 소금기가 흐르니? 물론 미리내의 마음속에도 물처럼 감정이 끓는 때가 있어, 눈앞에 뿌연 안개를 드리울 것이다. 그러나 미리내의 연기는 인간의 괴로움에 다가가기 위한 천사의 차력처럼 보였다. 화면 속에서 무너진 너를 봤어. 조수석의 신비로운 소년이었다가 어른들의 죄를 짊어지고 버려진 모습을. 머리가 반쯤 밀린 실험체로 앉아 있는 모습을. 팔다리가 잘린 채 하염없이 창밖만 내다보는 모습을 미리내는 연기해 냈다. 망가진 인물들의 마음속 깊은 우물에, 뚜껑을 덮고 들어갔다. 그때마다 너에겐 보이지 않는 상처가 생겼을 거야. 네 폐는 딱딱해지고, 간장은 한 번 끊어졌다 다시 붙고 심장에는 삼킨 눈물로 만들어진 진주가 생겼을 거야. 잠이 오지 않아 뒤척이면 네 안에서 달그락거리는 소리가 들릴 거야. 그리고 그 모든 일이 가짜라고 해도, 차에 앉아 하염없이 순서를 기다리고 있을 때 얼어붙은 몸을 덥힐 거라곤 조그만 손난로 하나가 전부일 때도 있겠지. 미친 듯이 소리를 지르고 달려 나가고 싶을 때도 있겠지. 그러나 너에겐 영광의 순간이 있지 않니? 그 모든 것을 보상해 주는 넓은 집이, 그 앞에 서면 모조리 너의 것으로 보이는 빛나는 도시의 야경이 있지 않니? 손을 뻗으면 닿을 수 있는 곳에 아름다움이 있지 않니?

그래서 줄곧 너를 지배하고 싶었던 거라고, 환희는 생각했다. 아름다움을 원했으니까. 환희는 아름다움의 지배자가 되고 싶었다. 뺨을 내리치고 싶었고, 아름다움의 젖은 얼굴이 소금기에 따끔거리게 내버려두고 싶었고, 열세 살에 강간이라는 단어를 알게 되고 나서는 강간하고 싶었다. 아름다움을 망가트리길 원했다. 아름다움의 구멍에 더러운 손을 쑤셔 넣고 영원한 상처를 내고 싶었다. 거기에 손을 넣은 채 그대로 접붙고 싶었다. 아름다움과 함께라면 어떠한 종류의 키메라가 되어도 괜찮았다. 번개가 치기 이전의 인간들처럼, 그것과 살을 맞대고 네 개의 팔 네 개의 다리로 살 수 있다면……

속에서 뜨거운 것이 올라왔다.

"괜찮아?"

감은 눈 위로 미리내의 목소리가 들렸다. 환희는 마른 세수를 하고 빙긋 웃었다. 가벼운 트림을 뱉었다.

"미안. 좀 취했나 봐."

젓가락을 집으려다가 바닥에 떨어트렸다. 반사적으로 허리를 바닥으로 숙이자 미리내가 일어나 그를 말렸다. "내가 할

게." 미리내가 손가락을 들자 눈을 내리깐 서버가 순식간에 새 젓가락을 가져다주었다. 결코 이쪽을 바라보지 않는 배려에 거꾸로 열이 뻗쳤다. 너. 지금 나를 주정뱅이라고 생각하지? 접시나 나르면서? 환희는 시위라도 하듯 맨손으로 동그란 관자 튀김을 집었다. 물컹했다. 씨발. 이것도 버섯. 씹는 흉내도 안 내고 그대로 냅킨에 뱉었다. 기름 묻은 손가락을 빠는데 미리내가 웃었다. "왜에?" 말꼬리를 늘이자 미리내가 처음 보는 부드러운 표정으로 등 뒤에 섰다.

"순서를 알려 줄게."

미리내가 어깨를 부드럽게 감싸며 오른손에 젓가락을 쥐여 주었다.

"젓가락을 쓴다고 같은 게 아냐. 일식엔 일식 나름대로의 매너가 있거든. 봐, 튀김은 쌓은 순서대로 맨 위에 있는 것부터 먹어야 돼. 안 그러면 모양이 흩어지니까. 잇자국을 남기면 안 되니까 큰 건 젓가락으로 잘라서 먹고."

새우살이 한 입 크기로 잘렸다. "이 정도가 적당하겠다. 뭐랑 먹을래?"

"……소금."

"소금은 찍는 게 아니라 뿌려서 먹어야 해."

"뿌려서?"

"응. ……아, 아니야. 젓가락을 든 채로 집으면 안 되지. 젓가락은 다시 내려 둬. 가로로……. 그래. 그리고 손가락으로 먹을 만큼의 소금을 집어서 뿌리는 거야……. 그렇게. 응. ……어때?"

입안에 감각은 없었다. 세포가 살아 있는 건 오로지 미리내의 손가락이 닿는 곳뿐이다. "맛있어."

미리내가 도로 자리에 앉아 권했다. "다행이네. 이것도 먹어 봐."

미리내의 지시에 따라 동그란 튀김을 들었다. 탄력 있는 식감. 이번엔 의심할 바 없이 관자였다. 우물우물 씹는데 눈물이 주룩 흘러나왔다. 수도꼭지가 고장 난 듯 두 뺨을 적셨다.

"너 울어?"

미리내가 놀란 목소리로 물었다. 그걸 듣자 웃음이 나왔다. 아, 그럼 웃는 걸로 보이니. 그렇게 농담하려고 했는데, 웃음과 눈물이 섞여 그냥 엉망진창이 되고 말았다. 힉힉대고 끅끅대는 소리만 났다. 도대체 왜 눈물이 나는 걸까? 스스로도 알수 없었다. 덜 씹은 튀김이 커다란 가래침처럼 느껴졌다. 억지로 삼키고 목이 아파 다시 엉엉 울었다. 미리내가 말했다.

"애 키우는 게 쉽지 않지."

"……."

"그래도 어쩌겠어. 힘내야지."

"……."

"애들 자라는 거 보면 보람 있잖아."

"……."

"귀엽지? 엄청 귀여울 거야. 자기 자식은 똥도 귀엽다고……."

"야, 백돼지. 네가……"

뭘 알아?라고 말하려고 했다. 환희는 숨을 삼켰다. 끝맺지 못한 말이 어색한 정적을 불렀다. 심장이 무서울 정도로 빠르게 뛰었다. 그러나 미리내는 아무렇지 않게 웃었다. "그렇게 불리는 건 또 오랜만이네."

"미안, 실수로……"

"진짜 추억이다." 그립다는 말투였지만 묘하게 건조했다. "어릴 땐 줄곧 그렇게 불렸으니까. 애들은 왜 그렇게 별명을 붙이지 못해서 안달일까. 그래도 이름이 조선진이니까 조센징 같은 어이없는 별명을 가진 애들보다는 낫지. 적어도 나는 내 죄 때문에 붙은 별명을 가졌으니까. 그 노래 기억나? 백돼지 백미리내 먹을 거 이리 내라 이리 내 미리 내 미리 내놔 백돼지…… 애들은 참 똑똑해. 어떻게 그렇게 사람의 마음에 상처 주는 방법을 잘 아는 걸까. 본능인 거야, 그건."

"미리내, 나는……"

미리내가 여전히 눈부신 미소로 되물었다. "환희. 같은 실수를 한 거 알아?"

"……."

"사무실에 보낸 메일에 말야. 거기도 백돼지라고 적었다고."

"……."

"인터넷에 올린 글에도 똑같이 적었어. 백돼지 저새끼 속은 음침한 주제에 순진한 척하고 있네. 저런 거 좋다고 속아 넘어 가는 년놈들이 병신이다. 같은 아이피로 올린 글에는 이런 것 도 있네. 백돼지 어릴 때 애들한테 처 맞고 다니는 좆찐따 돼 지년이었는데 갑자기 멋있는 척하고 나와서 어리둥절……"

귓속이 웅웅댔다. 피가 혈관을 통과하는 소리가 빠르게 들렸다. 환희는 귀를 틀어막았다. 듣고 싶지 않았다. "난, 나 는……."

"그래도 내가 가해자라는 소문이 도는 것보단 나으니 내버 려 둘까 싶기도 했는데 역시 싹은 미리 뽑아 두는 게 낫겠다 싶어서. 대중은 과거를 알 수 없는 존재를 좋아하거든. 구멍이 숭숭 뚫려서 자기 마음대로 채워 넣을 수 있는 존재. 그런데 네가 그런 말을 남기면 나는 인간이 돼. 땅으로 떨어져."

미리내가 방향을 바꿔 질문했다. "있지, 사람들이 가해자 보다 싫어하는 게 누구인지 알아? 피해자야. 사람들은 약한 걸 싫어해. 너무 싫어해서 눈에 보이지 않게 없애 버리고 싶어 해. 여기까지 오면서 장애인을 몇 명이나 봤어? 못 봤지? 그 런 거랑 같아. 어제까지만 해도 최고의 여배우였던 사람이 가 정 폭력 피해자라는 사실을 고발하면 순식간에 불쌍한 여자

가 되는 거야. 그 사람이 아무리 웃고 떠들고 잘나가는 걸 봐
도 사람들은 가장 먼저 한 가지를 떠올려. 아, 저 사람은 남자
한테 버림받았다. 두들겨 맞았다……. 일을 못 하는 건 아냐.
다만, 두 번 다시 로맨틱 코미디의 구김살 없는 여자 주인공
은 맡지 못하지. 그게 대중이야. 한 번 붙은 주홍글씨는 피부
에 바느질을 해서 박아 버리는 게."

　미리내가 창 밖으로 시선을 돌렸다. 그의 발 아래 지상의
별들은 반짝였고 인간들은 먹고 마시며 열심히 사랑하고 있
었다. 인형의 집 안에 든 인형들처럼 근심 걱정이 없어 보였
다. 미리내가 자애로운 신처럼 그 모습을 내려다보았다. 때때
로 연민에 가슴이 벅차 오르기라도 한 표정으로 슬픔이 묻은
미소를 짓기도 했다.

　그의 다문 입술이 다시 열리는 덴 그리 오랜 시간이 걸리
지 않았지만 환희에게는 억겁처럼 느껴졌다.

　"비밀 하나 알려 줄까?"

　"……."

　"어떻게 이런 데서 식사를 하느냐고 했지? 이렇게 뚫린 데
서. 그건 말야, 여기에 온 사람들은 모두 비밀이 있는 사람들
이기 때문이야. 거리에서 벗고 돌아다니면 미친 사람 취급을
받지? 목욕탕에선 반대고. 여기는 벌거숭이가 아니면 들어오
지 못하는 장소야."

아는 사람이라도 발견한 듯 미리내가 고개를 까딱였다. 여전히 웃는 표정을 지우지 않은 채 중얼거렸다.

"그렇다고 해도 누가 어떤 비밀을 가진 건진 몰라. 단지 비밀이 있다는 것만 알 뿐. 김태오도 그래. 내가 아는 건 그가 영화에 캐스팅될 거라는 것뿐이야. 그걸 위해 무슨 일이 일어날지는……"

미리내가 말끝을 흐렸다. 그의 시선이 닿는 곳에 물에 젖은 김기영 감독과 그 앞에 선 김태오가 보였다. 눈을 감은 감독의 얼굴 위로 이번에는 배우가 침을 뱉었다. 주변 누구도 제지하지 않았다. "너랑 나의 대화도 모두 비밀이야. 여기의 일은 여기에서 끝이니까. 그러니까 이것도," 미리내가 일어서서 옷걸이에 걸어 두었던 환희의 코트 주머니를 뒤졌다. 녹음기에는 들어오기 직전 제대로 확인한 것처럼 붉은 전원이 켜져 있었다. 미리내가 그걸 미련 없이 물통에 집어넣었다.

"아쉽지만 여기 두고 가자."

술은 진작 깼다. 그러나 환희의 손은 떨렸다.

"너, 너는 몰라."

"……"

"다…… 너를 위해서 한 거야. 네가 일을 그만두게 하기 위해서는 이 길밖에 없어서…… 사, 사람들은 만만하지 않아. 너를 잡아먹으려고 들 거야. 아주 골수까지 빼먹으려고 들 거야. 나는 너를 지키고 싶어서 그런 거야."

미리내가 손을 뻗었다. 맞는다! 반사적으로 눈을 질끈 감았다. 그런데 뺨에 닿은 것은 너무나, 너무나 부드러운 감촉이었다. 사람 손인 게 믿기지 않아서 환희는 한 박자 천천히 눈을 떴다.

"그런 줄 알았어."

"……."

"넌 나를 항상 걱정해 줬잖아. 어렸을 때부터 계속."

"……알고 있었어?"

"응. 알고 있었어. 전부."

바깥이 소란스러웠다. 내려다보니 거대한 참치가 주방에 들어오고 있었다. 각얼음이 소금 조각처럼 보이는 크기. 테이블 여기저기서 수신호가 던져졌다. 흩어져 있던 젊은 여자 서버들이 척척 주방으로 향했다. 높은 모자를 쓴 주방장이 길고 날카로운 칼을 들자 배가 갈리고, 붉은 살이 드러나고, 흰 지방과 뼈가 드러났다. 아가미가, 눈알이, 내장이 스테인리스 대야에 턱턱 던져졌다. 해체된 살 조각이 각자의 테이블로 향했다. 방금 전까진 바닥에 엎드려 있던 감독과 배우도 언제 그랬냐는 듯 태연한 얼굴로 젓가락질을 했다. 노크 소리가 들렸다. 문이 열리고 노란 겹황매화로 장식한 붉은 살점 몇 개가 배 모양의 나무판 위에 실려 테이블 위로 도착했다. 보는 것만으로 혀 위에 혀 하나가 더 얹힌 듯 입안 가득 물컹한 질감이 와 닿았다.

"신선한 거야. 어서 먹어."

"괜찮아."

"네가 좋아하는 회잖아. 맛만 봐."

환희는 젓가락을 뺏었다. 미끄러진 회가 테이블 위로 떨어졌다. 반사적으로 맨손으로 집으려고 했다. 미리내가 만류했고, 다음 순간, 그의 젓가락이, 환희의 입속으로 들어왔다. 무슨 일이 벌어지고 있는 걸까? 환희는 차마 씹지도 못하고, 기름기 진한 참치가 입안에서 천천히 녹아 가는 것을 느꼈다. 눈앞에 있는 건 지금 가장 떠오르는 젊은 스타였다. 스크린 속의 영혼. 은막의 연인. 만질 수 없는 세상에 있던 그가 지금 눈앞에 있었다. 은막을 찢고 나와 조명 아래 자신과 눈을 맞추고 있었다. 축축한 뺨 위로 다시 눈물이 흘렀다. 새로운 눈물은 뜨거웠지만 금방 식었다. 지쳤다. 너무 많은 감정이 한꺼번에 몰려왔다 사라졌다. 환희는 무감각하게 차가운 뺨을 문질렀다.

"굳이 여기로 오지 않아도 됐을 텐데."

뜬금없이 무슨 말이냐는 듯 미리내가 쳐다봤다. 환희는 천천히 설명했다. "어차피 아무도 의심하지 않을 테니까."

"……."

"네가 이런 짓을 해도 나, 나처럼 애를 셋이나 낳은 여자랑은 아무도…… 우리 사이를 의심하지 않을 거야. 더구나 너같이 천사와 함께 일하는 사람이라면 당연히 천사처럼 아름다운 사람을 만나겠다고 생각하겠지."

그 말을 들은 미리내가 고개를 숙였다. 우는 건가? 그러나 들리는 건 웃음을 참는 듯한 숨소리였다. 환희는 약간 짜증이 나서 되물었다.

"왜 웃는 거야?"

눈가를 문지르던 미리내가 고개를 번쩍 들었다. 입가엔 여전히 웃음기가 남아 있었지만 마주친 두 눈은 진지했다. 뇌를 뚫고 들어오는 것 같은 시선.

"매일 진짜 천사를 보다 보면 어떤 생각이 드는 줄 알아?"

"아름……답다는 생각."

"땡." 미리내는 가볍게 목울대를 울렸다. "정답은 말이야, 아, 아니야. 밥 먹는데 이런 이야기를 할 건 아니지."

"뭔데?"

환희는 바싹 목이 탔다. 그 어떤 추악한 진실이라도 거짓보다 낫다. 미리내의 일에 한해서는 전부 그랬다. 난 알고 싶어. 알고 싶었어. 오래전에 네가 새끼 돼지처럼 조그맣던 시절, 네가 내 종이자 장난감인 시절부터 모조리 알고 싶었다고. 할 수만 있다면 너를 벗겨 하나하나 낱낱이 뜯어 보고 다시 조립하고 싶을 정도로……

"역겹다는 생각."

미리내의 손이 환희의 손을 덮었다. "내가 원하는 건 이렇게…… 살아 있는 사람이거든. 너처럼…… 말야."

믿기지 않는 말에 한동안 정신이 돌아오지 않았다.

"아."

깨달음은 천천히 왔고 그 순간 조명 아래 반짝이던 솜털이 곤두섰다. 미리내의 손가락이 닿은 부분이, 세포가 봄 새싹처럼 움트기 시작했다. 환희 마음 속에 얼어 있던 한 부분이 달그락 소리와 함께 녹아내렸다. 이제껏 피우지 못한 환희의 봉우리가 탁 터졌다. 그 꽃은 장미. 피처럼 검붉은 장미였다. 눈앞이 검게 변했다. 다리에 힘이 빠져서 도무지 일어날 수 있을 거 같지 않았다. 부들부들 떨렸다.

조용히 문이 열리고 서버가 들어왔다. 메인 요리가 될 소고기가 금빛 접시 위에 놓여 있었다. 주물 냄비는 뜨겁게 달궈져 김을 뿜었다. 여자가 그 밑둥을 맨손으로 받친 채 옮길 때, 미리내가 손가락을 들었다. 그것만으로 여자는 알았다는 듯 냄비를 카트 위에 되돌린 다음 뒤로 물러났다.

"자리를 옮길까?"

환희는 고개를 끄덕였다. 어지러운 머리. 네 번째 발가락을 깨물고 있는 구두. 휘청이자 금방 미리내가 오른팔을 잡아 주었다. 로봇처럼 정확하고 깔끔한 움직임. 그는 완벽한 매너를 갖춘 신사였다. 동시에 그만의 소년이자, 다 자란 청년이자, 여자도 남자도 아닌 아름다운 배우였다. 천사의 얼굴을 가진 배우, 아니, 천사였다.

고철 덩어리가 아닌 진짜 천사.

퀴즈. 여자와 남자가 복도를 걸을 때 두 사람은 무슨 관계일까?

답. 보면 안다.

환희는 미리내의 팔에 기대 방을 나왔다. 두 사람이 지나갈 적에 식기가 달그락거리는 소리, 음식을 목으로 넘기는 소리, 서로의 귀에 속삭이던 낮은 목소리가 가라앉았다. 달이 태양을 쫓듯 아름다운 얼굴들이, 고개가, 조금씩 돌아갔다. 환희는 그 한가운데를 통과했다. 힐끗 올려다본 유리천장 위로 커다란 눈이 끔뻑였다. 눈이 반달처럼 휘어지며 만족스러운 미소를 지었다.

2부

1

유미는 휴대전화를 껐다. 시간을 확인했으므로 담배도 껐다. 가는 연기가 실뱀처럼 올라가는 이른 아침의 공기는 조금 쌀쌀했다. 논이, 산이, 새로 깐 지 얼마 안 된 검은 도로와 유리 가루를 섞은 듯 반짝이는 노란색 줄이 서서히 잠에서 깨어나고 있었다. 그중에서도 가장 빛나는 건 편의점이었다. 주황색과 녹색의 세븐일레븐. 7시에도 11시에도 변함없이 청결한 안쪽으로 사람들은 허기를 던지고, 분노를 던지고 밤에는 피로를 던진다. 커피나 담배, 에너지 드링크는 영수증에 불과하다.

편의점에서 나오는 현수를 태운 뒤 국도에 올라탔다. 점점 흐릿해지는 주홍색 가로등 불을 하나씩 밟으며 달리자 등 뒤에서부터 서서히 해가 떴고, 곧이어 아침햇살을 받아 번뜩이는 거대한 타워가 보이기 시작했다. 정각을 알리는 시보가 울렸다. 출근 시간까진 한참 남았지만 서둘러서 나쁠 건 없다.

유미는 속도를 올려 다리를 건넜다. 오늘의 목적지를 향해 기어를 바꿔 가파른 언덕을 끝까지 오르자 집주인이 전화로 말한 공터가 보였다. 빈 곳에 차를 대고 현수의 어깨를 흔들자 그가 화들짝 놀라 깼다.

"죄송해요. 깜빡 잠들었나 봐요." 됐으니까 작업복부터 챙겨 입으라고 하고 차에서 내려 한쪽에 주차되어 있던 쉐보레 운전석 유리창을 두드렸다. 팔짱을 낀 채 잠들어 있던 진 부장이 눈을 뜨고 차에서 내렸다.

"부장님. 이른 시간인데 감사합니다."

"아녜요. 나야 이 근처에 사는데. 어제 사무실에서 주무셨어요?"

"예. 현수 태우고 오려고요."

"아이고. 새벽부터 고생하셨네요."

"금방이던데요. 뭘."

유미는 깍듯이 고개를 숙인 뒤 기계를 내리는 두 사람과 떨어진 곳에서 작업복을 입고 스트레칭을 했다. 허리를 좌우로 돌리고, 허벅지를 가슴께로 당겨 끌어안고 있다가 문득 공터 입구에서 얼쩡대는 여자와 눈이 마주쳤다. 환영받는 직업은 아니다. 박대에는 어느 정도 익숙하지만 하루의 시작은 기분 좋게 하고 싶었다. 최대한 입꼬리를 올리고, 금방 차를 뺄 거라고 말하려는데 여자가 성큼성큼 다가왔다.

"저, 청소하는 분들 맞으시죠?"

목소리가 귀에 익었다. 집주인분 맞으시죠?라고 물으니 주인은 아니구, 딸이에요,라는 답이 돌아왔다. 누가 되었든 온다는 말을 들은 적은 없다. 안에 들어오려나? 남는 작업복이 없을 텐데 어째야 하나 고민하는데 여자가 손을 잡았다.

"빨리 와 주셔서 다행이에요. 요 며칠 날이 더웠어서……."

"예. 저희가 걱정 안 되게 말끔히 치우겠습니다." 유미는 갑작스런 여자의 접촉에 놀란 표정을 숨기며 성마른 손을 힘주어 맞잡았다가 놓았다.

"고인의 명복을 빕니다. 많이 놀라셨겠어요."

"많이 놀라긴 했죠. 경찰이 우리 집까지 찾아오고 난리도 아니었으니까. 내가 산전수전공중전 다 겪었지만 남의 송장 치울 생각을 하니 손이 덜덜 떨리더라고요……."

여자가 가슴을 쓸어내리는 시늉을 하며 점프수트 차림의 두 남자를 힐끗댔다. 유미는 둘에게 가까이 오라고 손짓했다. "오늘 작업 함께할 저희 직원들입니다. 둘 다 베테랑이니 안심하고 맡겨 주세요."

두 남자가 고개를 꾸벅 숙였다. 여자의 눈에 어린 의심이 아직 젖살이 덜 빠진 현수의 얼굴에서 맴돌다가, 진 부장의 굳은 살 박힌 손 위에서 사라졌다. 70점 정도일까. 어중간한 합격점을 받은 셋은 여자의 길 안내를 따라 발걸음을 옮겼다. 은근슬쩍 다가온 여자가 유미의 팔꿈치를 꼭 쥐더니 하소연을 시작했다. 그들이 받는 비용엔 사람의 마음을 달래는 값도 들어 있어, 유미는 '아이고', '저런' 같은 추임새를 넣으며 맞장구쳤다. 그래도 이번엔 단지 서비스의 일환만은 아닌 게, 오늘의 현장은 전국범죄피해자지원연합회에서 온 공문을 본 순간 아, 이 사건이라는 감탄사가 나왔던 엽기살인사건이 일어난 연립이기 때문이었다.

이마에 점 같은 모양의 흉터가 있던 노인은 사후 반복해서 강한 압력이 가해진 탓에 목뼈가 완전히 으스러져 덜렁댔다. 범인은 노인이 거둔 오갈 데 없는 청년이었다. 그는 어느 날 노인의 목을 졸라 살해한 뒤 평소와 다름없이 생활하다가 가스검침원의 신고로 덜미를 잡혔다. 여기까진 좀 독특한 정도였다. 생판 남인 노인과 검사 결과 아이큐 76점이 나온 미모의 백치 청년의 기이한 동거. 이는 그저 호사가들의 흥미를 잡아끌던 사건이었지만, 노인의 사후 청년의 태도가 대중적으로 파문을 불러일으켰다. 청년은 죽은 노인이 실금한 배설물을 치운 뒤, 시간마다 시체의 자세를 고쳐 주고 하루 한 차례 젖은 수건으로 닦았다. 매일 마당의 꽃을 꺾어 머리맡을 장식했으며 창을 열어 환기했다. 청년을 아는 몇 안 되는 사람—주로 동네의 터줏대감 노인들은 청년이 무척 예의 바르며, 그 동네선 드물지도 않은 죽은 쥐만 봐도 소스라칠 정도로 심약하다고 증언했다. 결정적으로 살해 이유를 묻는 심문에 '죽인 게 아니다. 심한 기침을 하기에 재생시키려고 했을 뿐이다.'라고 한 고백이 화제가 되며 한동안 고개 숙인 청년의 화상이 텔레비전 수상기에서 쏟아졌다. 인간과 천사의 구분이 불분명해진 시대의 문제가 이런 식으로도 곪아 터졌으니, 결국 인간이 가야 할 길은 천사의 파괴라는 극단주의자들의 주장이 평범한 사람들의 입에서도 오르내렸다. 그런 만큼 구경꾼이 꼬일 확률이 높았기에 오늘은 평소보다 일찍 작업을 시작하게 됐다.

"1층에 네 가구, 2층에 네 가구 있는데 지금 사는 건 세 집이 전부예요. 옆집 사는 외국인은 10시 좀 넘어서 오고, 바로 밑에 사는 노인네는 지금 딸네 가 있으니까 빈집이고…… 하여튼 이른 시간부터 고마워요."

"아닙니다. 이런 날씨엔 빨리하는 게 나으니까요."

"그렇죠? 요 며칠 더웠어서…… 정말 더웠잖아요. 그렇죠? 낮엔 아직 땀이 나더라고요……."

그럼, 끝나고 연락 주세요. 여자가 인사를 남긴 뒤, 주머니를 뒤져 열쇠를 건네고 다행히 들어오겠단 말없이 종종걸음으로 되돌아갔다. 유미는 찬찬히 시야에 들어오는 연립을 살폈다. 긴 골목 끝에 국자 머리처럼 원형으로 쑥 들어간 안쪽이 주차장 겸 마당이었고, 외부의 철제 계단을 올라가면 바로 보이는 201호가 오늘의 작업 장소였다. 연립의 뒤편은 산이었고 다른 다세대주택들과도 어느 정도 거리를 두고 있었다. 냄새만큼 소음도 문제지만 오래된 동네인 만큼 주민들도 귀 먼 노인들이 대부분일 거라는 점이 희망적이었다. 복도식 건물이니 환기는 잘될 테다.

유미는 철제 계단을 올랐다. 노란 경찰 띠를 걷어 내고 201호 앞에 서자 벌써부터 뭐라 설명할 수 없는 악취가 나는 듯했다. 몇 번을 해도 이 앞에 서면 긴장된다. 이때만큼은 말 많은 현수도 조용해서, 유미는 배에 힘을 주고 기합을 넣었다.

"오늘도 파이팅합시다."

그러고는 날아오르는 굵은 파리를 무시하고, 팻말이 떨어진 자리에 매직펜으로 201이라고 적힌 문을 열었다.

다 같은 범죄 현장이래도 상태에 따라 소요 시간이 다르다. 오늘의 현장은 방이 하나만 딸린 데다 범인이 산 사람처럼 죽은 사람을 돌본 덕에 일이 수월했다. 약을 뿌리고, 죽은 파리를 청소기로 빨아들이고, 벽지와 장판을 벗기고, 약품으로 바닥과 벽면을 다 닦고 나자 2시를 조금 넘긴 시간이었다. 무척 살풍경한 집이라, 큰 가구를 빼곤 짐도 폐기물 박스 두 개로 충분했다. 유미는 밖으로 나가 기지개를 쭉 폈다. 올려다본 하늘은 오늘 새벽 교통 방송에서 나온 예보처럼 무척 맑았고, 복도의 끝으로 걸어가자 서울 도심이 내려다보였다. 멀리는 한강까지 보이는 탁 트인 풍경에 외출한 기분도 들었다.

금방 오겠다던 집주인은 10분쯤 뒤에 전화를 걸어 급한 일이 생겨서 그러니 20분만 더 기다려 줄 수 있냐고 했다. 철제 계단에 쭈그려 앉아 있던 진 부장이 일단 마실 거라도 사 오겠다며 엉덩이를 뗐고, 그가 연립의 마당을 빠져나가자마자 현수가 유품으로 나온 클리어 파일을 꺼내 들었다. 유미는 슬그머니 눈을 돌렸다.

현수는 죽은 사람들이나 주인들이 버리라고 한 기록 따위를 읽는 걸 좋아했다. 일기, 수첩, 다이어리, 오래된 가계부, 스크랩, 상장, 낙서, 영수증, 옷에 달렸던 택……. 지난 삶을 알 수 있는 기록은 방의 크기와 상관없이 어디서나 나왔다. 고객들이 알면 화를 낼 테고, 도의상으로도 해선 안 된다며 진 부장에게 몇 번 혼났음에도 현수는 습관을 고치지 못했다. 아니, 그럴 생각이 없어 보이는 건 사장인 유미가 이렇게 아무 말하지 않기 때문일까? 유미는 현수가 쓰레기 집에서 나온 수첩 따위를 주머니에 쑤셔 넣는 걸 말리지 않았다. 이런 소소한 기쁨으로라도 젊은 피를 잡아 둘 수 있으면 다행이었다.

젊은 남자는 부르는 게 값인데 이모의 죽음 뒤, 오래된 중년 직원들만 남아 허덕이던 엉터리 2대 사장에게 아는 경찰관이 사이비 단체에서 구출된 현수를 소개해 준 것은 순전히 행운이었다.

현수가 공범을 만들려는 듯 말을 걸었다. "돌아가신 분. 천사 마니아였나 봐요. 보세요. 다 천사 관련한 스크랩이에요."

고개를 힐끗 돌리니 빛을 받아 눈을 살짝 찡그린 현수가 파일을 펼쳐 보였다. "진짜 옛날 것부터 있는데요. 글자가 세로예요. 한자도 되게 많네. 천사……."

"발매."

"발매. 천사 발매."

유미는 손을 뻗어 다른 클리어 파일을 펼쳤다. 이것도 천사와 관련된 잡지 스크랩이었다. 파라락 코팅지를 넘기던 유미의 손이 나란히 선 남녀의 전신 사진에서 멈췄다. 유미도 잘아는 둘 중 왼편에 서 있는 남자는 아직 장미저택으로 들어가기 이전, 신진 디자이너로 주목받던 선우였다. 이때까진 선우판석이라는 이름을 썼지만, '선우'라고 하면 열의 아홉은 떠올리는 챙이 납작한 모자와 아래로 갈수록 색이 투명해지는 갈색 선글라스는 그대로였다. 흥미로웠지만, 유미는 그보다 그 옆에 있는 여자에게서 눈을 떼지 못했다. 제품명 니나. 유미의 또래 사이에서 특히 인기가 많던 대중화 모델이었다. 니

나는 머리에 노란 민들레색 리본을 달고 조금은 수줍어하는 표정으로 턱을 살짝 안으로 당긴 채 카메라를 올려다보고 있었다. 여전히 바래지 않은, 촉촉이 젖은 눈망울. 그걸 보다가 유미는 어른이 되면 자신이 니나처럼 변하는 줄 알았던 것을 기억해 냈다. 니나가 체호프 희곡에 나오는 여자 주인공의 이름이라는 것이나 신화 속 여신의 이름, 꽃 이름, 오래된 소설에 나오는 성숙하고, 불쌍하고, 아름답고, 고귀한 말괄량이들에 대해 알게 된 것도 천사를 통해서였다는 사실을 떠올렸다. 유미뿐 아니라 그의 또래 대부분이 그랬다. 아름다움의 기준, 무너지지 않는 성벽과 성전의 기둥을 천사를 모방하면서 세웠다. 유미는 손차양을 만들고 페이지를 넘겼다. 이리냐, 꼬스쟈, 뜨레고린…… 이름조차 제대로 외지 못한 채 꾸역꾸역 「갈매기」를 넘기던 어린 시절이 코팅지가 쪼개 놓은 빛의 파편처럼 눈앞에 흩어졌다. 계단 위쪽에 앉은 현수의 목소리가 들렸다. "다른 것도 똑같네요. 전부 천사에 대한 것뿐이에요."

"응."

"어? 사장님. 선우가 고발당한 적이 있었다는데요. 미성년 약취 및 성착취 의혹. 들어 보셨어요?"

현수가 유미의 쪽으로 파일을 기울였다. 힐끗 보니 자극적인 보도로 유명한 주간지에서 오려 낸 기사였다. 루머든 아니든 화제가 되었을 법도 한데 유미는 처음 듣는 얘기였다. 선우 측에서 기사가 퍼지는 걸 막은 걸까? 가명을 쓰는 인터뷰에는 자신이 미성년 시절 선우의 제자로 뽑혀 공방에 들어갔다가 열일곱이 되는 해 나왔다며, 그곳에서 성공과 금전적 대가를 빌미로 일상적인 성착취가 일어났다는 폭로가 기술되어 있었다.

공방은 제자가 아닌 장난감을 육성하는 양성소다. 장미저택은 고립된 곳이다. 일하는 사람들에게 도움 같은 건 바랄 수 없다. 그 안에서 현실의 법과 제도, 최소한의 상식 같은 건 통하지 않는다. 선우는 신이고, 모두가 그에게 충성한다. 선과 악의 기준은 아름다움이다. 그걸로 위계와 질서가 정해졌다. 아름다움에 가까운 애들은 특별 대우를 받았다. 무슨 짓을 해도 용서받았다……

"루머겠죠? 진짜면 난리 났을 거 같은데." 현수가 파일을 뒷장으로 넘겼다. "관련된 기사는 이것뿐이네요. 루머인가 봐요. 바깥 사람들이 이렇게 비상식적인 일을 했을 리 없잖아요."

바보처럼 순진한 반응이었다. 현수는 '안'과 '밖'을 나눔으로써 자기가 태어나고 자란 '안'을 비정상적인 곳으로, 밖을 상식선이 존재하는 이성적인 세계로 만들었다. 처음 만났을 때 여전히 바깥을 불신하고 있던 것과 반대였다. 골목 끝에서 진 부장이 흰 비닐봉투를 들고 나타났다. 보리차를 계단에 두고, 떫은 풋내가 나는 바나나를 벗기는 현수의 얼굴은 아이 같았다. 언젠가는 '안'과 '바깥' 다 공평하게 바라볼 수 있을 거라고 생각하며 유미는 땅콩크림빵을 한 입 베어 먹었다.

기운을 차린 현수와 진 부장이 기계를 옮기러 공터로 가고, 혼자 남은 유미가 메마른 빵의 까끌까끌한 모퉁이까지 꼭꼭 씹어 다 삼킬 때쯤 여자가 나타났다. 유미는 벌떡 일어나 빈 봉지를 주머니에 쑤셔 넣고 여분 마스크를 건넨 뒤 201호에 들어갔다.

노인이 죽은 자리에 끈질기게 서 있는 여자의 등에 대고 앞으로 사흘 동안 잘 환기시킨 다음 새로 도배를 하고 사용하면 된다고 전했다. 일주일 내로는 애프터서비스 한 회 무료, 그 뒤로는 추가 정산이 필요하다는 말에도 고개만 끄덕이던 여자의 마음이 어딘지 다른 곳에 가 있다고 느낀 찰나, 여자가 입을 뗐다.

"저, 깜빡한 게 있는데, 돌아가신 분이 쓰던 창고가 있거든요. 그것도 같이 치워 주시는 거 맞죠?"

전화상으로는 창고 얘길 들은 적이 없다. 그들이 의뢰받은 건 직계가족이 없어 무연고 사망자로 분류되는 사건 피해자가 죽은 집을 치우는 것뿐이다. 불현듯 두 사람의 눈이 마주쳤다. 여자의 당당한 태도가 누구의 것인지도 모를 오래된 묵은 짐까지 몰아 치우게 하려는 의도인 걸 알면서도 거절하지 못하고 고개를 끄덕였다. "예. 가능합니다."

여자가 활짝 웃었다. "어머, 다행이다. 잠시만요. 잠시만……
저 좀 따라 오시겠어요?" 마당을 반 바퀴 돌아가자 뒤뜰에
놓인 컨테이너 박스가 보였다. 여자가 구멍에 열쇠를 꽂았다.

"저 보여 주고 뭐 할 거 없이 그냥 다 갖다 버리면 돼요. 어
차피 주인도 없는 거니까. 어우, 이거 왜 이렇게 안 돼."

"제가 해 볼게요."

"아가씨가 해도 안 될 것 같은데."

여자가 한참을 더 끙끙대더니 손이 빨개진 채 열쇠를 건넸
다. 미지근한 열쇠를 힘을 빼고 밀어 넣자 어느 순간 미끈하
게 딱 맞는 느낌이 들었고 누군가 자주 드나든 것처럼 부드럽
게 열렸다. 어둠. 무차별하게 쌓인 짐들 앞에 유미는 섰다. 조
금 떨어진 등 뒤에서 집주인이 재채기하는 소리가 들렸다. 유
미는 숨을 쉬는 것도 잊은 채 뿌옇게 먼지가 일어난 창고 안
을 보았다. 상자들. 고장난 청소기. 식탁과 의자. 유미는 눈을
한 번 감았다 떴다. 묶은 책. 이가 빠진 퍼즐. 텅 빈 액자. 목
공 도구와 마네킹. 그리고…… 그것이 있었다. 믿기지 않지만
있었다. 다시 보아도 있었다. 쓰레기 더미 속에서 혼자 희미하
게 발광하고 있었다.

"그래서, 제일 빠른 날짜는 언제예요?"

유미는 깜짝 놀라 뒤를 돌았다. 어느새 눈가가 붉어진 집

주인이 아까 건네받은 마스크를 다시 코 위로 눌러쓰고 있었다. 들키면 안 돼. 들키면 안 돼. 유미는 조심히 문을 잠그며 열쇠를 주머니에 넣었다.

"곧 됩니다. 내일도 가능해요."

"그래요? 어머, 잘 됐다. 그럼 알아서 좀 부탁드릴게요."

여자가 한 짐 덜었다는 듯 가벼운 발걸음으로 뒤를 돌았다. 유미는 그 뒷모습에 고개를 숙였다. 한동안 그 자세 그대로 방금 창고에서 본 걸 떠올리다 느리게 연립을 빠져 나왔다.

진 부장과는 주차장에서 헤어졌다. 폐기물 처리장에 들러 돌아가는 차 안에는 피로한 정적이 감돌았다. 말 많은 현수도 사람 죽은 방을 치운 날엔 조용했다. 창밖을 내다보는 얼굴이 멍해서 유미는 근처 공원에서 차를 멈췄다. 어리둥절한 표정의 현수에게 말했다.

"잠깐 쉬었다가 가자."

도심 한가운데에 위치한 공원에는 색이 진한 여름나무들이 울창했고 지린내, 시멘트 냄새, 간장처럼 전 냄새가 고여 있었다. 안쪽엔 부랑자와 노인이 많았고, 대로변 가까운 곳엔 손목에 쇼핑 봉투를 잔뜩 낀 외국인 관광객이나 젊은 사람들이 벤치 하나에 너댓 명이 끼어 앉아 있었다. 유미와 현수는 둘 사이에 흐르는 보이지 않는 강물에 앉았다. 울타리 바깥을 물고기 떼처럼 지나가는 사람들. 안쪽은 심해어처럼 움직

임이 적은 사람들. 꺄악 하는 비명소리가 들려 보니 한 청년
이 엎질러진 커피를 피해 벌떡 일어나 있었다. 웃음소리에 눈
을 뺏겨 멍하니 보고 있는데 현수가 벌떡 일어나 어딘가로 향
했다. 다시 돌아온 그의 손에는 자판기에서 막 뽑은 캔 커피
가 있었다. 마시고 싶은 건 아니었는데. 고맙다고 인사를 하자
현수가 수줍게 손사래쳤다. "뭘요."

커피를 홀짝이며 멍하니 도심을 보았다. 바로 정면 시야에
들어오는 건물 전광판에는 거대한 잿빛 샴 고양이가 들어앉
아 있었다. 흔해졌다고 해도 역시 도심의 입체 광고판은 선명
하달지, 실감 측면에서 훨씬 리얼했다. 고양이가 공중에 손을
휘두르자 지나가던 사람들이 반사적으로 머리를 숙였다. 거대
한 짐승은 빙글거리는 웃음을 띠고는 사뿐히 걸어 다른 광고
판으로 빠져나갔다. 고양이가 떠난 자리엔 빈 상자만 남았고,
문득, 인도의 가장자리에 선 사람들의 수가 많아졌다는 걸
깨달은 순간 다시 비명 소리가 들렸다. 또 커피를 엎은 건 아
니고, 상자 모양의 입체 광고판 안에서 선물처럼 머리에 리본
을 묶은 사람들이 기어 나왔기 때문이었다. 도로 위의 흐름이
멎었다. 멈춰 선 사람들이 카메라를 치켜들었다. 화면에 녹화
될 리 없다는 걸 알 테지만 뭐라도 하고 싶은 거다.

천사의 호객이라.

예전엔 상상도 할 수 없던 일이다.

선우의 사후, 한동안 주춤했던 관용사의 기세는 젊은 디자이너 사카이를 필두로 진행한 이미지 쇄신을 통해 180도 변모했다. 이전의 천사가 압도적이고, 떠올리면 마음이 옥죄는 아름다움을 추구했다면 지금의 천사는 대중 친화적이었다. 나이 든 사람과 젊은 사람이 느끼는 천사라는 단어는 파인애플이란 단어를 들으면 반짝이는 노란 보석을 떠올리는 18세기 유럽 사람들과 병자와 어린애가 식판에 받아먹는 희멀건한 통조림을 생각하는 현대인 정도로 달라졌다.

유미는 '진짜' 자비천사를 찾기 위해 모험을 했던 어린 시절을 떠올렸다. 그때까지만 해도 지금처럼 천사가 흔하진 않았다. 아니, 지금도 흔하지는 않지. 마음의 거리감에 대한 이야기다. 유미의 시대에 천사는 어쨌거나 귀했고, 그만큼 깊게 사랑받았고 깊게 증오받았다. 그 시절의 천사는 목숨을 요구했다. 피를 요구했다. 천사를 봄. 천사를 사랑함. 그건 타오르는 불길에 손을 넣는 것과 같았다. 한 번이라도 그 불을 만진 적이 있는 사람은 다른 모든 것에 무감해진다. 영원한 무감증의 세포를 자극하는 방법은 다시 한 번 불에 손을 집어넣는 방법뿐이다. 그래서 완전히 태워 버리고 남은 환상의 통증으로 살아가는 것뿐이다.

증강현실 천사가 화면을 넘어 사람들에게 다가왔다. 허공에서 손바닥을 맞추고, 키스를 날리고, 입 모양으로 안녕, 하고 인사했다. 유미는 그중 하나와 눈이 마주쳤다. 하필 지골로형 천사라서, 이렇게 하기 전엔 떠나지 않을 것 같아 손을 흔들자 천사가 씩 웃으며 자신의 기름진 벗은 가슴을 내려다보고 윙크했다. 유미보다도 현수의 얼굴이 붉어졌다. 발랄한 천사. 사랑스러운 천사. 얌전한 천사들이 사람들의 주위를 유령처럼 맴돌다가 제자리로 돌아갔다. 어린이 천사가 광고판 끄트머리에 앉아 다리를 덜렁대며 지나가는 행인들에게 손을 흔들대다가 지골로 천사의 품에 안겨 들어갔다. 말괄량이 천사는 모두가 상자 안에 들어간 다음 저 혼자 남아 속옷을 보이며 버둥버둥, 팔꿈치와 턱을 이용해 간신히 안으로 기어 들어갔고, 그러자 상자가 천천히 회전하며 숨구멍이 세 개 뚫린 반대쪽 면을 보여 주었다. 추락한 파일럿이 사막에서 만난 금발 소년에게 그려 준 상자. 원한다면 무엇이든 꺼낼 수 있는 그 상자가 관용사의 로고였다.

언제 모였었냐는 듯 사람들이 뿔뿔이 흩어졌다. 두 사람도 차에 올라탔다. 관용사의 광고가 유발한 정체로 공원 입구에서 빠져 나가는데 시간이 걸렸다. 다시 도로에 올라타고도 한참 있다가 유미는 물었다.

"너는 안 갖고 싶어?"

불쑥 던진 목적어 없는 말을 현수는 알아들었다. "글쎄요. 사장님은 어떠신데요? 천사, 갖고 싶으세요?"

"생각해 본 적 없는데." 반사적으로 거짓말이 나갔다. 그러자 현수가 씁쓸한 표정을 지었다. "전 괜찮으니까 억지로 말안 거서도 돼요."

"그런거 아냐. 나는 답을 못 찾았어도 다른 사람들은 어떻게 생각할지 궁금해질 때가 있잖아."

"음, 그런 거면" 현수가 말했다. "저는 안 살 거 같아요."

"그래? 젊은 사람들은 다 좋아하는 줄 알았더니."

"'다'라는 건 없죠. 모두를 충족시키는 절대적인 '다'라는건 없대요."

확신의 찬 말투를 보니 현수 그 자신은 인지하지 못해도 선생님이라는 작자가 한 말이 분명했다. 앞으로도 현수는 어떤 말이 '안쪽'의 말씀임을 눈치채지 못한 채 반복할 것이다. 감옥에 간 사기꾼임에도, 더 이상 믿지 않았음에도 말씀만은 남아 현수를 지탱한다는 게 아이러니했다. 이 이상한 남자애는 그를 이끌 등불을 필요로 했다. 그러나 불은 바깥에서 오는지 몰라도 그걸 태우는 건 현수였다. 유미는 가끔 이야기하고 싶었다. 타지 않는 심지는 네게 뿌리내려 있고, 기름은 네 마음에서 샘솟고 있는 거야. 널 지탱하는 건 너 자신이야.

"그래도 저건 비싸서 잘 안 버리겠네요. 지난번에 거기 있잖아요. 저랑 실장님이랑 사장님이랑 셋이 간……."

유미는 현수가 무슨 말을 하려고 하는지 알았다. "서문동?"

"맞아요. 그때는 충격받았어요."

자살자의 유기산유가 흘러들어 장판에 배인 자리 옆에 인형이 있었다. 같이 데려가고 싶었던 건지, 처분을 하려다 실패한 건지 온통 난도질당한 채였다. "들어오지 마세요!" 유미는 뒤따라오던 박 실장에게 외쳤다. 혈압이 높은 그가 보면 쓰러질 것 같았다. 분명 시체는 수습된 다음이었다. 하지만⋯⋯ 유미는 벽에 붙어 쪼그려 앉았다. 눈앞이 둥글게 회전했다. 아니야. 이건 사람이 아니라 인형이다. 호흡을 고르며 중얼거리는데, 함께 왔다는 것조차 잊고 있던 현수가 팔을 걷었다. 그가 담담하게 인형을 그러모으는 걸 보고 그제야 유미도 정신이 났다.

마지막 날, 악취 제거용 기계 회수를 하러 가는 길에 현수가 따라왔다. 그는 인형이 누워 있던 자리에 두 손을 모아 고개를 숙였다.

"여기 있던 게 인형이라 다행이에요." 현수가 중얼거렸다. "죽은 것과는 함부로 관계를 맺으면 안 되지만 그 애는 괜찮겠죠. 영혼이 없으니까요."

유미는 대답 대신 같이 두 손을 모았다. 일을 하는 내내 담담해 보이던 현수의 마음이 실은 그렇지만은 않다는 걸 안 건 처음이었다. 그래. 그날 서문동의 주공아파트에서 돌아오는 차 안에서 일 얘기가 아닌 이야기다운 이야기를 나눴다.

현수는 그를 소개받을 때부터 미리 알고 있던 이야기 — 어린 시절 사이비종교단체에서 자랐고, 화재로 신도 전원이 사망한 사건의 유일한 생존자로 그룹홈에서 지내다가 미루클린홈에 들어온 이야기 — 를 했다. 유미도 비밀 이야기에 대한 값을 치르듯 열세 살에 부모님이 돌아가시고 이모의 손에 자란 것, 이모가 돌아가신 뒤 미루클린홈을 물려받은 얘기를 했다.

"그 전엔 어디 사셨어요?"

"서문동."

"방금 거기요?"

"응. 지금도 거기 살아."

현수가 알았다는 듯 중얼거렸다. "그래서 오늘 혼자 간다고 하신 거군요. 죄송해요. 저 때문에 다시 사무실까지 돌아가셔야 하잖아요."

"괜찮아. 2층에서 자면 되는데."

그 후로 유미는 자주 사무실에서 자게 되었지만, 지금까지 인형이 죽은 아파트에 유미의 집이 있다는 것, 오래전 그곳에 천사를 만나러 간 적이 있다는 건 말하지 않았다.

이모 사후에 재산 정리를 하던 중 옛날에 살던 아파트가 자신의 앞으로 되어 있다는 걸 알았다. 아무리 바빠도 그렇지. 부모가 다툼 끝에 서로를 찌르고 사망한 집을 18년 동안 그대로 두다니 어처구니가 없었다. 분명 유미가 어른이 된 후 처분을 물으려는 심산으로 묻어 뒀다 잊어버린 게 분명했다. 은근히 덜렁대는 게 마지막까지 참 이모답다고 해야 하나. 눈물이 나면서도 원망할 마음은 안 들어 떠나온 이후 처음으로 서문동엘 갔었다.

부동산 주인은 거의 20년 전의 사건을 까맣게 잊은 듯 보였다. 벌써 10년 넘게 재건축 소문만 무성했기에 여유를 가지고 지켜보라고 했다. 이야기를 듣고 부동산을 나온 유미는 벽에 붙은 매물을 보고 다시 안으로 들어갔다. 그리고 부동산 주인의 거 참, 이해할 수 없네, 라는 말을 듣고도 월셋집을 계약했다. 현명한 선택은 아니었음에도 그 장소를 버릴 순 없었다. '주공아파트. 101동 1004호'라는 글자를 본 순간 그곳에 사는 건 선택이 아닌 운명이 되었다. 유미는 이따금 벽을 가만히 만지며 눈을 감았다. 뺨을 대고 귀를 기울이고 있으면 여전히 벽 너머에 그가 사는 것 같았다.

유미가 생각에서 빠져나온 순간에도 현수는 여전히 천사에 대해 떠들고 있었다. 불의 소녀 아키, 똑같은 얼굴에 눈물점이 대칭으로 난 루카와 유카 쌍둥이, 황금의 다리를 가진 그레이스, 대부호가 구입한 뒤 너무 마음에 든 나머지 시중에 나온 물건을 전부 회수해 파괴했다는, 세상에 단 하나뿐인 발레리아, 추와 미의 절묘한 조합이 광적인 마니아를 생산한 메리-로즈, 소유한 이들 모두가 더 큰 부와 이른 죽음을 맞이한 저주받은 천사 니케…… 전부 바깥에서 온 애들이 알려 줬다고 했다.

"걔들은 저희처럼 순종이 아니니까요. 평범한 학교에 다녔으니 알 건 다 알죠."

그래 봤자 다 들은 얘기고, 실제로 천사를 본 건 없기에 결과적으로 천사는 누구에게나 소문의 존재였다고 했다.

"그러고 보니 자비천사를 보면 가장 사랑하는 사람이 죽는다는 얘기도 있었는데. 사장님이 어릴 때도 그런 소문 있었어요?"

"무슨?"

"방금 한 말……. 자비천사를 보면 가장 사랑하는 사람이 죽는다는 소문 말예요. 그땐 그 말을 믿어서 진짜 무서웠거든요. 근데 지금 생각하면 바깥에서 온 애들이 우리를 놀린 거 아닌가 싶어요. 잘 모르는 애들이라고 막 지어낸 거 같아요."

"아냐, 있었어."

"그래요?"

"응. 우리도…… 들었어."

가슴이 빠르게 뛰어 운전대를 쥔 손에 힘이 들어갔다가, 다음 순간에 무언가 뜨거운 것이 목 뒤로 넘어갔다. 유미는 오른손으로 운전대를 꼭 쥔 채 왼손으로 이마에 맺힌 땀을 닦았다. 등 뒤로 손을 뻗어 달라붙은 천을 떼어 냈다. 현수는 입을 쉬지 않고 종알댔다. "아, 이런 것도 있었어요. 진짜 자비 천사는 얼굴이 변한대요. 주인이 가장 아름답다고 생각하는 모습으로요. 그게 정말일까요? 이것도 사장님이 어릴 때도 있던 얘기예요?"

유미는 대답 대신 기어를 당기고 시동을 껐다. "다 왔다. 얼른 내려."

미루클린홈의 사무실은 국도에서 조금 떨어진 시골길에 덩그러니 놓여 있다. 2층짜리 철근 콘크리트 건물의 1층은 사무실, 2층은 직원 기숙사 겸 휴게실이고, 마당 지붕 한구석에 설치된 수도와 가림막이 간이 샤워실, 그 옆의 통돌이 세탁기 두 대와 건조기 한 대가 세탁실이다. 대부분 자택에서 출퇴근 하기에 가끔 세탁실을 쓸 때를 제외하곤 직원들이 사무실로 오는 일은 없다. 사장인 유미와 2층에 사는 현수, 두 사람만 이 출근 도장을 찍는다. 허허벌판이었지만 최근 몇 년간 근처 공장에서 일하는 젊은 외국인 노동자들이 유입되며 편의점도 생겼다. 커피 한 잔을 사와 마당에 앉아 있으면 멀리 산 중턱 을 지나가는 기차와 외발자전거를 타고 달리는 러시아 사람 들이 보이기도 했다.

두 사람은 수돗가에 서서 옷을 벗었다. 몸에 걸친 모든 것을 세탁기에 집어넣은 다음 곧장 샤워기를 틀었다. 아무리 뜨거운 물을 끼얹어도 냄새는 쉽게 사라지지 않는다. 유미와 현수는 거품에 옷처럼 감싸 안긴 채 살을 문질렀다. 그러나 죽은 사람의 냄새는 악취가 씨실과 날실을 뚫고 천의 영혼에 스며들듯, 세포 하나하나에, 점막에 들러붙었다. 깊게 스며들어, 칼로 사과 껍질을 벗기듯 피부를 도려내지 않는 이상 벗겨지지 않을 것 같았다.

샤워가 끝나는 건 냄새가 사라지는 순간이 아닌 포기하는 순간이다. 두 사람은 무거워진 어깨와 팔을 축 늘어트리고 2층으로 올라갔고 문이 닫히자 누가 먼저랄 것 없이 서로를 끌어안았다. 살아 있는 비누라도 되는 듯 서로의 몸으로 미끄러졌고 어미가 새끼를 단장하듯 핥았고 죄인이 구원과 속죄를 위해 성지의 돌을 해면 삼아 살갗을 긁어 내듯 엉겨붙었다. 유미는 이 행위로부터 어떠한 즐거움도 찾지 못했다. 쾌감과는 별개의 텅 빈 상태로 덜렁대는 오른쪽 다리에 난 커다란 점을 뚫어져라 보았다. 현수의 동작이 빨라지다가 멈췄다. 잠시 뒤 그가 눈을 감으며 낮은 신음을 뱉더니 바닥에 팔을 짚었다.

"뭐 봤어요?"

"……."

"방금 전에."

"아냐. 아무것도."

현수가 천천히 몸을 들었다. 그의 몸에서 땀방울이 뚝 떨어지자 놀란 배가 움찔거렸다. "원래 그렇게 말을 안 해요?"

"내가? 말수가 적은 편은 아닌데."

"그런 뜻 아닌데."

"……"

"나는 다 말하는데. 그래야 속이 시원해지거든요."

현수가 옆에 벌렁 누웠다. 대꾸하지 않았지만 그의 말이 옳았다. 누가 얼마나 큰 상처를 갖고 있든, 입 안에 틀어막고 있어 봤자 도움이 되진 않는다. 사람이 죽은 방과 마찬가지다. 밀폐된 공간에서 죽으면 더 빠르게 부패하고 더 빠르게 악취가 난다. 유미는 그걸 피부로 알고 있다. 유미는 입을 열었다.

"여기, 다리 안쪽에 있는 점. 예전에 엄마 아빠가 그랬거든. 나중에 혹시 미아가 되면 이 점을 보고 찾으면 된다고. 전쟁 같은 게 나도, 이 점으로 찾으면 되겠다고."

"……"

"그게 다야."

문득 마주친 현수의 눈이 투명해 보였다. 그가 몸을 일으켜 점을 향해 얼굴을 들이댔다. 입 맞추려는 머리를 가볍게 밀어내 몸을 일으켰다.

"빨래 다 된 거 같은데."

"제가 갈게요." 현수가 체념한 듯한 표정으로 맨다리에 반바지를 꿰어 입었다. "아침에 먹을 것도 사 올게요. 주무시고 가실 거죠? 내일도 거기 가셔야 하잖아요."

유미는 그렇다고 하고 다시 욕실로 들어갔다. 뜨거운 물로 샤워를 마친 뒤 나오자 금방 돌아온 현수가 교대하듯 욕실로 들어갔다. 유미는 바닥에 드러누웠다. 열린 창에서 선선한 바람이 불었고 산비둘기의 리드미컬한 울음소리가 들렸다. 그래도 아직까진 해가 길어서 좋다. 유미는 눈을 끔뻑였다. 눈을 감아도 보이는, 동그란 태양 같은 빛을, 환한 것을 생각하다가 환호성 소리에 눈을 떴을 땐 이미 캄캄한 밤이었다.

티브이에선 한 남자가 뻐드렁니를 드러내며 시원하게 웃고 있었다. 「우형규 쇼」. 몸을 일으키자 어깨에서 차렵이불이 흘러내렸다. 유미는 조금 떨어진 자리에서 웅크리고 잠든 현수의 어깨 위에 이불을 덮은 뒤 현수가 아침 식사용으로 사온 땅콩크림빵을 가져왔다. 조금씩 뜯어 먹으며 소리를 줄인 화면을 멍하니 보는데 아는 얼굴이 나왔다. 어디서 봤더라. 생각하던 유미는 그가 길에서 쓰러진 사람을 심폐 소생술로 구해 영웅이 된 간호사라는 걸 깨달았다. 유미는 살짝 소리를 키웠다. 우형규가 물었다.

— 젊은 분이 어쩌다 이런 일을 하시게 된 거예요?

— 제가, 어릴 때 우연히 학교에서 하는 생명 구조 교육

수업을 듣다가 첫사랑을 만났거든요. 그 영향으로……

— 첫사랑?

긴장한 얼굴의 젊은 간호사가 자리에서 일어났다. 그가 스튜디오 끝으로 향하자 스태프가 무언가를 전달했고, 돌아선 간호사의 품에는 토르소가 안겨 있었다. 아기 엄마처럼 자랑스레 내보인 얼굴에 방청석에서 환희가 터졌다. 한때 벽 장식으로 유명했던, 심폐 소생용 인형 애니의 은퇴 이후 사람들의 입술을 뺏어 가고 숨을 마시게 된 부활의 소년 토마였다. 삶을 비관하여 투신한 열일곱 살의 소년을 모티프로 만든 관용사의 작품으로, 세계 213개국에서 공식 사용 중이었다.

한때는 토마의 진짜 이름이 인터넷에서 돌아다녔지만 이젠 누구도 기억하지 못했다. 오래전 토마의 아버지와 이혼한 어머니는 남편이 자신과는 상의도 없이 어린 아들의 얼굴을 팔아 버렸다며 당신들이 아무리 입을 맞춰 봤자 죽은 아들은 살아 돌아오지 않고 그것이 괴롭다는 내용의 글을 올렸다. 그러나 죽은 아들을 둔 어머니가 할 수 있는 법한 한탄은, 사실상 이름만 남은 인명 존중이라는 단어로 격파되었다. 당신 아들의 얼굴로 사람을 구하는 법을 배울 수 있다는데 그게 그렇게 싫냐는 올바름의 얼굴을 한 말이 여자를 찔렀다. 자칭 심리 전문가들은 동영상 사이트에서 이 사건에 대한 평을 남겼는데 하나 같이 비슷한 내용이었다.

── 예전에 그런 영화가 있었잖아요? 눈에 넣어도 안 아
픈 아들이 결혼을 하자 질투심으로 며느리를 죽이려고 하
는……. 이번 논란도 뭐, 비슷하다고 보시면 됩니다. 한마디로
자기 아들의 얼굴에 입 맞추는 게 싫다, 그런 건데 정상적인
건 아니죠. 물론 자식이 제 손을 떠나려 하면 애간장이 끓겠
지마는 그래도 놓아주는 게 이치 아니겠습니까.

　　── 맞습니다. 게다가 토마처럼 아름다운 소년이라면 한
사람의 소유물이 되어서도 안 되죠. 그게 낳은 사람이라도
요…….

　　동영상은 높은 조회수를 기록했고, 어머니의 게시글엔 근
친상간의 악마라는 댓글이 달렸다. 사람들은 여자의 아들도
모욕했다. 암만 아름다워 봤자 인간을 직접적인 모티프로 삼
아 만드는 건 이류라는 의견이 주류로 떠올랐고, 푼돈에 학교
나 병원에 팔아 넘겨져 입술을 대 주는 싸구려라는 말이 나
올 정도로 과열되자 토마의 어머니는 게시글을 지웠다. 침묵.
그리고 진짜 이름이 잊힌 뒤에 토마는 다시 토마가 되었다. 반
항아를 표방하고 나온 아이돌 그룹의 포스터, 20년 뒤 마약
에 절어 오버도스로 죽을 걸 아무도 예상하지 못한 미소년의
그라비아 사진, 정지 버튼을 누른 비디오 속에서 환하게 웃고
있는 헐리우드의 카사노바와 전기가 찌릿하게 흐르던 브라운
관이 맡던 역할을 했다. 모두 그에게 입 맞출 수 있는 보건 시

간만을 기다렸다.

긴장했는지 이마가 땀과 기름기로 번들거리는 간호사가 바닥에 무릎을 꿇었다.

— 먼저 쓰러진 환자에게 말을 걸어 의식이 있는지 확인합니다. 아무런 반응이 없다면 심정지가 온 거예요. 그리고 얼굴을 관찰하여 호흡을 하는지 체크하고, 무호흡 상태인 경우 바로 인공호흡을 진행합니다…….

그가 토마와 입을 맞추는 순간에는 정적만이 흘렀다. 밤벌레도 새도 울지 않았다.

토마가 감은 눈을 떴다.

— 정말 보람 있어요. 사람을 살리는 일은 정말 보람 있는 일입니다.

카메라가 천천히 토마의 생기 넘치는 눈과 상기된 볼을 잡았다. 웃으며 눈을 깜빡이는 토마의 얼굴을 카메라가 클로즈업했다. 아무 말없이도 알 수 있었다. 고마워요. 내게 숨을 불어 넣어 주어 고마워요. 토마는 분명 그렇게 전하고 있었다. 숭고한 탄생의 공기는 뜨겁고, 또 조금 축축했다. 간호사가 천천히 토마의 뺨을 매만졌다. 다시 입을 맞추려는 듯 얼굴이 가까워졌지만, 다른 손은 목 뒤로 향하고 있었다. 스위치를 내리자 토마는 매혹적인 미소를 지으며 사르르 눈을 감았다. 잠자는 왕자님을 검은 옷을 입은 스태프가 조심히 모시고 나갔다. 침묵이 가라앉은 무대 위에서 묘한 색기가 도는 얼굴로 간호사가 읊조렸다.

— 이를 계기로 많은 분들이 생명을 살리는 일에 관심을 가지셨으면 합니다.

— 결국에 아름다운 걸 만드는 건 사람이 하는 일이니까요.

우형규가 고개를 끄덕였다.

— 정말 감동적이죠? 광고 보고 오겠습니다.

전환된 화면에서 은색 차가 아우토반을 질주했다. 여배우가 살이 빠지는 가루약을 먹고 웃었다. 언제나 열일곱의 피부로 보이게 도와주는 파운데이션, 살을 녹여 만든 것 같은 살구색 액체가 화면 끝에서 끝으로 미끄러져 내려가며 대리석처럼 반짝였다.

유미는 간호사가 「우형규 쇼」에 나온 진짜 이유를 떠올렸다. 간호사의 영상이 화제가 된 뒤, 생방송 뉴스 채널에서 한 중학교로 취재를 갔다. 열에 들뜬 얼굴로 텅 빈 토마의 심장 자리를 매만지고 있는 소녀에게 인터뷰어가 사람을 살리는 법을 배우니 무척 보람차겠다고 말했다. 그러자 학생은 방해 받은 게 불쾌하다는 듯 퉁명스레 답했다.

— 아니요? 굳이 왜 살려야 하는지 잘 모르겠어요. 쓰러졌다는 건 병들었다는 뜻 아녜요? 그럼 살려 봤자 또 아플 텐데 죽는 게 낫죠. 저는 그냥 토마와 키스하는 게 좋을 뿐이에요.

그 말이 야기한 논란 때문에 간호사는 출연한 것이다. 전체 인구 중 노인이 차지하는 비율이 늘면서 사람들은 삶과 죽음이 꼬리를 문 뱀처럼 이어져 있다는 것을 느꼈고, 두려워했다. 오늘 태어난 아기도 100년 뒤엔 죽는다. 반드시 죽는다. 반드시 병든다. 그러나 정부 차원에선 인간이 계속 태어나길 바라고 있었다. 아무래도…… 아름다움을 지탱할 노동력이 필요했다. 간호사의 출연은 일종의 프로파간다였다. 「우형규 쇼」가 몰락하는 지상파의 마지막 등대라고는 하나 결국은 올드 미디어였다. 그 힘이 어디까지 갈지는 미지수라도 정부 입장에서는 이런 어리석은 대책이라도 세울 수밖에 없는 것이다.

두 번째 게스트가 나오기 전에 유미는 티브이를 껐다. 검은 산에서 쏙독새 우는 소리가 한결 커졌다. 빈 도자기에 입술을 대고 숨을 불어넣는 듯한 소리. 유미는 눈을 감았다가, 잠시 뒤, 손을 들어 현수의 코앞에서 흔들었다. 깊게 잠든 건지 쌕쌕대는 숨소리를 등지고 유미는 몸을 일으켜 차 키를 챙긴 뒤 문을 나섰다.

낮에 주차했던 공터에 다시 차를 댔다. 힘을 주어 욱신거리는 손바닥을 바지에 문지르며 골목에 들어섰다. 노인이 많은 동네라 그런지 대부분의 불이 꺼져서 캄캄했다. 개 짖는 소리가, 오토바이 한 대가 달려가는 소리가 아주 멀리서 들렸다. 공기가 차다고 느낀 순간 바람에 뒤섞여 굵은 빗방울이 떨어졌다. 쏴쏴, 불어오는 소리. 내려오는 산바람에 맞서 연립 마당으로 들어섰다. 뒷마당으로 들어가자 철조망 너머, 깨끗이 씻긴 밤공기 너머로 낮엔 보이지 않던 불빛들이 보였다. 도로와 강변을 따라 난 가로등. 달리는 차의 헤드라이트. 언덕의 붉은 십자가는 죽은 이의 무덤처럼 많았다. 하나하나가 순교자의 가슴에 꽂힌 칼처럼 깊게 뿌리박혀 있었다. 소름 끼칠 정도로 아름다워도 저 안에 있는 것만은 못하다. 유미는 주머니에서 열쇠를 꺼냈다. 컨테이너 창고 구멍에 집어넣고 호흡을 가다듬었다.

초등학교 시절 친구들과 자비천사를 찾아다닌 적이 있다. 매번 허탕만 치던 놀이가 끝난 겨울, 유미는 우연한 기회에 천사와 만났다. 그리고 집에 돌아왔을 때 엄마와 아빠는 거실에 누워 있었고 그다음은 필름이 끊긴 것처럼 기억나지 않았다. 이따금 흘러나온 피에 발바닥을 적시며 서 있는 자기 자신을 본다. 이모가 오기 전까진 잠도 자지 않았다는 자신. 입도 열지 않았다는 자기 자신을 본다. 그럴 때면 허벅지를 내려다본다. 왼쪽에 점이 있으면 이건 꿈이라는 걸, 거울 세계에 들어와 있다는 걸 안다. 그러나 그날의 깨달음만은 꿈속에서도, 현실에서도 유미의 머릿속을 떠나지 않았다. '천사를 보는 덴 대가가 필요하다.'

떨리는 손에 힘을 주어 문을 열었다.

쌓인 짐의 안쪽. 버려진 매트리스 위에 낮에 본 그대로 천사는 잠들어 있었다. 보자마자 천사라는 걸 단번에 알 수 있었다. 몸은 상처투성이였어도 얼굴은 20년 전과 그대로였으니까.

모두가 이오의 얼굴을 잊어도 유미는 잊지 않는다. 수영과 자전거 타기를 할 수 있듯, 라디오에서 20년 전의 노래가 흘러나오면 저절로 따라 부를 수 있듯, 잡지에서 본 천사를 깨우는 방법 역시 잊지 않는다. 교실 한구석에 앉아 있는 그 애를 처음 본 순간도, 복도에서 스쳐 지나갈 때 눈 맞추던 순간도, 창가에서 달리는 그 애를 내려다봤던 일, 누워 있던 두 구의 시체를 보고 다행이다, 내가 가장 사랑하는 게 엄마 아빠라서, 신이 그 애를 죽이지 않아 다행이라고 생각한 일도 잊지 않는다. 천사의 영원성을 잊지 않는다. 모두가 미스터리라고 불러도, 동굴벽화를 그린 사람은 그것이 전생에 자기가 남긴 흔적이라는 것을 잊지 않는 것처럼 잊지 않는다. 자기 확신에 찬 광인처럼 잊지 않는다. 불이 떠나도 흉터는 남는 것처럼 잊지 않는다.

유미는 팔을 뻗었다. 더듬었다. 구슬을 잡아 뺐다. 끈적한 손. 흘러나온 액체에서는 천사를 본 그 겨울의 바람 냄새가 났다. 복도의 비린내가, 코코아와 피 냄새가 났다. 배 속이 뜨거웠다. 무색무취의 뜨거운 불덩어리가 목구멍에서 튀어나오려고 하고 있었다.

처음 천사를 보았던 그해 유미는 열세 살을 앞두고 있었다.

세상엔 잊을 수 없는 일이 있다는 걸 알았다.

"이오."

이름을 부르자 그가 눈을 떴다.

2

통화 종료 버튼을 누른 뒤에도 환희의 목소리는 귓속에 끈질기게 달라붙어 있었다. 매달리고 질척대는 목소리. 나를 사랑하냐는 물음에 미리내는 환희가 애를 낳아서 그렇다, 호르몬이 망가져서 어쩔 수 없다고 생각하면서 화를 억눌렀다. 5분을 더 달래고 이러다 남편이 의심하겠다며 간신히 전화를 끊었을 땐 담배가 필터까지 타들어 가 있었다.

미친년. 입 밖으로 내뱉고도 속이 시원하지 않았다. 괜히 잤나. 그래도 입을 막기 위해선 어쩔 수 없는 선택이었다. 적어도 일을 끝내기 전까진 환희를 막아야 한다. 미리내는 한숨을 깊게 내쉰 뒤 꽁초를 창 아래로 던지고 부엌으로 향했다. 냉장고에 들었던 2리터짜리 생수를 꺼내 마시자 차가운 물이

혈맥을 따라 머리끝까지 타고 올라갔다.

"나도 줘."

잠든 줄 알았는데 반쯤 열린 방문 안쪽에서 류가 부스럭대며 몸을 일으켰다.

"나도. 나도 목말라."

못 들은 척할까 하다가 건조대에 말려 둔 컵을 들고 들어갔다. 따라 주겠다는 뜻으로 컵을 건넸지만 류는 팔을 길게 뻗어 페트병을 뺏어 갔다. 주둥이에 입을 대고 빨아 마신 뒤 맛있다는 듯 방긋 웃었다. "자기 침도 먹었어."

죽이고 싶다. 머리통을 짓눌러서 매트리스에 박아 버리고 싶다. 이 남자의 관자놀이에 지렁이 같은 핏줄이 우둑우둑 솟으며 눈알이 뒤집어지는 상상을 하자 그제야 거짓 미소라도 띨 수 있었다. 류가 페트병 주둥이를 쭉쭉 빨며 조잘댔다.

"우리 엄마는 이렇게 마시지 말랬는데. 지저분하다고. 근데 예전에 살던 애네 집에 놀러 갔는데 냉장고에 식구 수만큼 페트병이 있더라. 그거를 그냥 하나씩 들고 마시는 거지. 컵 없이."

미리내는 여전히 속에서 끓는 무언가를 억누르며 대꾸했다. "그래서? 그냥 마셨어?"

"몰라. 기억 안 나."

딱 잘라 말하던 류의 표정에 장난기가 어렸다. "왜, 내가 개 걸 빨아 먹었을까 봐?"

손바닥이 착하고 달라붙은 자리가 쥐똥 고추를 문지른 것처럼 얼얼했다. 쇳소리가 뒤섞인 깔깔대는 웃음소리. 진짜 죽이고 싶다. 애초에 목적이 없었다면 엮일 일도 없었을 남자. 조만간 볼 일 없는 남자다. 그러니까 화를 낼 필요도 없다. 마음을 비운 미리내가 손을 들어 머리를 쓰다듬어 주자 류가 징그럽게 구네, 라며 팔을 툭 펴냈다. 머리맡을 더듬어 텅 빈 티슈곽을 내려 놓고 맨손으로 허벅지를 아무렇지 않게 닦더니 거실로 나갔다. 대충하면 배 아플 텐데. 컵을 손에 든 채로 미리내도 터벅터벅 그 뒤를 따랐다.

두 사람의 끈적이는 발이 지문 하나 묻지 않은 장식장 앞에서 멈췄다. 그 안엔 미리내가 시온이라는 존재, 부유하고 아름다운 젊은 배우라는 가면을 쓸 때 사용하는 액세서리가 은은한 빛을 발하고 있었다. 류는 가끔 그 앞에서 오래도록 서 있었지만, 미리내는 시간을 알기 위해 몇 천만 원짜리 끈을 손목에 감싸는 일을 여전히 이해하지 못했다. 뚱보 시절의 습관이 남은 탓인지는 몰라도 이를테면 음식은 먹는 순간 '내 거'라는 생각이 드는 데 반해 정장한 종업원으로부터 책 한 권 분량은 될 법한 역사를 전해 들은 시계와 반지, 목걸이 따위는 거실에 있어도 '소유했다'는 실감이 나지 않았다. 비슷한 걸 가지거나 탐하고 싶은 마음도 없었고, 가치 있는 것, 귀한 것, 선택받은 것, 아는 사람들만이 알아보는 것, 신사의 것, 전부 역겨운 수식이라는 생각만 들었다. 그래 봤자 변기에 넣고 내려 버리면 끝. 13리터의 물과 S자 커브 배수관과 약간의 과학적 원리만 있으면 어떤 보석이든 똥오줌통에 빠진다. 차라리 그 편이 가졌다는 실감이 날까? 지나친 관장으로 목숨을 잃기도 하는 극단적인 천사희망자들이 아닌 이상, 밖으로 나오지 않은 배설물은 몸의 일부로 받아들여진다. 제일 더럽다는 똥도 그럴진대, 보석은 훨씬 쉬울 테다. 미리내는 눈앞의 보석을 삼키는 상상을 했다. 그것이 똥 안에서 자신과 가장 밀접해지는 상상을 했다. 점막을 뚫는다. 도달한다⋯⋯

"안 훔쳐 가."

뭔가 오해했는지 류가 타박을 놓았다. "자꾸 그러면 또 몰라도." 밉다는 듯 눈을 흘기며 류가 손에 든 건 팬에게 선물받은 사진이었다.

"신인상 때네." 류가 혼잣말을 하더니 갑자기 액자를 때렸다. "표정 봐. 네가 그렇게 잘났어?"

미리내는 너털웃음을 지으며 류가 강압적으로 느끼지 않을 정도의 힘으로 액자를 거두어 제자리에 두었다. 류가 가고 나면 지문을 닦을 것이다. 이틀 뒤에 리얼리티 프로그램 촬영이 예정되어 있었고, 이건 사무소에서 두는 위치까지 지정받은 사진이다. 천사의 시대에도 여전히 인간 스타에게 열광하는 사람들이 원하는 건 프로그램되지 않은 열망이었다. '나의

사랑을 갈구한다.' 가치는 조금 떨어져도 그게 인간 스타만의
매력이었기에 인간 스타들은 그걸 끊임없이 증명해야 했다.
감사의 마음이 없다면 그들은 존재할 이유가 없었다.

"이런 거 말고 옛날 사진 보고 싶은데."

"버렸어."

"거짓말. 나한테 보여 주기 싫은 거면서."

"음. 버린 건 아니고 없어진 거지. 너도 마찬가지잖아."

"없긴 왜 없어? 사진 있잖아." 류가 짜증을 냈다. "씨발. 진
짜."

"미안해."

"꺼져 병신아."

"정말 미안해. 말실수한 거야."

미리내는 류의 손을 잡고 손가락 하나하나에 입 맞췄다.
류가 저택 출신임을 말해 주는 것. 그에게도 유년기가 있음을
알려 주는 유일한 증거는 누군가 도둑 촬영을 한 듯 흔들린
사진 한 장이었다. 장미 덤불을 배경으로 흰 옷을 입은 채 카
메라를 바라보는 소년은 무척 아름다워서, 미리내는 자신의
앞에 있는 남자가 결코 못난 건 아니었음에도 사진 속 소년이
눈앞의 남자로 자랐다고 믿을 사람은 없을 거라고 확신했다.
하지만 류가 그 사진의 주인이라는 것, 류라는 이름을 알고
있다는 것도 한편으로는 사실이었다.

"정말로 믿어."

"……."

"미안해."

류가 살을 맞대 왔다. 차갑고 끈적했고 냄새가 났다. 더러운 냄새. 왜 씻지 않는 걸까. 미리내는 말을 돌렸다. "고아원에 간 거. 후회해?"

"전혀." 단언하는 목소리가 냉랭했다. "나 여섯 살 때까진 친척네서 살았거든. 엄마가 일하러 가면 지옥, 엄마가 있으면 엄마랑 같이 지옥에 있는 거야. 엄마가 살아 있을 때도 그랬는데 죽은 뒤엔, 뭐. 내가 말하지 않았나?"

"처음 들어."

거짓말이었다. 첫날부터 열 번은 들었다. 류는 자랑처럼 자기를 헤집어 벌리는 타입의 인간이었다. 할 수만 있다면 내장을 꺼내 모피처럼 어깨에 걸치고 한번 쓰다듬어 볼래? 이거 진짜야 하고 말을 걸고 싶은 사람, 다 타 버린 속을 조금씩 잘라 집게로 집어 지하철 입구에서 나눠 주고 싶은 사람이었다. 고통은 자랑이고 나눠 줘도 끝이 없었다. 몇 번이나 한 얘기를 하고 또 하면서 그때마다 내가 이거 말했었나? 고개를 갸웃대며 기억나지 않는다는 듯, 거리의 광인이 사형대로 끌려가 목이 뎅강 잘린 뒤에도 열흘 밤낮을 아무도 믿지 않는 예언을 중얼거렸다는 전설처럼 떠들기를 멈추지 않았다.

대략 여섯 번째로 사촌 누이와 형제에게 당한 천사 놀이에 대한 꼼꼼한 묘사가 끝난 뒤 (매번 몸동작까지 비슷하게 반복된다는 점에서 이미 하나의 연극이었다. 갈퀴 모양으로 주먹을 움켜쥐며 "아, 그건 아팠지.", 미간을 찡그리며 "정말 아팠어. 애새끼들은 배려가 없어."), 류는 그게 내가 처음 천사가 된 순간이었지, 라고 입버릇처럼 갈무리했다. 말을 끝내고 무척 울적해 보이는 날도 있었지만 오늘은 사촌들이 말했던 것처럼, 너도 좋아서 한 거지? 우리 같이 논 거지?라는 말이 사실인냥 즐거운 추억을 떠올리는 듯 웃었다.

웃는 얼굴의 류는 아무 생각이 없이 보인다. 종이처럼 납작해서 손톱을 세우면 찢을 수 있을 거 같다. 류가 들뜬 목소리로 말했다.

"둘 다 결혼했다는 얘기했었나?"

일곱 번째. "아니."

"애도 둘씩 낳았는데 진짜 못생겼어. 다 사촌들이랑 똑같이 생겼거든. 예쁜 건 우리 엄마가 예뻤는데. 그런데도 SNS에 사진을 올린다니까."

가래침이라도 삼킨 듯 목울대가 크게 움직였다. "다 흉내내는 거겠지? 짐승처럼 고무도 안 끼우고 번식을 해 버렸다는 게 너무 창피하니까 자랑스러운 척하지 않으면 못 견디는 거야."

미리내는 고개를 끄덕였다.

저택의 천사들 중엔 아이를 낳은 사람이 없을까? 지금까지 알아 본 바로는 없다. 애초에 아이를 낳는다는 건 자기를 사랑해서 못 견디는 인간들이나 하는 일이다. 번식은 생물이라면 누구나 가진 본능이라고 하지만, '누구나'라는 건 없다. 모든 사람이 살고 싶어 한다는 건 세상에서 가장 뻔뻔한 거짓말이다. 그리고 한때, 천사라고 불렸던 저택 출신 소년들은 대부분 거짓말이 아닌 진실을 택했다. 산처럼 쌓인 시체…… 독재자에게나 주어질 법한 폐허 속에서 부러진 깃발처럼, 원을 그리는 까마귀처럼, 연민 많은 영화 속의 천사처럼 살아남은 건 단 한 사람, 눈앞에 있는 이 남자뿐이었다.

미리내는 류의 얼굴을 빤히 보았다. 장미저택의 유일한 생존자. 그게 이 남자라는 덴 의심의 여지가 없었다. 이 남자는 장미저택의 지도를 그릴 줄 안다. 방이 몇 개인지, 무슨 용도로 쓰였는지, 아뜰리에의 문이 미닫이였는지, 여닫이였는지, 설명할 수 있다. 저택에서 일하던 사람들, 코가 벌에 쏘인 것처럼 커다란 하우스키퍼와 그의 오른팔이었던 주근깨투성이의 하우스메이드, 빗살무늬토기처럼 턱이 뾰족했던 집사를 기억했다. 이마에 흉터가 있는 친절한 정원사를 기억했다.

"선생님은…… 일하는 사람들을 아름답게 채우는 쪽은 아니었어. 오히려 정반대. 직업에 귀하고 천한 게 있다고 믿는 사람이라서, 그 저택에서 아름다운 건 우리들뿐이었어. 나머지는 에스메랄다의 발을 만지고 싶어하는 콰지모도…… 내가 곱추놀이를 한 이야기를 했나?"

"처음 들어." 다시 거짓말.

"비가 많이 내려 아무 데도 나갈 수 없는 날에 응접실에서 하는 놀이야. 하나가 혹덩어리처럼 선생의 등에 매달려 있고, 선생이 애들을 잡으러 뛰어다니는 거야. 잡힌 애는 혹이 되고, 다른 애가 잡힐 때까지 선생의 김이 나는 등에 매달려 있어. 그걸 선생이 지쳐 떨어질 때까지 하는 거야. 마지막에 등에 매달려 있는 애는 그대로 같이 아뜰리에에 가. 하는 말도 항상 똑같아. 목마르다, 천사야. 레몬주스를 만들어 올 건데, 날 좀 도와주지 않을래?"

류가 빈정대는 미소를 입에 걸었다.

"다들 무슨 일이 일어나는지 알아. 그리고 우리 모두가 안다는 거, 서로가 안다는 사실에서 도망치려고 애써. 그걸 들키면 분위기가 망가지니까, 신나서 어쩔 도리 없다는 듯이 꺅꺅 비명을 지르면서 달려."

한 번은 얼굴이 새빨개져 숨을 쌕쌕대며 달리던 어린 천사 중 하나가 배 속에 있는 걸 모조리 게워 낸 적이 있는데, 그 뒤로는 항상 간식 시간이 끝나고 놀이가 시작되었다. 비스킷과 홍차, 말린 과일과 견과류를 넣고 찐 케이크, 과일케이크, 초코케이크, 굵은 설탕이 씹히는 카스텔라, 푸딩…… 긴 식탁에 마주 앉아 있으면 하녀가 크림을 바른 케이크를 들고 와서 한가운데 내려 두었고, 선생님이 조각을 큼직하게 잘라 모두의 앞에 나눠 주었다. 억지로 먹지 않아도 된다. 선생님은 그렇게 말했지만 포크를 드는 속도가 느려지면 얼굴이 어두워졌다. 선생님을 슬프게 해선 안 돼. 그것은 천사들의 지상 과제였고 모두 남김없이 먹었다. 남김없이…… 그리고 아직 손톱 밑에 설탕 조각이 끼어 있을 때 놀이를 시작하였다. 피가 팽팽 돌았다. 입에선 단내가 풍기고 어지러웠다. 선생님과 그날의 아이는 돌아오지 않는다. 바닥에 널부러진 애들에게 레몬주스를 가져다주는 건 정원사였다. 음료는 정신이 번쩍 들 정도로 신맛이었다. 마시면 혀가 따끔따끔하고 구토가 가라앉았다. 정원사는 조금 슬픈 얼굴을 하고 말했다. 애들아 방에 들어가도 좋아. 오늘은 이제 자유란다…….

지난번엔 선택된 아이가 주스를 만들러 갔다는 이야기까지만 들었다. 미리내는 새롭게 더해진 장면을 곱씹었다. 이마에 흉터가 있는 정원사. 그가 아이들에게 주스를 가져다주었다는 내용을 미리내는 마음속에 메모했다.

"좀 우울해 보이는 아저씨였어. 말수도 적고. 자식이 일찍 죽었댔나. 그런 얘길 들은 적도 있고."

"누구한테?"

"형한테."

순간 류의 얼굴에 음울한 그림자가 드리웠다. 그리고 다시, 종이처럼 얇은 웃음이 떠올랐다.

"이 정도면 충분하지?"

"……"

"당신이 나한테 궁금한 건 다 말한 거 같은데. 이 이상의 쇼를 원하면 공짜로는 안 되지."

대답을 않자 류의 손이 뺨을 매만졌다.

"그렇게 기분 나쁜 티 내지 마. 이렇게 연기를 못하는데 어떻게 배우가 될 생각을 했을까. 이 얼굴 때문이야. 그렇지? 재능은 내가 훨씬 뛰어난데. 나는 당신의 그림자고, 당신은 천사라니 불공평해."

류의 얼굴에서 차츰 웃음기가 사라졌다. 류가 무언가에 집중하는 듯 입을 다물었고 그걸 보는데 몸속에서 아주 작은 깃털 같은 것이 움직였다. 가려웠고, 절망스러웠고, 비명을 내지르고 싶었다. 눈을 뜨고 있는데 앞에서 별이 보였다. 세포가 분열했다. 누군가 등을 떠밀어, 추락하며, 점점 아래로 떨어지는데 가까이서 보니 꽃밭 같은 게 보였다. 늪처럼 아래로 푹푹 빠지는 꽃밭을, 바닥까지 떨어져 구멍을 뚫고 나오자 거기엔 류의 얼굴만 있었다. 미리내의 뺨이 화끈 달아올랐다. 잠에서 깨어난 듯 류가 천천히 얼굴근육을 풀었다. 눈앞에서 뼈가 조립되는 걸 보는 기분. 이런 일이 가능한가? 있을 수 있나?

"봐, 천사야."

짜잔. 어느새 다시 인간으로 돌아온 류가 말했다.

"이게 진짜 천사라고. 당신처럼 멍청하게 입만 벌리고 있는 게 천사가 아니라. 저택에 가지 않았다면 지금 당신 자리에 앉은 건 내가 아니었을까? 그런 생각은 안 해 봤어?"

건방진 애새끼라면 누구나 배우가 되고 싶어 하지. 주변의 고작 100명도 안 되는 사람들 중에서 최고라는 이유로 더 많은 사람을 빨아 먹기 위해 진격하지. 그런 어리석고 오만한 인간들이 추락하는 걸 미리내는 수도 없이 보았다. 하지만 이 남자는 아니다. 이 남자는 진짜였다. 미리내가 연기를 할 때 스스로에게서 도망치고 있다고 느끼는 것과 달리, 류는 자기 자신의 안에서 모든 걸 *끄*집어냈다. 왜냐면 자신 안에 모든 게 있다는 걸 알기 때문이다. 그래. 인간은 모두 같고, 차이점을 빚어내는 것은 배합이다. 신은 심술궂은 제조업자로 수천 년 동안 같은 종족을 제조하면서 한 방울의 차이로 최고의 음료가 최악의 음료가 될 수 있다는 사실을 배운 바텐더다. 찰칵찰칵. 은색 통 안에서 얼음같이 차가운 질투와 불이 붙을 듯 뜨거운 사랑이 뒤섞인다. 류는 아직 잔에 따라지지 않았다. 상대의 주문에 따라 순백의 백치가 될 수도 있고 흙탕물에 넘어진 외톨이가 될 수 있고 이가 빠진 부랑아가, 어린 염소가 풀을 뜯는 들판의 벌거벗은 목신이, 붉은 뺨의 백합이, 모든 일에서 초탈한 노인이 될 수도 있다. 모든 것이 진실이니까. 그렇지만 그는 다른 사람의 잔 모양에 맞춰 얌전히 자신을 따라 낼 생각이 없었다. 순종은 굴욕, 그로 인해 얻은 사랑과 행복은 똥물이다. 그렇게 학습되었기에 류는 얌전히 새 옷을 차려입은 도련님이 되기보다 구멍난 양말, 구멍난 팬티를 겹쳐 입은 떠돌이 개로 차갑고 울퉁불퉁한 뒷골목에서 뒈지는 걸 택했다. 불행이 익숙하고 안전해서, 행복의 솜털을 가시처럼 느끼게 됐다. 그래서 미리내의, 그러니까 유시온의 대역으로만 머무르는 것인지도 몰랐다.

미리내는 틈을 두고 천천히 손을 들어 대답 대신 류의 뺨을 쓰다듬었다.

"내가 저택의 얘기를 들은 건 그 얘기를 하는 사람이 너이기 때문이야. 다른 사람이 아니고 네가 하는 이야기라서."

"......"

"나는 알아. 네가 연약한 사람이라는 걸 알아."

"......"

"다른 사람들도 알 거야. 그 사람들 앞에서 얘기하고 나면 나아질 거야. 그 사람들이 몰라줘도 괜찮아. 내가 있잖아. 내가 널 믿잖아."

하. 류가 어이없다는 듯 혀를 찼다. "이래서 내가 널 싫어하

는 거야. 너는 날 이용하려고만 하니까."

"그렇지 않아."

"저택 출신인 거. 그것만 너한테 의미 있지."

"다 널 위해서. 널 위해 말하라고 하는 거야."

"넌 개새끼야."

"알아."

"죽어. 개새끼. 입만 열면 거짓말이야."

"응. 사랑해."

류의 표정이 일그러졌다. "씻을래." 그가 미리내를 지나쳐 욕실로 들어갈 적에 눈가가 젖어 들어 있었다. 물소리가 들렸다. 미리내는 입술을 더듬었다. 사랑해. 다시 한 번 속삭였다. 이상한 남자다. 내가 연기하는 걸 안다고 했으면서, 매번 이 말엔 왜 속는 걸까?

3

　당분간은 집에서 출퇴근하겠다는 말에 마른 빨래를 개던 현수의 손이 멈췄다.

　"왜요?"

　유미는 마저 가방에 짐을 챙겨 넣었다. "왜냐니. 원래 거기가 내 집인데 언제까지 비워 둘 순 없잖아. 당분간은 부장님이 태워 주러 올 거야. 참, 그리고 난 내일부터 일주일은 휴가니까, 무슨 일 있으면 부장님한테 전화해. 알았지?"

　"사장님……."

　"그럼 잘 부탁해."

　유미는 더 말하지 않고 1층으로 내려왔다. 시동을 걸고 밖으로 빠져나갈 적에 백미러를 통해 마당에 우두커니 서 있는 현수가 보였다. 점점 작아지는 현수를 뒤로 한 채 유미는 미련 없이 속도를 높였다. 익숙한 길. 그러나 두근대고 떨리는 마음으로 이 길을 달리는 건 처음이었다. 이 마음은 앞으로도 변하지 않을 것이다. 집에 이오가 있는 한 바래지 않을 것이다.

죽은 이모가 무엇보다 철저히 가르쳐 준 게 있다. 절대, 무슨 일이 있어도 남의 것에 손을 대면 안 되는 거야. 그 말대로 매번 유미는 일을 시작하기 전과 후의 집의 사진을 찍었다. 서랍 하나하나를 열어 동전이며 머리핀 하나에도 손을 대지 않았다는 증거를 남겼다. 그게 유미에게 반복되는 중노동을 생존만큼이나 고귀한 행위로 만들어 줬다. 유미에게 청소는 자부심이었다. 그러나……

유미는 고장 난 엘리베이터 대신 비상계단을 올라 10층의 집 앞에 섰다. 숨을 고르고 문을 연 다음 현관에 서서 깊이 숨을 들이마셨다. 다른 사람은 먼지와 곰팡내를 맡을지 몰라도 유미는 여름 공기처럼 신선한 살냄새를 느꼈다. 냄새가 폐 깊숙이 스며들어 온몸으로 퍼질 때까지 기다렸다가 유미는 걸음을 뗐다. 방문을 열자 옅은 분홍빛으로 물든 어둠 속에서 이불 위에 쪼그려 앉은 이오가 보였다. 아침에 나갈 때와 똑같은 모양새였다.

유미는 천천히 문지방을 넘었다.

"이오, 잘 있었어?"

아무 반응이 없었다. 손뼉을 치자 이오가 고개를 들었다. 묘하게 바깥으로 돌아가 있던 눈동자가 눈을 감았다 뜰 때마다 느리게 안쪽으로 움직였고 어느 순간 유미의 눈동자와 맞았다. 두 눈에 환한 온기가 돌았다. 입술을 떨며 이오가 웃었다. 이건 아기의 웃음과 다르다. 본능적인 행위가 아니고, 웃음의 의미가 무언지 아는 존재가 의지를 가지고 택한 의사소통 방식이다. 그래도 지금의 심정은 역시 아기를 낳은 어머니와 가장 비슷할 거라고 유미는 생각했다. 아기는 언제부터 인간일까? 착상의 순간? 심장이 생겼을 때? 몸 밖으로 빠져나왔을 때? 그런 건 전부 종교나 법의 말싸움이고, 그냥 '저절로 알게' 되는 것처럼 유미도 알았다. 이오라는 존재와 자신 사이의 연결을 느꼈다.

유미는 이오의 앞에 무릎을 꿇고 앉았다. 이오의 머리카락을 살짝 넘기자 금방 사라락하고, 원래 있던 자리로 내려왔다. 겉보기에 이오는 멀쩡했다. 다리를 절지 않고 걸을 수 있었다. 전 연령대가 하는 건강 체조에 나오는 신체 동작들은 무리 없이 따라 했고, 어떤 동작에선 평균 이상의 유연성을 보였다. 다만, 소근육 사용에는 약간 문제가 있었다. 펜을 쥐지 못해 몇 번의 필담 시도에 실패했다. 한 번 웃는 데 오랜 시간이 걸렸고, 그마저도 경련하듯 짧게, 가벼운 미소만

띨 뿐, 이를 여덟 개 이상 보이며 활짝 웃을 순 없었다. 유미
는 이오를 보았다. 얼굴근육이 꿈틀거리는 이오. 눈꺼풀을 부
들부들 떠는 이오. 이런 잔 고장 따윈 상관없었다. 만약 전혀
작동하지 않는 상태였더라도 이오를 데려왔을 것이다. 그보다
유미가 문제라고 생각하는 건……

무언가 삐걱대는 소리가 들리나 싶더니 어느새 이오의 얼
굴이 코앞에 다가와 있었다. 턱을 잡고 입맞춤을 시도하는 이
오로부터 유미는 자연스레 고개를 돌렸다. 떼어 낸 손을 꼭
잡고 바닥에 내려놓자 균형이 무너진 이오가 바닥에 드러누
우며 어리둥절한 표정을 지었다.

"아니야, 이오 괜찮아." 유미가 말했다. "이런 건 하지 않아
도 괜찮아."

그러나 이오는 지치지도 않는지 팔다리가 없는 토르소처
럼 몸을 뒤집더니 기어 유미의 가랑이 사이로 고개를 들이밀
었다. 유미는 코를 킁킁대는 이오를 피해 두 다리를 모았다.
그에겐 후각세포가 없다는 걸 알면서도 얼굴이 붉어졌다. 유
미는 무릎을 꿇어앉으며 이오도 무릎도 꿇게 했다. 거울처럼
같은 자세를 하고 마주 앉은 두 사람. 어린애가 저린 다리를
참지 못하는 모양새로 몸을 흔드는 이오의 손을 꼭 잡고 유
미는 하지 않아도 괜찮아, 한 글자 한 글자 못을 내려치듯 또
박또박 말했다.

유미는 충분히 똑똑한 이오라도 이걸 극복하는 데는 오랜 시간이 걸릴 거라는 걸 알았다. 당연하지. 이오는 구매자의 욕망을 받아 내기 위해 만들어졌다. 섹스의 충동을 이겨 내는 건 본능을 거스르는 행위와도 같을 거다. 하지만 유미는 달랐다. 유미는 이오에게 자유를 주고 싶었다. 주어진 역할을 하는 삶이 아닌 진짜 그가 원하는 걸 하게 하고 싶었다. 문득 이오를 만든 손들이 상상되었고 그러자 속이 느글거렸다. 개새끼들. 천사가 단지 아름다운 존재라고만 믿던 어린 시절의 자신은 얼마나 순진했던가? 만약 천사가 무슨 일을 하는지 알았다면 천사가 되길 원하지 않았을 거다. 유미는 시대에 뒤떨어진 광신도 취급을 받는 반천사주의자들을 떠올리며, 수단은 몰라도 그들의 목적에는 공감 가는 부분이 있다는 걸 인정했다. 그런 한편 마음 깊은 곳에서 떠오르는, 처음 이오를 데리고 온 날, 끈덕지게 달라붙던 이오를 방에 가둔 다음 혼자 문밖에서 서성이던 기억을, 문지방을 넘어서고 싶던 마음을 애써 밀어냈다.

"그런 건 하지 않아도 괜찮아. 너는 예전 모습 그대로 있어도 괜찮아."

이오의 입이 천천히 뒤틀렸다. 웃는 얼굴. 유미는 그걸 보고 되새겼다. 그래. 저걸 지켜 주기 위해 나는 이 방을 마련한 거다. 예비하고 있던 거다.

유미는 자리에서 일어났다. 서랍에서 인두기를 꺼내 앉자 이오가 유미의 허벅지를 베고 누웠다. 수박 한 통 정도 얹은 듯한 기분 좋은 압박을 느끼며 아, 소리를 내자 이오가 유미를 따라 입을 벌렸다. 유미는 왼손으론 턱을 당겨 내리고 오른손 검지 손가락은 이오의 입안으로 집어넣었다. 폭신하고 매끈한 뺨을 지나 입천장을 훑자 깨물어 잇자국을 낸 것처럼 조그맣게 융기된 돌출부가 느껴졌다. 울퉁불퉁하고 말랑말랑하면서 살짝 단단한 감각. 거길 한동안 매만지다 유미는 손가락을 뺐다. 희미한 휘발성의 냄새가 여전히 어딘가에서 기름이 새어 나오고 있다는 걸 알려 주었다. 얼마간 매일 한 군데 이상을 지졌지만, 다음 날이면 오락실의 두더지가 머리를 내밀 듯 새로운 장소에서 기름이 샜다. 어쩔 수 없지. 유미는 인두기를 켰다. 달궈진 불기둥을 손에 쥔 채 다른 생각은 하지 않으려고 애쓰며 다시 한번 이오의 머리를 고정했다.

"얌전하게. 움직이면 안 돼."

그대로 입천장을 지지자 은색 실처럼 가느다란 연기가 피어오르며 납땜하는 냄새가 났다. 유미는 몇 개의 구멍을 틀어막으며 옛날 사람들은 창백한 피부를 갖기 위해 납이나 수은이 든 화장품을 발랐다는 걸 떠올렸다. 천사는 그 자신이 납이자, 몸 안에 영원히 마르지 않는 수은 연못을 갖고 있다. 그런 존재가 주인이 죽으면 영생을 포기해야 한다는 건 말이 안

됐다. 이오는 내가 지킬 거야. 유미는 다짐했다. 살아 있는 동안은 이오를 돌볼 생각이었다. 하지만 언제까지 이렇게 납땜질로 버틸 수 있을까?

이오를 데리고 온 첫날. 밝은 불빛 아래서 그를 보고 유미는 이오가 꽤 오래 방치되었다는 걸 알았다. 움직일 때마다 거슬리는 소음이 들렸다. 자꾸만 유미의 가랑이 사이로 파고들었고. 몇 번 밀어내자 포기하는가 싶더니 다음엔 목덜미로, 마지막엔 가슴으로 손을 뻗었다. 그의 끈덕짐에 유미는 어쩔 수 없이 전원을 내렸다. 그리고 밤새 인터넷을 뒤져 천사 해부 영상을 찾아본 뒤 이오를 전문가에게 맡겨야 한다는 판단을 내렸다. 고쳐 쓰는 일에 어느 정도 일가견이 있었지만, 이오의 내부는 확실히 유미가 알던 어떤 기계와도 달랐다.

유미는 전원이 꺼진 이오를 앞에 두고 생각에 잠겼다. 관용사 기술자에게 수리받는 건 불가능했다. 기본적으로 관용사의 천사는 사망이나 불의의 사고, 자연재해나 천지지변 등으로 주인과의 연결이 끊겼다고 판단된 시점에서 본사로 이송되어야 했기에 만일 이오의 존재를 들킨다면 회수될 게 뻔했다. 지금 유미에게 필요한 건 돈이라면 무슨 일이든 하는 솜씨 좋은 장인이었다. 그리고 입이 무거운 사람. 다행히 이 일을 오래 하다 보면 그런 사람을 찾는 건 어렵지 않았다. 이모가 살아 있을 때부터 거래한 임 팀장은 라이카라는 이름의 천사를 한 대 가지고 있었는데, 그게 뒷거래에서 모은 부품을 모아 하나로 만든 천사라는 건 공공연한 사실이었다. 임 팀장은 유미가 천사 수리 업체를 찾는다는 말에 나도 주워 들어서 아는 거지만, 이라고 덧붙이며 메신저로 링크를 보냈다. 유미는 vpn 우회를 통해 홈페이지에 접속했다. 메인 화면에는 별다른 설명 없이 달력 하나가 떠 있었고 아무 날짜나 클릭하자 예약이 되었다는 팝업창이 떴다. 그날이 오늘이었다.

유미는 마지막으로 이오의 입안을 점검한 뒤 인두기를 정리했다. 얌전히 있어 고맙다는 의미로 이오의 볼을 쓰다듬자 이오가 손바닥에 입을 맞췄다. 그런 뜻은 아닌데. 유미는 붉어지는 얼굴을 돌리며 자리에서 일어났다. 여전히 어리둥절한 표정으로 올려다보는 이오의 눈을 피해 말했다.

"잠깐 다녀올게. 금방 돌아올 거야."

도망치듯 계단을 달려 내려오자 땀인지 뭔지 축축한 것이 그의 온몸을 타고 흘러내리는 것이 느껴졌다. 유미는 이오를 만난 첫날에 혼자 젖은 팬티를 빨며 생각했던 말을 되새겼다. 나는 다른 사람들과 달라. 나는 그런 것 따위 이겨 낼 수 있다.

사설 수리업체는 구도심 오래된 상가 건물 지하에 있었다. 건물을 한 바퀴 돌고 나서야, 맨 처음 섰던 돼지 부속을 삶아 파는 식당 옆의 좁은 폭으로 나 있는 길이 입구라는 걸 알았다. 발을 디디자 여전히 실외였음에도 심한 곰팡내가 났다. 이런 곳의 바닥은 왜 늘 젖어 있을까. 청소를 한다고 해도 말라 있는 걸 본 적이 없다고 생각하며 안으로 걸어가자 유리문이 나왔다. 그걸 열자 복도를 가운데에 두고 늘어선 가게들이 보였다. 절반 정도는 셔터가 내려가 있었고 나머지 절반엔 오래된 트랜지스터 라디오나 브라운관 티브이 등 이젠 박물관에서만 보고 쓸 일이 있을 법한 전자기구들이 문 밖으로 나와 있거나, 성인 용품, 초소형 카메라 따위의 수상쩍은 간판이 붙어 있었다. 유미는 메신저에 적힌 대로 복도 끝으로 갔다. 지하로 가는 계단의 중간에 철문이 있었고 인터폰을 누르고 이름을 대자 문이 열렸다. 물이 차 있는 지하로 걸어 내려가는 기분. 소름이 돋은 팔을 문지르며 몸을 꺾자마자 입이 떡 벌어졌다.

노출된 시멘트 벽에 다량의 포스터가 붙어 있었다. 거듭 덧발라 빈틈이 거의 없었다. 그 밖에도 크고 작은 엽서, 신문, 잡지, 달력 길거리의 배포물에서 찢어 낸 이미지, 앨범 속지, 책의 삽화, 도록의 일부, 만화책의 겉표지 등이 혓바닥이 부채만 한 짐승이 핥은 듯 끈적하게 풀칠되어 있었다. 개중 관처럼 불룩 튀어나온 유리 액자가 눈길을 끌었다. 유미도 잘 알고 있는, 뉴욕의 메이시스 백화점 해럴드 스퀘어 앞 인도에서 1층 유리 쇼케이스를 찍은 사진이었다.

일부러 지우지 않은 건지 카메라맨의 모습이 희미하게 비치는 유리창 안쪽엔 다섯 명의 소녀가 있었다. 뒷줄에 선 넷은 마네킹이었다. 핀업걸을 연상시키는 산뜻한 쇼츠팬츠에 입생로랑의 초기 컬렉션에 등장했던 금단추가 달린 전설적인 세일러 재킷까지. 다종다양의 변형된 세일러복을 입은 새초롬한 표정의 네 쌍둥이는 통통한 볼과 고양이처럼 치켜 올라간 눈꼬리, 들창코에 가까운 오똑한 코와 뾰족한 눈썹산이 오리지널 바비와 비슷했다. 아마 불에 타기 전엔 그랬을 것이다. 그리고 뚝뚝 녹아내리는 얼굴을 등지고, 맨 앞에 가부좌를 틀고 앉아 카메라를 노려보는 소녀가 있었다. 쏘아보는 눈빛은 도전적이고, 복잡한 음영으로 번뜩이고 있어 실제로는 붉은색과 파란색, 녹색이 뒤엉킨 환상적인 색이라는 걸 흑백사진으로도 알 수 있었다. 캐치 프레이즈는 걸 미츠 파이어(Girl meets fire). 모델명 아키.

불꽃에 휩싸인 구원자라는 컨셉이 드문 건 아니다. 아키가 대중 모델인 만큼 홍보 이미지 역시 대중문화의 레퍼런스 안에 있었으나, 틱 꽝 득의 분신 공양을 자본주의의 우스운 이미지로 변환했다는 비판이 제기되며 상황이 달라졌다. 체 게바라도, 코카콜라도 티셔츠 그림이 되는 세상이다. 그럼에도 관용사의 라이벌로 부상하던 마텔사의 네거티브 전략은 노이즈를 일으키는 데 성공했고, 국제적인 비난 여론이 형성됐다. 분기별로 소환되는 근본적인 의문, 그러니까 섹스봇이 과

연 윤리적으로 정당한가?라는 물음엔 줄곧 무응답을 고수하던 관용사도 이번엔 입을 열 수밖에 없었다.

관용사는 불이라는 소재는 프로메테우스가 올림푸스 신전의 화덕에서 훔쳐 온 이래 그 의미가 다양히 반복되며 변주되어 온 레퍼런스라고 했다. 멀리는 지귀의 불이, 가까이에선 핑크 플로이드의 「위시 유 워 히어(Wish you were here)」도 있지만, 동시에 그것이 정치적인 항거 수단으로 사용한 역사를 고려하지 않은 채 자사 신제품의 홍보에 인용한 것은 경솔한 행위였음을 간접적으로 인정하며 예정되었던 캠페인을 잠정 중단했다. 그러나 천문학적인 손해가 예상되었던 이 사건은 그해 아키의 주문량이 예상 판매량의 열다섯 배가 넘게 들어오는 결말로 관용사에 승리를 안겨 주었다. 그해 세계 어느 모퉁이에 있는 약국에서나 붉은색 염색약이 불티나게 팔렸고, 젊은 아가씨들의 등 뒤에선 붉은 머리카락이 넘실댔다. 매혹적인 이들이라면 누구나 혀 끝에서 불이 붙은 알체리를 굴리는 법을 알았고, 불을 먹는 사나이는 서커스가 티브이 발명으로 몰락한 이후 가장 많은 사랑을 받았다. 관용사는 기존에 계획된 생산량 이상을 만들진 않기로 하며 브랜드 가치를 한 단계 상승시켰다. 반면, 마텔사의 '러버'는 9할 이상이 폐기되며 철저하게 완패, 이 사건은 3년 뒤 마텔사가 관용사에 흡수되는 도화선이 되었다.

광활한 월드 와이드 앱에 남아 소아 야뇨증과 뒤틀린 성적 발달의 원인이 된 아키의 광고사진은 지금도 마니아들 사이에서 전설적인 걸작으로 회자되었고, 발매 첫날 메이시스 백화점 앞에서 나눠 준 한정판 팸플릿 100매는 옥션에 올라오면 만 달러 이상부터 시작되었다. 위에 94라고 넘버링이 되어 있긴 한데. 진짜가 맞을까?

"임유미 님이시죠?"

이래서 올 때 선글라스를 끼고 오라고 한 걸까. 자신을 보고 입을 떡 벌리는 유미에게 아키가 매혹적인 미소를 지었다.

"환영합니다. 박사님은 지금 작업 중이시니 5분만 기다려 주시겠어요?"

아키를 따라간 방은 조금 추웠다. 사방에 냉각 팬이 웅웅거렸고, 가운데에 놓인 책상에서 굽은 등이 땀으로 젖은 남자가 엎드려 무언가에 골몰하고 있었다. 유미는 아키가 안내한 대로 대기용 소파에 앉았다. 바로 눈앞에 탑처럼 쌓인 모니터에서 버스터 키튼의 영상이 송신되고 있어서 한참을 넋놓고 보다 고개를 들어보니 남자가 고글을 벗고 유미를 보고 있었다. 눈 주변이 벌겋게 짓물러 있을 줄 알았는데 그렇지만도 않았다. 그가 달걀 모양의 기계 의자를 조절해 천천히 방 안쪽으로 이동하기 시작했다. 뒤를 따라가다가 재채기를 하자 앞서 가던 남자가 말했다.

"지하라 공기가 좀 나쁘죠? 답답하시겠지만 참아 주세요. 애들을 보호하기 위해서는 이만 한 곳이 없거든요."

가구 마니아가 북향집을 선호하거나 미술관의 창문이 그림을 피해 난 방식과 같았다. 태양은 모든 것을 깎아내린다. 천사의 피부도 마찬가지다.

"뭐, 몇십 년을 두고 봤을 때 좀 변했나? 싶은 수준이지만, 그래도 사람들이 천사를 원하는 바탕엔 영원성이 있으니……. 사실 관리만 잘해 주면 주인이 죽기 전까진 변하지 않습니다. 머스크의 천사가 햇빛을 못 쬐겠습니까?"

남자가 기다란 막대기로 모니터 하나를 툭툭 건드리자 세계적인 부호와 그의 열네 번째 천사 프시케가 레드카펫 행사에 참여한 사진이 떴다. 머스크가 프시케를 위해 인공 섬을 만들었다는 건 익히 알려진 사실이었다. 500헥타르의 대지에는 훈련된 자칼과 치타, 엉덩이와 꼬리가 뽀송뽀송한 홍학 떼가 노닐었고, 나무는 계절에 따라 온갖 향긋하고 달콤한 열매를 가지가 휘게 맺었다. 누구도 입을 대지 않는 맑은 샘물 위로 질펀하게 익은 열매가 뚝뚝 떨어지면 눈먼 시종들이 그걸 썩기 전에 치웠다.

"21세기 에로스의 섬이 따로 없지요. 질투에 사로잡힌 친정 언니들이 없고, 괴물은 촛불을 켜도 괴물이라는 점만 빼고는 말입니다. 특별한 경우는 아니죠. 일반적으로 부호들은 자기 소유의 천사에게 전문가 셋을 붙여 하루 서너 시간 관리해 주곤 하니까요. 보통은 현실적으로 불가능하고, 보급형 라인은 1년에 두어 번 전문가에게 관리를 맡기는 정도로도 충분합니다. 그것도 평소 꾸준히 케어해 준다면 크게 필요 없고요. 고가의 제품일수록 관리가 까다롭습니다."

"의외로 그렇다더라고요."

"예. 그런 수고를 감안할 수 있다고 과시하는 것까지가 주 고객층분들께서 천사를 구입하는 목적이시기 때문입니다. 물론 까다롭기만 한 건 아니고, 그 기능은 인간을 초월적으로 웃도는 수준이죠. 특히 가장 고가 라인인 자비천사의 경우엔 타사의 이용자분들이 곧잘 지적하시는 기묘한 불쾌감이 제로라고 단정지을 수 있습니다. 가장 중요한 헤드 부분은 머리카락 한 올의 25분의 1정도 되는 수준까지 조정하니, 사실상 현존하는 최고의 인형사(社)라고 할 수 있지요. 물론 정문에서 들어간 세계에서 얘기지만요. 뒷문에서 들어간 세계는 다릅니다. 그런 식으로 쪼잔하게 아름다움을 세공하는 일은 통하지 않습니다. 좀 더 거칠고, 우연적인 방식으로 최고를 만들어 내지요. 그게 제가 하는 일입니다."

그가 뒤를 돌아 손을 내밀었다.

"인사가 늦었습니다. 박사입니다."

유미는 손을 잡았다. 통통하고 굵은 손가락이 소시지처럼 팽팽하게 부어 있었다. 끈적할 줄 알았는데 의외로 차갑고 건조하며 기분 좋은 감촉이었다. 남자가 손을 흔들자 아키가 코카콜라와 치즈 크래커를 가져다줬다. "제가 아직 밥을 안 먹어서 실례 좀 하겠습니다." 남자가 양해를 구하고 조그만 카드처럼 보이는 크래커를 와삭와삭 먹기 시작했다. 가루가 비듬처럼 후두둑 떨어졌다.

"뭐, 제가 한다고 해도 A부터 Z까지 만드는 건 아닙니다. 아시겠지만 기존에 있던 천사들에 약간의 재미를 더하는 것뿐이지요. 그럴 거면 애초에 주문 제작을 하는 게 낫지 않냐, 뭐 하러 고장 위험까지 감수하면서 불법으로 커스텀을 하느냐, 이런 의문을 가지실 수도 있겠습니다. 처음부터 주문 제작하는 경우도 물론 있지마는, 보통의 인간들은 그렇게 상상력이 뛰어나지 않을 뿐더러 실은 아름다움이라는 것에 대한 자기만의 기준을 갖고 있는 사람도 많지 않습니다. 결국엔 비싼 돈을 들여 제작한다고 해도 기존에 있던 천사의 아류작을 만드는 경우가 대부분이니, 전문가가 공들여 만든 천사를 사는 게 미적으로는 훨씬 만족도가 높을 겁니다.

하지만 인간의 마음이라는 게…… 오로지 나만의 것을 갖고 싶은 거죠. 그래서 제가 기존의 천사가 세상에 하나뿐인 꽃이 될 수 있게 약간의 마법을 부리는 겁니다. '천사는 인간을 위해 존재한다.' 그 사명에 좀 더 충실할 수 있게 서포트해 주는 거죠."

남자가 캐비닛에서 파일 하나를 찾아 건넸다. 루카와 유카 쌍둥이의 수술 사례였다. 전후의 사진에서 그들의 얼굴은 크게 변하지 않았음에도 절인 야채가 생야채로 돌아간 듯 요염한 기운이 사라져 있었다.

"우리는 여러 가지 실험과 심층 대화를 통해 고객이 무얼 원하는지 끄집어내고 적절한 방식의 커스텀을 합니다.

지금 보고 계시는 파일의 의뢰인은 질병의 부작용으로 성적인 욕구를 잃게 되었습니다. 쌍둥이를 볼 때면 잘 나가던 시절의 자신이 떠올라 괴로웠지만, 그렇다고 그들을 버리지는 못했지요. 저희는 그런 의뢰인을 위해 쌍둥이의 얼굴에서 표정근 몇 개를 제거함으로써 순수의 상태로 되돌려 뒀습니다. 의뢰인은 자기 모순에 빠지지 않으면서 루카와 유카를 사랑할 수 있게 되었습니다."

박사가 마지막 크래커를 입에 넣었다.

유미는 사진을 넘겼다. 확실히⋯⋯ 보통의 루카와 유카보다 개성 있었다. 가족용 의류를 파는 대중 브랜드 속 카탈로그 모델처럼 생기 있으면서 편안해 보였다. 이오도 같은 치료를 받는 게 좋을까. 그런 무서운 생각이 퍼뜩 떠올라 고개를 흔들어 지웠다. 그런 강제적인 방식은 필요없다. 개선이 필요한 거지 폭력이 필요한 게 아니라고 유미는 자신을 설득했다.

"마음에 드십니까?"

유미는 애매하게 고개를 끄덕였다.

"당신은 아름다움을 아는 사람이군요." 박사가 웃었다. "쌍둥이는 천사 중에서도 상급이거든요. 인간 중에서도 상급 인간과 하급 인간이 있듯 천사도 상급 천사와 하급 천사가 있습니다. 동물도 그렇고, 식물도 그렇고, 하다못해 행성도 그렇죠. 그렇지 않다면 어째서 금성에게만 미의 여신의 이름이 붙었겠습니까?"

남자가 손을 휘저어 콜라를 리필했다. 이번에는 얼음 잔에 부어 빨대로 쭉 빨았다. 한 번 마시자 절반 정도가 사라졌다. 투명한 얼음이 챠카챠카 소리 내었다.

"뭐 요즘은 각자의 아름다움이 있으니 어쩌니 떠드는 게 유행이라지만 그런 사람들은 사실상 반미주의자라는 게 제 의견입니다. 다른 사람들은 몰라도 이 일을 하고 있는 사람들이 그런 말을 하면 사기라고 보시면 됩니다. 진짜 기술자는 뼛속 깊이 오만한 종족들입니다. 내가 생각하는 아름다움이 제일간다는 확신이 없다면 이 일을 할 이유가 없으니까요."

그가 손을 좌우로 정신없이 흔들자 이번엔 아키가 차가운 치즈 케이크를 내왔다. 잘 구운 껍질의 윗면이 검었다. 부드러운 속이 크림처럼 접시 위로 흘렀다. 박사가 케이크를 떠서 입에 넣으며 물었다.

"그래서, 고객님은 무엇 때문에 오셨습니까? 커스텀? 수리? 업데이트? 아시겠지만 우리는 부품을 모아 자체 제작도 합니다. 짜맞췄다고 하면 프랑켄슈타인의 괴물 같은 덩치를 상상하시는데 보면 깜짝 놀라실 겁니다. 전부 특급으로 조립한 퀼트로 독특한 아름다움이 있습니다."

"농담이라고 생각하지 않아요." 유미가 중얼거렸다. 어디서부터, 어떻게 말해야 할까?

이런 곳까지 왔으니 천사와 평범한 관계가 아니라는 건 알 거라고 생각했다. 그러나 이 사람 말에 따르면 정식 루트로 천사와 관계를 맺은 경우에도 사회에서 용인되지 않는 어떤 행위를 위해 이곳에 찾아오는 사람도 있었다. 유미는 비밀이 탄로나지 않는 선에서 이야기하기로 했다. 구슬을 뺐는데, 문제가 있었는지 소근육 사용이 서툴다고 말했다.

"큰 동작은 해요. 작은 것만. 물건을 집는다든지, 연필을 쥐고 글자를 쓴다든지 이런 것만 못해요."

"음. 안 좋은데."

혼잣말하는 박사의 표정이 심각해 유미는 왈칵 겁을 먹었다. "거의 괜찮아요. 움직인다든지 이런 건 전혀 무리가 없어요. 그냥 손끝이 조금 더딜 뿐이에요. 아기들처럼요."

박사가 딱 잘라 말했다. "천사가 아기인가요? 아니죠? 다리 하나가 부러졌다든지, 이런 건 의외로 간단한데 외상 없이 소근육이 오작동하는 건 어려워요. 불쾌한 골짜기에 빠졌다느니, 뭐니 하는 말이 어린 애들도 알게 퍼지는 바람에 소근육은 최후까지 기능하게 디자인하거든요. 다리를 전다든지, 고개가 안 돌아가는 건 때리면 나아요. 옛날 티브이처럼요."

남자가 습관처럼 다시 턱을 문질렀다. "뭐, 그래도 너무 염려하진 않으셔도 됩니다. 구슬은 가져오셨겠죠?"

주머니에서 구슬을 꺼내자 박사가 이렇게 섬세한 걸 왜 함부로 다루냐며, 살 때 주머니를 받지 않았냐고 호들갑을 떨었다. 유미는 웅웅대는 환풍기 소리에 그 말을 못 들은 척했다. 박사는 더 캐묻지 않고 의자를 슥 움직여 현미경이 늘어선 책상으로 갔다. 라텍스 장갑을 낀 그가 구슬을 조심스레 받들어 제물대 위에 올렸다. 달걀 모양의 의자, 둥글게 굽은 등으로 접안렌즈에 눈을 대고 있는 모습이 영락없이 지구를 관찰하는 외계의 학자 같았다.

"보통은 구슬, 나라에 따라선 천사의 알이나 진주, 사람에 따라선 금가락지, 도넛 홀 같은 은어로도 불리지만 실은 조각에 제일 가깝습니다. 여기엔 인간의 손끝으로는 감각할 수 없는 미세한 무늬가 새겨져 있거든요. 그게 열쇠와 열쇠 구멍처럼 천사의 구멍과 딱 맞아떨어져 있다가 한 사람의 지문을 인식하는 순간 밖으로 빠져나오는 겁니다. 그래서 한 번 주인이 각인된 천사는 다시 되돌릴 수 없다는 거고요."

미세하게 나사를 조절하던 남자가 고개를 들었다.

"보시죠."

유미는 다가가 현미경을 들여다보았다. 아주 어릴 적, 부모님과 함께 간 놀이동산에서 다른 놀이기구는 타지 않고 판타스마고리아 앞에 한참을 서서 500원 동전을 끝없이 집어넣던 기억이 났다. 빛이 산란하듯 섬세한 무늬가 춤을 췄다. 가는 선들이 나비처럼 팔랑댔다. 살아 움직였다. 보고 있자니 살짝 어지러웠다. 몸이 휘청대는 게 느껴졌다. 이게 이오의 무늬구나. 이오의 배 속은 이렇게 생겼다고 생각하니 내장이 배배 꼬였다. 만지고, 들여다보는 게 자신의 내장인 것 같았다.

"꽤 고가품이네요. 잠깐 봐서는 이상은 없어 보입니다만, 조금 구체적으로 알아 볼 필요는 있겠네요."

유미는 렌즈에서 눈을 뗐다. 눈앞에 무늬의 잔상이 남아 어른거렸다.

"다른 천사들도 이런 걸 갖고 있나요?"

"무늬는 각각 다르고, 저급일수록 덜 섬세합니다. 자물쇠랑 똑같습니다."

유미는 눈을 비볐다. 명멸하는 빛은 눈의 여왕에 홀린 소년의 눈에 뿌려진 유리 가루와 달리 눈물로도 떨어져 나가지 않았다. 유미는 두 눈을 힘을 주어 꾹 눌렀다. 빛을 빛으로 밀어냈다. "이렇게 섬세한 줄 몰랐어요." 유미는 혼잣말을 했다.

"인간을 따라 죽어야 한다니 아깝네요."

"멀쩡히 움직이고, 행동하고, 익힌 패턴을 통해서 사고할 수도 있는 천사도 주인이 죽으면 모두 '하지 않는 것'을 택하고 완전한 정지를 합니다. 제 발로 순장되는 거죠. 공식적으로는요."

유미는 무언가 눈치채고 물었다. "비공식적으로는요?"

박사가 이를 드러내며 빙글빙글 웃었다. "오이디푸스 신화가 계승된다고 해 두죠. 어떤 아들들은 자기 아버지의 천사를 되살리고 싶어 해요. 천사가 어머니 역할을 대신하는 경우가 종종 있거든요."

박사가 젤이 든 진공팩에 구슬을 조심스레 넣어 유미의 손에 들려 주었다. "어쨌든 구슬엔 별 이상이 없어 보입니다……. 한번 열어 보는 게 확실할 거 같긴 합니다만, 구슬 문제가 아니면 부품 문제일 가능성이 높긴 해요. 지금 데리고 오시지는 않았죠?"

"그런 말은 없으셔서."

"아아. 그게 보통입니다. 자기 천사를 다른 사람들 앞에 드러내고 싶지 않아 하시는 분들이 많아서." 휘익, 하고 박사가 높은 휘바람을 불자 아키가 새처럼 종종대며 나와 공손히 두 손을 모으고 섰다.

"팔."

그 말에 아키는 곧장 박사 뒤에 있던 실험대에 앉아 가디
건 단추를 풀었다. 흘러내린 버건디색 가디건이 은빛 스테인
리스 실험대 위에서 뱀처럼 또아리를 틀었다. 흰색 캐미솔만
을 남긴 아키가 박사에게 오른팔을 내밀었다. 박사가 맥을 짚
듯 오목한 팔오금을 찬찬히 만지더니 메스로 푹 하고 찔러 재
빨리 가로로 베었다. 놀란 유미는 움찔했다. 그러나 피 한 방
울 나오지 않았다. 가로선의 중간에서 시작하여 반 뼘 정도의
길이를 세로로 베어 내자 T자 형의 칼집에서 마치 꽃이 피어
나듯 가죽이 바깥쪽을 향해 벌어졌다. 얇은 고무호스처럼 파
랗고 빨간 선들을 헤친 그 안쪽을 박사가 유미를 향해 보이더
니 그 안의 단단한 은단 같은 것을 매만졌다.

"이 안쪽에 나사머리같이 생긴 부위 보이시나요? 이게 말
씀드린 소근육을 관장하는 부분인데, 외상이 아니면 보통 여
기 문제가 생겨서 그런 거거든요. 그럼 교체를 해야 하는데,
제가 어렵다고 한 이유가, 부품이 귀해요. 게다가 귀댁의 천사
같은 경우엔 연식이 좀 있어서 더 구하기가 쉽지 않은데, 그
래도 운이 좋으신 게, 마침 다음 주가 1년에 한 번 있는 모임
이어서…… 이번에는 이름이 뭐더라…… 아, 맞아요. '천사와
황새의 밤'이네요. 영화 좋아하세요?"

유미가 어리둥절한 표정을 하고 아무 대꾸도 않자 박사가
덧붙였다. "구형 모델 오너분들끼리 만나는 자리예요. 교환도,

판매도, 이런저런 네트워킹도 합니다. 선우 사후부터 시작했으니 올해로 10년 됐네요. 제가 신청해 드릴 테니, 이번 기회에 가서서 이것저것 알아 오시면 좋을 거 같아요."

유미는 아키의 잘린 팔을 마법처럼 붙이는 박사에게 물었다. "박사님은 안 가세요?"

"안 가는 게 아니라 못 갑니다. 자기 천사의 구슬이 있어야 들어가거든요."

유미는 가디건의 단추를 잠그는 아키를 힐끗 보았다. "하지만, 아키는……"

"만든 거죠."

만들다니. 실제로 본 적은 없어도 가짜 아키라고 의심한 적은 없다. 저런 아름다움은 만들고 싶다고 아무나 만드는 게 아니다. 기술도 필요하고, 부품도 필요하고……. 실례라는 걸 알면서 물을 수 밖에 없었다. "혹시 저택 출신이세요?"

"선우는 미소년만 좋아합니다. 난 어릴 때도 이 얼굴이었어요." 박사가 묘하게 찡그린 얼굴로 웃은 뒤 찬장에 있던 오일통 하나를 건넸다.

"일단은 앞으로 일주일 정도 이 기름을 아침저녁으로 두 번 넣어 주고 경과를 지켜보시고요. 부품 구하게 되면 그때 데리고 오세요. 연식이 좀 된 애들은 작동 방식이 달라서 요즘 나오는 기름은 적게 쓰는 게 좋아요. 어차피 다 새서 차라리 올리브 오일을 살짝 바르는 편이 훨씬 나아요."

유미는 현금을 건네며 줄곧 궁금해했던 것을 물었다. "제가 그렇게 말했나요?"

"뭘요?"

"연식이 오래되었다고……제가 그렇게 말씀드렸던가요?"

"아, 아뇨. 설명을 안 드렸군요. 구슬을 보면 몇 년도에 만들어졌는지 대략적으로 측정할 수 있습니다. 빛이 산란하는 무늬는 적어도 94년 이전의 초기작이죠."

박사가 다 안다는 듯한 표정을 지었다. 근친상간의 죄를 지은 이들이 포도 덩쿨 뒤에서 숨죽이고 이쪽을 노려보는 듯한 무시무시한 느낌. 이리 와. 죄의 열매를 나누자는 손짓. 그렇지 않아. 나의 이오는 다른 누군가가 아니야. 이오는 이오일 뿐이야. 유미는 그 시선을 무시했다. 이 사람과의 대화는 오늘로 끝이다. 그러나 돌아 나가기 전 호기심을 참지 못해 되물었다.

"혹시, 새 제품이 아니어도 구슬이 남은 천사가 있을까요?"

순간 박사의 눈빛이 날카로워졌다. "무슨 뜻이죠?"

"아니, 그냥 가정인데요, 만약 한 번 각인이 된 천사에게 구슬을 다시 끼운다면, 그래서 다른 사람이 뽑게 된다면 그 천사는 어떻게 되는 거죠?"

"그런 건 불가능합니다. 최초 사용자의 지문이 남으니까 모양이 달라지거든요. 돌이킬 수 없어요."

"정말 그럴까요? 관용사에선 주인이 죽으면 천사도 죽는다고 하지만 살아 있는 천사도 있잖아요. 일테면 무한히 재생하는 천사 같은 게 있을 수 있지 않을까요?"

"무한히 재생하는 천사요?"

그는 이런 엉뚱한 질문은 오랜만에 받아본다는 듯 한참을 킬킬대고 웃다가 목을 가다듬고 답했다. "뭐, 옛날에 그런 소문은 있었습니다. 그게 가능한 천사가 딱 하나 있다고요."

"그게 누구죠?"

"누구겠어요?" 박사가 씩 웃었다. "당연히 진짜 자비천사 아니겠어요?"

4

번쩍, 하고 조금 시간이 지난 뒤에 우르릉 소리가 났다. 진한 잿빛의 적란운이 몸을 뒤트는 모습이 보지 않아도 그려졌다. 사무실의 한 면을 차지하는 젖빛 유리창 앞엔 가로등이 환하게 켜져, 민성기는 블라인드를 내리려다가 거꾸로 창문을 열어 보았다. 들이치는 빗방울이 가늘어 맞으니 상쾌하기도 했다. 머릿속에서 오래된 노래가 재생되었다. 비 오는 수요일엔 빨간 장미를, 이었던가? 그 말대로 좀 있으면 장미가 온다. 민성기는 콧노래를 불렀다. 비 오는 수요일엔 빨간 장미를.

민성기 탐정 사무소는 상점가 아케이드의 동쪽 출입구 옆 건물 2층에 있다. 창가에 서면 우산을 펴고 접으며 바쁘게 지나가는 사람들이 보였다. 맞은편 1층은 분식집이었는데, 냄새에 이끌려 노릇노릇한 튀김을 사거나, 등 뒤가 젖는 걸 아랑 곳하지 않고 선 채로 어묵을 먹는 사람도 여럿 있었다.

민성기는 이전 임대인이 남겨 두고 간 원형 벽걸이 시계를 보았다. 6시 45분. 남은 시간은 15분. 망설일 시간에 움직이는 게 낫다. 민성기는 우산을 들고 밖으로 나갔다. 잠시 뒤 돌아온 그의 손에는 여러 가지 튀김을 섞어 담은 봉지가 하나 들려 있었다. 창가에 선 채 담배를 절반쯤 피웠을까. 개미처럼 움직이는 사람들 사이로 붉은 우산 하나가 눈에 들어왔다. 오늘도 6시 55분에 장미가 피었다. 민성기는 현관 앞에 섰다. 58분. 59분. 59분 30초를 지나고서야 계단으로 올라오는 발소리가 들렸다. 노크 소리가 들린 건 정확히 7시. 시계를 볼 필요도 없었다. 민성기는 안쪽으로 문을 당겨 열었다.

"오셨군요."

고개를 까딱 숙이는 남자의 머리끝에서 물기가 느껴졌다. 소파로 안내하며 민성기는 방금 요 앞에서 사 왔다며 튀김을 권했다. 페트병에 든 차가운 녹차를 컵에 따라 함께 곁들이며 편히 드시죠, 라고 말을 붙이니 남자가 느리게 입을 열었다.

"오는 길에 보니 줄을 서 있더군요."

역시나 부드러운 발성이 듣기 좋다고 생각하며 대꾸했다. "아, 줄까지 섰습니까? 10분 전만 해도 없었는데 전철이 도착한 모양이군요. 아무래도 비가 오는 날엔 이런 게 먹고 싶어

지잖습니까. 냄새도 고소하니……. 드시죠. 사양하지 않으셔
도 됩니다."

민성기는 남자 앞으로 종이봉투를 밀었다. 날이 습해도 아
직 튀김옷이 가시처럼 뾰족뾰족하게 서 있었다. 먹으면 과자
처럼 바삭할 것이다. 좋아하는 사람이라면 입천장이 까지는
줄도 모르고 부지런히 손이 갈 테지만 남자는 망설임 없이
거절했다.

"저는 괜찮으니 편한 대로 드시죠."

이걸로 세 번째. 이쯤이면 확신을 가져도 될까? "튀김 안
좋아하시나요? 아니면 체중 관리?"

남자가 미적지근하게 답했다. "둘 다죠."

"젊은 분인데도 철저하십니다."

칭찬에도 표정 하나 까딱 않는다. 감정을 드러내지 않는 얼
굴이 도자기 같다. 그걸 보던 민성기는 침을 삼키고는, 손을
뻗어 새우튀김을 집었다. 바삭 하고 소리가 울렸다. 입가를 따
라 부스스 떨어지는 황금색 가루. 남자에게선 여전히 반응이
없었다. 반사적으로 침이 나올 법도 한데 목을대도 울리지 않
는다. 민성기는 한 입 깨문 튀김을 도로 종이봉투 위에 올려
두었다.

"아무래도 예의가 아닌 거 같으니까요. 나중에 먹죠."

"편하신 대로."

민성기는 튀김을 싱크대로 옮겼다. 옆얼굴에서 느껴지는 조용한 시선은 나를 향한 것인가, 튀김을 향한 것인가. 끝까지 의심을 놓지 않으며 책상 앞으로 걸어갔다.

약간 두툼한 황토색의 끈 서류 봉투를 들고 와 유리 테이블 위에 느리게 쏟자 사진이 도미노가 쓰러진 모양새로 가지런히 누웠다. 민성기는 카드 점을 치듯 신중하게 왼쪽에서, 그리고 중간과 오른쪽에서 각각 보고의 시작점이 되는 사진을 한 장씩 뺐다. 세 장의 사진에 대상자와 함께 찍힌 건 지난번 보고 때는 없던 뉴 페이스들이었다. 그중 의뢰인이 원하는 사람은 없다는 걸 알면서도 민성기는 꼼꼼히 설명했다.

"세 사람 다 정환희 씨와 같은 초등학교를 나온 동창생들입니다. 맨 왼쪽은 금혜정 씨. 고등학교를 졸업하고 스물세 살까지 다니던 상사를 그만둔 뒤로 직업 없이 지내고 있습니다. 가끔 게임 아이템을 팔아서 돈을 버는 걸 빼고는 경제적으로는 완전히 어머니에게 의탁하며 살고 있는 듯 보였습니다. 이분은 서정인 씨. 몇 년 전에 이혼하며 서다미로 개명을 했습니다. 지금은 아이와 함께 친정집에 들어가서 살며 24시간 슈퍼에서 야간조로 아르바이트를 합니다. 낮의 직업을 찾고 싶어도 아이가 몸이 약해 줄곧 붙어 있어야 해서 곤란한 듯하더군요. 마지막으로 이휘 씨. 식품 회사 영업부에 근무하고 작년에 대학 때부터 8년 간 사귄 아내와 결혼을 했습니다. 남자분이지만 대화 내용은 여자 동창들과 나눈 것과 비슷한 신변잡기가 대부분이었습니다……."

의뢰인이 말없이 손을 뻗더니 대상자가 남자 동창과 찍힌 사진을 들었다. 두 사람이 앉은 카페의 통유리창 바깥으론 오래된 컵라면 간판이 보였다. 다른 지역 사람들에겐 서울 외곽지역의 모텔촌을 상징하는 간판인지 몰라도, 이곳에서 나고 자란 네 사람에겐 집에 돌아왔다는 느낌을 주는 상징물 이상도 이하도 아니었다. 그걸 알면서 민성기는 변명하듯 덧붙였다.

"주변이 모텔촌이긴 한데 커피만 마시고 헤어졌습니다. 밥도 술도 마시지 않고 두 시간 정도 깔끔하게 대화만 했습니다."

그리고 주제 넘진 않은지 망설이다 덧붙인다는 사려 깊은 태도를 가장하며 대상자는 잠시 지친 것처럼 보인다고, 어린 나이부터 애 셋을 키우는 일은 쉬운 게 아니니 휴식이 필요할 거라고 했다.

말없이 이야기를 듣던 의뢰인이 갑자기 웃음을 터트렸다. 한동안 킬킬대던 그가 마른 세수를 했다.

"아니요, 아무것도 아닙니다. 그냥 갑자기 저 자신이 우스워서요. 불륜 상대가 남편이라도 된 양 애인이 바람피우는 상대를 찾으려 들다니 희한하지 않습니까?"

"솔직히 말하면 아내가 남편의, 남편이 아내의 내연 상대를 찾으려고 하는 이상으로 있습니다."

"그런가요? 놀랍네요."

민성기는 대꾸를 하는 대신 가볍게 미소 지었다. 의심으로 이루어진 관계가 서로를 더 믿지 못한다는 건 놀라운 얘기가 아니었다. 그보다 더 놀라운 건 눈앞에 있는 이 남자의 존재였다. 자, 그러면…….

민성기는 여전히 손도 대지 않은 남자의 컵을 힐끗 보곤 자기 컵에 녹차를 채워 목을 적셨다. 그동안 남자는 청구서를 확인하더니 재킷 안주머니를 더듬어 돈 봉투를 꺼냈다.

대충 숫자를 세더니 테이블 위로 슥 밀었다.

"잔돈은 됐습니다."

대범한 척하는 건지. 트집 잡히지 않으려고 구는 건지. 이런 데선 차 한 잔 값을 깎지 않는 게 훨씬 의심스럽다는 걸 모르는 듯했다. 순진하다고 해야 하나, 자료조사가 부족하다고 해야 하나? 서로가 서로를 속이지 않는다는 약속은 관념상으로만 존재할 뿐, 인간사회에선 단 한 번도 지켜진 적이 없다는 걸 알지 못하는 듯한 태도였다. 민성기는 돈 봉투를 끌어당기는 대신 물었다.

"약속된 2주는 끝났습니다만…… 더 연장하시겠습니까?"

"……."

"한 주 더 하신다고 하면 내일부터 재개하겠습니다. 비용은 2주 치의 절반입니다. 마찬가지로 활동비는 별도, 야간엔 추가 요금이 붙습니다. 이런 경우 저는 힘닿는 데까지 맡겨 달라고 하는 편입니다. 돈 때문이 아니라 그 편이 미련을 남기지 않으니까요."

달리 말하면 파도 더 이상 나올 게 없다는 뜻이었다. 그 말을 남자도 알아들은 듯했다. 고개만 숙이고 있던 그가 검지 손가락 두 개를 칼싸움하듯 부딪다가 불쑥 물었다.

"가끔 잘 안다고 믿던 사람이 멀어진 것처럼 느껴지는 감각을 아십니까? 사람이 처음 만났을 때의 거리감이 이 정도라고 한다면,"

남자가 검지 손가락 두 개를 어린애 홍통 크기 정도로 벌렸다. 두 손가락의 거리를 좁히지 않고 유지한 채 가운데에 보이지 않는 축을 두고 오른쪽 검지손가락은 앞으로, 왼쪽 검지손가락은 뒤로 회전시켰다.

"앞에서 보면 시간이 지날수록 가까워지는 것처럼 느껴지지만, 옆에서 보면 여전히 그대로인 거죠."

"……"

"그 사람은 이 간극을 숨기는 사람이 아닙니다. 그래서 상대방을 조급하게 만드는 사람이에요. 이렇게…… 혼자 발버둥치게 만드는 사람입니다."

남자가 표정 없는 얼굴로 말했다.

"망상이라고 해도 나는 분명 봤습니다. 그 사람에게 다른 사람의 흔적이 남은 걸. 그리고 내가 원하는 건 증거를 잡아내서 그 사람을 탓하려는 게 아닙니다. 그런 권리가 없다는 것쯤은 나 스스로가 잘 알고 있습니다. 내가 궁금한 건, 그 사람이 다른 사람과 함께 있을 때…… 내가 아닌 진짜 사랑하는 사람과 함께 있을 때의 얼굴을 보는 것입니다. 그 사람이 내게 보여 주는 연기하는 얼굴이 아닌 진짜 얼굴을 보게 되면 그 사람을 좀 더 이해할 수 있을 거 같아요."

"완전한 이해라는 건 환상입니다. 열 길 물속은 알아도 한 길 사람 속은 모른다는 말도 있지 않습니까? 정말 인간이 서로를 이해한다면 다툼이나 갈등 따위는 없겠지만, 분명 사랑하는 일도 없을 겁니다. 각자 다르기에 서로를 사랑할 수 있는 거니까요."

"선생님은 인간주의자신가요?"

갑작스러운 질문이었음에도 민성기는 침착하게 대꾸했다. "글쎄요. 20년 전에 아내가 죽은 뒤로 아내와 닮은 천사를 만든 적은 있긴 합니다. 처음엔 괜찮았는데 점점 진짜 아내와 다르다는 생각이 들더라고요."

그래서 평생 아내만 사랑하겠다는 약속을 지키기 위해 그걸 처분했다고까지는 말하지 않았다. 다행히 의뢰인은 더 묻지 않고 고개를 끄덕였다.

"실제 인간을 모델로 한 제작용 천사라고 해서 반드시 똑같지만은 않더군요. 저도 한 번 본 적이 있는데, 살아 있을 때와 거의 딴사람이었습니다. 왜, 사랑을 하는 인간의 뇌라는 건 객관성이 없잖습니까. 제작용 천사는 그 점을 반영하여 장점은 부풀리고 단점은 축소하는 식으로 일곱 배 정도 예쁘게 만든다고 하더군요. 주위들은 얘기니 정확한 숫자는 아닐 수도 있지만…… 아, 뭐 다 그렇진 않겠죠. 아내분께선 정말 미인이셨을 겁니다."

"……"

"죄송합니다, 이런 얘길. 좀 무례했던 거 같습니다."

"아뇨, 전혀 그렇지 않습니다. 일곱 배라, 놀라운 숫자네요. 그렇죠?"

민성기는 아무렇지 않은 척 굴었다. 남은 사람들은 죽은 사람과 천사의 얼굴이 다르다는 걸 알면서도 기꺼이 속기를 택한 걸 테다. 내심 천사의 아름다운 얼굴이…… 죽은 이가 도달하고 싶어 했던 최대치의 아름다움이라는 걸 알기에 가만히 두는 것일 테다. 어쨌든 계속 보다 보면 천사에게 정이 들고, 사랑하게 되고, 그건 곧 천사의 무서운 점이 된다. 민성기가 어릴 땐 지금처럼 천사가 발달하지 않았고, 이젠 차별적이라는 이유로 금기시된 '로봇'이라는 단어로 그들을 불렀다. 도서관의 먼지 쌓인 책 중엔 지나치게 발달한 로봇이 인간을 노예 삼는 이야기도 있었다. 레이저를 쏘며 인간을 채찍질하는 로봇. 이야기 속의 인간은 로봇의 무력에 맞서 싸우며 자유를 쟁취했지만, 현실은 이야기와 다른 방향으로 움직이고 있었다. 머지않은 미래에 기계가 인간을 지배한다면 그건 무력이 아닌 사랑 때문일 거다. 그때의 로봇은 감정이 없는 양철 깡통이 아니라 부드러운 살과 피부, 영원히 늙지 않는 아름다움을 갖고 있을 것이고, 인간의 복종은 자발적인 것일 테다. 그리고 그날이 머지 않았다. 환란이 코앞으로 다가왔다.

가까운 도로에 외장 스피커를 단 오토바이가 잠시 정차한 듯했다. 커다란 음악 소리가 들리다가 정지 신호가 끝났는지 순식간에 멀어졌다. 의뢰인이 나지막히 말했다. "파멜라 맨슨이네요."

"아시나요? 제 세대인데. 요즘 레트로가 붐이긴 한가 보군요."

천사의 탄생 이전 지구촌 소년들의 섹스 심벌이었던 가수 겸 배우로 사후 자기 모습을 본 딴 천사를 제작한 최초의 인간이었다. 그는 암이 간으로 전이되어 치료에 들어가기 직전, 젊은 시절 자신을 모델로 한 섹스봇을 만들어 달라며 초상권을 포함한 일체의 권리를 IT업계의 공룡이라고 불리던 거대기업의 자회사에 넘겼다. 바라던 것은 단 하나. 죽기 전 다시한 번 전 세계의 소년들이 무릎 꿇고 자신을 숭배하는 것뿐이었지만, 기술적 완성도에 비해 투박한 미감이 발목을 잡았다. 지속되는 항암, 언제 끊어질지 모르는 목숨이라는 긴박한마감 시간에 발맞춰 디테일이 떨어진 채 제작된 대량 생산형섹스봇은 피에로에서 질에 이가 달린 여자까지, 세 살부터 여든 살까지의 서구 사회 남성들의 악몽을 충실히 재현한 괴물이었다. COO는 기자회견을 열어 원시인에게 아이폰을 주어도 누구도 곡선의 아름다움을 알지 못할 것이며 아름다움은학습이고 세뇌되는 것이기에 결국 사람들은 파멜라에게 문을 열어 주리라고 말했지만, 그 사람들이 현대인은 아니라는것은 통계로 인해 확실해졌다. 그로 인해 일찍이 천사의 존재를 받아들인 아시아 일부 국가와 유럽 이민자 커뮤니티와 달리, 미국에서는 비교적 최근까지도 천사를 13세 미만의 아동에게 노출하느냐 마느냐가 중요한 사회적인 쟁점이었을 정도로 천사와 애호가들에 대한 인식은 바닥이었다. 결국 21세기에 발족된 천사협의회가 정한 기준에 따르면 '천사'라고 명명해서는 안 될 저급 섹스봇인 파멜라는 미국우정공사에 기부형식으로 파견되었다. 현재엔 미 전역 어느 곳의 우체국엘 가도 컴팩트한 파멜라들이 입에 침이 마른 노인들을 대신에 우표를 붙여 주는 것을 볼 수 있었다. 그들은 매우 친절하며 어디까지나 인간을 위해 존재한다는 제1의 목적을 완벽히 수행하고 있었다.

"왜, 깎은 손톱을 함부로 다루지 말라는 말이 있잖습니까. 쥐가 먹고 인간으로 변신하니 조심하라고요. 나는 어릴 때 그 말을 무척 무서워해서, 지금도 자기 천사를 만드는 사람이 대단하다고 생각됩니다. 나랑 똑같이 생긴 사람이 있다는 건 내겐 악몽이거든요. 아내의 천사를 만든 사람이 이런 말을 하면 웃기겠지만요."

의뢰인이 잘 알고 있다는 반응을 보였다. "지금은 재탄생의 방법으로 자기 천사를 만드는 사람이 많죠."

"저희 세대는 보통 출산을 했습니다. 요즘엔 아이를 타인처럼 존중해야 하니 뭐니 하지만, 자기 복제를 낳아 기른다는 착각 없이 누가 몸을 가르겠습니까."

"그러고 보니 시위가 있더군요. 인간을 모델로 한 천사 제작을 반대하는 분들의…… 지나오면서 봤습니다."

"그분들은 인간의 고유성을 믿는 분들이지요. 유전으로 인한 닮은 꼴이 아니면 매우 불쾌함을 느끼는 거예요."

민성기는 자신과 닮은, 그러나 훨씬 아름다운 천사들을 공개 처분하던 과격파들의 시위 장면을 떠올렸다. 예전에 비해 세는 줄었지만 하루도 빠짐없이 돌아가며 1인 시위를 했고, 오늘의 장소는 관용사의 입체 광고가 송출되는 번화가 사거리였다. 민성기는 그들의 텔레그램 방으로부터 시위 정보를 알고 있었고, 매번 장미가 택시에서 이곳까지 오려면 그 앞을 지나야만 한다는 것도 알았다. 자, 여기까지 대화를 제대로 이끌어 왔다. 민성기는 녹차로 목을 축이며 조금 더 잡담을 나누자는 태도로 가볍게 말을 돌렸다.

"그 반대의 경우가 있을까요?"

"어떤 경우요?"

"어떤 천사가 자기와 닮은 인간을 죽이게 되는 경우가 있을까요?"

"갑자기 무슨 말씀이죠?"

"그냥 그런 의문이 들어서요. 분노가 좀 그렇다면 사랑으로 해 보죠. 어떤 천사가, 인간의 사랑을 얻기 위해 다른 사람을 죽이고 그 흉내를 내려고 한다면 어떤 일이 벌어질까요? 이를테면 어떤 사람이 식물인간이 된 애인을 대신해 천사를 만듭니다. 얼마 뒤 애인은 기적적으로 깨어나고 버림받은 천사는 다시 주인의 사랑을 얻기 위해 주인의 애인을 죽이려 합니다. 자신이 천사라는 걸 알지 못한 채요. 있을 법한 얘기 아닙니까?"

"비슷한 영화를 본 적은 있습니다."

"지금 가짜 얘기를 하는 게 아닙니다. 현실에서의 얘기를 하는 거예요."

의뢰인이 질문의 저의가 무언지 의문스러워하는 표정으로 민성기를 보았다. "천사가 뭐 하러 그런 일을 하겠습니까. 애초에 불가능하고요."

"3원칙 때문에요? 일각에선 3원칙을 100도씨가 되면 물이 끓는다든지, 물건을 던지면 아래로 떨어진다든지 하는 과학 법칙과 마찬가지로 여기지만, 어디까지나 인간이 세운 원칙입니다. 규칙은 시간에 따라 바뀝니다. 빈틈이 많아 피해 갈 수도 있고요. 만약, 어디까지 만약입니다만, 천사가 자신이 천사라는 걸 모른다면 가능하지 않을까요? 타자를 향한 살의는 인간의 기본 감정이니, 천사는 자기가 버그가 낀 천사라는 사실을 인식하지도 못할 겁니다."

"생각해 본 적은 없지만 그럴 수도 있겠네요." 의뢰인이 대화를 끝내고 싶다는 의사를 밝혔다. 어딘지 불편한 표정으로 자리에서 일어났다. "시간이 되어서…… 저는 그만 가보겠습니다. 조사는 이만하는 걸로 하죠. 말씀하신 대로 더 해 봤자 저의 미련일 거라는 생각이 듭니다. 믿음이 필요한 거겠죠. 이런 관계니까 더욱더요."

민성기는 현관까지 배웅을 나갔다. 문고리를 잡아 주다가 의뢰인에게 충동적으로 손을 내밀었다. "그간 감사했습니다."

"아, 예. 저야말로."

의뢰인이 짧게 머뭇거리다가 손을 맞잡았다. 두 사람은 잠시 체온을 나눴다. 의뢰인이 계단을 내려갔다. 문을 닫고 뒤를 돌았을 때 벽걸이 시계는 정확히 7시 30분을 가리키고 있었다. 민성기는 허리를 낮춰 창가로 다가가 바깥을 내려다보았다. 비는 그쳤다. 튀김 가게 앞에 있던 손님들도 모두 돌아가고, 주인이 혼자 쇼케이스를 정리하고 있었다. 의뢰인은 한 손에 접은 장미 같은 붉은 장우산을 들고 가로등 앞을 통과하고 있었다. 생각에 잠긴 옆얼굴이 빛을 받아 밀랍인형처럼 보였다.

민성기는 그가 가는 방향을 확인하고 재빨리 문을 잠근 뒤 바깥으로 나왔다. 숨을 깊게 들이마셨다. 축축한 비 냄새를 맞자 식물이 물을 빨아들이듯 가슴 깊은 곳에서 무언가 샘솟았다. 앞서가던 의뢰인이 인도 끄트머리에 섰다. 이따금 올라갔다 내려가는 손길이 택시를 잡아타려는 모양새였다. 연락처를 남기지 않을 속셈인지 콜택시를 부르지 않은 꼼꼼함 덕에 민성기도 택시를 잡을 시간을 벌 수 있었다. 약간의 간격을 두고 두 대가 나란히 섰다.

"저 차를 따라가 주시죠."

기사가 핸들을 부드럽게 움직였다. 시보가 울리고 김장훈의 「good bye day」가 나왔다. 잊을 수 있다고 믿었었는데 이러다 말겠지 생각했는데 우리 함께 듣던 이 노래에 나는 왜 또 눈물이 흐르는지…….

민성기는 주머니에서 사진 하나를 꺼냈다.

어린 시절엔 불빛이 반짝이는 아름다운 거리라고 생각했을 법한 너저분한 모텔촌 뒷골목을 두 남녀가 걷고 있는 사진이었다. 어울리지 않는 한 쌍. 하나는 정환희고, 다른 하나는 두 달 전 민성기의 의뢰인이자 유시온이라는 이름의 탤런트였다. 유시온은, 민성기는 몰라도 나름대로 자리를 잡아 가는 중인 라이징 스타로 악플러를 찾아 달라고 방문했었다. 어째서 경찰이나 변호사를 통하지 않고 배우 본인이 직접 온 걸까? 유시온은 회사가 작은 탓이라고 말했다. 그러나 악플러가 어떤 사람인지, 무엇을 좋아하고, 무엇을 싫어하고, 어떤 생각을 갖고 있는지 조사해 달라는 주문은 고소를 위한 증거를 모으는 일과 상관이 없어 보였다. 민성기는 더 묻지 않고 사건에 착수했다.

악플러가 정환희라는 걸 아는 덴 오랜 시간이 걸리지 않았다. 그는 모든 종류의 소셜 네트워크에 가입되어 있었고 그중에서도 주로 익명 사이트를 중심으로 수많은 글을 남겼다. 그 덕에 민성기는 같은 침대에 눕는 사람도 다는 모를 성적인 판타지까지 알게 되었지만, 그건 증명사진이랍시고 엑스레이 사진을 받은 것과 같았다. 뼈대에 근육과 살가죽이 붙은 총체적인 모습의 정환희를 알기 위해선 조금 다른 방식의 접근법이 필요했다. 민성기는 거꾸로 들어갔다. 아이디만 있고 거의 사용하지 않는 페이스북 계정들에 동창들이 남긴 글을 통해 정환희에 대한 정보를 수집했다. 일찍 아이를 낳으며 평균적인 삶에서 벗어난 탓인지 많은 이들이 그의 이름을 소환하진 않았다. 가끔 불릴 때마저도 참 대단한 친구, 열심히 사는 친구, 그런 식으로 거리를 두고 있었다.

초등학교 졸업 사진은 그러던 중 발견한 것이었다. 두 뺨이 붉은 날씬한 백조 같은 아이들 사이에서 가장 먼저 눈에 들어온 건 정환희가 아닌, 혼자 통통한 미운 오리 새끼 한 마리였다. 고생 좀 했겠군. 민성기는 스치듯 그런 생각을 했고 그날 저녁, 소파에 누워 있다가 벌떡 몸을 일으켜 다시 한 번 단체 사진을 보고 확신했다. 역시나. 그 통통한 백미리내라는 남자애는 유시온이었다. 환골탈태였지만 못 알아볼 정도는 아니었다. 특이하게도 동창들 중 누구도 그의 이름을 언급하지 않았다. 친구가 없었던 걸까, 아니면 '배우 유시온'을 배려하는 걸까. 머잖아 민성기는 그들 중 누구도 유시온이 백미리내라는 걸 알지 못한다는 걸 자연스레 깨달았다. 아니지, 단 한 사람, 정환희는 아는지도 모른다. 그가 유시온의 게시글에 단 악플은 주목받는 스타에게 생각없이 던진 돌이 아닌, 배우가 된 동창을 향한 질투나 동경 따위가 섞인 감정인지 몰랐다.

어쨌든 그건 유시온과 정환희가 해결해야 할 문제였다. 민성기는 정보를 넘겨 줬다. 그렇게 그 건은 해결되었고, 얼마 있지 않아 저 앞에 후미등이 반짝이는 택시에 타고 있는 남자, 민성기가 붉은 장미라고 부르는 의뢰인이 자신을 '백미리내'라고 소개하며 찾아왔다. 의뢰인은 정환희의 사진을 내밀었다. 오래 사귄 애인이 바람을 피우는 것 같다며 그가 1대 1로 만나는 모든 사람의 사진을 찍어 달라고 했다. 민성기는 정환희에게 애인이 없다고 확신했다. 탐정 사무소의 이름을 걸고 그것은 불가능했다. 그럼에도 저 남자가 자신의 이름을 백미리내라고 밝힌 저의가 궁금하여 의뢰를 수락했다. 어쩌면 정환희의 남편이 고용한 배우인 걸까? 그런 추측도 했지만 몇 번을 만나도 그의 반응, 파트너의 배신을 토로하며 고통스러워하는 반응은 도저히 거짓으로 보이진 않았고, 어젯밤, 내일의 약속을 준비하다가 민성기는 번뜩 한 가지 가능성을 떠올렸다. 어쩌면 의뢰인이 진짜로 알고 싶은 건 정환희가 아닌 이름을 빌려 쓴 남자, 즉 백미리내가 아닐까?

미끄러지듯 나아가던 차가 차츰차츰 속도를 줄이더니 번화가 입구에서 멈췄다. 붉은 장미는 택시에서 내려 인파 속으로 들어갔다. 밤의 거리. 이제 막 달뜨기 시작한 분위기 속을 칼로 물을 베듯 나아갔고 민성기는 서너 걸음 떨어져 그 뒤를 쫓았다. 오래 걷지 않아 의뢰인은 삼거리 중앙의 건물 안으로 들어가더니 엘리베이터에 올라탔다. 민성기는 약간 시간을 두고 안으로 들어가 실내 간판을 확인했다. 1층은 프랜차이즈 카페, 2층부터 4층엔 배우 아카데미, 지하엔 소극장이 있는 건물로 엘리베이터가 멈춘 5층에만 간판이 없었다. 뭘 하는 곳일까. 생각에 잠겨 있는데 젊은 여자가 허겁지겁 뛰어 들어왔다. 그가 엘리베이터의 위치를 확인하자 마자 높은 구두를 아랑곳 않고 부랴부랴 지하로 뛰어 내려갔고 잠시 뒤 찌르르, 벨이 울렸다. 8시 정각. 몰랐는데 공연을 하는 날인 듯했다. 민성기는 뒤를 돌아 벽에 붙은 포스터를 보았다. 현재 상영작은 「천사와 황새」. 본 연극이 한 손에 꼽는 민성기가 관람한 적이 있는 극으로 열린 창의 이미지로 된 포스터를 보자 옛 기억이 떠올랐다. 아내와 연인이던 시절, 해외의 유명한 배우가 내한 공연을 한다고 하여 어렵게 티켓을 구해 보고 돌아오는 길에 다투었다. 아내는 좋은 거 보고 왜 화를 내냐며 울었는데, 민성기는 차마 아내의 영혼 일부가 눈앞의 닮은 두 사람을 향해 빨려 들어가는 것만 같았다고 말할 수 없어 냉전을 벌였다. 그땐 남산의 국립 극장에서 보아서, 이런 작은 극장에도 올라오는 줄은 몰랐다. 어쩐지 포스터가 좀 성의 없다고 생각하다가 민성기는 맨 아래, 손톱만 한 캐스팅 사진에서 익숙한 얼굴을 발견했다. 한동안 그 앞에 서 있다가 자연스레 밑부분을 찢어 주머니에 넣고 건물 밖으로 나왔다.

담배에 불을 붙이는 순간은 그곳이 어디든, 설령 불빛과 소음이 몸을 감싸는 유흥가라도 무척 고요한 곳이라는 착각을 들게 한다. 민성기는 연기를 내뿜으며 이번에는 아래에서 위를 올려다보았다. 하나, 둘, 셋…… 불이 켜진 5층의 젖빛 유리 안쪽으로 사람의 인영이 비쳤다. 이마 위로 떨어진 빗방울을 닦으며 민성기는 혼잣말을 했다.

당신이 오는 수요일엔 비가 와.

비 오는 수요일의 빨간 장미. 당신은 누구인가?

5

류가 준 건 오후 8시 공연 티켓, 미리내가 한여울 아트 소극장의 문을 열고 들어선 것은 오전 11시 무렵이었다. 황량하기까지 한 대낮의 유흥가를 지나 들어온 극장의 문은 잠겨 있지 않았다. 포스터가 붙은 텅 빈 복도를 지나 티켓 부스로 쓰는 2인용 테이블이 막고 있는 작은 관의 문을 열었다. 계단 모양의 객석. 아래로 수렴되는 부채꼴 모양의 꼭짓점에 무대가 있었고 그 위에 희미한 오렌지색 조명을 받으며 서 있는 한 사람이, 그리고 팔짱을 낀 채 날카로운 눈빛으로 무대 위를 노려 보며 객석에서 그 빛을 나눠 쬐는 또 한 사람이 있었다. 200석이 안 되는 작은 관이었다. 무대 위 사람은 그렇다 쳐도, 무대 아래 그림자도 미동이 없었다. 미리내 역시 모르는 척 문을 닫고 맨 끝줄에 앉았다. 그에게도 익숙한 이 희곡은 이제 막 도입 부분으로, 아무것도 없는 텅 빈 무대가 점차 브루클린의 낡은 아파트로 보이기 시작했다.

주인공 유리는 텍사스 오렌지카운티 출신의 가난한 삼류 배우다. 브로드웨이에 설 수 있다면 죽어도 상관없다고 생각하는 열여덟. 무용수처럼 매끈한 몸과 검은 머리. 보고 들은 대사를 금방 암기하는 총명한 두뇌와 깨진 돌처럼 빛나는 눈동자를 가졌다. 가장 먼저 그의 재능을 발견한 건 연극부 고문을 하는 영문학 선생이지만, 배우의 길로 이끈 건 그가 짊어진 불행이었다. 어머니의 방임과 자살, 의붓아버지의 학대, 이웃집 부인의 유혹…… 열여섯이 되던 해 유리는 훔친 라디오를 판 돈으로 뉴욕행 장거리 버스에 올라탄다. 대륙을 가로지르는 동안엔 두려움과 꿈, 약간의 기대와 많은 희망을 섞어 마셔 혼몽하게 취해 있었지만, 거기서 깨어나는 덴 오랜 시간이 걸리지 않았다.

연극은 뉴욕에 도착한 지 2년 되는 해, 여전히 아름답고 총명하며 망가진 유리가 물이 절반쯤 찬 욕조에서 눈을 뜨며 시작된다. 또 다시 자살에 실패하고 만 유리는 떨어진 샤워 커튼을 몸에 둘둘 감은 채 불을 피우려고 한다. 추위에 손이 떨려 미끄러진다. 성냥 서너 개의 목을 부러트린 뒤에야 간

신히 불을 붙이지만, 망가진 곤로에선 독한 연기만 난다. 유리
는 기침을 하며 창문을 연다. 빛과 소음이 쏟아지는 도시가
눈앞에 펼쳐진다. 그 화려해서 쓸쓸한 콘크리트 정글에서 유
리가 마음 붙일 이는 단 하나, 맞은편 옥상에 세워진 빌보드
간판 속의 천사뿐이다. 천사는 매트리스 위에서 잠에 빠져 있
다. 평온한 얼굴의 천사. 유리는 천사가 눈을 뜨는 날 제 2의
인생이 시작될 거라는 상상을 곧잘 했다. 그리고 상상은 현실
이 되고……

유리: 기계에, 우리의 삶에 천사가 깃들어 있다면 얼마나
좋을까. 자동차의 배기음. 클랙슨 소리. 아랫집 여주인이 진공
청소기로 카펫의 먼지를 빨아들이는 소리. 전역 군인의 휠체
어 끄는 소리. 한밤중에 조명등이 켜지는 소리. 총소리. 열차
소리. 잉잉대고 끽끽대는 주전자의 비명 소리. 이것이 모두 천
사의 부름이라면 얼마나 좋을까. 검은 새 아래 누워 본 사람
은 안다. 새가 날 땐 허리띠를 휘두르는 소리가 난다.

류의 시선이 객석의 높은 곳을 향했다. 두 손이 보이지 않
는 창틀을 짚었다. 몸이 서서히 앞으로 기울었다. 홰치는 소
리가 점점 커졌고, 류의 얼굴을 은근히 비추던 조명등도 점점
밝아졌다. 찡그렸던 두 눈이 느리게 커졌다. 벌어지는 입.

미리내는 팔짱을 꼈다. 모양새를 보니 따로 천사의 배역을 두지 않고 일인극으로 진행되는 듯했다. 나쁘진 않지. 윌리엄 제임스와 마크 제임스라는 전설적인 쌍둥이 배우가 연기한 이후 한때 형제나 닮은꼴 두 사람이 천사와 유리의 역할을 번갈아 맡는 것이 유행했지만, 기본은 일인극이다. 돈도 적게 들고, 배우와 연출가의 역량을 실험하기에도 좋아 특히 이런 소규모 극단에서 주로 선택했다.

애초에 원작자는 천사를 인간이 연기해야 한다고 고집하지 않았다. 원작자의 노트에 따르면 천사는 아무도 들어오고 나가는 순간을 모르게 무대 위로 떠오르는 존재, 은근한 어둠 속에서 저절로 빛나는 존재, 늦은 밤 숲의 짐승을 깨우는 자동차의 헤드라이트나 순교자의 피투성이 얼굴을 비추는 백열전구의 빛처럼 본 적 없는 최초의 빛을 내뿜는 존재여야 했다. 그리고 인간이 그런 존재를 연기하는 일이 불가능하다면 인형을 쓰거나 아예 자리를 비워 두는 것이 낫다고 했다. 그러던 중 러시아 출신의 바진스키가 라듐에 적신 천을 배우의 얼굴에 감싸 무대 뒤편에 앉혀 놓은 것을 시작으로 인간 배우들이 천사역으로 무대에 오르기 시작했다. 가끔 원작자의 뜻을 오해해 맨 얼굴에 야광도료를 바르거나, 단순히 얼굴이 예쁜 배우를 세워 두는 연출가도 있었지만, 코믹극에서 배구공을 쓰거나, 로봇 레스토랑의 디너쇼에서 깡통이라고 불리는 구형을 올리는 것만 못했다. 그렇다면 여기서는 어떤 방식으로 천사를 호명할 것인가?

유리: 나는 내 눈을 의심했습니다. 그러나 다시 보아도 빌보드 속 매트리스는 텅 비어 있었습니다. 떠난 이의 흔적조차 남기지 않은 빈 자리를 보고 나는 망연자실했습니다. 나의 희망이었던 것, 내가 별처럼 사랑했던 것, 저 위에 잠들어 있던 천사는 모두 가짜였나? 환영이었나? 그때, 똑똑, 하고 노크 소리가 들렸습니다. 나는 다가가 문을 열었습니다. 그리고…… 거기 천사가 있었습니다.

류가 관객에게서 등을 돌렸다. 뒤편에 그때까지 검은 천에 덮여 있던 거울이 드러나 류의 얼굴을 비추었다. 그렇군. 거울을 이용해 한 사람이 유리와 천사를 연기하게 하는 방법이었다. 딱히 신선하진 않지만 억지스럽지도 않았다. 그 여자답군. 코웃음 치다가 미리내는 새삼 묵은 의문을 꺼냈다.

하필 지금 「천사와 황새」가 올라가게 된 것이 우연일까? 우연이다. 일단 시기가 맞지 않는다. 아무리 조그만 극단이라도 극을 준비하는 데 걸리는 최소 시간이라는 게 있다. 미리내의 캐스팅이 확정된 건 한 달 전, 류에게 알려준 건 고작 2주 전이다. 그럼에도 이 모든 일이 마치 류의 심술인 것처럼 생각되었다. 미리내가 영화에서 천사를 맡게 된 것을 우습다고 생각한 류가 뭐가 진짜인지 보여 주기 위해 연극 무대에 선 것처럼 느껴졌다. 류가 그 여자와 미리내의 연기를 비웃었을 상상이 되었다.

그 여자, 연출가는 재수 없는 사람이다. 류를 아꼈고 그가 '시온'의 대역으로 활동하는 걸 마지막까지 말렸다. 그는 언젠가 류가 더 큰 물로 나갈 것을 믿어 의심치 않았다. 그날이 오면 놓아줄 각오도 되어 있었다. 그런데 그게 남의 그림자는 아니라는 게 여자의 주장이었다. 네 재능을 썩히지 마! 여자의 적극적인 의지로 류는 시온의 일이 없을 때면 자기 이름을 걸고 무대에 올랐다. 연출가는 류가 오르는 극을 반드시 성공시키려고 했다. 비록 소극장 공연이지만, 한 번 입소문이 나면 류의 재능이 인정받는 것은 시간 문제라고 여겼다. 하지만 공들인 무대에 반응은 없었다. 어째서일까. 연출가는 이해하지 못했지만 미리내는 답을 알았다. 류는 사람들로 하여금 소유욕을 불러일으키는 타입이었다. 나만 아는 배우. 그런 불가능한 주문을 하는 사람들에게만 류는 인기가 많았다. 여우 같은 인간들. 그들은 결코 류의 성공을 바라지 않았다. 저 포도는 신 포도라고 외치며 다른 사람들을 모조리 내쫓은 다음 입을 벌리고 앉아 호시탐탐 열매가 추락하기만을 기다렸다.

미리내는 집중하는 류를 보았다. 오늘은 대단원의 막을 올리는—금토일 단 사흘 하는 공연에 이런 거창한 수식이 필요할지 모르겠지만—첫 공연 날이다. 저녁 본 무대에 오르기 전에 진을 빼 둘 필요는 없고, 또 그 자신도 그렇게 생각하고 있을 테지만 무대 위의 류는 분명 에너지를 낭비하고 있었다. 공기가 탁한 극장. 조그만 스모크 기계가 돌아가는 무대 위에서 열기가 뿜어져 나왔다. 거울 속 천사의 얼굴이 땀에 젖어 빛났다. 미리내는 생각했다.

조용히, 쓰러지는 흉내를 낼까?

발작하는 흉내라도 낸다면 류는 자기의 세계를 깨고 기꺼이 이 계단을 오를 것이다. 말라 죽는 운명을 알면서 도로 한가운데로 기어오르고 마는 지렁이처럼.

심술을 부릴까 하다 그만두었다.

류에게도 때로는 광합성이 필요하다. 바깥의 태양이 아닌 극장의 어둠이 그의 얼굴을 검은 붓으로 핥아 내려 주는 시간이 그러했다. 그의 진짜 세계는 오로지 이 곳에 있었다.

인기척이 느껴지는가 싶더니 등 뒤에서 다가온 누군가가 속삭였다.

"함부로 들어오시면 안 됩니다."

"초대받았는데요." 미리내가 재킷 주머니에 넣어 둔 공연 티켓을 꺼내 흔들었다. "확인해 보시죠. 금요일."

"그리고 20시라고 적혀 있죠. 숫자는 읽지 못하시나 보군요."

어느샌가 뒤로 빠져나온 연출가가 팔짱을 끼고 옆자리에 앉았다. 잠시 뒤 미리내가 말했다.

"거울. 나쁘진 않네요. 좋지도 않지만요. 일단 새롭지 않다는 것만은 알겠습니다."

"네. 연출이 아니라 배우 역량이 중요한 거니까요. 적어도 유시온 씨의 천사보다는 낫겠죠."

"류가 말했나요?"

"우리가 당신 얘길 뭐 하러 합니까? 당신이야 가십 따위가 좌지우지하는 세계의 인간이래도 우린 그런 것까지 신경 쓸 시간 없습니다. 무대는 한 번뿐이에요. 그걸 성공시키려면 공들여야 할 게 아주 많죠." 연출가가 덧붙였다. "이왕 연예인으로 사는 거, 자기 기사 정도는 챙겨 보시는 편이 좋지 않을까요?"

미리내는 휴대전화를 켰다. 이름을 검색하자 자신이 실사 영화에서 천사를 맡는다는 소식이 연예 뉴스 란에 올라와 있었다. 역겨운 얼굴. 가짜 미소를 짓고 있는 자신의 얼굴을 참지 못하고 미리내는 화면을 껐다. 속을 가라앉히고 태연한 척 연출가에게 속삭였다.

"알려 주어 고맙군요. 보시다시피 천사를 맡으려면 많은 준비가 필요해서 이만 가 보겠습니다. 참, 내 대신 류에게 전해 주겠습니까?" 미리내는 한 글자 한 글자 힘을 주었다. "「우형규 쇼」의 날짜가 잡혔다고, 준비를 하라고 전해 주세요. 그럼."

미리내는 자리에서 일어났다. 극장을 빠져나오는데 뒤에서 발소리가 들렸다. 돌아보니 연출가가 서 있었다. 그는 지하의 푸르딩딩한 빛 속에서 이상하게 부어 보이는 얼굴로 말했다.

"류가…… 류가 「우형규 쇼」에 나가나요?" 연출가가 물었다. "무엇으로?"

"'진짜 가짜를 찾아라' 코너에 나의 가짜로 나갈 겁니다."

연출가의 눈이 커졌다. 미리내는 그가 머릿속으로 바닥이 갈라지는 유리 상자와 그 아래에 놓인 작은 풀에 풍덩 빠져 생쥐 꼴로 기어 나오는 류를 떠올린다는 걸 알았다. 연출가의 얼굴이 일그러졌다. 그가 잇새로 내뱉었다. "당신이…… 당신이 저 애의 재능을 착취하는 걸 보고만 있지 않겠어. 두고 봐. 배우로서 반드시 성공시킬 거니까."

"그러시던가요." 미리내가 로비라고도 할 수 없는 복도를 훑어보며 대꾸했다. "잘해 보시죠."

"걸작을 망치려는 개새끼. 죽어 버려."

"당신이 그런 말을 해도 류가 나를 떠나지 않을 거라는 게 유감이네요. 나만 줄 수 있는 게 있거든요."

"싸구려 영화에 대역으로 내보내는 거? 웃기지 마."

"아니요. 당신은 절대 못 줍니다."

"……"

"뭐겠어요?"

개새끼가…… 뒤에서 열을 내는 연출가를 등지고 미리내는 건물 밖으로 나왔다. 공기는 한결 나았는데 기분이 더러웠다. 지난밤의 찌꺼기를 숨기지 않는 번화가의 얼굴. 바닥에 침을 탁 뱉었다. 담배 한 대 피우고 싶다. 꾹 참고 대로변에 나가 택시를 잡아탔다.

미리내가 내린 곳은 도심에 있는 작은 건물이었다. 경비실도 없는 건물의 6층. 간판 없는 사무실의 문을 열고 들어가자 익숙한 얼굴의 남자가 일어나 예의를 갖춰 인사했다. 미리내도 가볍게 목례한 다음 노크 없이 가장 안쪽 방으로 들어갔다. 책상 앞에 눈 밑에 거뭇한 노인이 앉아 있었다. 목에 사레가 들린 것처럼 심한 기침을 하고 있었다. 잠잠해지자 미리내가 물었다.

"피곤해 보이시네요. 다음에 올까요?"

"아니야. 괜찮다."

노인이 손수건에 코와 입을 대고 숨을 고르는 동안 미리내는 뒷짐을 진 채 미동 없이 서 있었다.

노인은 고개를 들어 눈앞의 미리내를 봤다. 허리가 곧고 어깨가 말끔히 펴져 있다. 아무렇지 않게 걸친 티셔츠가 뼈와 근육의 모양을 따라 흘러내렸다. 천이 아름다운 건가, 몸이 아름다운 건가? 멍하니 바라보던 노인의 입이 벌어졌다. 그

자리에 있던 두 사람은 알아차리지 못했지만 죽음이 때를 놓
치지 않고 그 안으로 기어 들어갔다. 검은 벌레가 목구멍을
덮으려는 순간 미리내가 입을 뗐다.

"촬영 날짜가 잡혔어요. 계획대로 류를 내보낼 겁니다."

죽음이 미끄러져 사라졌다. 노인의 눈에 다시 총기가 돌았
다. "정말 그 애가 생존자가 맞아? 그 사진은……."

"닮지 않은 거 압니다. 그래도 류밖에 없습니다. 사람들을
설득할 수 있는 건요."

미리내는 류를 떠올렸다. 류는 매 분 매 초 늙는 것을 두려
워했고 자기 자신의 가장 아름다운 순간은 지났다고 여겼지
만 결코 스스로를 헐값으로 팔아넘길 정도는 아니었다. 미리
내는 이따금 류에게서 섬광 같은 아름다움을 보았다. 찰나에
지나가는 그 덧없음은 박제되어 버린 사진 속의 소년을 볼 때
와 비슷한 감흥을 불러일으켰다. 미리내는 다른 사람들도 그
걸 볼 수 있을 거라고 확신했다. 그리고 마지막 천사의 모델이
아니었더라도, 류가 그 저택에 있던 건 사실이었다. 그것만으
로 충분하다.

선우는 아름다움을 알았던 끔찍한 인간이다. 역사에 남을
천사를 몇 대씩 남긴 인간이라는 건 시대의 미적 기준을 세
웠다는 뜻이다. 눈처럼 흰 피부와 피처럼 붉은 입술, 흑단처
럼 검은 머리카락이라는 말로는 선우를 속일 수 없었다. 선우

는 비유와 상징, 후광이 아닌 자기 자신의 눈만 믿었다. 그런 그의 앞에선 전 국민이 사랑한다는 영특한 어린 배우나 연예인 부부가 만든 사랑스러운 도자기 인형도 단박에 던져져 박살이 났다. 선우는 날카로운 후각으로 생명력을 쫓았다. 그는 맨땅에 자란 푸른 싹의 시기, 손바닥으로 쓱쓱 쓸면 씁쓸한 풋내가 나는 거친 시기를 지나 열대식물처럼 조숙증에 걸려 유리 천장으로 쭉쭉 뻗어 나가기 직전의 소년을 발굴해 냈다. 종아리가 허벅지보다 긴 소년. 팔다리 끝에 어른의 손발을 훔쳐 단 것 같은 소년. 눈썹과 속눈썹이 새카만 소년. 인중이 말랑말랑한 소년. 푸른 거라곤 사과 같은 심장 밖에 없는 소년. 그 불완전함, 길어 봤자 반년을 못 넘기는 위태로운 소년의 아름다움을 알아보는 데 천재적인 재능이 있었다.

운이 좋다면 뼈가 굵어지고, 이와 이가 어긋나기 시작하는 때가 와도 유년기의 아름다움을 붙잡고 있을 수 있을지 모른다. 그러나 장미저택에서의 여름 캠프가 끝나고 나면 소년들의 얼굴은 급격하게 무너졌다. 너무 일찍 욕망의 대상으로서 누군가의 시선에 노출된 적이 있는 경험이 그들의 육체만이 아닌 마음도 망가트렸다. 공상과학영화 속의 핵이나 불완전한 실험용 주사, 알파선, 감마선, 육체를 순식간에 변형시키는 치명적인 빔에 맞은 것처럼 천사는 한순간에 괴물이 되었다. 저택에 초대된 적이 있는 아이들의 대다수가 그랬다. 털이, 뼈가 달빛 아래 늑대인간이 팽창하는 것처럼 자랐다. 천사 같던 유년기의 겉껍질이 찢겨 나가고 추악한 어른 인간으로 다시 태어났다. 그들은 자신이 겪은 일이 황홀인지, 고통인지, 영광인지 알지 못했다. 그리고 그것이 전부 뒤섞여 있다는 걸 깨닫지 못하고 어설프게 칼을 대어 나누려다가 실패했다.

몇몇 저널리스트들은 장미저택에서 일어난 일의 진실에 근접했다. 그러나 심증만 있을 뿐, 대중을 설득할 만한 확실한 물증이 오랫동안 발견되지 않았다. 대부분의 소년이 고아였고, 저택엔 모든 사진 데이터 및 과거의 물적 흔적을 넘기고서야 들어갈 수 있었다. 어차피 반년 지나면 돌아오는데. 부모가 있는 아이들의 어린 시절도 그런 마음으로 사라졌다. 그 누구도 인간의 생은 한 번, 어린 시절도 단 한 번이라는 걸 선우만큼 알지 못했다. 그 한 번의 가치가 얼마나 대단한 것인지 몰랐다.

어린 시절의 반년은 어른으로 치면 20년은 되는 밀도를 갖고 있다. 더구나 장미저택에서의 하루하루는 두 시간 만에 사랑에 빠지고 죽음을 맞는 영화처럼 한순간 한순간이 함축적이었다. 비유로 지어진 저택에서 분초 단위로 암시적인 사건들이 일어났다. 시간이 지상과는 비교할 수 없는 속도로 흘렀기에, 고원의 저택에서 내려와 사바세계의 발을 디딘 소년들은 복사꽃이 핀 마을에서 바둑 삼세판을 두고 돌아왔더니

300년이 지났더라, 하는 옛이야기의 주인공처럼 주위와 어울릴 수 없었다. 그것이 저택 출신 소년들의 자살율이 높은 두 번째 이유였다. 이해받지 못하는 인간은 제 몸이 다른 사람과 마찬가지인지 확인하고 싶어 칼을 대기 마련이다. 더구나 천사라고 불리며, 기계들과 자신을 혼동하며 살았던 어린 소년이라면 피가 정말로 짠 맛이 나는지, 붉은색인지 기필코 확인하고 싶어지는 것이다.

하지만 이들의 자살과 저택에서의 일상적인 착취를 어떻게 연결 지을 것인가? 원래 살 이유보다 죽을 이유가 많은 젊은 이들이다. 대부분이 고아 출신이고, 자라서 정착하지 못했고, 제대로 된 인간관계도 맺지 못했다. 분명 구멍과 실이 있는데도 꿰는 길이 보이지 않았다. 어쨌든 선우는 신적이었던 존재이니 만큼 말이 많았다. 살아 있는 내내, 죽은 이후에도 자주 재판장에 섰으며 전부 이겼다. 변호사가 아닌 선우가 무패의 아이콘이라는 말도 있었다. 소년들이 그런 선우에겐 영감을, 천사에게는 얼굴을 제공해 주었다고는 사람들은 믿지 않을 것이다. 오히려 있을 법한 애기기에 집요하게 물적 증거를 원했다. 팩트를 말해라. 근거를 대라. 그 말은 즉, 자신들이 듣고 싶은 말을 들려 달라는 소리였다. 기대에 어긋나는 소리는 조작이나 사기 취급받았다.

미리내는 아직 공중파의 뉴스 채널이 공신력을 갖고 있을 적에 장미저택의 소년이 출연했던 것을 떠올렸다. 암암리에 떠도는 루머에 사실 도장을 찍기 위해 저널리스트들이 두 팔을 걷었다.

일반 뉴스가 끝나고 초대석 시간이었다. 단정한 목소리로 소식을 전하던 아나운서의 눈에서 무언가 일렁였다. 그가 약간은 흥분을 억누른 목소리로 말했다.

"앞서 전해 드린 것처럼 저희 PBC 취재진 확인 결과, 일명 선우로 알려진 관용사의 디자이너 선우판석의 개인 저택에서 일상적으로 소년들의 착취가 일어났음이 확인되었습니다. 오래전부터 관련된 소문은 무성했습니다만, 오늘은 장미저택에 계셨던 당사자 분이 이곳에 나와 계십니다."

카메라가 돌아가자 거대한 몸집에 머리 뒤로 꼭 당겨 묶은 꽁지머리가 개의 털에 말라붙은 똥처럼 달랑달랑 매달린 남자가 비쳤다. 색이 빠진 셔츠. 책상에 가려져 보이지 않았음에도 흰 무 같은 두 개의 종아리가 어른거렸다. 의자를 비틀어 그와 마주 본 아나운서가 입을 뗐다.

"자기소개 한 번 해 주시죠."

"안녕하세요. 저는……."

입을 여는 순간 새된 고음이 나왔다. 푸흡, 하고 아나운서가 숨을 뱉었다. 남자의 얼굴이 벌겋게 달아올랐다. 아나운서가 고개를 숙였다. 팽팽하게 당겨진 공기를 남자는 애써 무시하며 다시 두툼한 혀를 움직였다.

"안녕하세요, 저는 연우라고 합니다. 2001년부터 2005년까지 4년 간 6월부터 9월에 걸쳐 약 4개월 정도씩 장미저택에서 생활했습니다."

다시 침착한 얼굴이 된 아나운서가 출연해 주셔서 감사하다는 인사말을 전하며 장미저택에서 선우의 착취가 일상적으로 일어났다는 소문이 사실인지 물었다. 때로는 오래 준비한 것처럼 거침없이, 또 때로는 치솟는 감정을 삼키지 못해 숨을 고르며 남자가 뱉은 얘기는 미리내가 류에게서 들은 이야기와 같았다.

부호이자 세계적인 디자이너인 선우의 여름 별장에 소년들이 초청되었다. 미래를 책임질 소년들의 몸과 마음을 성장시키는 전인적 인격 교육이라는 기치 하에 그들은 매너 강습을 받고, 문화 체험을 했다. 윷놀이나 투호 같은 전통 체험을 하고, 도자기를 빚었다. 악기 연주를 배우거나 가까운 목장에서 승마 체험을 했다. 숲에서는 탐험 놀이를 했다. 버드워칭을 하며 바닥에 떨어진 깃털을 줍거나 휘파람새의 울음소리와 호랑지빠귀의 울음소리, 먹을 수 있는 버섯과 그렇지 않은 버섯을 팔오금에 문질러 구분하는 법을 배웠고, 더운 날엔 바다수영에 갔다. 공개된 프로그램은 그랬다. 하지만 여름 내내 선우가 함께 머물며 생활하는 만큼 천사를 만드는 과정이나 혹은 만드는 도중의 천사를 볼 수 있다는 기대감도 있었다. 있는 집 부모들이 자기 아이를 선정시키려다가 치욕만 당했다는 얘기, 중국이나 일본에서 훈련된 어린 스파이를 집어넣으려고 했지만 실패했다는 얘기도 돌았다. 그런 곳에 뽑힌 만큼 연우 씨는 자부심을 느꼈다.

"제가 아니라 누구라도 그랬을 거예요."

내가 아니라 누구라도 그랬을 거야. 류도 그렇게 말했다. 아마 죽은 소년들의 무덤을 파헤쳐 강령술을 써도 모두 똑같이 말할 것이다.

약속된 날. 새벽 일찍 출발해 기차를 타고 웅랑에 내렸다. 역 앞에서 기다리고 있으니 봉고차 한 대가 왔다. 이름을 물어 답을 하니 아무것도 적히지 않은 명찰 목걸이를 주고 별장에 있는 동안에는 이걸 꼭 차고 있으라고 했다. 그와 같이 구내 벤치에 앉아 있던 몇 명도 나란히 목걸이를 받고는 차에 올라탔다. 고지대라 그런가. 별장에 가까워질수록 숨을 쉬기 힘들었다. 귀가 먹먹할 때는 껌을 씹거나 침을 삼키라는 말이 떠올라 억지로 마른 침을 꼴딱꼴딱 삼켰다. 구불구불한 길을 달려 도착한 저택에는 이제껏 본 적이 없는 수의 어마어마한 장미가 피어 있었다. 검사를 받고 지친 몸으로 들어간 거대한 홀의 한 가운데, 식탁에 앉아 그들을 기다리고 있는 건 이따금 고아원에 찾아오던 후원자 중 한 명이었다. 그는 아이들을 천사라고 불렀다. 이곳에 사는 동안 너희 모두는 나의 소중한 천사란다. 인간이었을 때 이름은 잊어도 좋아. 그리고 특별히 자신의 마음에 드는 아이에게는 목걸이를 벗겨 새 이름을 적어 주었다. 연우 씨에게 붙은 이름은 에인절이었다. 에인절은 그 뒤로도 세 번의 여름을 더 선우의 장미저택에서 보냈다. 그리고 기다려도 연락이 오지 않던 해 가을, 에인절이라는 이름의 천사가 세상에 나왔다. 보지 않아도 그것이 자신의 얼굴이라는 걸 알았다. 하지만 이미 연우 씨의 얼굴은 누구도 한때 그가 장미저택의 천사였다는 걸 믿지 못할 정도로 달라진 다음이었다.

"저는 선생님을 증오하지 않습니다. 어쨌든 그분이 저를 도와주신 건 사실이니까요. 캠프에서의 기억은 나쁜 것도 있지만, 감사도 하고 있습니다. 다만 제가 원하는 건 얼굴을 되찾는 일입니다. 제 얼굴을 돌려주세요."

연우 씨가 털이 부숭부숭 자란 빵 반죽 같은 손에 고개를 묻었다. 흐느낌이 너무나 커서 마지막에 외친 소리가 뭉개졌다. 다들 뭐라고 답할지 몰라 침묵했다. 모두의 귀에 선명하게 남은 잔향. 제가 에인절이에요, 제가 에인절이라고요, 하는 외침은 한동안 인터넷을 떠돌았다.

그 뒤 관용사는 방송국에 소송을 걸었다. 에인절의 주인들은 연우 씨에게 소송을 걸었다. 아내이자, 애인이자, 여자 친구이자, 누나이자, 여동생인…… 자신들의 사랑하는 에인절을 모욕했다는 게 이유였다. 저 돼지 새끼가 에인절을 죽이고 처먹은 거 아니야? 배를 갈라 조사해 보자. 원초적인 조롱이 인터넷 댓글창에 범람했다. 기업과 기업의 싸움은 아직 진행 중이고, 연우 씨, 본명 연우진 씨는 첫 재판이 열리기 전날 자살했다. 만약 연우진 씨가 여전히 천사 같은 아름다움을 가지고 있었다면 얘기는 달랐을 것이다. 그가 성공한 사람이라서, 죽은 선우의 무덤을 파헤쳐 칼을 꼽는 것이 쾌감이 아닌, 괴롭고 수치스러운 고백이라고 생각되었다면, 그래서 우리가 천사를 사랑하는 일이, 어쩌면 누군가를 착취해서 얻은 엄청나게 폭력적인 일이라는 걸 알아채는 사람이 단 몇 명이라도 생겼다면 얘기는 달랐을 거다.

하지만 에인절은 실패했고 남은 건 류뿐이다. 마지막 여름 캠프의 참가자 중 가장 어렸던 그만이 살아 여기 있었다. 물론 그가 가진 사진과 류라는 이름만으론 충분하지 않았다. 선우의 선택을 받은 것치곤 특별히 눈에 띄는 점은 없어서, 한때는 류를 단지 관심을 원하는 미친 사람은 아닌지 의심한 적도 있었다. 그러나 우연히 류의 눈에서 번뜩이는 불꽃을 본 순간 마음이 바뀌었다. 과거의 영광에 사로잡힌 남자, 매사가 지루해 자살 충동을 느끼는 제멋대로인 남자. 멍 든 사과처럼 썩어 문드러진 남자의 옆모습을 볼 때면 이건 된다는 생각이

들었다. 그가 진짜 사진의 주인공이든 아니든, 이젠 솔직히 상관없다고 미리내는 생각했다. 그냥 사람들이 류의 아름다움을 발견하면 그만이다. 거기에 속아, 선우판석의 추악한 낯을 드러낼 수만 있다면 그만이다. 아름다움엔 기세가 있다. 그 기세에 한번 휘말리면 사람들은 스스로 속아 넘어가는 걸 택하곤 한다. 그렇게 자기 자신도 백돼지 미리내에서 '유시온'으로 새로 태어나지 않았던가?

미리내가 스스로를 설득하듯이 말했다.

"당장은 믿지 않아도 의심의 씨앗을 심는 것으로 충분합니다. 싹은 알아서 틀 거예요. 류가 여름 캠프에 참여한 건 사실이니까요."

그리고 얼마 전 류가 살던 고아원의 교사가 장미저택으로 떠나는 류 형제를 기차역까지 배웅하며 친구와 주고받은 문자 메시지와 7시 45분에 구내 편의점에서 물 한 병, 오렌지 주스 한 병, 7시 50분에 구내 롯데리아에서 새우버거 두 개를 산 것, 그리고 8시 35분 발 응랑행 기차표를 예약한 내역도 발견되었다. 그만하면 물증도 충분하다고 생각했지만……

"정말 그걸로 될까."

미리내는 한숨을 삼키며 했던 얘기를 되풀이했다. "무엇보다 류라는 이름이 있잖아요. 그게 선우가 만들던 마지막 천사의 이름이었다는 걸 외부인이 알 순 없습니다."

"의미 없는 낙서일 수 있어. 책상 위엔 다른 글자도 있었지. 4시에 전화, 물, 점토 10킬로그램, 유행가 가사도 한 소절 적혀 있었고……."

"얼굴 스케치가 남아 있죠."

"연필로 가위표를 쳤지. 하나도 남김없이. 무르고 진한 흑연으로 문질러서 누가 봐도 실패작이라는 걸 알 수 있게 했지. 신체 기록표도."

노인이 무언가 말하려고 숨을 들이마시는 미리내와 눈을 맞추며 검지 손가락을 흔들었다.

"그 남자 것만 남은 게 아니야. 1회차부터 마지막 캠프까지 저택에 초대받은 아이들이라면 한 명도 빠짐없이 했지. 그리고 어린 손님들뿐만 아니라 이 나라에서 태어나고 자란 인간들에게 몸의 기록을 남기는 건 의무사항이야. 너도 키와 몸무게, 시력을 재는 것쯤은 했을 거 아니냐."

물론 저택의 신체검사가 훨씬 까다로웠다. 키를 재고, 몸무게를 재고, 양쪽 눈의 시력을 재고, 빛을 쬘 때와 아닐 때 동공의 크기를 재고, 유치와 영구치의 개수를 재고 충치 여부를 확인하고, 있다면 이를 긁어낸 자리를 채운 게 금인지, 세라믹인지, 아니면 시간에 따라 변색하는 서글픈 아말감인지 보고, 본을 뜨고 석고 모형이 남았다면 회수하고, 혓바닥의 길이를 재고, 허벅지의 길이를, 오금부터 발뒤꿈치까지의 길이를, 엉덩이와 양쪽 종아리의 둘레를 재고, 검지 발가락이 엄지발가락보다 튀어나오지는 않았는지, 발등은 예쁘게 솟았는지, 발바닥은 아기 발처럼 평평한지, 높은 교각처럼 튼튼한 아치형인지 확인하고, 배꼽의 생김새를 보고, 분홍빛 손톱에 둥근 모양의 반달이 떠 있는지, 손발톱은 줄로 다듬는지, 깎는다면 어느 정도의 간격을 두는지, 공깃돌은 한 번에 몇 개를 잡을 수 있는지, 철봉엔 얼마 정도 매달릴 수 있는지, 만약 한 바퀴 돌 수 있다면 손바닥은 단단한지, 말랑한지, 충수 돌기는 몸속에 있는지, 아니면 폐기물 봉투에 담겨 다른 사람들의 찌꺼기와 함께 버려졌는지, 말려서 소중히 간직하고 있는지, 뼈가 부러진 적이 있는지, 부목은 버리지 않고 남겼는지, 성장하면서 찍은 엑스레이를 시간 순으로 정리해서 받고 몸에 남은 흉터의 크기와 개수와 꿰맨 자국이 있다면 그 사연까지, 원시인이 불에 구운 희고 오동통한 애벌레를 넓적한 혀로 핥아 빨아먹듯 남김없이 수집했다.

"그걸 바탕으로 천사의 비율을 조정했다는 주장은 옳아. 하지만 종이에 적힌 몸은 이미 오래전 모래 위의 만다라처럼 지워졌다. 네가 그 남자의 주장을 믿는 게 도대체 무엇 때문인지 솔직히 나는 알 수 없다. 아름다우면 모를까 그런 평범한 남자가……"

"그 남자가 아니에요."

"뭐?"

"류입니다."

"……."

"그리고 류는……" 가끔 보이는 그 섬광에 대해 덧붙이려다가 미리내는 말을 돌렸다. 어차피 그건 설명할 수 없고 자기 눈으로 봐야만 안다. "진짜가 맞아요. 그만이 선우에게 씌어진 후광을 지울 수 있어요."

"왜 그래야 하지?"

"예?"

"선우는 이미 죽었다. 이제 와서 선우를 공격한다고 해서 천사가 안 만들어지는 건 아냐. 그런데 왜 그래야만 하지?"

미리내는 입을 다물었다. 이것은 시험인가? 5년을 넘게 이 조직에 충성했는데 아직도 나를 의심하는 건가? 미리내는 눈앞의 거구의 노인, 모임의 이름처럼 거대한 흑곰 같은 남자를 보며 말했다.

"그 회사가 여전히 선우의 이름을 달고 있으니까요. 신이 된 선우를 다시 한 번 죽이지 않는 이상 미래는 없습니다."

"시체에 칼을 꽂는 게 더 쉬워서는 아니고?"

노인의 말에 불온한 침묵이 가라앉았다.

"많이 피곤하신가 보군요. 역시 오후에 다시 올 걸 그랬나 봅니다." 미리내가 화를 억누르며 덧붙였다. "당신이 이렇

게 얘기를 하실 줄은 꿈에도 몰랐습니다. 그런 식으로 포기
하실 거면 말을 하지 않으셔야 한다고 생각합니다. 만약에 내
가……"

미리내는 입을 꾹 다물었다 다시 열었다.

"만약에 내가, 정말로 이 세계를 바꾸겠다는 희망이 없이
내 욕심만 있고, 내 야망이 있는 사람이라면 당신 앞에서 이
런 얘기를 하지 않았을 겁니다. 뒤에서 몰래 내 편을 끌어들
여 쿠데타를 일으켰겠죠. 아니, 단순히 선거만 해도 과반수로
당신을 이기는 건 어려운 일이 아닙니다. 나는 젊고 아름다우
니까요. 천사를 배격한다고는 해도 당신들 역시 아름다운 것
에 약하다는 걸 압니다. 그래서 연고도 없는 내가 여길 처음
찾아왔을 때 군말 없이 받아 준 거라는 것도요. 물론 당신도
거기서 자유로울 수 없고요."

"난 네게 유혹되지 않는다." 노인이 덧붙였다. "나는 남색가
가 아냐."

"압니다. 덕분에 내가 당신 무릎에는 앉지 않고 여기까지
온 거겠죠. 그럼 이러면 될까요? 당신은 내 젊음에 반했다고?
당신이 나를, 20년 전에 죽은 아들처럼 여긴다고? 우리 둘이
이렇게 다르게 생겼는데도?"

노인의 속을 알지 못하는 미리내가 웃었다. 정말, 그가 자
신의 아들과 닮았다는 걸 알면 미리내는 어떻게 반응할까. 아

내의 자궁 속에서 우리 자신조차도 이해하지 못하는 일이 일어나고 말았다는 걸, 부부가 놀라운 생명의 신비에 감동하고, 감사하고, 동시에 죽을 정도로 피로워했다는 걸 어떻게 설명할 수 있을까? 사진 한 장 남지 않은 지금.

"그런 건 중요한 게 아니에요. 중요한 건 당신이 어떤 방식으로든 나를 옆에 두고 싶어 한다는 거예요. 이 조직 사람들도 다 마찬가지죠. 그들은 내가 자기들 안에 소속되어 있다는 것만으로 만족해해요. 내가 실제로 무슨 일을 하는가와는 상관없이 내가 그 사람들의 친구인 채로 방송에 나오고, 사랑을 받는 게 그 사람들의 자부심인 거예요. 인간 연예인이라니……. 조직 사람들에게 있어 나는 호수의 네시 같은 거죠. 사람들은 그게 자기 마을에 있다는 것만으로 어깨를 으쓱대요."

미리내가 몸을 기울였다. 얼굴이 바짝 다가왔다. 속눈썹이 보였다. 반사적으로 침을 삼키는 그의 앞으로 미리내가 몸을 기울였다. 손가락을 쥐어 자신의 입안을 가리켰다.

"사람들이 네시를 잡으려는 건 죽이기 위해서인데도요."

미리내의 입 동굴은 어두워서 아무것도 보이지 않았다. 하지만 노인은 어느 날 팬이 선물한 도시락을 먹던 그가 입을 가린 채 제 자리에서 일어나던 광경을, 쓰러진 그의 이 사이가 순식간에 붉은 피로 물들던 모습을 기억했다.

"밖에서 음식을 먹지 않은 지 벌써 3년 째예요."

"……."

"그동안 당신도, 조직도 많이 늙었군요."

노인에게 선택의 여지는 없었다. 고개를 끄덕이자 애절하게 호소하던 목소리가 차갑게 식었다. "이해하시니 됐습니다. 그럼 계획대로 진행하겠습니다."

미리내가 돌아나갈 때였다. 뒤에서 노인의 목소리가 들렸다.

"그 류라는 남자는 충분히 이해한 게 맞나? 방송에 나가면 어떤 일이 일어날지 알고 있나?"

"류는 어린애가 아니에요."

미리내는 성큼성큼 문으로 향했다. 문고리에 손을 댔을 때 다시 노인의 목소리가 붙잡았다.

"내 무릎에는 앉지 않았다는 말이 무슨 뜻이지?"

"……."

"누가……"

"……."

"누가 너에게 그런 걸 강요했니?"

"……."

"여기 남기 위해서 자기 침대에 들라고 했니?"

천천히 고개를 돌리는 미리내의 미간이 좁아져 있었다. 눈물을 흘리려고 하는 건가. 저 불쌍한 아이. 오갈 데 없는 마음의 불꽃으로 스스로를 태워 버린 아이가. 잘못된 복수심으로 스스로를 태우고 있는 아이가 눈물을 흘리려 하는 걸까.

미리내는 노인의 얼굴을 보았다. 농담인가? 생각했지만 진심이라는 걸 알아 차리는 데 오랜 시간이 걸리지 않았다. 저 개 같은 인간은 자기는 우아할 수 있는 자리에 앉아 남에게 무슨 소리를 하는 걸까. 미리내의 혀 밑에서 독이 뿜어져 왔다. 얼마든지 남자의 목덜미를 물어뜯을 수 있었음에도 참았다. 그는 배 속에서 몸을 꼿꼿하게 들고 일어선 독사를 달랬다. 연못에 던진 돌이 파문을 불러일으키듯, 분노라는 이름의 뱀은 머리가 두 개 달려 있어, 작은 돌을 하나 던지니 저 혼자 자기 머리를 물어뜯기 시작했다. 미리내는 마른 침을 삼켰다. 답을 하지 않은 채 문 밖으로 나가며 생각했다. 기다려봐. 곧 쇼가 시작될 거니까.

3부

1

인형 머리는 옛날에 아이들이 가지고 놀던 장난감이다. 작은 인형의 머리에 나무 막대기를 꽂아서 만든다. 몸통은 없다. 모양은 소풍 도시락의 과일 꼬치를 닮았다. 너무 너무 헤어지고 싶지 않은 나머지 엄마 배 속에 자기 뼈를 두고 나온 미숙아도, 손가락이 익은 열매처럼 뚝뚝 떨어진 문둥이 아이도 엄지와 검지만으로 간편하게 들고 다닐 수 있다. 못된 애들은 바람개비처럼 기둥을 비벼 머리만 남은 인형도 구토를 할 수 있는지 지켜본다. 거꾸로 들어 머리칼로 바닥 청소를 하거나 개에게 물어오라고 시키며 독재자의 기쁨을 누린다. 그러나 마음이 심장이 아닌 눈동자에 있다고 믿는 순한 소년 소녀들은 납작 엎드려 인형 머리와 눈을 맞추고 논다. 뺨으로 바닥의 온기를 느끼며 소꿉놀이를 하고, 책 속에서 본 집시 흉내를 내거나 장사치와 인어 놀이를, 오랑캐와 처녀 놀이를, 어린 왕과 목숨을 걸어 그를 지키는 장군놀이를 한다. 얼굴은 하나지만 이야기의 개수는 무궁무진하다. 아니지, 그 반대지. 하나의 얼굴이 무궁무진한 이야기를 부른다. 아름답고 조그만 하나의 얼굴이.

그것들이 전부 윤조의 눈에는 검은 천으로 보인다. 아니, 높고 낮음에 따라 어렴풋이 형상은 보이니, 천사의 머리라는 건 안다. 그것뿐이다. 매력도 두려움도 느끼지 않는다. 다른 직원 중엔 재미 삼아 천을 들추는 이들도 있다. 어차피 이곳에 있는 건 하등급이다. 자비천사가 아니니 본다고 삶이 망가지진 않는다. 때때로 예민함을 증명하고 싶은 공원들이 구토와 어지럼증을 호소하지만 그런 사람들은 얼마 못 가고 일을 그만둔다. 이곳에서 연약함은 통하지 않는다. 속이 뻔히 보이는 주목을 끌어모으려는 시도도 마찬가지다. 이곳의 주인은 천사니까. 전원도 들어오기 전의 마네킹 같은 천사를 위해 모든 살아 있는 인간의 삶이 돌아간다.

구석에서 옷을 갈아입는데 목소리 큰 무리가 들어왔다. 사라와 친구들, 그리고 얼마 전 들어온 신입이었다. 보통 텃세를 부리거나, 무시하는 게 일인 사라는 웬일로 신입이 마음에 들었는지 자기 무리에 끼워 줬다. 식사도 함께했고, 몇 번 문밖의 그늘에서 담배를 피우고 있는 사라와 두 손을 모으고 있는 신입을 본 적도 있다. 이유는 잘 모르겠네. 얌전해서 그런가.

유니폼을 벗을 생각도 없이 장판 바닥 여기저기 주저앉는 그들을 등지고 윤조는 마저 셔츠의 단추를 채웠다. 사라의 무리와 신입은 오늘 저녁 '천사놀이'를 할 예정인 것 같았다. 휴게실로 이어지는 복도에는 천사의 머리가 일렬로 늘어서 있는데, 그걸 가린 천을 벗기고 꽃놀이하듯, 단풍놀이하듯 보는 거다. 쓰레기통에 빈 깡통이 버려진 걸 보면 술을 마시는 듯도 했다. 위험하다곤 해도 사라는 베테랑이다. 놀이공원 직원이 공짜로 어린애를 태우거나 카페 직원이 단골에게 선심을 쓰는 정도의 일이었다. 그걸 눈감을 융통성이 윤조에게도 있었다. 그러나 사라가 윤조의 눈치도 보지 않고 떠드는 건 윤조를 믿어서가 아니다. 윤조가 고자질을 할 정도로 대범하지 않다고 생각하기 때문이다. 맞는 말이긴 해도 그렇지만도 않은데.

"진짜 그냥 봐도 돼요?"

"괜찮아. 보안경도 있고."

껌을 씹으며 웃는 사라는 껄렁하고 기분이 좋아 보인다. 얌전해 보이던 신입도, 오늘의 말투를 들으니 겉모습만 그럴 뿐 사라 못지않게 기가 센 것 같았다. 새삼스럽다. 어떻게 저렇게 즐길 수가 있을까. 삶이 게임 같은가?

윤조는 오래전 보트를 탔던 걸 생각했다. 수학여행으로 간 곳에 조그만 호수가 있었다. 처음엔 구명조끼를 단단히 챙겨 입고 물 한 방울만 튀어도 싫다고 칭얼대던 여자애들은 누군 가 노를 젓다 실수로 물을 끼얹은 걸 계기로 남자애들과 물 싸움을 시작했다. 성별의 대결이 시작되었다. 꺅꺅대는 소리. 윤조는 가만히 있었다. 젖고 싶지 않다는 건 진심이었다. 나도 널 공격하지 않을 테니 너도 날 공격하지 마. 그런 말 자체를 할 필요도 못 느꼈다. 왜? 젖고 싶지 않은 건 당연하니까. 방 금 아침을 먹었고, 씻었고, 옷이 젖으면 축축하고 찝찝하니까. 그런데 노를 쥐고만 있던 윤조의 얼굴에 누군가 물을 뿌렸다. 윤조와 남자애의 눈이 마주쳤다. 그때 남자애의 표정이 잊히 지 않았다. 그건 뭐라고 읽어야 하지? 실수였다는 뜻? 좆됐다 는 뜻? 재미없다는 뜻? 지겹다는 뜻? 무섭다는 뜻? 징그럽다 는 뜻? 뭐 여자애가 저러냐, 라는 뜻?

그 남자애의 표정을 살면서 반복해서 보았다. 대부분의 장 소에서 윤조는 그랬다. 찬물을 끼얹는 사람……. 불씨를 꺼트 리지 않기 위해 몸을 구부려 신발을 갈아 신었다. 바로 곁을 스쳐 갈 때도 사라의 무리는 목소리를 죽이지 않고 벌써 취 한 것처럼 굴었다.

정류장으로 나와 기다리자 금방 버스가 도착했다. 이 시간대엔 언제나 사라의 무리와 함께 탔는데 그들이 없으니 차 안이 조용했다. 바깥에 보이는 풍경. 나무의 색은 짙다. 왼편 엔 민가도 있고 차도도 있지만 오른쪽만 보면 지나가도 지나 가도 초록색만 보인다. 짙은 초록과 더 짙은 초록이 펼쳐진다. 자신은 운이 좋은 편이다. 아니, 그냥 드문 편? 운이라는 것도 드물기는 하지만, 특별히 천사를 만드는 공장에 다닌다고 해 서 좋은 일이 들어오는 것은 아니고, 자기 손으로 먹고 사는 일은 행운이라면 행운이라고 할 수 있지만, 그때 물을 맞고 깍깍대던 여자애들 대부분이 빵처럼 향긋한 아기를 낳고 그 뜨끈뜨끈한 것을 옆구리에 꼭 끼고 산다는 것을 생각하면, 지 금의 독신 생활은 역시 그냥 드문 일이었다. 내가 원하는 것, 갖고 싶은 건……

"아가씨."

"……."

"아가씨, 내릴 때 지난 거 같은데."

눈을 번쩍 떠서 왼쪽을 보니 낯선 곳이었다. 어. 그러게요. 윤조의 말에 버스 기사가 차를 천천히 세웠다. "바로 깨웠어 야 하는데, 어딜 가는 건가 싶어서."

윤조는 자리에서 일어났다. 뒷좌석의 남자가 깍지 낀 두 손을 자연스레 두 다리 사이에 두고 고개는 뒤로 젖힌 채 잠 에 빠져 있었다. 저 남자를 윤조는 안다. 기사도 물었다. "총각도 내릴 때가 지났지?"

윤조는 그렇다고 하고 호칭을 잠시 고민하다 저기요, 하고 남자의 어깨를 흔들었다. 반응이 없었다. 손끝에 닿은 감촉이 차가웠다. 겁을 집어 먹은 다음 순간 남자가 벌어진 입을 다물었다. 아. 윤조는 두근대는 가슴에 손을 얹고 조금 큰 소리로 외쳤다.

"내릴 때 지났어요."

아직 잠이 덜 깬 남자가 눈을 깜빡였다. 나도 저렇게 얼떤 표정일까. 윤조는 다시 한번 큰 소리로 외쳤다. "여기서 내려야 돼요."

남자가 앞좌석의 등받이를 손으로 잡고 천천히 일어났다. 윤조는 기사에게 감사를 전하고 남자 다음으로 내렸다.

남자를 두세 걸음 정도 뒤따라 걸었다. 차도의 옆에는 먹음직한 산딸기들이 주렁주렁 달려 있었다. 이거 다 흙먼지 뒤집어 쓴 건데…… . 입맛만 다시다 참 예쁘고 굵은 것이 있어 못 참고 하나 따 먹었다. 역시나 맛있다. 별맛은 없는데 맛있다. 욕심이 든다. 덤불처럼 얽힌 위로 흐드러진 붉은 열매를 전부 따고 싶다. 손 한가득 담고 싶다. 옷자락을 들어 가득 담고 싶다. 산딸기라면 말할 수 있다. 나는 이것을 원한다고. 윤조는 혼자 웅얼거렸다. 나는 이것을 원한다…… .

누군가 윤조 씨는 정말 천사에 관심이 없다고 말한 적이

322

있다. 그런데서 일하는데 전혀…… 문제 있는 건 아니지? 그때 뭐라고 대꾸했더라? 윤조는 자신의 답을 실타래의 끝을 잡아 당기듯, 아니, 그보다는 밀반입꾼이 어금니에 걸어 둔 실을 감고 삼킨 무언가를 게워내듯 괴롭게, 어렵게 떠올렸다. 무관심할 리가 없잖아. 그러나 침묵했다. 그냥 웃으면서 속으로만 중얼거렸다.

나 같은 인간도 아름다움을 원한다. 아니, 나야말로 자신을 완전히 망가뜨릴 천사. 영혼을 빨아먹을 천사. 걷지도 못하게 망가트릴 천사를 바란다. 천사의 주인들이 말하는 지루했던 삶이 변하는 경험이 뭔지 알고 싶다. 다만 이제껏 나온 천사 중 무엇도 윤조가 보기엔 아름답지 않았다. 문제라면 그게 문제였다. 천사가 그에게 있어 영원한 사물이라는 것. 어떤 천사가 세상을 뒤집어 놓아도, 인간들을 발정 상태로 몰고, 다투게 하고, 증오하거나 사랑하게 하고, 사람들 입에 오르내려도 윤조는 아무것도 느끼지 못했다. 아름다운 것인가? 저런 것이? 그렇다면 나는 아름다움에 있어 영원한 불감증이다. 거세된 짐승보다도 서러움을 알지 못했다.

아름다움은 수학 같다. 정형성과 규칙성이 있다. 그러므로 기호를 알지 못하는 이가 아무리 그 앞에 앉아 있어도 돈오의 순간을 얻지 못한다. 짐승이 돌을 던져 나무 열매를 떨어트리며 그 각도를 몸에 익히듯, 윤조 역시 훈련을 통해서라면 아름다움을 깨우치지 않을까 싶었다. 그러나 손바닥에서 피가 나게 돌이 던져도 다음 날이 되면 모든 것은 리셋됐다. 윤조에겐 군은살이 배기지 않았다. 경험이 쌓이지 않았다. 아름답다는 말이 천사의 표피에서 떨어져 미끄러졌다. 어떠한 조형적인 판단은 될지언정 (일테면 머리통이 동그랗다든지) 그게 매력으로 연결되진 않았다. 동그라면 동그란 거지 거기서 무얼 더 느껴야 한단 말인가?

어릴 땐 다른 사람들의 흉내를 냈다. 입으로만 아름답다고 외쳤다. 가슴 깊이에서 우러나오는 아! 하는 감탄사는 나오지 않았다. 천사는…… 그냥 천사다. 남다른 진실을 가진 윤조는 고독했다. 특별히 이상 취향이 있는 것도 아니어서 더 복잡했다. (그 역시 추남추녀는 구분할 수 있었다.) 뭐, 그 덕에 대단한 기술 없이도 일자리를 얻었지만.

팩토리는 도시와 떨어져 있었고, 숙박을 제공했다. 일도 그럭저럭 맞았다. (맞지 않는 사람은 매일 천사가 주변에 있다는 걸 인식하고 있다는 시점에서 몸에 지나치게 피로가 쌓여 한 달도 지나지 않아 그만두곤 했다.) 1년 이상 일한 사람들은 사라네 무리를 포함한 정예 멤버들, 다른 팩토리에서 넘어온 고참들, 그리고 윤조뿐이었다. 남자는 다른 팩토리에서 온 고참이었고, 무슨 기술직이었나, 그랬던 거 같다. 하는 일이 다르니 만나는 일은 드물다. 말을 건 것도 오늘이 처음이었다.

밤 벌레 소리. 새소리는 들리지 않다가 생각에서 빠져나오면 공기처럼 훅 하고 배 속으로 들어왔다가, 다시 생각에 잠길 때는 멀어지곤 했다. 남자의 뒷모습을 보며 그를 쫓는 것도 똑같았다. 어느 순간엔 신경이 쓰이지 않다가 어느 때는 깜짝 놀랄 정도로 가까이 있었다. 그래도 그의 뒤를 따른 덕에 헤매지 않고 금방 숙소로 향할 수 있었다. 내렸어야 하는 버스 정류장이 보였다. 찻길에서 안쪽으로 방향을 틀자 멀리, 군청색으로 물들기 시작한 세상 속에서 희게 빛나는 것이 보였다. 머리와 팔, 한쪽 날개가 손실된 니케의 조각상으로 숙소의 등대 같은 역할을 했다. 그걸 보니 의외로 금방 왔네 싶었다.

조각은 윤조에게 어릴 적 추억을 환기시켰다.

야반도주를 한 건지, 단순히 쓰레기 버릴 돈이 아까웠는지, 누가 주워 가길 바란 건지 몰라도 이삿짐이 애들 노는 공터에 한가득 나온 적이 있었다. 포도 넝쿨이 양각으로 새겨진 서랍장, 접시, 꽃병…… 그림을 그리는 사람이었을까? 캔버스도 있었다. 아이들은 하루 아침에 생긴 보물섬에서 발굴과 탐색의 재미에 심취했다. 그중 최고의 보물이 서랍장 위에 놓인 희게 깎은 반신상이라는 덴 이견이 없었다. 가슴이 밋밋한 소년상은 몸통뿐이었고 행복한 왕자가 도시를 굽어보듯 고고해 보였다. 접시와 달리 쓸모를 설명할 수 없어서 누구도 가져갈 수 없었다. 그래서 모두의 것인 그것을 아이들은 눈으로 매만지며 놀았다. 팩토리에 면접을 본 날, 아름다움의 역할이 뭐라고 생각하십니까?라는 공통 질문에 윤조는 그때를 떠올렸다. 갖진 못해도 볼 수는 있어야 하는 것입니다. 보급형 라인의 출범과 '당신의 이웃집에 삽니다'라는 카피를 전면적으로 내세운 홍보 방침의 변화가 세상에 알려지기 직전 할 수 있는 가장 정확한 답변이었다. 그 말을 못했다면 일자리를 못 구했을 거다. 비록 윤조가 이제껏 아름다운 천사를 본 적은 없지만.

두 갈래 길에서 남자는 왼쪽으로 가고 윤조는 여자 동이 있는 오른쪽으로 꺾었다. 가운데에 주차장을 두고 마주한 기숙사에서, 남자는 정확히 윤조와 마주 보는 집으로 돌아갔다. 문을 닫을 때 맞은편의 남자가 살짝 고개를 숙였다.

"저기요."

반사적으로 윤조는 외쳤다. 이런. 엎어진 물을 담을 수는 없다. 윤조는 이것이 유혹의 신호로 읽히지 않길 바라며 물었다.

"식사 아직이시죠?"

"……."

"같이 하실래요?"

거절당해도 괜찮았는데. 남자는 쉽게 오케이를 했다.

사라네 무리가 돌아오지 않은 기숙사는 텅 비어 작은 소리도 크게 들렸다. 남자는 거실에 정물처럼 앉아 있었다. 돕겠다고 안절부절지 않아 오히려 마음이 편했다. 윤조는 물에 담긴 차가운 두부를 꺼내 손바닥에 올려놓고 썰었다. 묵직하고 차가운 감촉. 칼날이 손바닥에 닿을 적에 날카로우면서 무심하게 안전한 느낌이 들었다. 팬에 기름을 두를 때. 달걀흰자의 끝이 바삭바삭하게 튀겨질 때. 버섯을 손가락 끝으로 뜯을 때, 아직 남은 흙냄새가 미묘하게 코끝을 스치는 것이 좋았다. 이런 것을 아름다움이라곤 할 수 없을까.

밥솥에서 김이 솟아 나왔다. 끓기 시작한 된장찌개에 두부를 넣었다. 때에 맞춰 남자가 부엌으로 다가왔다. 반찬을 꺼내는 윤조의 곁에서 자연스레 밥을 푸고 수저를 놓더니 자연스레 평소 윤조가 앉는 맞은편에 자리에 앉았다. 모든 것이 물 흐르듯 편안했다.

"원래 이렇진 않죠."

무슨 말인지. 전에 사라 무리의 이야기를 들었기에 남자에게 언어장애가 있다는 건 알았다. 알곤 있었지만, 생각보다 더 알아듣기 어려웠다. 그래도 남자는 손을 쓰지 않고 어눌하고 또박또박한 목소리로 덧붙였다.

"소란스러운 느낌."

사라네 무리가 있을 땐 열린 창으로 소리가 들린다. 무얼 먹는지, 무얼 보는지, 무슨 일이 그들을 화나게 하고 기쁘게 하는지 옆동에 사는 그도 알고 있는 눈치였다. 윤조는 끄덕였다. 놀다 올 거예요. 윤조는 말이 많은 편이 아니다. 무뚝뚝하고 쌀쌀해 보인다는 말도 많이 들었다. 뭐라도 틀까. 지난 외출 때 몰래 사온 리차드 막스 테이프가 있긴 한데 망설여졌다. 좀 느끼한가. 그래도 어색한 것보다는 낫지. 윤조가 엉덩이를 떼려 하자 남자가 고개를 저었다. 팔을 잡아 눌렀다.

"좋아요."

풀벌레 소리가 듣기 좋다는 거다. 다행이다. 윤조도 좋아했다.

"왜 안 놀아요?"

이번에는 금방 알아들었다. 윤조는 밥을 입에 넣었다. 사라네 무리가 싫은 건 아니다. 같이 일하는 게 불편한 것도 아니다. 합이 맞는 날에는 개운하고, 들뜨기도 한다. 그러나 일이 끝난 뒤 어울리고 싶진 않았다. 사실 사라네 뿐만 아니라 누구와도 그랬다. 누굴 만나는 건 피곤하다. 남자와 밥을 먹자고 한 건 아주 드문 일이다.

윤조는 대답 없이 어깨만 으쓱했다. 그것만으로 충분했는지 남자도 더 묻지 않았다. 묵묵하게 수저를 달그락대는 소리, 음식을 삼키는 소리만 들렸다. 좋다. 이런 것이. 윤조는 턱을 움직이면서 깊은 바다에 가라앉는 상상을 했다. 상상 속 바다에선 사람이 터져 죽거나 하지 않는다. 기분 좋은 압박과 어둠만이 몸을 감싼다. 그 안에 녹아드는 기분이다.

어둠이 짙어져 눈앞이 거의 보이지 않게 되었을 때 남자가 일어났다. 윤조는 일어나서 조명을 켰다. 환한 빛 아래 보는 남자는 처음 보는 것처럼 낯설었다. 남자가 접시를 싱크대로 옮겼고, 윤조도 옮겼다. 싱크대는 좁고, 윤조가 설거지를 하는 것을 남자는 등 뒤에서 지켜만 보았다. 물을 잠그고 앞치마에 손을 닦았다. 손을 문지르면서 과일이라도 꺼내면 좋은데 없네, 하는데 남자가 현관으로 나갔다. 이제 가려나. 그러나 남자는 신발을 꿰어 신고도 아무 말 없이 멀뚱거렸다. 그의 입이 달싹였다.

"같이 가요."

"……."

"답례."

아. 그제야 윤조는 앞치마를 벗었다. 슬리퍼를 꿰어 신고 밤 벌레 소리가 요란하게 들리는 마당을 지나서 남자 기숙사에 들어갔다.

이번에는 윤조가 거실에 앉고 남자가 부엌에 섰다. 이 밤에 커피라도 끓이나. 달그락대는 그를 등지고 윤조는 집을 보았다. 구조는 여자 기숙사와 똑같았다. 그가 선 거실 겸 부엌이 있고, 침실로 쓰는 작은 방이 하나가 있다. 그런데 그 구조를 파악하는데 시간이 걸릴 정도로 남자의 방은 너저분했다. 더러운 건 아니었다. 윤조의 눈으로 보기에도 규칙성이 뚜

렸했다. 단지 아주 물건이 많을 뿐이었다. 그런데 물건? 물건이 맞나. 작품이라고 해야 하지 않나. 윤조는 손톱보다 조금 큰 모형들을 들여다보았다. 도자기, 목각, 금속, 석고, 은과 왁스…… 재료는 다양한데 전부 프로의 솜씨였다. 역시 기술자는 다르다. 이런 손재주가 좋다. 애는 정말 탐스럽다. 윤조는 저도 모르게 포도송이를 들었다. 조그맣게 부푼 유리 구형들이 달라붙어 있었는데 빛을 따라서 노랗게 보이는 부분도, 주홍빛인 부분도 있고 대체로 터키석처럼 보이다가도 보랏빛, 푸른빛으로 반짝였다. 손으로 톡 치니 와르르르 빛이 깨지며 소리가 났다. 한참 보고 있어도 질리지 않았다.

공원들에게 전자기기 사용은 금지되어 있다. 자극을 줄 수 있는 텔레비전, 라디오, 책 따위는 소유할 수 없고, 갖고 싶으면 직접 제작해야 한다. 문명과 떨어진 곳에 살기 위해서는 취미가 필요하다. 지루함을 이기기 위해 친구를 사귀고, 노래를 부르고, 가짜 소문을 퍼뜨린다. 자위와 섹스는 금지되어 있다. 윤조는 요리를 만들었다. 엉터리 솜씨도 하다 보면 느는 게 또 뿌듯했다. 그리고 오늘 처음, 다른 사람과 함께 저녁을 먹으며 깨달았다. 이걸 누군가에게 맛 보여 주고 싶었다. 자랑스러운 나의 솜씨를. 아마 이 남자도 같을 것이다.

등 뒤에서 시선이 느껴졌다. 돌아보니, 남자가 그의 얼굴을 빤히 보고 있었다. "예쁜데요." 윤조가 말했다. "솜씨가 좋아요."

"윤조 씨도."

잘해요. 솜씨가 좋아요. 그런 말이 생략되었다는 걸 알았다. 얼굴이 이상하게 붉어졌다. 부러 태연한 척 굴었다.

"난 손재주 없어요. 이런 일을 하긴 하죠. 뭘 만드는 거요. 그런데 온전한 하나를 완성해 본 적은 없어요. 매번 같은 부품만 만드니까요. 나는 척추 뼈만 만들어요. 그중에서도 경추만. 경추 뼈 알죠?"

"뼈."

"네. 하루 종일 뼈만."

"잘해요."

"아뇨. 잘못해요."

"잘해요."

"아녜요. 정말 못해요. 안 잘리는 건 내가 천사한테 아무런 느낌이 없어서예요. 다른 사람들이나 당신처럼 재주가 좋진 않아요. 보급형 모델을 만드는 게 아니라면 면접도 못 봤을걸요."

"하지만 맛있었어."

남자가 가까이 서서 윤조의 손을 쥐었다. 별 말 없이도 유리로 만든 포도송이를 가져가라는 뜻이라는 걸 알았다.

"맛있어요."

"……."

"저녁."

"⋯⋯."

"좋았어요."

칭찬을 받으면 어떻게 하는 편이 좋을까. 순수하게 기뻐하는 편이 좋겠지? 윤조도 그걸 알았다. 그런데 죽어도 안 됐다. 오히려 정말 기쁠 때 더 안됐다. 왜 그럴까.

남자가 다시 입을 열었다.

"좋아요."

윤조는 무뚝뚝하게 대답했다. "아무것도 아닌데요."

그 뒤로 둘은 매일 저녁 식사를 같이 했다. 통근 버스를 타는 동안에는 아무 말도 하지 않았다. 기숙사에 걸어오는 동안에도, 한데 덩어리처럼 모여 떠드는 사라네 무리 뒤를 남자가 따르고, 그 뒤를 윤조가 따르는 모양새로 걸었다. 그러다가 사라네 무리가 전부 각자의 방으로, 혹은 누군가 한 사람의 방으로 모이면 그제야 두 사람도 천천히 윤조의 방으로 들어갔다. 그때그때 있는 재료로 밥을 해 먹었다. 처음 함께 식사한 날처럼 된장찌개를 제일 많이 먹었다. 둘 다 국을 좋아해서 항상 집에 들어오면 물부터 끓였다. 낮 기온이 35도 가까이 올라가 엄청 덥던 날엔 국수만 삶아 찬물에 착착 헹궈 간장이랑 참기름을 뿌려서 먹었다. 지쳐 읍내 슈퍼에 갈 기력도 없던 어느 주엔 나흘 동안 김치만 썰어 볶음밥을 해 먹었다. 그러다 양손이 묵직하게 장을 본 날에는 의욕적으로 몇 개씩 반찬을 만들었고 닷새쯤 지난 뒤엔 김 위에 밥을 얇게 펼치고 남은 반찬을 일렬로 줄 세워서 엉터리 김밥을 말아 먹었다. 집에서 만든 건 왜 이렇게 잘 들어가지. 밖에선 한 줄 먹기도 전에 물리는데, 집에서 한 김밥은 남자도 윤조도 자르지 않은 걸 통째로 들고 세 줄 씩이나 먹었다.

식후에는 항상 남자의 집에 갔다. 언제나 차가운 보리차를 마시면서 무언가를 만드는 남자의 등을 지켜보았다. 그의 손끝에서 매일 마법이 일어났다. 작은 개가, 고양이가 나왔다. 윤조의 방에는 조그만 것들이 많아졌다. 언젠가부터는 시장을 보러 가면서 이런 생각을 했다. 옥수수를 좋아하니 밥에 넣어 먹으면 좋겠다. 호박보다 감자를 좋아하니 감자를 찌개에 넣어야겠다. 매운 건 잘 못 먹으니 오이고추로 사자. 주어도 없는 데이터가 쌓였다. 그건 남자도 마찬가지일 거다. 언젠가부터 계속 비슷하게 생긴 요크셔테리어만 만들어 주는 걸 보면 그랬다.

아무도 모른다고 생각하진 않았지만, 역시 그래도 사라가 말을 걸었을 땐 놀랐다.

"둘이 사귀는 거니?"

썹던 주먹밥을 삼켰다. 갑작스레 말을 걸어 놀랐을 뿐인데 사라는 윤조가 무언가를 숨기는 줄 알고 한 번 더 쏘아붙였다. "얻다 말한 건 아냐. 따지자는 것도 아닌데, 그 남자 기술자 방에 가는 걸 봤거든. 나만 본 게 아니라 민지도 보고, 다 봤어."

윤조는 자기 변호 아닌 변호를 했다. "그런 거는 아니고."

"그런 게 아니면 뭔데?"

사라는 전혀 모른다. 남자와 자신은 친구와 연인 사이도 아닌, 모르는 사람과 친구의 사이를 헤엄치는 관계였다. 특별한 대화를 나누는 것도 아니다. 약속을 하고 만나는 것도 아니다. 야근이 있거나, 근무 시프트가 맞지 않을 때는 원래대로 따로 밥을 먹었다. 단지 그것뿐. 그런데 그럴 때 먹는 밥은 평소보다 맛이 없었다. 아름다움의 총량이 줄은 맛이었다.

"그냥 같이 밥 먹는 사람이야."

"식비 아끼려고?"

긍정도 부정도 하지 않는 윤조를 사라는 빤히 봤다. 무슨 변명을 해도 들어 주지 않겠다는 듯 날카로운 눈초리였다.

"너무 친하게 지내진 마."

왜냐고 물을 마음도 없었는데 사라가 선심 쓴다는 듯 목소리를 낮췄다.

"그 남자가 부품을 훔친다는 말이 있어서."

"무슨?"

당연히 하나밖에 없다는 말투로 사라가 말했다. "천사 부품. 방에서 못 봤어?"

"방에는 들어가지 않아. 말했잖아. 밥만 먹는다고."

사라는 어느 정도 설득된 듯, 그러나 조숙한 언니처럼 충고를 잊지 않았다. "그래도 거리를 두는 게 좋아. 뭐든 조심해서 나쁠 건 없잖아."

윤조는 남은 주먹밥을 마저 먹었다. 밥알이 입안에서 따로 놀았다. 소문의 대부분은 자기들이 만드는 거면서 모른 척하는 게 우스웠다. 그래. 말 만드는 거 재밌지. 그 심정을 모르진 않았지만, 당사자가 자기가 되다니, 이런 주목을 받다니 놀라웠다. 생각처럼 피곤하진 않았고 그냥 궁금했다. 사라의 말이 진짜일까? 부품을 훔치는 사람들의 존재는 알았다. 아니, 알게 모르게 쏠쏠한 벌이로 성행하고 있어 팩토리에서 어느 정도는 손을 놓고 있다는 말도 들었다. 전 과정이 수작업으로 이뤄지는 고급 라인에서는 까다로운 감수 과정을 통과하지 못하고 기준 미달이 된 멀쩡한 부속을 노리는 이들이 많았고, 특히 1번 팩토리에서는 그 철저한 보안에도 정품 한 대를 통째로 빼돌리려는 배짱 좋은 시도가 분기별로 이벤트처럼 일어난다고 했다. 남자도 그런 사람일까. 단지 호기심, 그뿐. 그래도 되고 아니어도 된다고 생각했다.

하지만 너무 태연한 얼굴의 남자를 보았을 땐, 제대로 들은 건 맞나, 당황한 것도 사실이다.

"정말요?"

남자는 대답하지 않았다. 대신 잠시 기다리라는 듯 손을 들었다. 그가 무릎을 꿇고 바닥을 더듬자 뚜껑이 열리며 상자가 나왔다. 포르노 잡지라. 원칙적으론 금지다. 커피나 에너지 드링크를 마시는 것과 같다. 지친 몸에는 활기를 불어넣는 데는 제격이지만 장기적으로 보았을 땐 손끝의 집중도를 떨어트리는 양날의 검이라 대부분 절제했다. 암묵적으로 용인되는 것도 알고, 보는 사람들도 이해했다. 뭐가 되었든 여긴 심심한 곳이니까. 근데 남자도 그럴 줄은 몰랐다. 종이로 해결해야 할 정도로 굶주린 사람이었나?

전에 윤조의 라인에도 야한 잡지를 잔뜩 숨기고 있는 사람이 있었다. 그 사람은 좀 특이 케이스였는데, 고전 애호가라고 해야 하나. 뭔가의 대체품으로 잡지를 읽는 사람이 아니라 처음부터 종이로 붙인 불만이 기둥에서 타오르는 사람이었다. 그는 천사의 앞에서 무반응한 윤조가 자기와 동류라고 생각해서 방에 초대했었다. 윤조를 바닥에 앉히고 옷장 속에서 책을 꺼내 왔다. 선심 쓰듯 윤조 앞에 몇 권을 두고, 자기도 한 권 펼쳤다. 종이 안에 파고 들어가려는 듯 빤히 바라보았다. 그의 얼굴이 달아올랐다. 번들번들 기름기가 낀 눈의 그를 보고 살며시 돌아 나오던 때의 기분이 떠올랐다.

돌아가야 하나. 윤조가 몸을 일으키는데 남자가 잡지를 툭 툭 건드렸다.

"여기."

윤조는 남자의 손가락을 따라갔다. 몸을 구부린 여자의 뒷 모습이 보였다. 틀어 올린 머리카락이 목 뒤로 흘어져 있었다. 남자가 그 부분에 동그라미를 그렸다.

"목뼈를 보라고요?"

남자가 자리에서 일어났다. 처음 남자의 집에 초대받은 날 처럼, 따라오라고 눈으로 말했다. 방문이 열렸다. 사라가 말한 것처럼, 남자가 부정하지 않은 것처럼, 천사의 부품이 있었다. 상상과 다른 게 있다면 그는 밀수꾼이 아니었다. 부품을 몰래 팔아 돈을 벌 생각 따윈 그의 머릿속에 없었다.

방 한가운데 만들어지다 만 천사가 있었다. 살짝 벌린 두 다리를 꿇고 자연스레 등을 구부리고 있었다. 겨드랑이에 실 을 연결해 두 팔을 천장과 연결해 두었다. 미감 없는 윤조의 눈에도 거의 흠잡을 데가 없다는 게 느껴졌다. 처음 일을 시 작하며 들었던 '초정상'이라는 말 그 자체였다. 머리가 없다는 걸 빼면.

"내가 만들었어."

그런 건 묻지 않아도 알았다. 이곳, 6번 팩토리에서 만드는 체형이 아니니까. 소년 같았는데 관절은 소녀처럼 아주 부드러워 보였다. 동시에 역할 정도로 미끄럽지도 않고 손가락이나 울대뼈 같은 포인트가 살아 있었다. 한마디로 밸런스가 아주 좋았다.

남자가 잡지를 건네주고 서랍에서 경추뼈를 꺼냈다. 자신이 만든 거라는 걸 보자마자 알았다.

"모양 보려고."

훔친 게 아니라는 뜻이다. 교재가 필요했을 뿐. 남자가 중얼댔다.

"잘 안돼."

"원래 1, 2번이 어려워요. 모양이 다르니까."

"계속 실패했어."

남자가 또 다른 서랍을 열었다. 굴 껍질처럼 실패한 경추뼈가 잔뜩 쌓여 있었다.

"망설여서 그래요. 여긴 이렇게 쳐 내듯이 깎아야 돼요. 속도감 있게. 빨리 해야 해요. 머뭇거리면 볼품없어져요."

"……"

"제가 할까요?"

남자가 고개를 저었다. "보여 줘."

시범을 보이라는 뜻이었다. 윤조는 훈련용 왁스 조각을 들고 흉내를 냈다. 손끝에서 불이 탁탁 튀는 기분. 수습 기간 때 기분이 되살아 났다. 매일 열 시간씩 작은 조각과 마주하고 있으면 머리가 이상해졌다. 무거운 걸 나른 것도 아닌데 팔 하나 들 힘 없이 녹초가 되곤 했다. 땀을 뚝뚝 흘리며 인간을 만드는 건 이렇게 어려운 일이구나, 모든 인간을 소중히 여겨야겠다, 그런 생각을 아주 짧게 했고, 신 역시 장인이다, 다만 망한 도자기도 깨트리지 않고 세상에 내보낸다는 점이 다를 뿐이라는 깨달음도 얻었다. 인간들이 지옥을 불타는 곳이라고 표현하는 건 전생의 기억이 남아 있기 때문이다. 이렇게 망한 도자기인 채로, 그것을 고치지도 못한 채 단단해져 굳어지는 것을 슬퍼하기 때문이다.

남자의 손이 윤조의 손을 감쌌다.

"목을."

약간의 땀이 어린 윤조의 목에 남자의 손이 닿았다. "어떻게 움직이는지……"

그가 윤조의 턱을 부드럽게 돌렸다. 손끝에, 손바닥에 굳은 살이 박혀 있다.

"도움이 돼."

목에서 손이 떨어져 나갔다. 남자가 왁스 조각을 윤조의 손에서 빼냈다.

"이것도……"

"……"

"도움이 돼."

"물 좀 마실게요."

윤조는 부엌으로 나갔다.

냉장고에는 보리차가 있었다.

덜렁대는 풍경.

올해 여름은 유난히 덥구나. 습해서인가 계속 땀이 난다. 방은 좁아 더 그렇다. 그런 곳에 사람과 천사 한 대(비록 작동하진 않지만)가 같이 있으니 갑갑할 만하다. 여름에 한 번 더위를 먹으면 속 깊은 데까지 열이 나서 쉽게 빠지지 않는다. 그래서 윤조는 거실에 머물렀다. 빈 소파에 혼자 앉아 정면을 빤히 노려보다가 한숨 돌리고 들어갔다. 남자가 때마침 잘 왔다는 듯 왁스 조각을 손에 들고 웃었다. 역시 기술자는 기술자인가? 윤조는 허리에 손을 얹고 약간은 넋이 나가 남자를 보았다. 눈으로 한 번 보았을 뿐인데 내가 반년이 넘게 훈련한 끝에 겨우 다다른 지점까지 단번에 도달한다. 베끼는 솜씨가 좋은 건가? 아니다. 모든 기술자가 이렇진 않다. 이 사람이 특별한 거다.

남자가 왕관을 얹듯 조심스러운 손길로 2번 경추를 얹었다. 자연스럽게 맞아 떨어졌다. 와. 이렇게 하나가 되는구나. 부품만 넘길 뿐 조립 과정을 눈으로 본 건 처음이었다. 저절로 낮은 탄식이 나왔다. 남자가 뒤를 돌아보았다. 살짝 웃었지만 표정이 그리 좋지 않았다.

"아직."

"……."

"더 할 수 있어."

만족하지 못한다는 뜻이겠지. 어쨌든 방법은 알았으니 됐다. 윤조가 더 할 것은 없다. 남자는 조그만 개를 만들 때처럼 등을 구부리고 손안에 쥔 게 세계라도 되는 것처럼 머리를 처박고 주물거릴 것이다. 나는 왜 그 안으로 들어가지 못하는 거지? 너무 커 버린 스스로를 원망이라도 하듯이, 굵은 땀을 뚝뚝 흘리며 파고 들어갈 것이다.

거실로 나온 뒤로도 남자의 몸에 감도는 열기는 쉬이 빠지지 않았다. 두 사람은 활짝 열린 창밖을 보며 보리차를 마셨다. 얼음이 녹는 달그락 소리가 났다. 바람이 불 때 유리 조각들이 울렸다.

"머리는 왜 없어요?"

이제는 남자의 애매한 미소만 보고서도 그가 무슨 말을 하는지 알 수 있었다.

"만드는 중이에요?"

남자가 고개를 끄덕였다.

"보여 주면 안 돼요?"

고개를 저었다.

"완성 전까진."

완성 전까진 보여 주고 싶지 않다는 거겠지. 안다. 완성되지 않은 걸 세상에 내보이기 싫은 마음은 아기를 열 달 동안 배 속에 품는 마음과 비슷할 거다. 부풀어 금방이라도 배를 찢을 거 같아도 마지막의 마지막 순간까지 넣어 두는 거다. 세상에 나간 다음에 내가 해 줄 수 있는 건 없으니까. 상처받는 것도, 사랑받는 것도 오로지 그것이 감당할 몫이니까. 할 수 있는 선에서 최선을 다하는 거다. 나를 위해서도, 그것을 위해서도.

그런 마음은 단지 척추뼈를 만드는 윤조도, 머리카락을 심는 사라도 같다. 장난처럼 굴지만 사라가 틈만 나면 검은 두건을 벗기려고 하는 건 담력을 시험하고 싶기 때문도 허세를 부리고 싶은 것도 아니다. 실은 자신이 만든 아이가 정말로 제대로 있는지 확인하고 싶은 거다. 팔려 간 다음부터는 알 수 없으니까. 그것이 누구의 손에서 어떤 이름으로 불리든, 우리에겐 뭐라고 할 권리가 없으니까. 그걸 알아서 아마 위에서도 사라의 행동을 내버려두는 거다. 윤조가 먼저 묻지 않았다면 남자가 오늘처럼 제작 도중에 도움을 구하는 일도 없었을 거다. 그리고 머리는 가장 만들기 어렵다.

"머리가 제일……"

"어렵다는 거죠."

남자가 씩 웃었다. 이젠 둘 다 안다. 서로 말을 하지 않아도 알아들을 수 있는 부분이 생겼다는 거. 이건 말이 어려운 남자가 부리는 마법인 걸까? 이 사람과 얘기할 땐 다른 사람들도 모두 이런 건지, 아니면 나만 이런 건지 윤조는 궁금해졌다.

"대상이 있어요?"

"모두야."

"아, 누구를 위해 만들었는지가 아니라 누구를 모델로 만들었냐고요. 구체적으로요. 누구를 닮았다든지…… 그런 거."

남자가 눈알을 굴렸다. 모른 척 벽에 걸린 거울을 향해 시선을 돌렸다.

"비밀이 많네요."

어딘지 짓궂은 미소가 돌아왔다. "뭐든 비밀이……"

"……있어야 아름답다는 거죠. 알아요."

윤조가 남자의 표정을 따라했다. 비밀이 아름다움을 만든다. 그것은 팩토리 정문에 달린 관용사의 기치였다.

"어떻게 지금까지 숨겼어요?"

남자는 대답을 하지 않고 어깨만 으쓱했다.

"궁금하네요. 다음에 보여 주세요."

그리고 둘은 마주 앉아 남자의 책을 읽었다. 다시 보니 그건 포르노 잡지면서 자료집이었다. 벗은 몸들은 하나의 포즈를 취하고 있었다. 그것들이 어떻게 해서 움직이는지 남자는 많이 공부를 한 모양이었다. 대부분의 장에 손때가 묻어 너덜너덜했다. 이래서 기술직이구나. 대단하다. 윤조는 감탄하느라 바빴다. 다른 한편으로는 이렇게 애써서 만든 천사의 얼굴이 어떨지도 궁금했다. 어쩌면 그건 윤조가 이제껏 느낀 적 없는 아름다움이라는 것을 몸에 스미게 만들어 줄지 몰랐다.

컵을 비우고 자리에서 일어났다. 현관에 섰는데 남자가 따라 나오며 문을 잡아 주었다.

"숨긴 적 없어."

남자가 말했다.

"물어보지 않았으니까."

그가 방문을 가리켰다.

"언제나 열려 있어."

윤조는 웃었다. 기대할게요. 그렇게 말하고 방으로 돌아왔다. 그의 방도 언제나 열려 있었다. 그런데 그 전엔 아무도 들어오지 않았다. 아니, 윤조가 불러들이지 않은 거다. 이 남자 전에는. 그리고 이 남자가 있기 전까지는 몰랐다. 열린 문으로 누군가 들어오길 원했다는 사실을.

남자의 작업은 순조로운 듯했다. 표정이 처음 만난 날보다 훨씬 밝았다. 윤조도 마찬가지였다. 거울을 보았을 때, 과거와는 다른 자신이 보였다. 꼭 집어 말할 수 없지만 뭔가 변화가 있었다. 뭘까. 한동안 거울 앞에 서서 윤조는 생각했다. 세상은 정합성으로 돌아간다. 사과는 땅으로 떨어진다. 물은 100도씨가 되어야 끓는다. 꽃은 바깥에서부터 핀다. 대다수의 꽃잎은 피보나치 수열에 맞춰 핀다. 개도의 수학적 질서, 황금비…… 그런 것은 변하지 않는다. 지구가 도는 것은 변하지 않는다. 하지만 얼굴은 변한다. 고정되지 않은 걸 아름다움이라고 부를 수 있을까.

며칠 뒤 팩토리에서 스쳐 지나갈 때 남자가 윤조의 손을 잡았다. 사라가 놀란 눈으로 뒤돌아보는 게 느껴졌다. 윤조는 말없이 남자의 뒤를 따랐다. 다리가 팔랑팔랑 움직였다. 두 줄기 풀처럼 떨렸다.

그가 손에 쥐어 준 건 금속으로 만든 뼈였다.

경추의 고장이 잦은 건 익히 알려져 있었다. 머리를 지지하고, 목의 유연한 움직임에 도움을 주는 복잡한 부분인 만큼 섬세하게 다룰 필요가 있었다. 이제껏 루틴만 따라 했었는데, 남자가 한 걸 보니 막힌 게 뚫린 기분이었다. 그러게요. 윤조가 입속말을 했다. 이렇게 하면 되네요. 왜 이 생각을 못했을까. 남자가 윤조의 손을 꼭 쥐었다.

"견본으로 하라고요?"

"응."

"그러면 나만 쓰는 게 아닌데요. 다른 공원들도 볼 거예요.

그래도 상관없어요?"

남자가 대꾸하지 않는 걸로 긍정의 의사를 밝혔다.

아름다운 건 나눠야 한다는 걸까. 팩토리의 기치. 비밀스러운 아름다움과는 정반대의 행동이다. 그걸 남자도 안다는 듯 두 눈을 찡긋했다. 알아요. 다 알아요. 우리는 말을 하지 않아도 되는 사이잖아요?

하지만 정말 그럴까? 말 없이도 우리는 정말 다 알고 있나? 고맙다고 하고 윤조는 다시 작업장으로 돌아갔다. 이쪽을 힐끔대는 사라의 시선을 무시한 채, 늘 그렇듯 같은 모양으로 경추 뼈를 깎았다. 그리고 퇴근길. 버스를 타기 위해 나서는 남자에게 눈짓으로 말했다. 먼저 가세요. 남자는 고개를 한 번 끄덕이고 시멘트를 바른 좁은 길을 따라 버스를 타러 갔다. 윤조는 마당에 선 채 그 뒷모습을 눈으로 좇았다. 버스가 왔고 잠시 멈췄다가 사람을 싣고 떠났다. 붉은 점이 점점 작아지다가 완전히 사라졌다. 그다음 윤조는 천천히, 찻길을 따라 걸었다.

조용하고 시끄럽다.

맹꽁이가 우는 시골길을 걸으며 윤조는 주머니 속 뼈를 만졌다. 윤조가 깎은 뼈는 이 뼈와 달랐다. 윤조의 뼈는 천사를 위한 거다. 남자의 뼈도, 천사를 위한 거다. 하지만 달라. 같지 않았다. 계속해서 뼈를 매만졌다. 일하는 틈틈이 이 뼈를 깎

앉을 남자를 생각했다. 뜨거운 뼈를 매만졌다. 나는 왜 밥을 해서 나누는 걸까. 남자는 왜 조그만 개들을 만들어 주는 걸까. 어느 순간 늘어난 개들은 이제 선반 하나를 채웠다. 나무결이 살아 있고 모두 표정이 달랐다. 보다 보면 어느 순간 웃음이 났다. 어느 날엔 슬퍼졌다. 같은 걸 두고 하루는 웃음이 났다가 하루는 슬퍼지는 걸 뭐라고 하지? 무언가 변하고 있었다. 이 길도 변했다. 봐. 기숙사의 불빛이 보인 뒤로는 점점 엿가락처럼 길어지고 있잖아. 달려도 짧아지지 않잖아.

문 앞에 섰을 때 윤조는 거친 숨을 몰아쉬고 있었다. 놀란 얼굴의 남자를 향해 윤조는 환하게 웃었다.

"저녁 먹어야죠."

며칠 뒤 퇴근 준비를 하는데 백 부장이 윤조를 불렀다. 커피? 녹차? 오렌지 주스? 괜찮아. 아무거나 마셔도. 내가 주는 건데 뭘. 몇 번 물어보고는 오렌지 주스를 고르자 일본 출장 때 사 왔다는 그림이 든 센베를 내놓았다.

"내 입엔 너무 달아서."

"정말 먹어도 괜찮을까요?"

"집중력 땜에? 응, 뭐. 내일 휴일이니까."

윤조는 조심스레 포장을 뜯었다. 오랜만에 맡는 진한 버터와 향긋한 설탕 냄새가 훅 풍겼다. 냉장고에 넣어 둔 덕에 차가운 냉기가 인중에 닿았다. 한 입 깨물자 저절로 눈이 감겼다. 혀가 녹을 것만 같았다.

"일은 할 만해요?"

"예."

"어려운 건 없고? 지내는 건 좀 어때요?"

"괜찮아요."

"젊은 사람이 살긴 좀 갑갑한데."

"처음엔 그랬는데, 익숙해졌어요."

"그치. 살다 보면 의외로 또 금방 익숙해지지."

백 부장이 손을 뻗어 센베를 들었다. 아삭아삭 소리 끝에 예상치 못한 말이 터져 나왔다.

"윤조 씨, 1번 팩토리로 갈 생각은 없어요?"

1번은 얼굴을 만드는 곳이다. 그것도 6번과 연계해서 대중형을 만드는 5번도 아니고 럭셔리 라인을 만드는 곳. 내가. 대학도 나오지 않았는데. 가고 싶은 마음이 있고 없고를 떠나 생각지도 못한 기회였다.

"지금까지 하던 대로 하면 돼요. 윤조 씨는 가도 잘할 거 같아요. 여기보다 창의적인 일이고. 뭐, 기본적으로는 장미저택에서 내려온 지시대로 만드는 거긴 한데, 그래도 하루 열 시간 뼈만 깎는 것보단 낫죠. 일은 어려워도 훨씬 보람찰 거예요."

"……"

"윤조 씨라면 관심 있을 거 같았는데 내가 틀렸나요."

"아니요. 그건 아닌데요."

인생이 바뀔 수 있는 길이다. 급여도 수습 기간조차 배는 뛰고, 일하다 보면 단순 공원이 아닌 장인의 타이틀을 얻을 수도 있다. 하지만 목에 무언가 걸린 것처럼 넘어가지 않았다.

"관심 없는 거 아니면 생각해 봐요. 다음 주 월요일까지 알려 주면 돼. 원래 두 번 안 물어보는데. 좀 갑작스럽게 말하긴 했으니까. 가서 일 보세요. 그거, 센베는 먹고 싶으면 가져가서 먹고."

백 부장이 완전히 일어나기 전 목에 걸린 게 튀어나왔다.

"그럼 응랑으로 가는 건가요."

"왜요? 거기나 여기나 시골 생활은 똑같은데."

"그게 아니라, 그럼 여기로 다시 돌아올 일은 없나요."

"없죠? 아마도?"

백 부장이 뭔가 깨달았다는 듯 윤조에게로 와 부드럽게 팔을 쓰다듬었다.

"그쪽도 적응이 어렵진 않을 거예요. 장인들은, 이런 얘기 나쁘게 들으시면 안 돼요, 좀 다들 독특한 구석이 있으시니까는 오히려 여기 분들보다 윤조 씨랑 맞을지도 몰라요."

윤조는 백 부장의 얼굴을 봤다. 실무자와 경영자가 부딪힐 일은 없지만 면접 때 처음 본 뒤로 늘 의지하던 존재였다. 이번엔 윤조가 물었다.

"부장님, 아름다움을 뭐라고 생각하세요?"

"갑자기?" 백 부장이 웃었다. 그리고 다 안다는 듯 면접 때 윤조가 했던 답변을 인용했다. "잡을 수 없는 거죠."

"잡을 수 있으면요? 그럼 아름다움이 아니게 될까요?"

"잡아 본 적이 없어서 모르겠는데." 백 부장이 장난을 쳤다. "왜요. 잡고 싶어졌어요?"

"모르겠어요."

"1번에 가면 알 수 있을 거예요. 누가 뭐래도 세계 제일을 만드는 곳이니까."

"그럴까요?"

"그럼요. 그건 변함없는 사실이지."

윤조는 허리를 깊게 숙여 인사했다. 백 부장의 방에서 나와 천천히, 점차로 속도를 올려 달리기 시작했다.

이제까지 윤조에게 천사는 천사였다. 모나리자는 그림이었다. 기숙사 앞의 니케상은 바람이 불어도 날아가지 않고, 장미를 심으면 장미가 났다. 그리고 사람들은 천사를, 모나리자를, 니케상을, 장미를 아름답다고 했다. 하지만 아니었다. 아름다움은, 천사와 모나리자와 니케상과 장미가 아닌 그게 불러일으키는 마음의 변화를 부르는 이름이었다. 요동치는 물줄기를, 변하는 내 마음을 아름다움이라고 부르는 거다. 그리고 지금 윤조를 흔들리게 하는 건 한 사람이었다. 이제 아름다움이 뭔지 알았어. 윤조는 생각했다. 그건 당신이야. 그리고 나는 당신을…… 사랑하고 있는 거야.

기숙사에 도착했을 때 윤조는 땀에 젖어 있었다. 가슴이 뛰었다. 이 길고 긴 계단을 뛰어오르고 싶었다. 그러나 꾹 참고 천천히, 천천히 움직였다. 거의 소리를 내지 않고 철계단을 올랐다. 당장 심장에서 튀어 나올 거 같은 말.

나는 당신을 좋아해요! 좋아해요! 좋아합니다!

그 말이 새어 나올까 봐 느릿하게 걸었다.

문은 닫혀 있지 않았다. 틈새로 적갈색 어둠이 보였다. 윤조는 집 안으로 들어갔다. 조용했다. 사람이 없는 조용함은 아니다. 누군가 있었고, 인기척은 방문 안에서 났다. 그것은 항상 열려 있었고 그랬기에 손을 대는 것만으로 윤조는 모든 것을 볼 수 있었다.

거기에 그게 있었다.

뭐라고 해야 좋을까? 가라앉는 이 기분. 짓눌리는 기분. 아무 색 없는 미적지근한 공기가 머리 위에 드리운 것 같았다. 죽을 때까지 이런 날씨가 반복될 거 같은 기분. 아무 말 없이도 그는 남자에게 있어 자신은 아름다움이 될 수 없다는 사실을 알았다. 그 증거가 눈앞에 있었다. 윤조는 슬프지 않았다. 우울하지 않았다. 그저 표정 없는 얼굴로 생각했다.

이건 이길 수가 없다.

거절당한 슬픔 이전에 태연한 흉내부터 내었다. 그러면서 그는 자신이 처음으로 인간이라는 사실을 자각했는데, 숨기는 것이야말로 인간의 가장 문화적인 행동 중 하나이기 때문이었다. 비밀과 거짓말. 거짓말과 비밀. 비밀이 아름다움을 만든다. 그렇지만 지금 나는 아름답지 않다.

윤조는 웃었다. 아무것도 모르는 메마른 여자의 얼굴로 웃었다.

"이게 누구예요?"

눈앞에 하나의 얼굴이 있었다. 사람들은 그것을 다양한 이름으로 부른다. 천사. 영원한 사랑. 하나 뿐인 보석. 미의 결정체. 마음의 친구. 유혹하는 악마. 섹스봇. 인간을 잡아먹는 괴물. 지옥의 골짜기. 기계 인간. 장난감. 대체품. 권리 없는 도구. 찌꺼기. 그러나 이름은 모두 미끄러진다. 그것에 생채기 하나 내지 못하고 줄줄 흘러내린다. 윤조는 그것에 걸맞는 이름을 알았다. 윤조의 눈엔 하나의 이름으로만 보였으니까. 다른 무엇이 아닌 남자의 이름으로.

자기 얼굴을 한 그것을 매만지는 남자의 손이 떨렸다. 윤조는 알았다. 남자의 배 속이 요동치고 있다는 걸. 사랑하고 있구나. 이 남자의 아름다움은 저것이다.

남자가 두 팔을 벌렸다. 서커스 단장이 불을 먹는 여자를 소개하듯. 곱추가 집시를 소개하듯. 그의 보물을 향해 펼쳤다.

"완성했어."

그리고 자기 가슴에 손을 얹었다. 눈동자가 젖어 반짝였다.

"나의 천사."

2

  고지대의 쌀쌀한 기온에 팔을 안았다. 관광객이 빠져나간 시간, 텅 빈 작은 역 근처 식당에서 국밥 한 그릇을 먹었다. 시작 시간은 7시였지만 약간 늦게 들어가기로 했다. 6시 55분. 식당에서 일어났다. 지도에 적힌 대로 언덕을 올라 걸었다. 가드레일이 쳐진 왼편으로는 검은 바다가 보였다. 오른편은 머리 위로 자란 측백나무가 이어져 있어 이 옆은 숲이구나, 생각하다가 문득 이것이 하나의 저택을 두르고 있는 울타리라는 걸 알았다. 놀라 옆만 보고 걷던 유미는 하마터면 눈앞에 서 있던 사람과 부딪칠 뻔했다. "죄송합니다." 사과하자, 빗살무늬토기처럼 턱이 뾰족한 남자가 되려 깊게 고개를 숙였다. "저는 괜찮습니다. 어디 다치신 덴 없고요?" 그 태도나 말투가

묘하게 깍듯했다. 게다가 연극 의상 같은 드레스 코트를 입고 있었다. 직원일까? 유미는 입을 뗐다.

"저,「천사와 황새」를……"

"아, 먼 길 잘 오셨습니다. 먼저 신분 확인부터 도와드리겠습니다."

직원이 맞는지 남자가 금세 접대하는 태도를 취했다. 유미는 주머니에서 구슬을 꺼냈다. 남자가 푸른 빛이 도는 조명을 구슬에 쏘이더니 눈에 작은 구멍이 뚫린 가면을 건넸다.

"모임에 오신 누구나 평등하게 즐기실 수 있게 돕는 도구입니다."

유미는 가면을 썼다. 얼굴을 드러내지 않게 되니 방패가 생기는 것 같았다. 남자가 낮은 철문을 열었다.

"그럼, 즐거운 시간 되시길 바랍니다."

비굴하지 않을 정도의 예의. 자신과 상대방을 동시에 높이는 태도에 유미는 감탄하며 안내대로 발밑을 은근하게 밝히는 조명을 따라갔다. 저택은 이 고지대에서도 가장 꼭대기에 있어 정문에 달린 문고리를 똑똑 두드렸을 땐 등이 후끈후끈했다. 안쪽에서부터 부드럽게 문이 열렸고, 거기서 두 번째 검사가 있었다. 나이가 꽤 있어 보였으나 콧잔등의 주근깨 때문에 묘하게 어려 보이는 여자가 구슬을 살폈다. 이 여자 역시 드레스 코트를 입은 남자처럼 시대에 어울리지 않는 하녀복을 입고 있었다. 확인을 마친 그가 홀의 문을 열기 전 작은 목소리로 유미에게 속삭였다. "방금 전 상영이 시작해서요, 뒤쪽 빈자리로 안내해 드리겠습니다."

문을 열고 들어가자 오래된 영사기 돌아가는 소리가 들렸다. 사람들이 흰 벽에 쏘아지는 흑백 영화를 보고 있었다. 유미는 가방을 꼭 끌어안은 채 문과 가장 가까운 뒷좌석에 앉았다. 화면에선 눈가 인상이 또렷한 남자가 창밖을 보고 있었다. 뉴욕. 도시 한가운데의 낡은 아파트 창밖으로 별처럼 빛나는 도시 풍경이 보였다. 그는 멍하니 서서 맞은편 건물 옥상의 빌보드 간판을 보고 있었다. 성별을 알 수 없는 한 사람이 누워 있는 매트리스 광고였다. 아름답고 편안해 보인다. 그렇게 생각하는데 누워 있던 사람이 몸을 일으켰다. 그의 등 뒤로 날개가 보였다. 천사다. 천사가 내려왔다…….

한 시간 반 뒤에 영화는 끝났다. Fin이라고 적힌 글자가 올라가자 여기저기서 박수 소리가 터져 나왔다. 곧 방 안이 밝아지고 열린 문으로 카트를 이끌고 간단한 핑거푸드와 샴페인을 든 서버들이 들어왔다. 순식간에 작은 파티가 시작되었다.

유미는 얼결에 잔 하나를 들고 벽 쪽으로 붙었다. 우아한 크리스털 글라스에 꽂힌 빨대는 가면을 위한 배려인 듯했다. 유미는 음료를 마시며 상황을 살폈다. 그를 제외한 나머지는 가면을 쓴 게 무색하게 낯이 익은 사이 같았다. 서로의 팔을 자연스럽게 잡으며 이야기를 하는 사람들. 의상이나 장신구만으로 유미는 그들과 자신 사이에 흐르는 세계의 구분점을 느낄 수 있었다. 그러나 이런 생각에 잠겨 있을 시간은 없다. 부품을 구할 건 나뿐이다. 유미는 용기를 내어 대화에 열을 올리는 세 명의 귀부인에게 다가섰다. 말을 걸기도 전 묘하게 방이 조용해졌음을 느꼈다. 긴장감이 파도와 같이 밀려왔다. 유미가 그것이 자기 탓이 아니란 걸 깨달은 건, 귀부인뿐만 아닌 나머지 사람들의 얼굴도 뒷문을 향해 있다는 걸 알게 된 다음이었다.

곧 와아 열렬한 함성소리에 유미는 고개를 뒤틀었다. 푸른 꽃을 넝쿨처럼 두른 목이 긴 실내장식 사이로 방금 화면 안에서 본 천사역의 배우가 천천히 걸어 나오는 게 보였다. 죽었어야 하는 거 아닌가? 몇십 년은 더 된 영화다. 손을 흔드는 배우는 여전히 건강하고 생생했다. 반면 그의 팔짱을 끼고 천천히 걸어오는 사람은 검버섯이 핀 손으로 지팡이를 짚고 있었다. 가면이 무색하게 그의 나이가 눈에 보이는 듯했다. 그 대비를 보다 유미는 깨달았다. 저건 진짜 천사다. 이름이 분명……

"라라. 세상에. 라라가 오다니."

그래, 저건 진짜 라라다. 릴리언 기쉬의 몽롱한 눈동자와 클라라 보의 에로스의 화살을 본 딴 뾰족한 입술을 가진 라

라. 어릴 때 유미가 읽은 세계의 기담집에선 2차대전 당시 제작된 최초의 「천사와 황새」에서 천사 역할을 맡은 라라의 생김이 적군이 추구하는 아름다움 ─ 흰 피부, 파란 눈, 빛나는 금발 ─ 에 지나치게 적합한 탓에 필름은 공개 금지가 되고, 라라는 소각되었다고 했다. 좀 더 자라 접한 음모론에서는 필름은 헐리웃의 필름 보관소의 관리 하에 있고, 로봇은 촬영 뒤 경매에 붙여져 부호에게 낙찰된 뒤, 때때로 파티에 출몰해 주인과 함께 복화술로 노래를 하거나 칵테일 새우와 파인애플을 나눠 먹는 퍼포먼스를 선보인다고 했는데 더 황당한 쪽이 진짜일 줄은 몰랐다.

주인공처럼 홀을 가로지른 둘이 정중앙의 샹들리에 아래 자리를 잡았다. 회장은 다시 제각각의 활기로 시끌벅적해졌다. 유미는 라라와 그의 주인에게로 향했다. 그들은 몇 명의 사람들에게 둘러싸여 있었다. 귀동냥을 할 것도 없이 벌써부터 취한 듯 호기로운 목소리가 들렸다. "라라는 정말 한결같군요. 변함없이 아름다워요." "내 자랑이지. 내 새끼." 이젠 지팡이를 세워 두고 금색 천으로 짠 소파에 앉은 남자가 기특하다는 듯 천사의 허리께를 두드렸다. "저기 가 있으렴, 라라."

라라가 흰 치맛자락을 휘날리며 프랑스식 창문 아래에 놓인 긴 의자에 가서 앉았다. 어두운 밤의 정원을 등지고 팔걸이에 손을 얹은 채 살짝 몸을 누이다시피한 자세가 방금 영화에서 본 빌보드 광고판과 똑같았다. 금색 소파에 앉은 남자가 만족스럽다는 듯 웃다가 목소리를 낮춰 속삭였다. "데리고 오지 말란 규칙은 없잖아. 그렇지?"

"그럼요. 그럼 입구에서 막지 않았을까 싶은데요." 목이 졸릴 거 같은 나비넥타이를 맨 남자가 말했다. "맨 처음엔 반대로 혼자서 들어오지 못했대요. 천사와 짝을 지은 사람만 들어갈 수 있었는데, 다들 자기 천사의 얼굴을 보이길 내켜 하지 않아서 구슬만 지참하는 형식으로 바뀌었다는 말도 있더라고요."

"도대체 누굴까. 이런 일을 벌이는 사람은."

"전 내심 선생님이 아닐까 했는데."

"아냐, 나도 초대받은 거야."

"누군진 몰라도 낮에 했으면 좋겠어요. 점점 더 저녁에 만나는 것이 피곤해져요." 회색 쥐 같은 머리털을 가진 여자의 입이 가면 아래로 크게 벌어졌다. 그와 비슷한 체형의 깡마른 여자가 나란히 선 여자의 팔을 꼬집었다. "점점이라니 무슨 소리야. 우린 다 처음 보는 사람들이야. 이곳에도 처음 온 사람들이야. 안 그래요, 여러분?"

하하. 온화한 분위기. 웃음이 멎자 붉은색의 찰랑거리는 드레스를 입은 여자가 물었다.

"선생님. 「천사와 황새」 리메이크 소문이 있던데. 사실인가요?"

"소문 아냐. 낮에 기사가 났어."

"사실이었군요."

여자가 잠시 뜸을 들이고 되물었다.

"어쩌다가 인간을 쓰실 생각을 했어요?"

"내 생각이 아냐. 우리 아들 생각이지. 멍청한 자식. 망할 일만 남았어."

"어머. 아직 시작도 안 했는데. 잘 될지도 모르잖아요."

"아냐. 그놈은 보는 눈이 없어. 나도 배우들을 보긴 봤지만 내 이름을 걸 만한 애는 없어. 그냥 천사들을 내보내는 게 이거야."

남자가 두꺼운 엄지손가락을 휘둘렀다. "한 번 톡톡히 망해 봐야 정신을 차리나 싶어."

유미는 문득 그들 대부분이 나이 든 사람들이라는 걸 깨달았다. 가면을 써도 그 점은 숨길 수 없었다. 묘하게 굼뜬 사람들. 선우 사후 이전의 모델을 소유하는 사람이라면 나이가 많은 건 당연하다. 게다가 엄청난 부자. 갑자기 저 가면 뒤의 얼굴이 두려워졌다. 뚫린 구멍 사이로 보이는 눈동자가 부러워졌다. 얼굴을 드러낸 건 잔과 음식을 나르는 젊은이들뿐이다. 부드러운 움직임. 잔잔한 미소를 머금은 얼굴. 로봇이겠지? 다과를 권유하고, 빈 잔을 회수하고, 입술이 닿는 부분보다 살짝 높은 자리에서 실을 뽑듯 와인을 따르는 기술이 완벽했다. 재빠르고, 군더더기 없었지만, 그게 그들의 역할은 아니었다. 그 자리에서 그들의 역할은 아름다움이었다. 모두 잔을 하나씩 손에 들고 음식이 아닌 서버들을 눈으로 맛보고 있었다.

"하여간 천권 수호인지, 뭔지 하는 놈들은 하나 같이 바보 짓만 하고 있다니까요. 결국 천사는 보호라는 명목으로 골방에 처박히고 인간 배우들의 얼굴이 스크린을 채우고 있지 않습니까. 그건 보호가 아닌 방치예요. 아름다움은 배포해야죠."

"천사 보호 선언이 다 망쳐 놨어요."

누군가 빈정대는 투로 읊었다. "이 촬영장에서는 천사를 쓰지 않습니다. 어디까지 인간을 사용하고 있습니다."

"이게 다 개념을 오도해서 그래요. 더미와 천사를 구분해야지. '그래도 되는' 더미가 있고, 안 되는 천사가 있는데 어린 애들은 이것도 천사, 저것도 천사, 다 그런 식으로 부르잖아. 천사는 선우 선생이 손을 댄 것만 천사인데."

"요즘 애들이 뭘 알겠어요."

유미는 자리를 떴다. 쫓기듯 발코니로 나가자 그제야 저택에 온 이후 처음으로 편히 숨을 쉴 수 있었다. 부품을 찾아야 하는데. 점점 막막해지고만 있다. 어쩌면 좋을까. 의자에 앉아 고개를 숙이고 있는데 누군가 말을 걸었다.

"괜찮으세요? 어지러우시면 잠시 저쪽 방에 가서 누우시겠어요?"

유미는 깨달았다. 있었다. 부유하지도, 명예롭지도, 젊지도 아름답지도 않은 사람이. 주근깨투성이의 하녀가 유미에게 손을 내밀었다. 유미는 그의 부축을 받으며 복도 건너편에 있는 조그만 응접실에 들어갔다. 문을 닫자 홀에서부터 들리던 소음이 작아졌다. 하녀가 긴 의자 위에 있는 쪽창을 열어 환기시킨 뒤, 쿠션을 정리했다.

"누워 계시면 기분이 좀 나아지실 거예요. 물을 한 잔 드릴까요?"

유미는 앉는 걸로 충분하다고 하며, 하녀에게 옆자리를 권했다. 그가 치마를 정리하고 두 다리를 모아 앉았다. 유미가 하녀의 옆얼굴을 바라보며 말을 걸었다.

"장미저택 응접실에 들어오게 될 줄은 몰랐어요."

"이곳의 옛 이름을 아시는군요."

"모를 수가 없는걸요. 어릴 때 무척 좋아했거든요. 지금은 문을 닫았다고 들었는데 이런 식으로 개방해서 쓰는 줄은 몰랐어요."

"종종 이렇게 임대해서 얻는 수익으로 저택을 가꾸고 있습니다. 사람 손이 닿지 않는 집은 망가지기도 하니까요. 선생님이 살아 계셨다면 뭐라고 하셨을까, 그런 것을 고려해서 선택합니다. 「개인간」의 선례가 있어 일단 영화 촬영은 거절하고 있긴 하지만요."

그런 영화가 있다는 것은 처음 알았다. 유미가 얼빠진 표정을 지었는지, 하녀는 모르는 게 당연하시지요, 라며 간단한 줄거리를 설명했다.

"그때까지만 해도 한국의 문화라는 게 세계적으로 널리 퍼지기 전이라, 선생님은 인간문화재로서의 책임감과 또 아름다움이 널리 전파되길 바라는 마음에 무상으로 저택을 대여해 주셨습니다만, 결과가 상당히 안 좋았거든요. 이렇게, 모르는 분들이 더 많을 정도로요. 그래도 오늘 모임에 대해서는 좋게 생각해 주실 거라고 믿습니다. 무엇보다 천사를 위한 모임이니까요." 여자가 덧붙였다. "어떠신가요? 모임은 즐거우신가요?"

"아, 좋네요." 유미가 반사적으로 답하고 솔직하게 말했다. "생각했던 거랑은 좀 다르지만요. 전 여기가 좀 더 음, 차분한 분위기일 줄 알았어요. 오래된 천사를 고칠 부품을 구할 수 있다고도 들어서요."

"아…… 종종 계시긴 합니다. 오늘은 없으신 거 같지만요. 사실은, 좀 드문 일이기도 하고요."

어떤 부호가 죽고 난 뒤 천사가 재산 싸움의 중심에 서며 남은 가족이 천사를 학대하는 일이 있었다. 주인이 죽으면 천사 역시 작동이 멈춘다. 움직이지 못하는 천사는 아름다운 나무토막과 같아서 칼로 찌르거나 베거나 꿈쩍도 않는다. 완전한 소유란 그런 것이다. 주인이 죽으면 남은 소유물은 무슨 일을 당해도 저항할 수 없다. 그런 걸 본 일부 천사의 오너들이 죽기 전 자기 천사의 부품을 주변에 나눴다. 어떤 방식으로든 천사의 생명이 이어지길 바란 것이리라.

"대신에 저희가 보관하고 있는 게 좀 있는데요. 증상을 말씀해 주시면 도움이 되지 않을까 싶은데."

"정말요?"

"예. 다들 천사에 대해서는 어느 정도 알고 있으니까요. 잠시만요, 저희 하녀장님을 모시고 올 테니 기다려 주시겠어요?"

곧 주근깨투성이의 여자가 마찬가지로 고풍스러운 하녀복을 입고 있는 여자를 데려왔다. 50이 좀 넘은 듯했고, 코가 벌에 쏘인 것처럼 커다랬다. 주근깨투성이의 여자가 부품을 구하러 오신 분이라며 간략한 설명을 했다. 하녀장은 유미의 끝에 앉아 이야기를 꼼꼼히 들었다. 중간중간 걱정이 많으셨겠군요, 맞장구치는 것도 잊지 않았다. 말을 끝맺자 하녀장이 턱을 매만졌다.

"말씀을 들으니 개봉하자마자 문제가 발생했다는 얘기 같은데요. 그런 경우엔 사설 업체를 찾는 것보다 관용사에 가시는 게 제일 빠르긴 합니다. 바로 환불이나 교환도 가능하고요. 그런데 그런 일은 아주 낮은 확률로 일어납니다. 알을 빼는 순간 각인되는 건 천사뿐이 아니거든요. 인간도 똑같이 각인이 됩니다. 천사가 아주 높은 수준의 기능 장애, 일테면 말을 못하거나, 심지어는 천사의 본기능이라고 할 수 있는 성적인 접촉을 회피하는 경우라도 그대로 데리고 사시는 경우도 많아요. 보통 기계와는 확실히 다른 거죠. 수리를 맡기시는 분들도 많이들 불안해하시면서 맡겨요. 이를테면 나는 천사의 고장 난 부분만 수리하고 싶은 건데, 천사가 통째로 바뀐다든지, 그런 걸 염려하시니까 수리 과정을 볼 수 있는 사설 업체를 선호하시는 겁니다. 가끔은 편집증 같은 증상을 보이시는 분들도 있고요."

관용사를 향해 테러 위협을 벌이는 이들 중엔 천사 반대론자뿐 아니라 천사의 구매자도 있다는 얘기였다. 관용사로 가는 도로, 그 앞 인도에 2미터씩 거리를 두고 서 있는 다양한 샌드위치맨들 중엔 수리를 맡긴 천사가 다른 천사로 뒤바뀌어 돌아왔다는 황당한 주장을 하는 이들도 있는 모양이었다. 오히려 그쪽이 회사 입장에선 예상 가능한 반박을 펼치는 이들보다 더 집요하고 골치 아픈 존재인지 모른다.

하녀장이 말했다. "대충 이야기를 듣긴 했는데, 그러면 처음 구입하셨을 때, 90년도셨겠죠? 그때부터 증상이 계속 있었던 건가요, 아니면 원주인에게 물려받은 이후로 생긴 건가요?" 유미가 답을 하지 않자 하녀장이 웃는 얼굴을 보였다. "괜찮습니다. 관용사에선 금지한다 해도 여기엔 물려받은 분들도 충분히 오세요. 솔직하게 말씀드려야 저희가 도움을 드릴 수 있으니 편하게 얘기해 주시면 감사하겠습니다."

유미는 입을 열었다. "실은 열흘 전이에요."

하녀장이 알겠다는 표정을 지었다. "미개봉 신품을 구입하신 걸까요? 그런 경우엔 너무 오래 방치가 되었기 때문에 재생에 시간이 조금 걸릴 수도 있어요. 일단은 천사의 알을 한번 체크해 볼게요."

유미가 구슬을 건넸다. 하녀장이 앞치마 주머니에서 조그만 손전등 모양의 무언가를 꺼내 비췄다.

"초기작이네요. 빛이 산란하는 거 같은 무늬……."

"네, 맞아요."

"뽑은 지 얼마 안 되셔서 깨끗한데 벌써 작은 기스가 하나 났어요. 어차피 뽑고 나면 그 뒤로 역할은 끝난 거지만 그래도 조심해서 보관하셔야 해요. 반드시 주머니에 넣으시고요……."

"네……."

주근깨투성이 하녀가 그의 등 뒤에서 허리를 숙이고 함께 구슬을 들여다보았다. 유미는 그 모습을 보다 다시 응접실로 고개 돌렸다. 아까는 몰랐는데 벽난로에 장식된 넝쿨 무늬가 꽤 마음에 들었다. 로르샤흐 심리 검사지처럼 보이는 얼룩의 대리석 벽도 그랬다. 벽난로에 불을 지피면 벽에 그림자가 일렁여 얼룩이 불에 타는 사람 얼굴처럼 보일 거라는 생각을 했다. 꽤 오랜 시간 보는구나. 지루함에 기지개를 켰을 때 하녀장의 목소리가 들렸다.

"어, 잠깐."

돌아본 그의 얼굴이 달아올라 있었다. 유미는 심장이 덜컥 떨어졌다.

"무슨 문제가 있나요?"

"아, 아니에요. 죄송합니다. 제가 잘못 보았어요."

그 말을 하는 손이 미세하게 떨리고 있었다. 유미가 울 거 같은 표정을 지었는지 하녀장이 손을 흔들었다.

"아, 아닙니다. 정말로 아무것도 아닙니다. 괜찮아요."

하녀장이 목을 가다듬고 입꼬리를 끌어올리며 말했다.

"본사로 안 가시길 잘했네요. 이건 상당히 오래된 모델이라서, 가져가도 어떻게 하실 수 없었을 거예요. 실은 저희가 가진 부품도 없고요."

"그러면…… 못 고친다는 얘길까요?"

"아니요. 방법이 있긴 있죠."

하녀장 침을 삼켰다. "부품을 만들면 됩니다."

"그게 가능한가요?"

하녀장이 두 손을 겸손하게 앞으로 모았다. "실은 저희 모두는 선생님 생전에 관용사의 기술자로 일하던 사람들이에요. 너무 걱정하진 않아도 됩니다." 옆에서 주근깨투성이 하녀가 덧붙였다. "하녀장 님은 안면공으로도 일하셨어요."

안면공이라니. 갑자기 눈앞의 여자가 새롭게 보였다. 오길 잘했다고 생각하며 유미는 그렇다면 어떻게 해야 할지, 천사를 데리고 다시 이곳에 와야 하는지 물었다. 하녀장이 고개를 저었다. 어딘지 목이 멘 목소리로 답했다.

"아니요. 주소만 알려 주세요. 저희가 직접 방문을 하겠습니다."

3

방송 시작까지는 세 시간 정도 남았다. 류는 더는 뜯어낼
것도 없는 손톱의 거스러미를 문지르다 기어코 피를 봤다. 작
게 찡그리자 얼굴을 퍼프로 두드리던 손길을 멈추고 코디네
이터가 물었다.

"긴장돼?"

"글쎄요."

고작 그 한마디를 뱉었는데 눈물이 흘렀다. 여자가 티슈를
뽑아 건넸다. 류가 눈물을 찍어 내게 놔두고 눈물이 그치자
면봉으로 눈 밑을 조심스레 닦아낸 뒤 다시 얇게 화장을 덧
바르며 자기 손을 거쳐 간 수많은 신부의 이야기를 했다. 결
혼식 날에 울지 않는 신부란 자비천사와 같았다. 소문만 무성

하지 실제로 본 적이 없었다.

"좋은 날일수록 눈물이 나는 거야."

그 말에 다시 코끝이 찡하고 울렸다. 연기를 해야 한다. 그
런데 얇은 가면이 자꾸 깨진다. 참아야 해. 나는 류다. 배우다.
마음속으로 최면을 걸며 너무 감격스러워서 그런가 보다, 하
고 너스레를 떨었다.

"누나도 아시잖아요. 제가 대역을 몇 년 했는지. 유시온 씨
없이 방송에 나오는 건 처음이니까……."

여자가 앞으로 다가와 눈썹의 대칭을 맞추었다. "뭘, 앞으
로는 혼자서도 많이 나올 텐데. 내가 봤을 땐 말야, 자기는 끼
가 있어. 내가 이 일 오래 했잖아. 될 거 같은 사람은 딱 눈에
들어와. 자기가 우승도 하고 실시간 검색어 1위 할 걸?"

"설마요. 그리고 전 지금이 좋아요. 혼자 나올 생각은 없어
요."

"그런 건 자기가 선택하는 게 아냐. 사람들이 그렇게 되도
록 만드는 거지."

여자가 숨이 얼굴에서 멀어졌다가 다시 가까워졌다. 감은
눈꺼풀 위로 부드러운 돼지털 붓이 닿았다.

"보통은 대역으로 로봇을 내보내지, 인간은 잘 내보내지 않
잖아? 연기를 시키는 쪽보다 로봇에게 행동 모방 프로그램을
까는 편히 훨씬 쉬우니까. 그런데 사람 움직임이라는 게 시간

에 따라 변하잖아. 로봇들이 학습한 패턴이란 건 결국에 모방하는 사람의 과거의 행동일 뿐이고…… 그러니까 시온이기도 하고, 아니기도 한 자기가 유리한 거야. 너무 떨지 마. 가서 우형규의 말 많은 주둥이를 콱 눌러 준다고 생각해.”

터프한 말과는 달리 한없이 조심스러운 여자의 손길이 얼굴에서 떨어졌다. 옷에서 풍기던 희미한 김치찌개 냄새도 멀어졌다. “이제 됐어.” 그 말에 눈을 뜨자 거울 속 단정한 자신이 보였다. 낡은 조각상의 더께를 벗겨 낸 듯 희미하게 빛이 났다. 뿌듯한 표정의 여자와 눈이 마주쳤다.

“인물 났네. 아우, 기대된다. 자기가 짠 하고 나오면 사람들이 엄청 놀랄걸. 자기는 내 작품이니까 그냥 가서 뽐내. 우형규가 다 수습할 테니까 마음 편히 질러요.”

“고마워요, 누나.”

류는 아쉬움을 느끼며 자리에서 일어났다. 이 여자가 자기를 매만지는 게 좋았다. 아낌받고 사랑받는 기분이다. 미리내는 어떨까. 그도 여자가 손을 뗄 때면 자기도 모르게 목을 앞으로 내밀려나. 반대로 먼지를 털어내듯 자리에서 벌떡 일어나려나.

침묵 속에서 미리내와 류는 나란히 앉아 있었다. 먼저 정적을 깬 건 둘 중 누구도 아닌 류의 휴대전화였다. 류가 전화를 끊고, 미리내에게 전했다.

"20분 더 있다 가래. 얼굴 잘 가리고."

미리내가 대답 대신 손을 뻗어 류가 입은 차이나 셔츠의 가장 윗단추를 풀었다. 움츠러들지 않기 위해 애썼으나 목이 간지러웠다. 닿지도 않았는데 가렵고 붉게 달아올랐다. 미리내가 말했다.

"끝까지 잠그지 마. 나는 안 그러니까."

류는 대꾸하지 않았다. 방금 그의 손에 떠난 단추를 만지고 싶은 충동을 참으며 자기 두 손을 잡았다.

"상금이 얼마지?"

"1억."

"미쳤군." 미리내가 단칼에 말했다. "이런 쓸데없는 일에 그런 돈을 쓰다니."

말 한마디에 날이 서 있고 표정이 굳어 있었다. 이젠 더 이상 감출 필요가 없다는 건가? 신경을 살살 긁어도 끝까지 무너지지 않던 표정이 오늘은 단지 나란히 앉아 있을 뿐인데도 일그러져 있었다. 이런 얼굴. 진짜 표정이 드러난 얼굴은 침대 위에서, 때때로 파편처럼 움칫하고 류를 찌르는 그 순간을 제외하고는 처음 보는 것이었다. 류는 창밖으로 시선을 돌렸다. 지하 주차장의 흰 벽을 보며 그가 이 남자에게 바란 건 친절도, 애정도 아닌 이 얼굴. 화를 내도 좋으니 자신의 앞에서 솔직한 얼굴뿐이었다는 걸 떠올리고 심술을 부렸다.

"당신이 나가도 돼. 대신 저택에 대해선 다음에 말해야겠지만."

미리내의 얼굴에 잡아먹을 듯한 표정이 떠올랐다. 하나도 웃기지 않았지만 류는 웃었다. "표정 좀 풀어. 자기는 농담을 너무 모른다니까? 뭐하러 연예인이 된 거야. 사람들 웃게 하는 게 싫은 주제에."

자기도 모르게 날카로운 소리가 나왔다. 사랑받자고 하는 짓이면서 사랑을 던지면 미리내는 피한다. 언제부터 저렇게 된 걸까. 아니, 처음부터 그랬나? 인간이 젊은 날에 올라갈 수 있는 가장 높은 곳으로 올라가 황금 같은 열매를 따 먹고 나면 두 발 아래 사다리가 흔들리는 것이 느껴지고, 불안해지는지 모른다. 땅에 내려갈 자유를 갈망하게 되고 빈손인 편이 행복하다고 느끼는지도 모른다. 지금까진 이 라이징스타의 오만이 이런 감정에서 비롯한 줄만 알았는데 문득, 애초에 미리내가 사다리에 오른 건 열매를 따 먹기 위해서가 아니었다는 생각이 들었다. 그럼 무얼 위해 그는 이 위태로운 곳에 서 있는 걸까.

바깥에 인기척이 느껴진다 싶어 보니 얼굴을 가린 남자가 재빨리 뛰어 맞은 편에 있는 카니발에 올라탔다. 덩치를 보니 6번…… 김윤석 혹은 그의 가짜다. 시동이 걸렸고, 차가 빠져

나가는 걸 보고 류는 혼잣말했다. 진짜일까? 가짜일까? 류는 눈썰미가 좋지 않았다. 아니, 눈썰미뿐 아니라 애초에 별다른 재주도 없다. 뛰어난 건 친형이다. 형은…… 형은 똑똑하고 용감했다. 자신은 항상 형의 부속품이었고 그 덕에 지능도 외모도 달렸지만, 저택에 갈 수 있었다. 그걸 쥐기에도 두려운 행운이라고 생각할 때도 있었고, 저주라고 생각할 때도 있었다. 그렇다면 지금은? 지금은 운이라고도, 저주라고도 생각하지 않는다. 다만 그 일이 있었기에 이 남자를 만날 수 있었다고는 생각한다.

류는 옆에 앉은 미리내를 보았다. 늘 그렇듯 두 손을 기도하는 자세로 모으고 엄지손가락을 퉁기고 있었다. 처음 만난 날에도 그는, 지금과 같은 자세로 앉아 말했다. 너는 나랑 닮았어. 그 말을, 류는 진심으로 믿었다. 그래서 미리내가 되기 위해, 그의 온전한 대역이 되기 위해 애를 썼다. 하지만 그럴수록 미리내에게서 멀어졌다. 깨진 창에서 떨어질 때, 버스 폭발로 튕겨져 나와 유리 조각들 사이에서 버스럭대며 몸을 일으킬 때 아픔은 류의 것이었다. 미리내는 카메라의 뒤편에 서 그걸 보고만 있었다. 그럴 때면 우리는 다른 사람이다. 육체도 마음도 그렇다는 사실을 실감했고, 그건 슬픈 일이었다. 우리가 한 사람이라면 좋을 텐데. 상처도, 기쁨도 전부 이해할 수 있게 공상과학영화 속 외계인처럼 액체로 녹아 하나로 뒤섞였으면 좋았을 텐데. 류는 상상했다. 분열한 우리가 하나가 되는 순간을. 언젠가는 모든 임무가 끝나고 고향 행성으로 돌아가기 위해 유리관을 닮은 우주선에 누울 날이 올 것이다. 창밖으로 별의 바다가 지나갈 때, 둘은 깊은 꿈속에서 서로의 뿌리를 단단히 묶고 우주 속을 나아갈 것이다……

류는 생각에 빠져드는 걸 멈추고 말을 돌렸다.

"저걸로 갈아타는 거야?"

"응."

낡은 흰색 아반떼에는 어울리지 않게 검은 선팅이 되어 있었다. 저 어설픈 부조화를 누군가는 눈치채지 않을까 하는 의심이 들었다.

"당신이 운전하는 거야?"

"그렇지. 형은 위에 있으니까."

그래, 매니저를 포함한 미리내의 스태프는 모두 위에 있다. 그들은 오늘의 진짜와 가짜를 맞추는 게임에서 사람들을 교란시키기 위한 준비를 마쳤다. 오늘 하루는 류가 미리내다. 언제나 미리내가 받던 손길이 오늘만은 류의 것이다. 그렇게 생각하다가 류는 어떠한 충동에 휩싸여 미리내에게 손을 뻗었다. 바지 위에 올라온 손을 미리내는 가만히 내려다보았다. 지금 뭐 하자는 거지? 얼굴엔 그런 의문이 떠올랐다. 류는 답하지 않았다. 천천히, 미리내의 손이 류의 목을 스친 것처럼 바지를 열었다. 지퍼를 아래로 끄르며 쇠 냄새가 난다고 느꼈다. 쓴맛이 스치는 걸 느꼈다. 손이 그런 걸 알았다.

"갈아입을 거 없어."

"괜찮아. 내가 알아서 할게."

미리내의 얼굴이 이상하게 일그러졌다. 류는 피하지 않고 미리내를 보았다. 미리내의 방황하던 눈동자도, 어느 순간부터 류에게 고정되었다. 눈을 마주친 채 조용한 차 안에서 류의 손만 움직였다. 약간의 시간이 지난 뒤 고개를 숙여 다가오는 류의 어깨를 미리내가 막아 일으켰다. 한순간 얼굴이 가까워졌지만 붙진 않았다. 닿지 않을 거리에서 둘은 이마를 가까이 한 채 숨만 쉬었다. 뒤엉킨 공기. 차 안의 온도가 올랐다. 뜨거운 숨. 마지막 순간에 미리내의 손이 류의 손을 감쌌다.

앞 좌석에 묻은 걸 닦아 냈다. 류는 티슈를 받지 않았다. 대신에 손바닥을 핥았다. 조금 오래 그 위에 머물던 입술을 떼고 말했다. 자기를 다 먹어 버리고 싶어. 속삭이자 미리내가 또다시 알 수 없는 표정을 지었다. 경멸? 혐오? 그것과 다른 무언가가 미리내의 얼굴에 떠올랐다. 그가 입을 여나 싶더니 엉뚱한 말을 뱉었다. "뭐 하러 이런 걸 하는 거지? 난 네게 더 줄 게 없어." 왜 저런 소리만 하는 걸까. 저 남자는 바보다. 류는 웃었다.

"틀려. 내가 하고 싶어서 한 거야."

"왜?"

"당신이니까."

"……"

"내가 당신을 좋아하니까."

새삼스럽게 놀라는 표정을 짓는 미리내를 놀리고 싶었다. "알고 있던 거 아냐? 이제 와서 왜 모르는 척해?"

속이 다 시원했다. 더 이상 센 척하고 싶진 않았다. 미리내가 자신을 내보이지 않는다고 해서 나까지 그럴 필요는 없었다. 진작 이럴 걸. 웃으며 머리카락을 넘기는데 손바닥에서 침 냄새와 정액 냄새가 났다. 오늘이 마지막일지 몰라. 눈물이 날 것 같다. 하지만…… 견딜 수 없는 건 미리내뿐만이 아니다. 류도 오늘은 신경이 날카로웠다.

침묵 속에 있던 미리내가 입을 열었다.

"날 좋아해 달라고 한 적 없어."

푸핫. 웃음이 나왔다. 겨우 하는 말이 그거라니. 저렇게 한심한 인간이다. 그리고 저 한심한 인간을 사랑스럽다고 여기는 나도 한심하다.

"당신이 그렇게 말할 줄 알았어." 류는 웃었다. "당신이 뭐라고 하든 상관없어. 단지…… 당신에게 부탁이 있어. 오늘 일은, 내가 일방적으로 한 걸로 해. 당신은 아무것도 몰랐던 거야. 내가 저택 출신인 거. 오늘의 폭로를 위해 몇 년 동안 몰

래 준비한 것도 당신은 몰라. 아무것도 모르는 그냥 피해자인
거야."

"왜……."

"……."

"왜 그래야 하지?"

"그냥 그러겠다고 약속해. 그렇지 않으면 이대로 저 차를
타고 가 버릴 거야."

"그건 안 돼."

"그래. 그러니까 당신은 약속을 지킬 수밖에 없어. 잊지 마.
부탁하는 사람은 내가 아니라 너야."

좁은 차 안은 갑갑하다. 목이 말랐지만, 어디에도 물은 보
이지 않았다. 들끓는 갈증. 그것은 눈앞의 미리내에게 느끼는
걸까. 눈앞에 가 본 적 없는 사막의 풍경이 그려졌다. 아니, 그
것은 오랜 기간 류의 꿈에 나타난 풍경이다. 매일 밤 닿지 않
는 앞에서 미리내가 걸었고 류는 그 뒤를 따랐다. 한 번도 붙
잡을 수 없던 뒷모습이지만 슬프지만은 않았다. 그의 뒷모습
이라도 볼 수 있다면 이 사막이, 밤이, 꿈이 영원히 이어지기
를 바랐다. 나는 오늘 모든 것을 말할 것이다. 그 저택에서 어
떤 일이 있었는지, 하나도 남김없이 말할 거다. 그게 당신이
원하는 일이니까. 당신이 원하는 일이라면 뭐든지 하고 싶어.

왜냐면 난 당신의 천사가 되고 싶으니까.

"저택에서 쫓겨난 다음 얘기했나?"

"……."

"이건 진짜 처음 듣지?"

"……."

"나를 거둬 준 사람이 있었어. 나를 너무 아껴서 손도 대지 못하던 사람…… 처음엔 지켜보는 것만으로 충분하다고, 세상에서 나를 가장 사랑한다고 했는데 어느 날부터인가 나를 보는 시선이 변하더군. 입은 웃어도, 징그러운 걸 보는 듯한 눈빛……. 기분 탓일까? 내가 이상해진 걸까? 그 답은 어느 날 거울을 보고 알았어. 그 속엔 내가 모르는 낯선 내가 있었거든. 어른이 되려고 하는 내가. 난 깨달았지. 장미저택의 마법이 풀리고 있다는 걸.

부드러운 피부는 사라지고 있었어. 머잖아 울긋불긋한 여드름이 돋아나고, 삶은 닭처럼 부드럽던 뼈는 굵어지고, 구불구불하고 억센 털이 피부를 뚫고, 목소리가 낮아질 예정이었지. 그리고 낮과 밤을 가리지 않고 내가 누워 있던 침대에 얼굴을 파묻고 있던 그가 들어오자마자 불쾌한 듯 창문을 확 열고는 던지듯 통조림을 두고 간 날 나는 알았어. 저 사람이 사랑하는 건 과거의 나라는 걸. 이 집에 자라난 나의 자리는 없다는 걸. 거길 떠나면 갈 곳이 없었어. 사랑해 줄 사람이 없었어. 어떻게 하면 다시 돌아갈 수 있을까? 어떻게 하면 시간을 거스를 수 있을까? 나는 매일 생각했어. 언제나 그 사람이 오기만을 기다리며 생각했어. 마지막 파인애플 통조림에 든 국물 한 방울까지 핥아먹고 하나의 답을 내렸지.

죽어야겠다고, 이대로 내가 지난 추억 속에 박제된다면 그 사람이 다시 나를 사랑해 줄 거라고. 그런데 용기가 안 나더라고. 나는 실패작이 될 미래를 알면서 자라날 수밖에 없었고 결국 버려졌어. 그리고 우리가 만난 거지."

말을 마치고 류가 얼굴에 미소를 지었다. 눈앞의 미리내는 혼란스러워 보였다. 류는 생각했다. 내가 만일 천사였다면 이 남자의 마음을 분석할 수 있었겠지. 저 안에 흐르는 감정이 무엇인지. 당혹, 두려움, 슬픔, 그리고…… 당신 그거 알아? 지금도 당신은 나를 사랑스럽다는 눈으로 보고 있어. 경멸하는 것처럼, 당장이라도 나를 밀치고 싶어 하는 표정을 지을 때에도 당신의 눈 속에서는 사랑이 보여. 당신은 서툰 연기자야. 하지만…… 당신은 아름다워. 류는 장미저택에 도착한 어느 여름에 고원의 맑은 공기와 함께 그의 영혼이 들이마신 문장을 떠올렸다. '아름다움이 유일하게 가치 있는 일이다. 우리는 아름다움을 수호하기 위해서라면 뭐든 한다.' 그리고 류는 언제까지나 저택의 아이였다.

"당신, 실은 꽤 괜찮은 배우거든. 앞으로 재능을 잘 살리도록 해."

당신을 만나서 행복했어. 당신에게 안길 때면 나는 나 자신으로 온전히 긍정받는 느낌이었어. 살아 있어서, 태어나길 잘했다는 생각을 했어. 단 한 가지, 마지막으로 당신에게 부탁이 있다면⋯⋯

"나는 류가 아니야."

"⋯⋯."

"거짓말인 거 알고 있었지? 선생님이 류라고 부른 천사⋯⋯ 그 사진의 주인은 죽은 우리 친형이고 나는 윤오야. 이윤오."

"⋯⋯."

"미리내."

"⋯⋯."

"한 번만 내 이름 불러 줄래?"

차 안엔 짧은 정적이 흘렀다. 미리내의 입술을 달싹였다.

"무슨 소리를 하는 거야. 너는 류야. 나는 시온이고."

하하. 류가 기운 빠진 소리로 웃었다. "맞아. 농담이야." 그가 손목을 들어 시계를 봤다. "시간 됐다. 얼른 가. 누가 보기 전에."

문밖에서 똑똑 노크 소리가 들렸다.

"스탠바이 할게요."

"예!" 대신 큰 소리로 외친 여자가 다가와 류의 어깨를 쥐었다. 다시 봐도 최고라며 기운을 불어넣었다. 미리내의 매니저가 계획대로 하라는 뜻을 눈으로 전했다. 류는 조용히 고개를 끄덕였다. 순수한 여자만 주먹을 불끈 쥐고 흔들었다. "파이팅! 가서 다 죽이고 옵시다!"

복도로 나가자 정장을 입고 서 있던 남자들이 팔짱을 끼었다. 어딘가로 끌려가는 사람처럼 류는 스테이지로 향했다.

4

원래 이렇지 않았는데. 주변 사람들이 워낙 신점이니 사주에 의지하고 그런 비과학적인 문화엔 콧방귀나 뀔 법한 세련된 취향의 선배들까지 별자리나 타로 정도는 보는 탓에 동 역시 별자리 운세를 챙겨 보게 되었다. 매일 아침 금 선배가 보내 주는 오늘 전갈자리의 운세는 돌다리도 두드려 보고 건너자. 봤어? 오자마자 금 선배가 물었다. 생방송이 있는 날에, 그것도 전갈자리 여자가 셋이나 있는 팀에서 이런 운세는 좋지 않다.

짧은 상의 끝에 그들은 방청객 인터뷰를 조작하기로 했다. 자주 있는 일은 아니지만 생방송이다 보니 적게 하는 편도 아니다. 그들은 각자 지인들과 서비스 업체에 전화를 걸어, 오늘 생방송 도중 인터뷰에 당첨되는 역할을 맡겼다. 그런데 딱 한 자리가 비었다. 어떻게 하면 좋을까. 역시 운에 맡기는 수밖에 없으려나, 하던 찰나 금 선배가 방청 당첨자 리스트에서 한 사람을 꼽았다.

"오늘 유시온 나오잖아. 유시온 순서에 이 사람 뽑으면 어떻게든 될 거 같은데."

나이가 쉰이 넘은 중년 남자였다. 방청 기록이 없는 걸 보니 전문적으로 쫓아다니는 꾼은 아니고, 우연한 기회에 신청한 일반인 같았다. 은이 말했다. 괜찮을 거 같은데요? 동도 그 말에 동의했다. 유시온은 요즘 떠오르는 라이징이지만 젊은 여자들에 한정된 인기라, 이런 중년 남자에게 인터뷰를 시키면 못 할 말은 나오지 않을 거 같았다. "내가 형규 오빠한테 말하고 소품 정비도 해 둘게." 금이 자리를 비웠다. 전갈자리의 세 여자는 모두 한숨을 쉬며 두 손을 모았다. 부디 오늘 방송을 무사히 잘 마치기를!

*

오줌을 싸고 나서도 구는 변기에서 바로 일어나지 않았다. 그는 몸을 숙여 부은 종아리를 매만졌다. 카페의 지정복인 검은 면바지는 처음 한두 시간은 괜찮아도 근무시간이 다섯 시간을 넘어가면 종아리를 조이기 시작하고 벗을 땐 누워 발버둥쳐야 했다. 아주 싼 가게에선 자동 기계를, 아주 비싼 가게에선 상냥하고 아름다운 천사들을 쓴다. 어디에나 있는 체인점에선 구처럼 어중간한 인간이 필요했고, 최대한 통일성을 맞추기 위해 이 바지처럼 불편한 옷을 입혔다. 그래도 일자리라도 있는 게 어디냐, 생각하며 구는 휴지를 뜯어 오줌을 닦았다. 주춤주춤 일어나 화장실 밖으로 나갔는데 카페 2층과 연결된 쪽의 셔터가 내려가 있었다. 벌써 음악 방송이 시작된 모양이었다. 방송국 건물에 입점한 카페는 방송국과 화장실을 공유하고 있었고, 음악 방송 등 방청객이 많이 오는 시간엔 카페 고객인 척 들어와 방송국으로 침입하는 열성팬을 막기 위해 카페가 있는 쪽 셔터가 내려갔다. 이러면 방송국을 반 바퀴 돌아 반대쪽 엘리베이터를 이용할 수밖에 없다. 들키면 매니저한테 한 소리 듣겠지. 종종걸음을 하던 구는 복도 끝의 문을 열고 나오던 중년 남자와 마주쳤다. 반사적으로 시선을 돌린 구는 무언가 이상한 걸 눈치챘다. 남자의 목에 인증용 목걸이가 없었다. 엘리베이터를 타든, 자판기에서 커피한 잔을 뽑아 마시려고 하든 목걸이가 있어야 하는데 없었다. 이 남자도 갇힌 거로군. 구는 엘리베이터 앞에서 저층 출입용 카드키를 찍고 버튼을 눌렀다. 그때까지 헤매던 남자가 은근히 뒤에 와서 서는 게 느껴졌다. 문득 좋은 생각이 나서 뒤돌아 남자에게 물었다.

"저, 혹시 길을 찾으시나요?"

중년 남자가 얼굴을 붉혔다. "아, 예. 갑자기 셔터가 내려온
바람에. '진짜 가짜를 찾아라' 방청을 왔는데 못 내려가서 고
민하던 중이었습니다."

"「우형규 쇼」요. 제가 모셔다 드릴게요. 1층에 대기줄이 있
더라고요."

구는 남자와 함께 엘리베이터를 타고 1층으로 갔다. 보란
듯 매니저 앞에서 남자에게 깍듯이 고개를 숙인 뒤 앞치마를
매며 주방으로 들어갔다. "길을 좀 찾아 드리느라고요." 매니
저는 별 대꾸없이 아이스 아메리카노 셋, 이라고 말했다. 구는
얼른 잔에 얼음을 채웠다. 물을 따르고 뒤를 이은 주문을 받
느라 정신없이 보내다가 문득 떠올렸다. 아까 그 남자는 분명
맞은편 문을 열고 나왔다. 거긴 소품실일 텐데. 어떻게 들어
간 거지?

*

공개홀은 부연 공기로 차 있었다. 우영은 환상의 좁은 통로
를 주춤주춤 옆걸음질쳤다. 137…… 137…… 여기다. 우영은
자리에 착석했다. 먼저 옆자리에 앉아 있던 건 양복 정장을

입은 중년 남자였다. 또래였으면 좋았겠지만 상관없다. 우영이 붙임성 있게 누굴 보러 왔냐고 묻자 중년 남자가 쑥스러워하며 말했다. "유시온 씨를……."

"엥? 시온을요? 어쩌다가?"

예상 외의 대답에 저도 모르게 큰 목소리를 냈다. 요즘 시온이 라이징이긴 한데 이런 아저씨가 다 오다니. 게이인가? 시온은 곱상한 편이라 그쪽에서는 수요가 없는데 이런 특이 케이스도 있구나.

하긴 필모가 좀 거친 편이다. 맨날 어디 한 군데는 부러지고, 다치고, 죽지 않는 역할보다 죽는 역할이 더 많고…… 보통 남자들이 강간당하는 역할 같은 거 하나? 안 하지…… 시온은 영화에선 세 번이나 했고, 연극을 했을 땐 한 달 반 동안 총 열여덟 번을 했다. 다른 남자들이 여자를 트렁크에 넣을 때 시온은 자기가 기어 들어갔고, 벌집이 되게 총을 맞았고, 납치를 당했다. 그런 방식으로 잔혹한 신의 사랑을 받는 것이 꼴 같잖다는 사람은 있어도 어쨌든 우영 같은 사람들도 있기에 초반엔 그걸로 확 끌었다. 그렇지만 앞으로는 뻔한 여자들과 뻔한 러브신을 찍으며 승승장구할 테니 오늘의 「우형규 쇼」 출연은 일종의 졸업식이었다. 진짜 시온이 나올지, 가짜 시온이 나올진 몰라도.

이 아저씨도 거기 참여하고 싶어 비싼 값 주고 암표를 구매했을 부류라는 생각이 들자 정이 갔다. 우영은 남자에게 어쩌다 시온의 팬이 되었는지 물었다. 남자가 얼마 전 우연한 기회로 연기를 보고 호감이 되었다며 여러 작품을 언급했다. 「사라진 소년」이랑 (우영은 고개를 끄덕였다. 데뷔작. 그거 좋지. 아직은 좀 어색해서 풋풋한 맛이 일품이다.) 「살인귀 준이치」도 좋았지만, (그거는 일본 합작이라 구하기 힘든 건 둘째 치고 완전 하드코어인데. 이 아저씨도 그쪽인가? 더 잔인한 연기를 할수록 더 연기력이 좋다고 생각하는 쪽?) 역시 제일 인상 깊었던 건 「집」이네요. 1인 2역 연기가 대단하더군요."

역시, 이 아저씨는 뭔가 아는 사람이다. 우영은 흥분을 숨기지 못하고 자기 귀를 손으로 모아 보였다. "이 귀걸이, 쌍둥이 굿즈예요. 파란색이 준태고 초록색이 준수……. 저도 「집」이 제 최애작이에요. 폐쇄적인 데 갇혀 사는 쌍둥이 연기도 좋고, 하이라이트에서, 어떻게 했는진 모르겠는데 진짜 두 사람이 존재하는 것처럼 보였어요."

"대역을 썼을 겁니다. 컴퓨터 그래픽이 없을 땐 그 방법을 썼어요. 그 편이 훨씬 리얼하기도 하고요."

"대역이요."

그러고 보니 「살인귀 준이치」 메이킹 필름에서 꽃다발을 들고 우는 시온의 뒤로 끈적한 가짜 피를 뒤집어쓰고, 같은 셔츠를 입은 남자를 봤었다. 「집」에서도 「로우와 오물과 악취」

에서도. 이름이 뭐더라…… 누구라도 될 수 있을 법한 인상이 흐릿한 남자라는 것 외엔 기억에 남지 않았다. "어쩌면 오늘 그 사람이 나올지도 모르겠네요." 큰 생각 없이 중얼거리자 남자의 표정이 묘하게 변했다. 기분이 상한 걸까? 우영은 급하게 농담이었다고 덧붙였다. "당연히 시온이 진짜겠죠. 이번에 천사도 맡았는데 그거 홍보하려면 본인이 나와야 하잖아요. 안 그래요? 우리가 가짜를 보기 위해 이렇게 오래 기다리는 것도 아니고."

그러나 남자는 여전히 기분이 좋지 않아 보였다. 아, 진짜. 우영은 소심한 편이고 어색한 분위기를 견디지 못한다. 결국 참지 못하고 다시 한 번 남자에게 말을 걸었다. "무슨 일 하세요?"

남자가 천천히 눈을 맞췄다. 아, 아니, 캐물으려는 건 아니고, 그냥 대화 좀 하려고 한다는 자신의 말이 변명처럼 느껴지던 찰나, 남자가 의외로 선선히 탐정이라고 말했다. 탐정이라니. 전혀 어울리지 않는다고 생각하면서도 그 태연함이 사실임을 증명한다는 걸 알았다. 우영은 아이처럼 감탄했다. 살면서 탐정은 처음 본다고, 셜록 홈즈처럼 살인 사건을 해결하냐고 반쯤은 웃고 싶은 마음에 물었는데 남자는 의외로 진지하게 답했다.

"그런 일은 없고요. 최근엔 거의, 불륜 조사를 많이 했네요."

불륜 조사. 그거야말로 죽음만큼 흥미로운 소재가 아닌가. 우영의 눈이 반짝였다. "뭐 재밌는 사건 없어요? 소개해 주실 만한 거?"

남자가 곤란하다는 듯 웃었다. 뭔가 좋은 느낌의, 이야깃거리가 있는 사람의 웃음이었다. 우영은 나이 든 남자 앞에서 젊음 하나로 오만해지는 어린 여자 특유의 기질을 발휘해서 큰 재미는 없을 거라는 남자에게 판단은 자신이 하겠다며 매달렸다. 우영이 두 손을 모아 비는 흉내를 내자 못 이긴다는 듯, 느릿한 말씨가 흘러나왔다. 탐정은 한 남자의 의뢰로 유부녀인 그의 애인의 두 번째 불륜남을 쫓았다고 했다. 탐정은 내심 의심으로 이뤄진 관계에서 비롯한 망상증이 아닌가 했지만 정말 여자에겐 또 다른 불륜남이 있었다.

"두 사람과 불륜을 하는 게 드문 일은 아닙니다. 정말 드문 건 상대 남자의 이름과 의뢰인이 밝힌 자신의 이름이 같다는 거였죠. 동명이인의 두 남자를 만나는 걸까? 무언가 이상하다는 생각이 들어, 의뢰인의 뒤를 밟았습니다. 그러곤 그가 존재하지 않는 남자라는 걸 알았어요. 최근 몇 년까지는 흔적이 있는데, 그 이전에 태어나서 자라는 동안의 기록이 없었거든요. 결국 정체나, 이름을 숨긴 이유는 알지 못했지만…… 뭐, 그런 시시한 일이 있었어요."

"천사가 아닐까요?"

"예?"

"그 이름을 모르는 남자가, 천사는 아닐까요? 그, 식물인간 나오는 영화처럼요."

"역시 그런가요."

"당연하죠. 그거 말고 또 뭐가 있겠어요?"

잠시 침묵하던 남자가 입을 열었다. "실은 저도 아내가 죽은 뒤 한동안 천사와 살았거든요. 죽고 난 뒤에도 아내를 잊지 않고 사랑한다는 점을 증명하고 싶었는데, 거꾸로더라고요. 천사는 아내가 아니었어요. 흉내를 낼 수는 있지만, 어디까지나 속임수죠. 안 그런가요? 그것도 인간을 속여 지옥불로 떨어뜨리려는 아주 끔찍한 속임수요, 천사라는 이름 자체가 기만입니다. 그것들은 악마예요. 인간의 인간에 대한 사랑을, 그 유한정한 애정을 빨아 먹기 위해 만들어진 지옥의 사자입니다."

뭐 그럴 거까지야. 알면서 속는 거 아닌가? 그러나 남자는 우영이 덧붙일 틈도 없이 말을 이었다.

"정말 끔찍한 일이에요. 그리고 만일 당신의 말처럼, 그 영화에서 그랬듯이 천사가 자신이 인간이라고 착각하고 있는 거라면, 그래서 인간을 현혹해서 해를 입히려고 한다면, 그 전에 누군가가 그를 처리해야겠지요. 인간은 천사를 해쳐서는 안 된다…… 그건 어린아이도 아는 원칙이니까요."

남자가 그를 보고 빙그레 웃었다. "감사합니다. 덕분에 좀 정리가 된 거 같아요."

나는 아무 말도 안 했는데. 우영은 갑작스러운 사고의 흐름을 쫓아가지 못하고 어버버, 입만 벌리고 있다가 얼결에 맞절을 했다. 힐끗 보니 옆자리에 앉은 남자는 개운해진 듯 잔잔히 미소 띤 얼굴로 앞만 봤다. 좀 찜찜한데. 그런 뜻이 아니었다고 다시 말을 해야 하나?

사람들의 웅성거림이 잦아졌다. 시선을 따라가니 무대 아래에서 우형규가 올라오고 있었다. 코디네이터가 얼굴을 매만지는 걸 다른 차원에서 일어나는 일인 것처럼 가만히 둔 채 스태프와 이야기를 나누던 우형규가 생각났다는 듯 손을 흔들었다. 우영은 남자와 얘기하려던 것 따윈 잊고 꺄 하고 소리 질렀다. 가슴에서 찰랑거리는 실크 셔츠, 아랫단이 살짝 벌어진 나팔바지를 입은 우형규가 후, 하고 마이크를 불어 인사를 했다. 오늘도 잘 부탁한다는 말과 함께 특히, 거기 아가씨, 호응 많이 해 줘야 해, 하며 손키스를 하자 적어도 환갑은 넘어 보이는 아주머니가 자지러졌다. 우형규가 그를 향해 윙크를 하고 다시 한 번 사방에 손을 흔든 다음 무대 뒤로 들어갔다. 그리고 적막 뒤, 어어, 하고 사람들 사이에 낮은 비명이 터져 나왔다. 커튼이 쳐진 박스의 뒤쪽의 조명이 켜지면서 여섯 개의 실루엣이 비쳐 보였다. 불 켜진 네임박스에서 시온의 이름은 첫 번째에 있었다. 무대 왼쪽인 우영과 가까웠다.
운이 좋은데. 감탄하는 우영의 귀에 낮은 목소리가 들렸다.

"류……."

"뭐라고요?"

우영은 반사적으로 물었다. 중년 남자는 답을 하지 않았
다. 류……가 뭐지. 아, 생각났다. 그 배우다. 대역 이름이다.
맞죠? 확인을 받기 위해 남자를 돌아본 우영은 입을 다문 채
도로 앞을 보았다.

저렇게 형형하게 빛나는 눈이라니.

심장이 두근거렸다. 딱 짚어 말할 수 없는 느낌. 굳이 입 밖
으로 꺼내자면, 예감이…… 그래, 나쁜 예감이 들었다.

관객석의 조명이 꺼졌다. 상대적으로 눈부신 무대 안쪽에
서 익숙한 오프닝 음악이 나오고 세트장 중앙 통로를 통해
우형규가 성큼성큼 걸어 나왔다. 쏟아지는 박수 소리를 배경
삼아 뻐드렁니를 드러내며 웃었다.

"안녕하세요, 안녕하세요. 오늘도 먼 곳에서부터 와 주신
방청객 여러분, 화면을 보고 계신 시청자분들. 반갑습니다. 지
금부터 레트로 토크쇼 「우형규 쇼」 특집! '진짜 가짜를 찾아
라' 세 시간 스페셜 생방송으로 보내 드리겠습니다!"

5

아.

소리를 내자 이오가 입을 벌렸다. 눈을 맞추며 그 안으로 기름을 두어 방울 뚝뚝 떨어트렸다. 먹이를 주는 어미새의 기분.

먼 옛날 신의 솜씨라고 부르던 화가가 한 수재의 그림을 지적했다. 노인이 손자에게 밥을 떠먹이는 그림이었는데, 묘사도, 색도 모두 훌륭한 와중에 보는 사람들의 마음을 울리는 무언가가 빠져 있었다. 화가는 그걸 관찰력이 부족하다는 한마디로 정리했다. 노인이 입을 앙 다물고 있지 않습니까. 자식이 먹는 걸 보는 부모라면 자연스레 입이 벌어지기 마련입니다.

사랑의 마음을 갖고 있다면 그렇다. 그러므로, 유미의 턱에도 힘이 빠졌다. 유미가 입을 두어 번 쩝쩝대자 이오도 따라 했다. 그걸 보고 웃자 이오도 따라 웃었다. 새 오일 덕인지 훨씬 자연스러웠다. 심지어 입술도 약간 달싹였다. 왜 웃어? 이오는 분명 그렇게 말했다. 눈을 반짝이며 장난스레 물었다. 유미는 대답 대신 이오의 손을 꼭 잡았다. 널 생각하는 것만으로, 네 얼굴을 보는 것만으로 웃음이 난다고 하면 넌 믿을까. 하나의 존재가 다른 존재에게 전부가 된다는 걸 알까. 곧 알게 될 거야. 유미는 손바닥으로 체온을 전한 뒤 소파에서 천천히 일어나 방을 둘러보았다.

열린 베란다 창을 가린 상아색 커튼은 바람이 불 때면 조금 일렁였다. 흰 벽지는 가까이에서 보면 작은 격자무늬가 반복되고 있고, 인조가죽 소파는 커스터드 크림색이다. 마루 한가운데 놓인 반들거리는 상자는 검은색이라기보다는 녹색과 파란색, 보라색을 켜켜이 겹친 느낌. 완벽해. 기억의 그대로를 복원했다고 생각하는 유미의 머릿속에서 빈정대는 목소리가 들렸다.

진짜 그럴까?

벽지는 민무늬였는지 모른다. 소파는 노란색, 어쩌면 주홍색, 인조가죽으로 되어 있어 가려웠던 게 아니라 캔버스처럼 거칠고 특특한 천으로 되어 있었기에 가려웠던 걸 수도 있다. 그날 마신 건 코코아가 아닌 커피라서, 이런 건 어른만 마셔야 하는데, 라고 생각했을 수도, 아니, 포도 주스를 마시며 오렌지 주스가 좋은데, 라고 생각했을 수도 있다. 의심은 한도 끝도 없다.

"잠깐만 이리 와 볼래?" 유미는 손을 저어 이오를 불렀다. 비척비척 다가와 나란히 선 이오의 손을 꼭 잡고 물었다. "어떻게 생각해?"

"똑같아." 아직 말을 못 하는 이오를 대신해서 유미가 복화술 인형을 대신하는 인형사처럼 말했다. "똑같아. 유미야. 20년 전에 거기랑 똑같아." 그러자 머릿속의 의심하는 목소리가 사라졌다. "나도 그렇게 생각해." 유미는 웃었다. "잠시 기다려. 이제 시작하는 거야."

유미가 이오를 문밖으로 내보내고 검은 관 안에 들어가 누웠다. 벨소리가 들렸다. 유미는 움직이지 않았다. 똑똑하고 두드리는 소리가 났다. 유미는 움직이지 않았다. 똑똑. 똑똑. 세 번 들렸을 때야 유미는 자리에서 일어났다. 문을 열자 밖엔 이오가 서 있었다.

"이오, 어서 와. 어른들은 안 계셔."

유미는 다시 이오 대신 말했다. "들어가도 돼?"

"당연하지. 어서 들어와."

유미는 안으로 물러섰다. 그리고 이오를 소파로 안내한 뒤 찬장을 열어 노란 코코아 통을 꺼냈다. 냉장고에서 우유를 꺼내 냄비에 올려 너무 뜨겁지 않게 중탕했다. 데워진 우유에 코코아 가루를 섞어 끓인 뒤 마지막으로 연유를 넣어 단맛을 더했다. 유미는 두 잔의 코코아를 들고 소파로 갔다. 한 잔은 이오를 건네주고 다른 한 잔은 자신의 손에 쥐었다. "뜨거우니까 조심히 마셔." 눈이 마주치자 이오가 다시 웃었다. 뺨에 입 맞추려고 하는 그를 피해 유미는 조심스레 상반신은 뒤틀었다.

"아냐. 그런 뜻이 아냐. 이건 그냥 친구가 주는 거야."

이오가 여전히 뜨거운 코코아를 든 채 명한 표정을 지었다. 유미는 이오의 손에서 잔을 뺏고 천천히 설명했다.

"봐. 이오. 그런 건 하면 안 돼. 그때처럼 우린 열세 살이야. 같이 놀려고 하는 거야."

"……."

"그런 건 더러운 인간들이나 하는 거야. 알았어?"

유미가 이오의 턱을 한 손에 쥐고 고개를 끄덕이게 했다. "응, 알았어."

"그래. 처음부터 다시 시작하자."

유미는 다시 이오의 손에 코코아 잔을 들려 주었다. 그리고 눈을 감았다 떴다. 다시 열세 살로 돌아간 유미는 홀짝홀짝 코코아를 마셨다. "수학 숙제는 했어?"

"아니, 아직."

"나도. 어른들도 다 계산기로 하는데 왜 해야 하는지 모르겠어."

"네 말이 맞아."

"나는 미술이 제일 좋은데. 넌 뭘 제일 좋아해?"

"난 체육."

"그럴 줄 알았어. 너 축구도 되게 좋아하잖아."

"어떻게 알았어?"

"모를 수가 없지. 너 맨날 점심시간마다 애들 축구하는 거 보잖아. 난 매일 그걸 봤어. 늘 뭔가를 보고 있는 너를 봤어."

예전부터 줄곧 말하고 싶었어. 너를 지켜보는 게 좋아. 너의 옆모습이 좋아. 네가 운동장을 가로지르는 모습이 좋아. 비 오는 날 1층 처마 밑을 걸어가는 게 좋아. 네 뒤통수가 좋아. 머리카락이 옷깃에 스치는 게 좋아. 너와 함께 영원히 그 시간에 살 수 있으면 좋았을 텐데. 영원히 열세 살이었으면 좋았을 텐데.

장례가 끝나고 이모네에 맡겨진 유미는 하나의 기사를 읽게 된다. 그의 부모가 사망한 날에 일어난 미성년자 A의 자살이다. 늦은 밤, A는 집을 빠져나와 복도형 아파트의 20층에서 새처럼 날아올랐다. A는 학업 성적이 우수했고, 교우 관계도 원만했지만, 남몰래 우울증을 앓고 있었다. 보호자는 A가 그 사실에 매우 좌절하고 있었다고 했다. 설령 그게 아니더라도 그해, 죽음은 도처에 널려 있기에 A의 죽음은 미스터리가 될 수 없었다. 새들도 유리창에 머리를 박고 돼지는 산 채로 구덩이에 뛰어든다. 미성년자의 죽음 따위 드문 일이 아니다. 사람들은 그렇게 말했지만, 유미는 이건 일어나선 안 될 일이라고 생각했다. 천사를 본 대가는 부모의 죽음으로 치룬 게 아니었던가? 이런 건 교환이 아냐. 유미는 신을 원망했고 나중엔 기도했다. 돌려줘. 이오를 돌려줘. 그리고 무심하던 신이 그의 죽음으로부터 20년 뒤 다시 유미에게 이오를 돌려준 것이다. 눈앞의 이오는 상상보다 훨씬 생생했다. 그는 여기에 있었다. 몇 번씩 되풀이하던 상상 속에서 완벽한 어른이 된 두 사람은 만났고, 사랑을 했다. 왕자님 같은 이오, 작은 집에 불을 켜 두고 자신을 기다리는 이오. 그런 이오보다 눈앞에 있는 망가진 이오가 훨씬 소중했다. 단 한 가지, 마음에 걸리는 게 있다면 이오의 과거였다. 도대체 어떤 일이 있었길래 방심하면 입을 맞추려 하는 걸까. 그의 20년은 상상하는 것만으로 괴로웠다. 고민하던 유미는 전부 없던 일로 하기로 했다. 새로 과거를 만들기로 했다.

유미는 이오의 손을 잡았다. 이오는 유미가 이끄는 대로 상자 앞에 섰다.

"앉아."

유미가 상자를 손가락으로 가리키자 이오가 조금 삐걱대

면서 상자 안에 앉았다. 부드러운 천에 앉은 이오는 갓 태어난 알처럼 뽀샜다. 유미는 경련하듯 떨리는 속눈썹을 보았다. 부드러운 뺨에 손을 얹었다.

"눈을 감았다가 뜨면 돼. 알았어?"

유미는 엄지손가락을 이오의 이 사이에 끼워 목각 인형처럼 움직였다. 자신의 것임에도 자신의 것이 아닌 듯한 목소리로 말했다.

"그래. 다시 시작하자. 아무도 우리를 망가트릴 수 없게 돌아가자."

유미는 이오의 눈을 감겼다. 양손을 가슴 앞으로 모으게 하고 힘을 주어 상체를 뒤로 밀었다. 이오가 뒤로 누웠다. 유미는 검은 상자의 뚜껑을 닫아 그 위에 앉았다. 돌아가는 초침. 침묵 속에서 잠시 뒤, 유미는 상자를 열고 이오의 몸을 일으켰다. 감은 두 눈꺼풀을 벌리자 촉촉한 눈동자가 반짝였다. 유미는 이오의 손을 잡아 일으켰다. 바로 선 그의 팔을 끌어안아 상자 밖으로 이끌었다. 두 사람은 손을 잡은 채 마주 보았다.

"넌 새로 태어난 거야. 축하해. 이오. 생일 축하해."

그러나 이오는 다시 입술을 내밀었고, 유미는 그게 못할 짓이라도 되는 듯 피했다. 두 손에 힘을 꼭 준 채 씹어 먹이듯이 얘기했다.

"아니라니까. 이오. 아무도 너한테 그런 걸 강제로 시키지 않아. 너는 그냥 네가 하고 싶은 걸 하면 되는 거야. 알겠어?"

이오가 고개를 끄덕였다. 분명 이해했다는 듯 총명한 눈동자였다. 유미는 안심하고 활짝 웃었다. 따라서 활짝 웃던 이오의 입술이 움직였다. 뭐라고 하는 거지? 생각하는 순간 유미는 입술을 가르고 들어오는 무언가를 느꼈다. 희미한 기름 냄새를, 맛을 느끼며 배 속에 회충이 들끓는 듯한 충동을, 축축함을, 갈증을 느꼈다. "아니야." 유미는 입술을 빼는 이오에게서 고개를 돌렸다. 목과 허리를 붙잡는 이오의 힘은 강했다. 유미는 저항하며, 밀어내면서, 척추의 힘이 쭉 빠지는 것을 느끼며 두 다리에 힘을 주려 애썼다. "아니야, 이오." 안 이래도 돼. 나는 달라. 다른 사람들이랑 달라. 널 해치지 않아. 등이 벽에 닿았다. 이오의 무릎이 두 다리 사이를 파고 들었다. 안 돼. 이러면 안 돼. 이오. 안 돼. 안 돼.

"씨발 아니라고 했지!"

유미는 잠시 자신이 무슨 일을 했는지 알지 못했다. 정신을 차렸을 때 바닥에 주저앉은 이오를 보고서 아주 느리게, 천천히, 그러나 높은 파도가 머리 위를 덮친 듯 깨달았다. 온몸의 피가 빠져나갔다. 뒤통수가 저릿했다. 내려다본 주먹이 붉었고, 살갗이 벗겨져 있었다. 조금 늦게 찾아온 통증으로 화끈거렸다. 강렬한 몸의 고통이 방금 이오를 때린 게 상상이 아니라는 걸 알게 했다.

"아니, 이건." 유미는 더듬거렸다. "아무도 너한테 시키지 않는다고 말했잖아. 그런데 왜 자꾸 하는 거야?"

또 내게 거짓말을 하려는 거야?

상관하지 말라고? 네가 좋아서 하는 거라고?

이오. 괜찮아 이오. 내게는 진실을 말해도 돼. 그런 건 원하지 않는다고. 나와 함께 도망쳐 달라고. 그렇게 말해도 돼. 나는 너만 있으면 두렵지 않아. 너를 빼곤 아무 의미 없으니까. 자주 너의 꿈을 꿨어. 너는 항상 여기 있는데, 눈을 뜨면 없었어. 꿈에서도, 깨어서도 나 너무 쓸쓸했어. 나 텅 비어 있었어. 그러니까 가지 마. 가지 마. 이오.

그날, 남자가 유미의 손을 붙잡고 있을 때 벌거벗은 이오가 욕실에서 나왔다. 눈이 마주쳤고 유미는 이오의 안에서 무언가가 무너지는 것을 알았다. 남자가 다정하게 말했다. "이오, 친구가 왔네. 편하게 있어. 둘 다 코코아 한 잔씩 줄게." 남자가 부엌에 가서 우유를 끓였다. 벌거벗은 이오와 유미는 나란히 소파에 앉았다. 이오는 화가 난 것처럼 보였다. 말없이 앉아 벽만 보았다. 달콤한 냄새를 풍기는 뜨거운 코코아. "자 한 잔씩 받아." 남자가 잔을 건넸다. "마셔. 식기 전에 마시렴." 이오의 머그잔에서 허벅지로 코코아가 떨어졌다. 그제야 유미는 이오의 손이 가느다랗게 떨리고 있다는 걸 알았다. "이런,

조심해야지." 남자가 행주를 가져와 노란 소파에 진 갈색 얼룩을 닦았다. 이오의 붉어진 허벅지를 닦았다. "더러워지잖아. 그렇지?" 유미는 자리에서 벌떡 일어났다. "벌써 가려고?" 유미는 아무 말도 하지 못했다. 입이 떨어지지 않아 멍청히 서 있는 그를 보고 남자가 말했다. "이오. 데려다주고 와. 남자애잖니."

밤하늘은 거대한 관뚜껑처럼 검었다. 이오의 맨다리는 그 틈에 난 실금처럼 희었다. 이오의 입에서 김이 솟았다. 돌아서기 전 그는 한 마디만 했다.

"내가 좋아서 하는 거야."

그건 무슨 뜻일까. 유미는 아무것도 묻지 못했다.

그리고 다시 아파트를 찾아간 날엔 눈이 내렸다. 사철나무 울타리의 꺾인 가지들은 부러진 채로 그대로 있었다. 유미는 마음속으로 흰 선을 그렸다. 이오가 발견되었다는 자세 그대로 누우려고 했지만 실패했다. 목이 부러져서 죽지 않는 이상 흉내도 불가능했다. 이오의 마음을 알 수 없어. 모습을 흉내내는 것도 할 수 없어. 나는 이오를 영원히 모른다. 그래도 혹시 그날 내가 너에게 무언가 물었으면 달라졌을까? 네 말에 제대로 대꾸도 못 하고 도망치는 대신 다른 선택을 했으면 어땠을까. 이를테면 네 손을 잡는 거야. 보는 사람이 없는 것처럼. 내 몸도 존재하지 않는 것처럼. 혼자 방에 있을 때도 차마 입 밖으로 꺼내지 못하고 속으로 삼킨 그 말을 너에게 하는 거야. 그러면 뭐가 달라졌을지도 모른다고, 유미는 줄곧 상상했다. 어떤 결말이 났을지는 알지 못한다. 너는 같은 선택을 반복할지도 모른다. 하지만 물방울 하나가 표면장력을 무너뜨리는 것처럼 말 한마디가 너를 넘치게 할 수 있다면, 그래서 내가 흐르는 것을 다 받아 마실 수 있었다면 뭔가 달라졌을지도 모른다. '어쩌면'이라는 가능성이 있었는지 모른다. 어쩌면 나는 네 뺨을 만질 수 있었을 것이다. 어쩌면 언젠가 우리에게 더러웠던 것이 더럽지 않은 일이라고. 창피하지 않은 일이라고 생각하며 사랑을 나눴을지도 모른다. 영원히 하나의 구슬을 나눠 가질 수 있었을지 모른다. 빛나는 것을 질투도 없이. 너의 것이기도 나의 것이기도 한 그것을. 입술과 입술로 주고 받았을지 모른다. 누군가의 천사가 아닌 너와, 인간과 인간으로서.

달아오른 두 뺨에서 눈물이 흘렀다. 손에 얼굴을 파묻자 누군가의 손이 등 뒤를 감쌌다. 사람의 손보다 조금 묵직하게 날개뼈를 짓눌렀다. 다가와서 들여다보는 얼굴은 아직 완전히 회복되지 않는 표정근 탓에 어색하게 일그러져 있었다. 그래도 유미는 그것이 자신을 걱정한다는 걸 알 수 있었다. 괜찮아. 그렇게 말하려는데 그것이 유미의 손을 감싸 쥐었다. 꼭 잡고 있다가 그대로 들어 자기 뺨을 내리쳤다. 힘이 빠진 손이 그것의 뺨을 스쳤다. 다시 한번 동작이 반복되었다. 유미는 울며 웃었다.

"아니야. 즐겁지 않아. 널 때리는 건 즐거운 일이 아니야. 실수였을 뿐이야."

"……."

"미안해. 내 잘못이야."

까진 주먹이 쓰렸다. 아팠다. 그걸 느끼며 유미는 말했다.

"예전에, 이 벽 너머에 어떤 애가 살았어. 그 애의 이름은 이오였어."

"……."

"그 앤 천사가 아니었어. 불쌍한 어린애였어. 그냥 평범한…… 맞는 일도 때리는 일도 아프다는 걸 아는 어린애."

유미는 고개를 들었다. 눈앞에 얼굴 하나가 있었다. 눈과 코와 입이 있었다. 단지 그것뿐인 얼굴이, 아무것도 아닌 백지가 있었다. 텅 빈 얼굴. 거기서 볼 수 있는 건 눈동자에 비친 자기 자신 뿐이었다. 유미는 생각했다. 이 위를 얼마나 많은 얼굴들이 스쳐 지나갔을까. 줄곧 그랬을 것이다. 몇 번을 죽었다가 다시 깨어나길 반복하면서 천사는 눈앞의 얼굴에 각인됐을 거다. 이전과 그 이전의 얼굴을 잊은 채. 항상 눈앞의 존재를 가장 아름답게 여기고 가장 사랑했을 것이다. 마치 그 존재가 천사라도 되는 것처럼. 유미는 시간도 공간도 모호한 해변을 걷던 천사를, 어린 시절에 본 광고를 떠올렸다. 별이 반짝이는 우주공간 속에서 천사가 떠올라 화면 너머로 손을 뻗어 부드럽게 말했다. 이름을 지어 주세요. 저는 당신의 천사랍니다. 그건 사람들의 바람이었다. 아름다움을 갖는 거. 아름다움이 자신을 사랑하는 거. 그리고 천사는 사람들의 바람을 원한다. 그렇게 만들어진 존재니까.

하지만…… 유미는 천사의 뺨에 손을 얹었다.

"나는 너에게 이름을 지어 줄 수가 없어. 나는 네 천사가 아니니까. 나는 인간이고 내가 원하는 것도 인간이야. 비록 만날 순 없더라도 나는 그 애만 원할 거야."

"……"

"인간은 네가 원하는 걸 줄 수 없어. 그래서 인간인 거야. 이해하니?"

천사의 입이 벌어졌다. 무얼 말하려고 하나. 그러나 놀랍게도 천사는 웃었다. 모든 걸 이해한다는 듯. 부드러운 미소가 얼굴에 떠올랐다.

고마워. 유미는 속삭였다. 장미저택 사람들을 떠올렸다. 그 사람들이라면 이 애를 맡길 수 있을 것이다. 사랑받는 곳을 찾아줄 수 있을 거다. 때마침 벨이 찌르르 울렸다. 그 사람들이다. 유미는 몸을 일으켰다. "금방 돌아올게." 그것을 등지고 유미는 맨발로 현관에 나가 문을 열었다. 발바닥은 차가웠고 문 앞에는 낯익은 얼굴이 서 있었다. 이 사람은…… 놀란 유미의 눈이 커졌고 순간 턱이 덜덜 떨렸다. 옆구리부터 시작한 진동이 머리를 울렸다. 세상이 검게 보였고 툭 하고 연결선이 끊어졌다.

6

"마지막으로 6번. 6번 칸 차례입니다. 유하 씨 혹은 대역에게 리퀘스트하실 분은 어느 분이실까요?"

우형규가 캡슐을 열어 숫자를 확인했다. 460번! 번호를 부르자 방청석 가장 뒤쪽에 있던 여자가 구조를 기다리는 사람처럼 방방 뛰며 손을 흔들었다. 검은 옷의 스태프가 재빨리 계단 위를 올라가 손을 잡아 주었다. 굽 높은 신을 신은 여자는 사슴처럼 부들대며 방청석의 높은 계단을 내려왔다. 그동안 우형규는 카메라와 독대하며 광고 회사의 상품을 소개했고, 여자가 무대에 오르자 손을 잡아 에스코트했다.

"먼 데서 오시느라 고생하셨네요. 어때요. 위쪽 공기는 좋던가요?"

빨갛게 상기된 얼굴에서 좋다는 대답이 나왔고, 그 순박한 말투에 사람들 사이에서 웃음이 터져 나왔다. 짧은 인터뷰가 끝난 뒤 통영에서 올라왔다는 스물두 살 여학생이 회전판을 돌렸다. 3번 칸에서 성별을 알 수 없는 기계음이 외쳤다.

"스탑!"

돌아가던 회전판의 속도가 느려지다가 어느 한순간에 멈췄다. 고정된 화살표가 가리킨 것은 지정된 곡 1절까지 완창하기였다. 방청객들이 환호했다.

"아. 지정곡 완창하기가 나왔습니다. 유하 씨. 노래엔 자신 있으신가요?"

"잘은 못해도 연습했으니 열심히 해 보겠습니다."

간주가 흘러나오고 유하의 노래가 시작되었다. 첫 소절을 듣고 관객들은 낮은 신음을 뱉었다. 우형규는 턱을 매만지며 무척 고민된다는 제스처를 취했다. 유하, 혹은 그의 더블이 부른 노래는 서툴렀다. 어딘가 풋풋한 맛이 있었다. 이상한 울림이 있었다. 이런 건 인간만 줄 수 있는 게 아닌가? 하지만 그 적당히 호감을 주는 서툼은 고도의 심리전인 듯도 했다. 이 프로그램에 나온 인물 중, 지나치게 절창이었던 이들은 모두 가짜로 의심받았었다. 하필 선곡도 발라드여서, 노래가 끝나자 분위기가 가라앉았다. 우형규가 목소리를 높였다.

"야, 참 어려운데요. 점점 더 미궁으로 빠지고 있는 '진짜 가짜를 찾아라!', 이쯤에서 결정적인 힌트를 드리도록 하겠습니다. 이거, 저희 방청객 분들이 가장 원하시는 코너인데요, '열어 줘' 시간입니다."

꺄악. 객석에서 비명이 터져나왔다. '열어 줘'는 1분 간 참가자와 방청객이 좁은 상자 안에 단둘만 있을 수 있는 만큼 방청객들이 가장 참여하고 싶어하는 순서였다.

"자, 그럼 뽑아 보겠습니다. 먼저 1번, 유시온 씨 혹은 그의 더블과 같은 방에 들어갈 행운의 주인공은 어떤 분이 될까요?"

스태프가 주홍색 상자를 끌고 나왔다. 우형규가 그 안에 팔뚝을 집어넣어서 빼려다가 장난스러운 표정을 짓더니 다시 팔을 깊게 넣었다. 사람들의 반응을 즐기는 듯 몇 번의 장난 끝에 하나가 뽑혀 나왔다. 우형규가 캡슐을 비틀어 나온 종이를 읽었다.

"자, 136번 방청객! 올라오시죠. 올라오시죠."

동그란 핀 조명이 136번 좌석으로 향했다. 검은 티셔츠를 입은 스태프가 다가왔다. 136번이 중년 남자인 걸 확인한 유시온의 여성팬들은 노골적으로 안심했다. 다른 연예인의 팬인 방청객들은 응원의 박수를 치면서 저들끼리 머리를 모아 속닥였다. 실망과 기대가 교차하는 눈빛들. 중년 남자는 점잖은 차림새로 지나치게 평범해 보인다. 차라리 옆자리의 137번 여자는 어땠을까? 어딘지 불안한 눈으로 남자를 올려다보는 여자는 눈에 익은 단골이다. 저 여자라면 오늘 무대 위에서 놀라운 모습을 보일 거 같은데. 금기를 깨고 유시온(혹은 그의 더블)이 락스타라도 되는 것처럼 다짜고짜 입을 맞추면 스튜디오는 달아오를 것이고, 인터넷에는 악플이 쇄도할 거고, PD는 입을 떡 벌리면서도 예상치 못한 돌발 사고가 주목을 모으는 데 최고라며 쾌재를 부를 거고, 우형규 역시 이게 생방송의 묘미죠, 라고 수습하는 한편 자기 명성에 도움이 된다고 기뻐할 거다. 하지만 136번은…… 글쎄…… 우리에게 어떤 기쁨을 줄 수 있을까?

스태프가 나오라는 수신호를 했다.

민성기는 약간의 어지러움을 느끼며 일어섰다. 통로로 나가 마이크를 건네 받고, 세트장으로 올라가는 계단을 밟았다. 우형규가 빛과 땀으로 번들대는 얼굴로 웃었다. 튀어나온 앞니와 우뚝한 매부리코 때문에 화면으로 보는 것보다 훨씬, 공격적으로 느껴질 정도로 입체적으로 보였다.

"자, 136번 분! 야, 점잖으신 신사분이 나오셨습니다. 저희 프로그램이, 아시다시피 거의 제 여성팬들이 많이 봐 주셔서 제가 늘 꽃밭이라 그러는데, 우리 신사분은 어떠세요, 「우형규 쇼」 자주 보시나요?"

살짝 달싹이던 입술이 다시 닫혔다. 민성기의 고개가 좌우로 설렁설렁 돌아갔다.

"아하핫. 그거 좋네요. 솔직함은 좋은 미덕이지요. 오늘 와 보니 어떠십니까, 저 실물이 훨씬 미남 아닙니까?"

민성기는 별다른 반응을 않았다. 와하핫. 우형규가 다시 크게 웃음을 터트렸다.

"예, 아주 정직한 신사분입니다. 자, 그러면 지금부터 1분간, 136번 방청객께서는 유시온 씨와 같은 공간에서 그의 신체를 확인할 수 있습니다. 방법은 두 가지입니다! 눈이면 눈! 입술이면 입술! 원하시는 부위를 가림막 없이 보거나, 눈을 감은 채 만져 볼 수도 있습니다. 자, 136번 참가자 분, 어떻게 하시겠습니까?"

오래 입을 열지 않은 듯 쉰 목소리가 나왔다. "만지겠습니다."

"어, 의외의 선택인데요. 어디를?"

"목을……"

"목이요. 알겠습니다. 자, 스태프분들 준비해 주시고요……. 시온 씨, 지금요, 기분이 어떠십니까?"

헬륨 가스를 마신 듯한 기계음은 일전에 입을 연 유하와 다를 바 없었다.

"뭐, 딱히 걱정되거나 그렇진 않네요. 저는 진짜니까요."

"하하, 그 말의 진위는 잠시 뒤에 확인해 보시고요. 그러면 지금 바로, 저희 136번 참가자분의 눈을 가리겠습니다. 공정성을 위해 얼굴 전체를 가리도록 하겠습니다."

손을 모은 채 선 민성기의 옆으로 스태프 둘이 다가왔다. 한 사람이 머리에 검은 포대를 씌웠고 다른 사람은 끝을 헐겁게 묶은 다음 왼팔의 팔짱을 끼었다.

"자, 136번 참가자분은 준비를 마치신 거 같고요, 시온 씨, 시온 씨도 준비되셨습니까?"

"예."

"그러면…… 잠시 광고 보고 오시죠!"

아. 방청객 사이에서 탄식이 새어 나왔다.

"이쪽으로 오시죠." 앳된 목소리의 스태프가 작게 속삭였다. 적당히 힘을 준 손이 팔을 붙잡고 그를 이끌었다. "거기 줄, 줄 밟지 않게 보폭 좀 넓히시구요……. 예, 됐습니다. 바로 앞에 계단이니 발밑 조심하시고요. 올라가실게요."

민성기는 계단을 올랐다. 생각보다 길었다. 열셋, 아니 열네 칸. 여섯 걸음을 걷자 스태프가 발을 멈췄다. 지금 안으로 들어갈 텐데 결코 천을 벗거나 해선 안된다고 주의를 주었다. 차르륵. 커튼 걷히는 소리가 났다. 발을 내딛자 곧장 등 뒤에서 묵직한 커튼이 내려갔다. 고작 그것만으로 세트와 분리된 기분이 들었다. 기묘하게 적막했다.

"어서 오세요."

"말씀 않으실게요." 기계음이 인사를 하자 커튼 바로 뒤에서 있던 건지 앳된 목소리가 경고했다. "광고 시간 2분 15초 남았거든요, 종료되면 곧장 진행할게요. 우형규 씨가 시간을 셀 거예요, 시작, 하시면 그때부터 만지면 됩니다. 제한 시간은 딱 1분이고요, 그때까지는 형평성을 위해 두 분 대화는 안 하시는 걸로 하겠습니다."

스태프가 커튼을 걷고 나갔다. 그와 동시에 거의 틈을 두지 않고 변형된 목소리가 들렸다.

"저를 고르셨네요. 후회하실 거예요. 저는 진짜거든요."

목소리에 밉지 않은 장난기가 어려 있다. 우연한 기회로 올라온 일반인이 긴장할까 봐 달래는 투였다. 역시, 당신은 친절하다. 내가 느낀 그대로다.

"만져 보면 알겠죠. 류 씨."

바싹 곤두선 공기. 이런 정적을 민성기는 알았다. 부처 민성기에겐 무엇보다 익숙하다.

"지금 뭐라고 하셨죠?"

"류 씨."

"탐정님이세요? 어떻게 여길……"

머리 위 스피커에서 말소리가 들렸다.

"자, 스탠바이 들어갈게요, 10, 9, 8, 7……"

앉아 있던 그가 몸을 일으키려고 했다. 민성기는 어깨를 눌러 앉혔다. 짧은 반항도 없이 바싹 긴장되었던 근육에서 순식간에 힘이 빠졌다. 민성기는 자기를 미리내라고 자칭한 존재가 이 상황을 수용하고 있다는 걸 알았다. 받아들이고 있다는 걸 알았다. 6, 5, 4, 3……

당신이 가짜라는 건 알고 있었어. 당신이 탐정 사무소에 와 어떤 음식도 먹지 않은 건 배를 열어 빼 줄 인간이 없었기 때문이지. 시온, 다시 말해 미리내를 흉내 내는 건 그를 노리고 있기 때문이지. 그리고 나는 내게 주어진 일을 한다.

2, 1, 0……

등 뒤에서 커다란 조명등이 켜졌다. 전부 가려졌음에도 눈이 부셨다. 검은 천의 얽힌 날실과 씨실의 사이로 경동맥이 보였다. 조각처럼 아름답게 새겨져 있다.

"자! 지금부터 1분 시작!"

민성기는 남자의 목에 손을 얹었다.

이 감촉은 나만 안다.

다른 사람은 몰라도 나, 부처는 속일 수 없다.

눈앞에 방금 전 본 스크린이 떠올랐다. 이 목을, 손을 사람들은 보고 있겠다. 민성기는 손에 힘을 주었다. 스스로 자문자답했다.

"류."

"맞습니다."

와작,

하는 소리가 무얼 의미하는지 사람들이 깨닫는데 약간의
시간이 걸렸다. 커튼 뒤에서 그림자 하나가 천천히 쓰러졌다.
붉은 가죽을 덧씌운 스툴이 쓰러졌다. 피처럼 동그랗게 나뒹
굴었다.

비명이 들리고 사방이 아수라장이 됐다.

민성기는 자기 손을 보았다. 선명한 감각이 남아 있는 손
을 공중에 받들 듯이 치켜들었다. 한나……. 그의 입에서 신
음이 새어 나왔다.

7

주공아파트 앞에 서서 미리내는 서문동으로 돌아온 것의 의미가 뭔지 생각했다. 모든 것을 잃고 미련을 남기지 않기 위해 불을 지르는 심정으로 떠난 동네였다. 돌아오게 된다면 그것은 제대로 용서를 빌고 난 다음, 그러니까 모든 천사가 사라진 다음의 일일 거라고 생각했다. 한마디로 사는 동안 귀환하는 일은 포기하고 있었다. 그러나 막상 발을 디디자 가게 한둘쯤은 바뀌었어도 거리의 인상은 그대로여서 미리내는 어떤 허탈감마저 느꼈다. 오래된 악몽 속으로 순식간에 빨려 들어갔다.

열세 살…… 생각 없이 남의 뒤꽁무니만 졸졸 따라 다니는 것처럼 보이는 뚱보 소년은 누구보다 외로움을 많이 탔다.

봄의 잎사귀처럼 연약한 심장엔 터졌다 아문 상처로 지렁이 모양의 흉터가 수십 개 남아 있었다. 그에게는 환희와 유미라는 친구가 있었다. 말이 친구고…… 반에서 겉도는 세 사람이 혼자 집에 돌아가지 않기 위해 한데 모인 거라고 하는 게 옳았다. 하나뿐인 뚱보, 자연인 집안의 괴짜, 은근히 따돌림당하는 거짓말쟁이…….

그래, 환희는 처음부터 유명한 거짓말쟁이었다. 그 애가 비웃음을 당한 건 친한 척을 한다거나, 세련되지 못하게 사람의 외모로 급을 나누는 걸 티를 내서가 아니었다. 환희는 심각한 거짓말쟁이었다. 주목을 받기 위해선 뭐든 했다. 옆 동네로 가는 길에 있는 커다란 단독주택. 그걸 환희는 자기네 집이라고 했다. 어딘가에, 폭포가 내려오는 곳에 나무로 된 별장이 있고 여름마다 그곳에 간다고 했다. 지금 살고 있는 지하방, 동굴처럼 어두컴컴하고 개미굴 같은 집은 진짜 집이 공사하는 동안 잠시 머무는 곳이라고 했다. 환희는 언제나 태연했다. 물건을 훔친 집의 가게 주인에게 들켜 길에서 뺨을 맞을 때도 눈에 눈물 한 방울 고이지 않았다. 속옷만 입은 채, 집에서 쫓겨난 어느 겨울에도 입을 앙 다문 채 앞만 보고 있었다. 들여보내 달라고, 죄송해요, 잘못했어요, 다신 하지 않을게요라고 소리 지르지 않았다. 사과하지 않았다. 잘못된 것은…… 세상. 환희 그 자신에게 아무것도 주지 않는 세상이니까. 미리내는 그런 환희에게 약했다. 그 역시 환영받지 못한 뚱보였고, 세상이 어떻게 되든 상관없었기에 미리내는 환희를 두려워하며 남몰래 그처럼 되고 싶어 했다. 무언가에 흠집을 내고 싶어 했다.

반면 유미는 자신과 달리 순진했다. 그는 환희의 거짓말을 의심하지 않았고, 인기 많은 환희가 두 사람과 놀아 준다고 생각해서 무척 영광스럽게 여겼다. 그리고 그런 바보 같은 유미를 향한 애정이, 미리내의 마음속에서 피어났다. 젖은 솜 위에서 무씨가 쑥쑥 자라나듯 자랐다. 언제, 어떻게, 어째서 좋아하게 되어 버렸을까. 이유 같은 건 이제 기억나지도 않았다. 아니, 애초에 없었는지 모른다. 말하자면 그냥 좋아하게 된 거다.

반년도 지나기 전에 잊혔을 풋사랑이 남은 건 유미가 죽었기 때문이다.

수험 학원에서 돌아온 건 입학식을 하루 앞둔 날이었다. 미리내는 부모님이 짐 정리로 정신없는 틈을 타 유미에게 전화를 걸었다. 몇 번 걸어도 유미는 받지 않았다. 그때는 이미 세 사람의 사이가 멀어진 때라 미리내는 망설이다가 환희에게도 전화를 걸었다. 환희는 귀찮다고 툴툴대면서 약속 장소까지 정했다. 미리내가 가방만 내려 두고 지갑을 챙겼다. 지하철을 두 번 갈아타고, 버스를 타고, 허겁지겁 걸어 주공아파트의 어린이 공원으로 가자 먼저 도착한 환희가 그네에 앉아 있는 게 보였다.

"늦어서 미안."

약속 시간까진 아직 5분 남았다. 그런데 미안할 건 또 뭐지? 반사적으로 사과한 걸 후회하는 미리내에게 환희는 언제나 그랬듯 고압적인 태도로 다짜고짜 물었다.

"너, 유미를 좋아하지?"

허를 찔린 듯 입도 못 떼는 미리내에게 환희가 말했다.

"그런 줄 알았어. 그래야 맞거든. 나는 우리 금붕어들, 유미는 엄마 아빠가 죽었지. 그리고 너, 네가 사랑해서 유미가 죽은 거야."

도대체 무슨 말을 하는 걸까. 얼띤 표정의 미리내에게 환희가 말했다.

"몰랐어? 유미는 죽었어. 네가 자비천사를 보러 가자고 하는 바람에 죽었잖아. 그때 이오의 집에 있던 오빠, 그 오빠가 천사였던 거야. 그 오빠를 봐서 나는 키우던 물고기들이 다 죽었어. 유미는 엄마 아빠가 죽었어. 그리고 네가 보아서 유미가 죽은 거야. 네가 유미를 좋아하는 바람에."

나는 자비천사를 보러 가자고 한 적이 없어! 그렇게 말한 건 너잖아! 그런 울분이 가슴 속에서 치솟았다가 어이없을 정도로 금방 꺼졌다. 그 말이 사실이라면, 무얼 해도 유미는 돌아오지 않으니까.

절망한 미리내는 생각한 끝에 모든 악의 원인을 없애기로 했다. 천사. 그것은 우리 평범한 인간들로부터 분리되어야 했다. 우리에게 너무 많은 괴로움을 주고 기쁨을 기쁨으로 받아들이지 못하게 하기에 없어져야 했다. 그러한 생각과 사람 하나를 죽이게 했다는 죄책감이 순진한 미리내의 젖살을 앗아갔다. 고통이 그의 껍데기를 벗겨 내 다시 태어나게 했다. 그러나 배우가 되고 난 뒤에도 미리내에게 가장 마음 편한 곳은 가시덩굴 위의 잠자리였다. 그는 누군가 자신을 토막 내길, 산 채로 땅에 묻길, 그렇게 심판받길 원했다. 거짓으로라도 팔다리가 묶인 시체가 되어 트렁크 안에 들어가면 마음이 편했다. 죄에 대한 처벌을 받는 것 같아 잠시나마 어깨가 가벼워졌다.

그런데 유미는 살아 있다니. 이것도 환희의 거짓말일까?

엘리베이터는 고장 나 있었다. 그는 숨을 몰아쉬며 비상계단을 통해 10층까지 올랐다. 미리내는 문 앞에 섰다. 언젠가 그들이 들어간 적이 있던 복도가 이 너머에 있었다. 이곳에는 자비천사가 산다. 자비천사를 보면 대가를 치러야 한다. 가장 사랑하는 사람이 죽는다. 누군가가 죽었다. 유미가 죽었다. 아니야, 틀려. 그건 거짓말이야. 어서 들어가 봐. 유미가 있어. 유미를 보고 확인해. 전부 다 틀렸고 유미는 살아 있다는 걸 확인해.

지금까지의 인생은 전부 틀렸고, 헛수고였다는 걸 확인해⋯⋯.

복도에는 환희가 서 있었다. 천사가 사는 집 앞에서 뒷짐을 지고 활짝 웃고 있었다.

"왔네."

그 순간, 미리내의 얼굴에 씌인 시온이라고 하는 가면이 벗겨졌다. 그는 다시 뚱뚱한 열세 살로 돌아갔다. 환희 역시 두 사람을 마음대로 주무르던 그때로 돌아간 것처럼 개운한 얼굴이었다. 마주한 환희의 입술이 천천히 움직이기 시작했다.

"내가 제일 싫어하는 게 뭔지 알아?"

"⋯⋯."

"거짓말하는 거야. 사람이 사람을 배신하는 거."

"⋯⋯유미가 살아 있다니. 그게 무슨 뜻이야?"

입을 열자 환희가 어리둥절한 표정을 지었다. 그리고 잠시 뒤, 허리를 숙여 껄껄댔다. 웃음보다 고통에 가까운 표정으로 배를 붙잡은 그가 왼손으로 눈물을 씻었다.

"연기 잘한다. 그래서 네가 배우인가 봐. 대단해, 진짜. 그동안 얼마나 재미있었을까? 어릴 땐 대장 노릇하더니 커서는 한 번 박아 주니까 그냥 뒤로 넘어가면서 좋아하더라고, 그렇게 둘이 비웃었니? 임유미랑 둘이 시시덕대고 나 엿 먹이니까 사는 맛이 나던?"

"진짜 무슨 소리인지 모르겠어." 미리내는 마른 침을 삼켰다. 얼굴을 문지르는 환희의 손에 묻은 거. 저건 피인가? 저렇게 붉고, 저렇게 많은 피가 어디에서 왔을까? 환희는 아파 보이지 않는데. 그런데 환희가 왼손잡이든가? 왜 아까부터 오른손은 숨기고 있지? 뒷짐을 지고 있지?

"유미가 언제 돌아왔는진 몰라도, 내가 계속 여기 사는 거 너는 알잖아. 그러면 최소한 숨길 생각이라도 해야지. 둘이 밤에 몰래 들어가면 들키지 않을 줄 알았어? 나한테는 바쁘다고, 일해야 한다고 했으면서 창가에 서서, 그러면 안 되지. 나는 너를 속여도 네가 나를 속이면 안 되지."

무슨 소리야? 정말 아무것도 모르겠다. 혼란스러워하면서도 미리내는 단 한 가지, 환희가 전화로 한 한마디, 그를 이곳으로 불러온 그 한 마디에 대해 다시 물었다.

"유미가 살아 있다니 그게 무슨 소리야? 거짓말 아니지? 나…… 분명 기사도 읽었어. 이 아파트에서 미성년자 하나가 자살한 거. 그게 유미라고 네가 그랬잖아. 유미는, 유미는 지금……"

"내가 넌 줄 아니? 내가 제일 싫어하는 게 거짓말이야, 유미는 죽은 거 맞아. 못 믿겠으면 확인해 보던지."

환희가 뒤로 물러났다. 1004호. 미리내는 정체를 알 수 없는 비명이 솟구치려는 걸 간신히 참았다. 대신 손잡이에 힘을 주고 왈칵 돌렸다. 어두운 방. 눈을 떠. 눈을 뜨고 똑바로 보자 작은 언덕 같은 인영이 보였다. 미리내는 자석의 극과 극처럼 어슴푸레한 방안에 누워있는 그림자를 향해 끌려갔다. 큰 바람이 불어, 닫힌 줄 알았던 유리창을 넘어 불어, 커튼이 크게 펄럭였다. 짧게 빛이 들어와 얼굴을 확인할 수 있었다. 유미. 유미야…….

"너 어른이 되었구나."

그 말을 듣고 유미는 웃었다. 꿀럭꿀럭 피를 내보내면서도 입꼬리를 올렸다. 너도 마찬가지야. 그런 얘기를 하며 웃고 있다는 걸 미리내는 알았다. 미리내는 유미의 가슴에 손을 얹었다. 유미의 손도 끌어올려, 두 사람은 서로의 손을 겹쳤다.

"있지, 우리는 가장 친한 친구지. 그렇지?"

그렇게 말하자 다시 환하게 웃는 유미. 웃다가, 두 눈이 커졌다. 챙강, 하고 금속이 바닥에 부딪는 소리가 났다. 미리내는 자기 등을 찌른 칼을 손에 들었다. 아……. 내 등이 찔리는데도 메론 찌르는 소리가 난다. 영화랑 똑같네. 그런 생각을 하는 미리내의 무릎이 툭 꺾였다. 힘이 들어가지 않아. 유미야. 아아. 아프다. 너도 아프겠다. 어쩌다 이렇게 되었을까. 축축해. 배가 축축하다. 등을 찌른 칼이, 여러 번의 상처가 보이지 않을 것을 알면서 그는 뒤를 돌았다. 그리고……

언제부터 와 있던 걸까. 조명등 아래에서, 검은 관의 앞에

서서 이 모든 것을 지켜보고 있던 것과 눈이 마주쳤다.

"류……."

미리내의 입술이 달싹였다.

"류. 왜 네가 여기 있지?"

류가 다가왔다. 그는 아무 말도 하지 않았다. 그냥 미리내를 보았다. 캄캄했는데. 어둠 속에서도 그의 얼굴만은 환하게 보였다. 무릎을 꿇는 류. 흰옷을 입은 류가 미리내의 머리를 감싸 안았다.

"류. 방송은 끝난 거냐?"

미리내는 눈을 감았다 떴다. 팔목에 찬 시계를 보는데 초점이 잘 안 맞았다.

"아직 하는 중이잖아. 지금 여기서 뭐 하는 거야. 얼른 가. 돈을 줄 테니 택시를 타고 가. 아직 시간을 맞출 수 있을 거야." 미리내는 몸을 뒤틀며 주머니에서 지갑을 꺼냈다. 덜덜 떨리는 손으로 피 묻은 지갑을 건넬 적에 류의 벌어진 입술이 뻐끔대는 걸 읽었다.

알았어. 말하지 않아도 괜찮아.

그렇게 말하고 있다.

괜찮긴 뭐가 괜찮다는 거야. 바보 같은 녀석. 미리내는 눈썹을 찡그렸다.

오늘은 정말 하루 종일 헛소리만 하는구나. 나를 좋아하느니 뭐니……. 언제까지 그렇게 얼빠진 소리를 할 셈이지? 뭐, 나로서는 네가 제 역할만 하면 그만이고 아무 상관없지만…… 그런데 왜 지금은 네 얼굴을 보고 있는 게 안심이 될까. 그토록 오랫동안 보고 싶던 유미가 있는데 어째서 내 눈에는 너만 보일까.

류의 얼굴이 얼룩졌다.

어라? 미리내의 입에서 바람빠지는 소리가 났다.

이봐, 류. 울고 있는 거야? 이깟 일로 울긴. 한심한 녀석. 이러고 있을 시간 없어. 가. 가서, 가서 사람들에게 말해. 네가 무슨 일을 겪었는지. 그게 널 얼마나 고통스럽게 했는지 말해. 다시는…… 이런 일이 일어나서는 안 된다고 말해.

미리내는 마지막으로 힘을 주어 류를 밀었다. "류, 어서 가. 가."

주춤주춤 류가 일어났다. 단 한 번 돌아보았다가 빛 속으로 나아갔다. 미리내는 그 등을 바라보며 웃었다. 그래. 어서 가. 가.

가.

…….

가.

…….

어서 가 윤오야…….

멀리서 사이렌 소리가 울렸다.

8

두 가지 뉴스.

신인배우 유시온 씨와 그의 동창 임 씨에 대한 살인죄로
용의자 정 씨가 현장에서 체포되었다. 세 사람은 같은 초등학
교를 나온 동창으로, 정 씨는 살해 이유에 대해선 묵비권을
행사 중이다.

「우형규 쇼」 생방송 도중 일어난 살인 사건의 용의자 민 씨
도 마찬가지로 현행 체포되었다. 그는 피해자가 인간이 아닌
천사라고 주장하였고, 검사 결과 오래전부터 정신 질환을 앓
고 있었음이 밝혀졌다. 방송 작가 금은 청탁을 받아 민 씨가
인터뷰에 뽑힐 수 있게 조작했다는 점은 인정했다. 금은 민
씨가 시온의 팬인 줄 알았고, 살인을 예비한 줄은 몰랐다고

주장했지만, 그럼에도 책임을 피할 순 없어 살인 방조죄로 실형을 살게 되었다. 연극배우이자 유시온의 스턴트맨으로 활동하던 피해자 류의 정체는 끝내 밝혀지지 않았다. 무연고 장례가 치러졌다.

사람은 태어나는 수만큼 죽는다. 시간은 흐르고 뉴스도 빠르게 흘러간다. 기억도 언젠가는 사라진다. 과거는 녹이 슨다. 영원한 건 없고 천사의 움직임도 언젠가는 멈춘다. 비록 조금 오래 걸릴지라도……

유미가 사라진 후에도 미루클린홈은 이어지고 있다. 주 고객층은 변함없이 떠난 사람의 가족들 혹은 마음의 방이 더러워져 몸의 방도 더러워진 사람들이다. 먼지처럼 치워도 치워도 죽은 인간은 생겨난다. 이렇게 많은 사람들에게 모두 각자의 삶이 있었다는 건 언제나 내게 가장 놀라운 미스터리다.

어제 치운 방에도 편지가 가득한 상자가 있었다. 코끝이 저리고 눈물이 나는 악취 속에서, 이것은 가져갈 수 없으리라고 판단하고 외기로 했다. 첫 번째로 뜯은 것은 미국에 간 딸이 쓴 편지였다.

아버지! 건강히 잘 지내시죠? 저는 건강해요. 마크도, 우리두 딸 사라와 미아도 건강합니다. 모두 아버지를 그리워해요. 내후년에는 꼭 한국에 갈게요. 보고 싶어요.

아들이 쓴 편지도 있었다.

필승! 그리운 아버지! 막내입니다. 이곳 강원도 철원엔 눈이 내리고 있습니다. 내일 아침이면 무섭게 쌓일 테고, 다들 눈 치울 생각에 투덜대지만 아직까진 내심 눈 소식이 반갑기만 합니다. 어릴 때 살던 남쪽에는 눈이 드물었기 때문에 그런 거 같습니다. 딱 한 번 만든 손바닥만 한 눈사람을 냉동실에 넣고 겨우내 꺼내 보았는데 어느 날 보니 사라지고 없던 기억이 납니다.

여동생이 쓴 것도.

오빠! 잘 지내시죠? 옥이어요. 단양에 내려오고 벌써 3년이 지났어요. 처음에는 연고도 없는 곳에 와서 무슨 농사를 짓고 사나 그랬는데 이제는 적응을 좀 하였어요. 지난밤엔 멧돼지가 내려와 고구마 밭을 몽땅 파해치고 갔어요. 다음 주면 수확이라서 오빠도 보내 주고, 또 우리 딸 은정과 손녀딸 지율에게도 맛 보여 주고 싶었는데 무척 실망스러웠지요. 우리 밭뿐만 아니라 다른 집 밭도 건드렸는지 아침 일찍 이장댁에서 찾아와서 덫을 신청하라고 하더군요. 그때는 좀 흥분하여 여러 개를 시켰는데 막상 받고 나니 저들도 다 먹고 살라고 하는 짓인 걸, 이런 마음이 들어 놓을 수가 없었어요. 제가 돼지띠라서 그런가 봐요.

모두 필체가 같았다.

지금 나는 한 가정의 가장이다. 앉을 자리도 없는 쓰레기 집에서 1년 간 해를 보지 못했던 아내와 만나 가정을 이뤘다. 아내는 정말 좋은 여자다. 겉으로는 차가워 보이지만 실은 누구보다 순수하다. 상처가 많은 아내. 농장에서의 일이나, 모든 과거를 알고도 나를 받아 준 아내에게 나는 남은 생을 바치기로 하였고, 아내는 눈물로 그걸 받아 주었다. 수줍음이 많고 말수가 적던 아내는 지금 누구보다 수다스럽고, 또 웃음이 많은 여자가 되었다. 오늘도 결혼식장에서 무척 긴장한 바람에 축가의 하이라이트를 틀렸던 나를 따라 하며 놀렸다. 아내가 웃을 때면 나도 웃음이 난다. 이 여자를 위해서 오래 살고 싶다고 생각하며 먼 옛날, 그를 위해선 죽을 수도 있다고 생각하던 여자가, 유미가 떠오른다. 아니, 정확히 말하면 유미를 사랑했던 시간이 떠오른다.

　자주 떠올리는 건 아니다. 아주 가끔. 그럴때면 예전의 내가 낯설다는 생각이 든다. 나는 유미를 사랑했다. 정말로 사랑했는데 사랑의 감각 같은 것이 기억나지 않는다. 그 시간이 내게 정말 존재했던 건지, 있었던 시간인지 희미하다. 아마 시간이 지날수록 점점 더 흐려지겠지. 빛이 점점 커지며 주변을 잡아먹어 온통 하얗게 되는 것처럼, 아주 먼 미래에 내 안엔 텅 빈 공간만이 남을 것이다. 앞도, 뒤도, 위도, 아래도 구분되지 않는 방이 내 안에 생길 것이다.

그리고 그 방에는 천사가 산다.

누구의 마음속에나 천사가 있고, 나의 천사는 유미다.

아내에게 말할 생각은 없다. 지금 유미를 사랑하는 것도 아니고, 그냥 그뿐이다.

쓰고 나서야 깨닫게 되는 게 있다. 내가 이 글을 다른 세계의 사람들을 향해서 쓴 이유. 그건 내가 유미를 사랑했을 적에 자주 다른 우주를 상상했기 때문이다. 일을 마치고 돌아가는 차 안에서 나는 유미의 옆모습을 보며 어쩌면 다른 우주에서 가능했을 우리 둘의 모습을 상상했다. 어느 우주에서 나는 기사고 유미는 공주였다. 어느 우주에서 나는 아이돌 가수였고 유미는 팬이었다. 밤하늘이 보이는 돔 공연장에서 나는 유미에게 사랑을 고백했다. 어디에서 나는 록스타였고 유미를 위해 노래를 썼다. 모두가 잠든 밤 광장에서 유미만을 위해 노래를 불러 주었다. 훔친 베스타를 타고 벽돌 포장된 길을 달렸다. 어느 곳에서 우리는 어린 시절부터 이웃해서 지내던 첫사랑. 요람에서부터 우리가 사랑할 것을 알고 있던 사이였다. 상점가 아케이드의 끝과 끝을 벗어나지 않고 우리는 사랑을 하고, 눈을 맞춘 채 차가운 방바닥을 덥히며 섹스를 하고, 다시 교복을 꿰어 입고, 졸업하고, 아이를 낳고, 아줌마 아저씨가 되었다. 하루 열 시간씩 서서 튀김을 튀기면서도 머리가 하나도 아프지 않았다. 사람들이 기름에 젖은 종이

봉지를 받으며 웃는 것이 좋았다. 아이들이 크는 모습을 보면 보람이 느껴졌다. 또 나는 마을의 조그만 하청 공장의 노동자이기도 했다. 나사를 조이고, 종일 철골이 부딪히는 소리를 듣다가 집에 돌아와 다섯 명의 아이들이 내 팔다리에 엉길 때면 아이라는 건 이렇게 부드럽구나, 놀라고 두렵기도 해서 달걀을 쥐듯 팔다리 하나하나를 조심스레 떼어 내었다. 그리고 다 같이 모여 앉아 카레를 먹었다. 우리는 우물가의 검은 물고기와 노란 물고기. 암컷 곰과 수컷 곰. 블랑카와 로보. 그는 나의 현명한 제인이었고, 나는 믿음직한 타잔이었다. 그런 것을 생각하다 보면 해가 떴고 이 세계를 살아갈 힘이 났다. 어디선가 정말로 있는 일이라고 믿고 싶었고, 믿게 되었다.

그래서 이 소설을 썼다.

여덟 살의 내겐 리카가 있었고 어느 날 그 애를 사랑해야겠다는 생각에 나는 방치되어 있던 리카의 얼굴을 칠했다. 밤이었고…… 부스러기 같은 새도를 바른 리카는 정말…… 눈탱이밤탱이. 못났다, 리카야. 미안한 마음에 리카의 얼굴에서 화장을 지워 주려고 리무버로 문질렀는데 웬걸. 리카의 얼굴 절반이 날아갔다. 나는 두려움에 떨며 애꾸눈이 된 리카를 쓰레기통에 버렸다. 그것이 25년 전이다. 나는 여전히 그 쓰레기 봉지를 쥐고 있다.

내가 갖고 놀았다가 마음껏 사랑하다가 폭격 같은 사랑을 거둬 버린 것들을 생각한다. 어느 순간 쓰레기가 된 사진들.

찢지도 버리지도 못한 이름들, 얼굴들. 남 주지도 그렇다고 팔지도 못하고 방에 쌓여 가는 것들이 지금도 내 방에는 넘쳐서 요를 반으로 접고 눕는다. 일본에 살 땐 지진 꿈을 많이 꾸었다. 내 머리 위로 과거가 모조리 쏟아졌다. 흔들흔들 책장. 미안해 미안해. 발광하며 깼다. 그러면서 또 쌓았다. 그런 식으로 또 무언가를 새롭다고, 새롭게 생각하며 사랑할 마음을 만들었다. 다 끝이라고 생각하며 또 만들었다. 파고 파고 걸어 들어갔다. 축축한 마음의 늪. 사랑의 세계로. 미안해 미안해.

그러나 김언희의 말처럼 마르지 않는다는 건 여전한 자랑이다.

거짓말이다. 나는 살면서 단 한 번도 나를 인정한 적이 없고 그러니까 이 자랑이라는 것은 부러 척을 하는 방식의, 턱을 치켜들고, 여왕인 척, 오만을 흉내내며 떠드는 수치다. 아무도 묻지 않아 이런 식으로밖에 말할 수 없는 수치. 저기요, 실은요, 말하면서 칼처럼 성냥처럼 남의 옆구리에 대고 죽죽 그어 버리고 싶은 수치.

세 번째 장편. 사람들이 자기 글을 사랑하는 것이 무섭다.

모두가 책 한 권을 낼 때마다 이런 마음을 품는다니 버겁다. 자리 잡지 못하고 연차만 쌓이며 점점 밀려나는 건 두렵다. 우리가 사랑하는 문학이라는 건 전혀 다른 대상인지 모르는데도 계속 조바심이 난다. 곁에 있고 싶어. 영원하고 싶어. 이렇게 게을러도 나만을 사랑하고 내게만 응답하는 천사를 갖고 싶었다. 사랑이 내게만 있어서, 그래서 어쩔 수 없이, 굶주린 천사가 내게로만 찾아와 입을 벌렸으면 좋겠다고 생각했다. 노란 주둥이의 천사. 이 빠진 노파가 씹어 주는 국에 만 밥이 최고의 만찬인 줄 아는 어린애 같은 천사. 가성비 천사. 그런 천사와 고원에 사는 쌍둥이가 되어 우리만의 언어를 떠듬떠듬 속삭이길 바랐다. 지금도 그렇다. 사랑이라는 마음을 나만 가졌으면 좋겠다. 이런 생각을 하는 것 자체가 패배지만. 이미 패배했다는 걸 아는데

　그런데 내게도 남은 것이 있다.
　나의 천사에게 바칠 말을 나는 여전히 갖고 있다.

　언 바위 같은 천사, 검은 그림자를 가진 천사, 겨울새 같은 천사, 눈 같은 천사, 차가운 천사, 굳은 얼굴의 천사, 영원히 웃어 주지 않는 나의 천사, 오로지 맴도는 것만을 허용하는 천사의 머리 위에서 썩은 시체의 냄새를 맡은 검은 새처럼 낮

게 날다가 내가 나의 그림자에, 날개의 크기에 놀랄 때가 올 것이다. 여름이 오고 해가 길어지듯. 분명히. 언젠가는.

그날을 꿈꾸며 나는 다른 세계로 넘어가려고 해…… 리카! 여전히 너는 반쪽짜리 얼굴로 쓰레기통에 누워 있는데 저버리고 다음으로 간다. 경중경중 건너뛸 때마다 발밑에선 검은 물이, 버리고 온 것들이 나의 발목을 잡으려고 넘실대고 있다. 긴장하고 있다. 기대하고 있다. 언젠가 그것이 나를 다시 삼키는 날이 오기를. 절대 말라붙지 않기를.

마지막으로 고백. 저기요, 우리는 여기서 끝이지만 정말 사랑했습니다. 맨 처음 백지였던 당신과 얽히고설키고(우리 다툼도 있었지요. 나는 당신 때문에 처음으로 산에 올라 엉엉 울었어요. 그것도 두 번이나!) 당신 하나 뜻대로 하지 못하는 나 자신을 저주하며 엉엉 울다가 이렇게 우리는 한 권으로 박제되었습니다. 이 종이 위에 내가 있고 당신이 있게 되었습니다.

이렇게 가까워지고, 이렇게 사랑하고, 시간이 쌓여 내가 무언가를 만들어 냈다는 사실, 이렇게 게으르고 느린 사람의 손에도 무언가 쥐어질 수 있다는 사실, 아주 잠시였지만 내 손에 천사가 있었다는 사실, 부정할 수 없는 사실, 그러나 백

년도 지나기 전에 사라질 사실, 모두 흙으로 돌아갈 사실, 이 사리도 되지 못하고 사라질 마음에 손을 흔든다. 내가 좀 더 자주 쓰는 작가라면, 열 권의 책을 내게 된다면 이 마음이 무뎌질까? 그럴지도 모르지. 하지만 어느 겨울 퇴근길 지하철역으로 달렸던 거. 그때의 내가 천사를 만나고 싶어 달렸다는 사실은 여기 적어 둔다.

2024년 3월

이희주

추천의 말

조예은(소설가)

아름다움만큼 광기와 밀접한 명사가 또 있을까? 아름다움이 있는 곳에는 추악함도 있다. 둘은 같은 몸통을 공유하는 뱀의 머리이고, 그 피치 못할 간극이 바로 고통을 초래한다. 아름다움을 추앙하면 추앙할수록 추악함도 깊어진다. 그럼에도 우리는 절대 미라는 개념 앞에서 맹목적이기에, 달콤하고도 끔찍한 비극의 수식은 완성되는 것이다. 이 독특하고 매력적인 소설 안의 인물들이 모조리 미쳐 있을 수밖에 없는 이유다.

책장을 넘기는 내내 입안에 독이 든 사탕을 굴리는 기분이었다. 오랜만에 맛보는 노골적인 욕망의 맛. 그래 계속 맛보고 싶은 중독적인 맛이다. 인물들의 사랑은 녹아 가는 설탕처럼 끈적하지만 동시에 지고지순하다. 뾰족한 혀끝이 사탕의 흠집을 핥듯이, 축축한 애정과 일방적인 숭배로 저마다의 비참함을 감내한다. 섬세하고 감각적인 어휘들이 모여 강렬한 이미지를 만들어 낸다. 한번 읽기 시작하면 얇은 막 너머의 파국을 예감하면서도 멈출 수 없다. 노골적인 장면 하나 없음에도 숨어 읽고 싶어진다. 그건 이야기 안에서 난무하는 기이한 에너지가 나의 내밀한 취향에 꼭 부합했기 때문일지도 모르겠다.

확실한 건, 이 소설은 매끄러운 만신창이 몸으로 착실히 독을 향해 달려간다는 점이다. 냉혹한 작가는 소설 안에서 감히 아름다움을 탐하는 모든 이들에게 어떤 자비도 베풀지 않는다. 비극은 분에 넘치는 것을 탐하려는 자가 받아야 할 마땅한 벌이며, 아름다움은 치부를 내보임으로써 더욱 견고해진다. 천사의 민낯이 한낱 원초적 욕망의 결과물에 불과할지라도.

이 책을 집어 든 당신의 천사는 어떤 모습인지?

한 번이라도 자신의 것이 아닌 아름다움을 갈망해 본 사람이라면, 분명 이 이야기 안에서 간지러운 쾌감을 발견할 것이라고 확신한다. 유독한 것이 흘러나오는 순간의 짜릿함을 맛보고 싶은 모두에게 이 소설을 추천한다.

추천의 말

최가은(문학평론가)

이희주의 소설은 내게 아름답고, 그 아름다움은 모욕적이다. 미와 추를 향한 뒤틀린 집착과 공격 그리고 복종의 한가운데서, 그의 소설은 내 몸 아주 깊숙한 곳에 "각인"되어 있던 무언가를 끄집어내기 때문이다. 소설과의 첫 눈 맞춤, 소설로부터의 첫 도피. 말하자면 그것은 '소설 읽기'라는 원초적 아름다움과 관계 맺었던 몸의 기억이다.

그의 소설을 읽을 때면 아주 오래 전, 끝없이 벌어지고 닫히는 문장과 문장 사이에서 요동치던 내 근육의 떨림을 마주한다. 조숙한 문학의 몸놀림. 능숙함이 지배하는 그 시간으로부터 미끄러지고 내쫓기던 어린 몸의 기억들. 불쾌한 쾌. 찬미와 멸시. 욕망의 어긋남이 지닌 이 기이한 번들거림을 동력으로 삼으며, 이희주의 소설은 '소설'이라는 생동하는 육체를 우리 몸에 바짝 붙여 세우고는 말한다.

"나는 천사니까, 우리는 서로의 천사란다."(79쪽)

주인이 생각하는 최상의 아름다움을 보여 준다는 자비천사. 소설을 누비는 이 믿을 수 없는 소문은 신비로운 거울에 관한 전설 하나를 떠오르게 한다. 먼 훗날 사랑에 빠지게 될 사람의 얼굴을 미리 보여 준다던 거울 이야기. 그런데 이 한없이 달콤한 전설의 뒷면에 또 하나의 이야기가 따라다녔다는 사실을 기억하는 이도 있을까? 늦은 밤 골목에서는 거울에 비친 자기 자신의 얼굴을 목격한 이들, 그로 인해 남은 삶이 저주받은 고통으로 범벅된 사람들에 대한 소문이 이어지곤 했다. 끔찍함, 두려움, 어쩌면 황홀함이 뒤섞인 수군거림으로.

이희주는 골목을 떠도는 이들 괴담의 감미로운 뒷덜미를 좇는다. 그런 다음엔 그것의 목을 비틀어 새어나오는 비린내를 탐닉한다. 그가 그려 내는 인간의 욕망에는 언제나 이 역겨우면서도 저릿한 냄새가 진동하는데, 그것이야말로 자본이 찍어내는 욕망에 철저히 복속된 인물들이 '나(만)의 천사'라는 불가능한 환상을 유지하는 원천이기 때문이다. 소설 속에서 가지각색의 비유와 상징으로 전유되는 '천사'는 결국 이

비린내에 무릎 꿇은 이들만이 공유할 수 있는 이름이다.

'나'에게 아름다운 것. 절대 미가 지닌 이 모순적인 속성은 이희주 관점의 근간을 이룬다. 존재만으로 모두를 설득할 수 있을 만큼 균형 잡힌 아름다움은 오직 나만이 동요하는 악취를 풍길 때에야 비로소 완성되는 것. 그의 인물들은 자신의 '천사'를 제 손으로 망가트리는데, 이희주는 "망가졌구나"라는 그들의 한숨 뒤 한순간 비어져 나오는 환희의 표식, 그 기괴한 번들거림으로 소설을 쓴다. 욕망의 진창에 관한 이 표식은 그가 목격하고, 그가 만들어내는 세상의 절망인 동시에 유일한 희망이기 때문이다.

소설 속 한쪽의 인간들이 천사-되기와 천사-갖기의 권능을 누릴 때, 다른 쪽의 인간들은 삶과 죽음의 존엄을, 아름다움의 고유성을 복원하고자 애쓴다. 그러나 유일한, 다른 천사를 소유하고자 하는 어떤 이들의 욕망은 그런 사람들과는 전적으로 다른 인간이 되고자 하는 욕망과 얼마나 다르다고 할 수 있을까? 우리의 취약함이 폭력의 폭력성뿐만 아니라 그것이 지닌 매혹에도 그토록 의존적이라면? '미'가 지닌 크고 작은 비밀조차 시장이 전유한지 오래인 지금, 욕망에 투신하기 위해서라면 타인의 착취를 경유할 수밖에 없도록 설계된 우리의 세상은 확실히 망가진 것으로 보인다. 권력, 자본, 성, 아름다움, 질서, 힘, 심지어 도덕에 대한 끝나지 않는 욕망. 끔찍한 수준으로 세공되고 현실화되는 그것에 개처럼 끌려 다니는 우리, "개인간"들. 이 암담한 '여기'에서 가능한 다른 자세라는 것이 남아 있기나 한 걸까?

『나의 천사』가 반복적으로 생성하는 이 질문 앞에서 이희주는 우리가 취해야 할 그럴듯한 자세가 무엇인지 보여 주지 않는다. 그가 생각하는 소설의 아름다움은 그런 것이 아니다. 우리의 세상을 정확히 이렇게 생겨 먹게 하는 인간의 천박하고 서러운, 서럽도록 천박한 욕망을 헤집는 것. 피와 오줌, 땀 냄새와 기름내가 진동하는 욕망의 수렁은 물론, 그 속에서 뼈끔대는 헛되고 우스운 반란을 설계하고 이를 탐욕적으로 망가트리는 것. 이 따위의 것이 사랑, 아니, 기억나지 않는 "사랑의 감각 같은 것"(431)이라고 한다면, 그의 소설이 지닌 특별한 아름다움은 바로 여기에 있다.

오늘의
젊은 작가
44

나의 천사

이희주 장편소설

1판 1쇄 펴냄 2024년 3월 29일
1판 3쇄 펴냄 2024년 7월 16일

지은이   이희주
발행인   박근섭·박상준
펴낸곳   (주)민음사

출판등록   1966. 5. 19. 제16-490호
주소   서울시 강남구 도산대로1길 62(신사동)
              강남출판문화센터 5층(06027)
대표전화   02-515-2000 | 팩시밀리   02-515-2007
홈페이지   www.minumsa.com

© 이희주, 2024. Printed in Seoul, Korea

ISBN   978-89-374-7387-6 (04810)
ISBN   978-89-374-7300-5 (세트)

당신이 소장해야 할 한국문학의 새로움, 오늘의 젊은 작가 시리즈